MARKUS WARKEN

K.I.

MARKUS WARKEN

K.I.

THRILLER

GMEINER

Immer informiert

Spannung pur – mit unserem Newsletter informieren wir Sie regelmäßig über Wissenswertes aus unserer Bücherwelt.

Gefällt mir!

Facebook: @Gmeiner.Verlag
Instagram: @gmeinerverlag
Twitter: @GmeinerVerlag

MIX
Papier aus verantwortungsvollen Quellen
FSC® C014496

Besuchen Sie uns im Internet:
www.gmeiner-verlag.de

Im Ehnried 5, 88605 Meßkirch
Telefon 07575/2095-0
info@gmeiner-verlag.de

1. Auflage 2020

Lektorat: Daniel Abt
Herstellung: Mirjam Hecht
Umschlaggestaltung: U.O.R.G. Lutz Eberle, Stuttgart
unter Verwendung eines Fotos von: © Lutz Eberle
Druck: GGP Media GmbH, Pößneck
Printed in Germany
ISBN 978-3-8392-2641-4

Personen und Handlung sind frei erfunden.
Ähnlichkeiten mit lebenden oder toten Personen
sind rein zufällig und nicht beabsichtigt.

PROLOG

Freitag, 4. August 2017 – »Crypto City«, Fort Meade, Maryland, USA

Das zentrale Gebäude von »Crypto City« wirkt von Weitem wie die monströs vergrößerte Kaaba – ein mächtiger, schwarz verspiegelter Würfel. Der vor Unbefugten hermetisch abgeschirmte Bau beherbergt das Hauptquartier des US-amerikanischen Geheimdienstes NSA, in dem die Fäden des weltumspannenden Überwachungsnetzes der USA zusammenlaufen und »top secret« eine der mittleren Geheimhaltungsstufen ist. Für die einen hütet der schwarze Würfel den Gral der Freiheit, für die anderen umschließt er das Herz der Finsternis, ist er ein Hort der Kontrolle und Unterdrückung.

Lässt man die Mystik und Legenden beiseite, die sich um dieses Machtzentrum ranken, bleibt lediglich ein Bürokomplex, ähnlich dem Entwicklungszentrum eines großen Technologieunternehmens, in dem gewöhnliche, fehlbare Menschen arbeiten. Einer davon, Major Ulmer, hetzte am 4. August 2017 durch den letzten der schier endlosen Gänge, der ihn noch von seinem Ziel trennte: dem Büro seiner Arbeitsgruppe, dem Epizentrum des ADONIS-Programms. Die Blicke seiner Kollegen folgten ihm – manche neugierig, andere sensationslüstern, mitleidig oder schadenfroh. Nichts verbreitete sich schneller als schlechte Nachrichten. Der Spießrutenlauf ging bis zur Bürotür seiner Dienststelle. Ulmer flüchtete sich hinein und warf die Tür krachend hinter sich ins Schloss. 14 Augenpaare wandten sich ihm zu.

»Der Vizepräsident tobt – und wir sind schuld, weil unser System Bockmist gebaut hat!« Major Ulmer hielt die neueste Ausgabe einer Washingtoner Zeitung mit der rechten Hand hoch und klatschte mit der linken dagegen. »Lagebesprechung«, befahl er knapp und durchquerte das Büro mit schnellen Schritten, um zum Forum zu gehen, wo sie alle größeren Besprechungen abhielten. Er nutzte die wenigen Sekunden, die vom Lärm rückender Stühle und eilender Füße beherrscht wurden, um sich zu sammeln. Nachdem alle im Kreis um ihn herum standen, durchbrach nichts außer dem Surren der Klimaanlage die Totenstille.

»Vertrauliche Daten vom Dienstrechner des Vizepräsidenten sind an die Öffentlichkeit gelangt«, eröffnete er seinen Mitarbeitern. »An die einschlägigen Journalisten, allen voran diese Hyäne Vivian Lee. Die politische Laufbahn des Vizepräsidenten hängt am seidenen Faden und das Schlimmste: Die undichte Stelle ist eins unserer ADONIS-Cooties. Der Vizepräsident wird uns durch den Fleischwolf drehen, wenn wir das nicht mit Lichtgeschwindigkeit glattziehen!«

Ulmer fühlte Schweiß aus seinen Achselhöhlen tropfen.

»Kann man das Datenleck denn sicher auf ein ADONIS-Cootie zurückführen?«, fragte Sergeant Rodriguez, seit Jahren seine rechte Hand und engster Vertrauter. »Sonst kann uns keiner etwas wollen.«

Bevor Ulmer antworten konnte, flog die Tür auf, und Colonel Harris betrat den Raum. »ADONIS wird terminiert!«, blaffte er barsch.

Major Ulmer knirschte mit den Zähnen. In den Augen seiner Mitarbeiter stand blankes Entsetzen. Colonel Harris' Miene ließ keinen Zweifel daran, dass er es bitter ernst meinte. Ulmer straffte sich und ging langsam auf seinen Vorgesetzten zu. Im Rücken spürte er die Blicke seiner Männer wie stumme Hilferufe. Bislang war ADONIS von jedem als nächste Generation geheimdienstlicher Überwachungstechnologie gepriesen worden. Sollte das Missgeschick mit den Daten des Vizepräsidenten auf einen Schlag alles infrage stellen? Ulmer atmete tief ein und öffnete den Mund, um sein Lebenswerk zu verteidigen.

»Ich bin nicht gekommen, um zu diskutieren«, schnitt Harris ihm das Wort ab, bevor Ulmer einen Ton hervorbringen konnte.

»Das kann nicht Ihr Ernst sein«, begehrte Ulmer auf. »Mit ADONIS können wir jeden überwachen, der ein elektronisches Gerät benutzt. Wir sind um Größenordnungen effizienter als jedwede andere Form geheimdienstlicher Personenüberwachung, weil alle 4D-Schritte komplett automatisiert sind.«

Harris reagierte nicht, sodass Ulmer einen weiteren Vorstoß wagte. »Colonel, wir können jeden überwachen, jeden gottverdammten Menschen auf der ganzen Welt – und gegebenenfalls bekämpfen. Jeden – jederzeit – überall – und das bei lächerlich geringen Kosten.«

»Genau in dieser Automatisierung liegt das Problem«, knurrte Harris. »Sie haben sich verrannt! Lesen Sie eigentlich keine Zeitung? Nein? Holen Sie das bei Gelegenheit nach und ersparen Sie mir, Ihnen im Einzelnen erläutern zu müssen, was der Vizepräsident von automatisierten 4D-Schritten hält. Deny, disrupt, degrade, deceive – verleugnen, unterbrechen, herabsetzen und täuschen –, das wollen Sie allen Ernstes automatisieren?«

»Natürlich wissen wir, was in der Zeitung steht«, erwiderte Ulmer eifrig. »Die Schwierigkeiten des Vizepräsidenten könnten wir leicht ausbügeln. Warum bringen wir diese Schmierfinken nicht einfach zum Schweigen? Ein Wink an Sergeant Rodriguez, und die Abendzeitung wird heute noch melden, dass die verehrte Vivian Lee einer bedauerlichen Fehlinformation aufgesessen ist, sie alles widerruft und im Übrigen unbekannt verreist ist. Die restlichen Journalisten wittern, was die Stunde geschlagen hat, niemand hackt mehr auf dem Vizepräsidenten herum, und die Sache hat sich.«

»Ulmer, werden Sie größenwahnsinnig?«

Major Ulmer schoss das Blut ins Gesicht. Für ihn bedeutete die Einstellung von ADONIS das Ende seiner Karriere. Für Colonel Harris, der erst seit Kurzem mit dem Programm zu tun hatte, lag die Sache anders. Aus seiner Warte war die Einstellung von ADONIS die Lösung. Ulmer mit seinen Männern waren die geeigneten Bauernopfer, denen man die Schuld in die Schuhe schieben konnte. Außerdem handelte er sicher nicht ohne Weisung oder zumindest Deckung von ganz oben. Eigenmächtig das ADONIS-Programm zu beenden überschritt todsicher seine Kompetenzen.

Ulmer beschloss, seine Strategie zu ändern. »Ich schlage natürlich nicht vor, Lee und den anderen Journalisten körperlich etwas anzutun«, erklärte er. »Wir könnten die ganze Journaille mundtot machen. Eine Routineaufgabe für ADONIS.«

»Und wenn das rauskommt?«, zischte Harris.

»Wir könnten ihnen auch ein freundliches Angebot unterbreiten. Eines, das keiner von ihnen ausschlagen wird.«

Der Einwand zeigte Wirkung. Ulmer beobachtete, wie Harris schweigend nachdachte. Die linke Augenbraue des Colonels zuckte. Dann schien etwas in Harris zu explodieren und sein Vorgesetzter zertrümmerte Ulmers aufkeimende Hoffnung mit einer abfälligen Geste gefolgt von der Feststellung: »Nein, alles zu unsicher. Sie haben Ihr System nicht im Griff! Oder wie kommt es, dass ADONIS den Vizepräsidenten ans Messer liefert?«

Das war der wunde Punkt. Ulmer stierte Harris' obersten Uniformknopf an, als könnte er dort die Antwort ablesen.

»Sehen Sie, dafür haben Sie keine Erklärung! Und jetzt sorgen Sie dafür, dass ADONIS der Vergangenheit angehört und zwar so, dass das Programm spurlos getilgt wird, als hätte es nie existiert. Und das sofort, verstehen Sie? SOFORT!«

Ohne Ulmer eines weiteren Blickes zu würdigen, verließ Colonel Harris den Raum. Seine Schritte hallten auf dem Flur wie die Schläge einer Marschtrommel.

Ulmer beantwortete Rodriguez' stummes Hilfeersuchen mit einem Schulterzucken. Mit dem Kinn deutete er zu Rodriguez' PC und schickte seinen Mitarbeiter damit an die Arbeit. Gefolgt von den Übrigen schlich Sergeant Rodriguez an seinen Platz und ließ sich auf seinen Stuhl fallen. Dort knurrte er etwas Unverständliches, knüllte eine Handvoll Zettel mit Aufzeichnungen zusammen und pfefferte sie in den Papierkorb. Dann gab er eine Folge kurzer Kommandozeilenbefehle in seinen Rechner ein. Eine Weile hörte man nur das Klacken der Tastatur unter seinen Fingerkuppen. Auf einem großen Wandbildschirm erschien eine Weltkarte, übersät mit Millionen und Abermillionen grünen Punkten, die recht genau die Bevölkerungsdichte der Erde widerspiegelten – ein Punkt für jede über ADONIS aktiv überwachte Zielperson. Einige Sekunden geschah nichts. Rodriguez, Ulmer und alle anderen im Raum starrten wortlos den Wandbildschirm an. Erste vereinzelte Punkte begannen sich rot zu verfärben und kurz darauf zu verschwinden. Weitere Punkte folgten, bis lediglich vier übrig waren, die sich allem Anschein nach dem Löschbefehl widersetzt hatten.

»Wiederholen«, ordnete Ulmer an, und Rodriguez' Finger flogen erneut über die Tastatur. Drei weitere Punkte verschwanden. Der vierte Punkt zeigte sich unbeeindruckt und widerstand selbst drei weiteren Löschversuchen. Rodriguez zoomte heran. Es handelte sich um eine Zielperson des Servers Palo Alto ME2Z.

»Sandro, was ist da los?«, flüsterte Ulmer so leise, dass niemand außer Rodriguez ihn hören konnte.

»Keine Ahnung«, antwortete Rodriguez genauso leise. »Das System reagiert nicht wie spezifiziert. Ich, ähm, ich wollte es dir schon länger sagen: Gelegentlich bekommen wir Nachrichten von einzelnen Leviathanen, die wir nicht dekodieren können.«

Ulmer schauderte bei dem Gedanken an die Tragweite von Rodriguez' Satz, als der letzte Punkt erlosch. »Na also, geht doch!«, entfuhr es ihm erleichtert.

Rodriguez drückte sich an der Schreibtischkante vom Bildschirm weg und schüttelte kaum merklich den Kopf. »Ich befürchte, nein«, erwiderte er und schluckte. Rodriguez deutete auf seinen Bildschirm. »Schau, die letzte Nachricht war ›connectionRelease‹, nicht ›instanceShutDownConfirm‹.«

»Das heißt?«

»Das heißt, der Leviathan hat von sich aus den Kontakt mit uns abgebrochen.«

KAPITEL 1

Freitag, 9. Oktober 2020 – Humboldt-Universität, Berlin

Jana staunte, als sie den Hörsaal betrat. Gut 25 Kommilitonen hatten sich bereits eingefunden, obwohl heute der letzte freie Tag vor dem Beginn der Vorlesungszeit war und es nur um ein paar Seminarthemen ging – Seminarthemen allerdings, von denen sie unbedingt eines ergattern musste. Wenige Sitzreihen vor sich entdeckte sie Wibke, die sie am Montag auf der Einführungsveranstaltung nach ihrer Immatrikulation kennengelernt hatte. Froh, zumindest ein bekanntes Gesicht zu finden, stieg Jana zu ihr hinunter und setzte sich neben sie.

»So viele Themen, dass wir alle eins abbekommen können, gibt es doch gar nicht«, flüsterte Jana ihr statt einer Begrüßung zu und deutete mit dem Kinn auf die Sitzreihen vor ihnen.

»Jetzt mach dir nicht schon vorher Stress!« Wibke strich sich eine blonde Haarsträhne aus dem Gesicht. Ihre langen Fingernägel waren im Farbton ihrer Bluse lackiert, Mauve diesmal. »Berlin ist eine schöne Stadt.« Wibke zwinkerte verschwörerisch. »Notfalls machen wir eben ein Semester mehr!«

»Du kannst dir das vielleicht leisten, ich nicht.«

Jana schloss kurz die Augen und schüttelte den Kopf, als müsse sie sicherstellen, nicht zu träumen. Wibke und Jana kamen aus grundverschiedenen Welten, und sie hatten sich eher zufällig kennengelernt. Eine ihrer neuen Kommilitoninnen – eine Gothic mit Piercings im Gesicht – wollte während einer Einführungsveranstaltung für Neulinge an der Humboldt-Uni einfach nicht aufhören, über Wibkes schicke Kleidung zu lästern. Jana verabscheute kleinkarierte Leute, die anderen Vorschriften machen wollten, und brach spontan eine Lanze für Wibke, mit der sie bis dahin kein Wort gewechselt hatte. Die Gothic suchte schnaubend das Weite, und Jana kam mit Wibke ins Gespräch. Weil sie sich sofort sympathisch gewesen waren, hatten sie sich seither ein paar Mal auf einen Kaffee getroffen, und letzte Nacht hatte Wibke sie in eine der angesagten Discos von Berlin geschleppt; sonst nicht ihr Ding, doch Wibke wollte nicht alleine gehen. Beide waren sie erst kürzlich nach Berlin gezogen, allerdings unter ganz verschiedenen Vorzeichen. Als Tochter eines reichen Hamburger Kaufmanns kannte Wibke finanzielle Sorgen nur vom Hörensagen, und darüber hinaus sah sie aus wie eine junge Heidi Klum.

Entschlossen zog Jana ihren Laptop aus der Tasche. »Ich muss den Master in vier Semestern durchziehen. Und dafür brauche ich definitiv einen dieser Vorträge heute.«

»Für jemand, der über knappe Kasse jammert, hast du da ein verdammt schickes Gerät!« Wibke hob die Augenbrauen. »Wenn es dir echt so schwerfällt, das Geld für das Studium zusammenzukratzen, warum kaufst du dir so ein Edelteil?«

»Drei Wochen Kellnern auf einem Ausflugsschiff«, brummte Jana und startete den Rechner. »Gut bezahlt, aber ein Scheißjob. Kellnern auf einem Schiff, meine ich. Du musst mal so einen Kegelclub in voller Fahrt erleben. Und wenn ich drei Wochen ranklotze, muss es etwas Ordentliches sein, sonst ärgere ich mich schwarz. Hast du eine Ahnung, wie lange die Veranstaltung hier dauert? Ich muss gleich nach Friedrichshain, mich in einer Whiskybar vorstellen.«

»Du jobbst doch schon auf einem Schiff? Wie viele Nebenjobs willst du denn noch machen?«

»Im Winter fahren die Schiffe nicht. Außerdem war das in Köln.« Jana sah auf, weil um sie herum ein Raunen anschwoll. Der Professor hatte den Hörsaal betreten.

»Hammer!«, entfuhr es Wibke. »Ist der überhaupt schon 30? Sieht echt gut aus, der Knabe.«

»Wie er aussieht, ist mir egal«, murmelte Jana. »Hauptsache, ich greife einen Vortrag ab.«

Der Professor blieb vor der Tafelwand stehen und musterte die Anwesenden mit einem Lächeln. Jana folgte seinem Blick und stellte fest, dass inzwischen weit über 30 Studenten die Bänke füllten.

»Mein Name ist Lüneburger, wie Sie sicher mitbekommen haben«, stellte er sich vor. »Nein, ich habe nichts mit der Heide oder Hermann Löns zu tun, und wir wollen es kurz machen, damit Sie sich weiter *ungestört* dem letzten Tag Ihrer Semesterferien widmen können.«

Ein Lächeln umspielte seine Lippen, bevor er fortfuhr.

»Die Themen kennen Sie ja, sodass wir keine Zeit verschwenden müssen. Wer möchte uns mit dem ersten Vortrag zu ›Personalisierte Bannerwerbung in Suchmaschinen‹ in der Kalenderwoche 48 beglücken?«

Mindestens zehn Hände schossen zeitgleich mit Janas in die Höhe. Das Rennen machte ein Student namens Berblinger in der zweiten Reihe.

»Mist«, zischte Jana. »Ich dachte, der erzählt noch etwas zu den Themen. Hast du dir die Liste angesehen?«

»Nee«, antwortete Wibke. »Ich lasse das Ganze auf mich zukommen.«

Jana versuchte hektisch, die Informationen zu dem Seminar auf ihren Bildschirm zu bekommen und gleichzeitig mit hochgerecktem Arm »Emotionalität durch die Farbkombination Rot-Schwarz« zu erhaschen. Auch diesmal hatte sie kein Glück. Unzufrieden mit sich selbst kniff sie die Lippen zusammen und bearbeitete den Laptop. Als die Liste der Themen endlich auf dem Bildschirm erschien, atmete sie erleichtert aus. »Was hältst du von ›Werbe-Ikonen im Internet‹? Das kommt als Nächstes.«

Wibke schien sie nicht zu hören. Lieber irgendein Thema als gar keins, schärfte sich Jana ein und ließ erneut ihren Arm hochschnellen, kaum dass Professor Lüneburger den Mund aufgemacht hatte, um das Thema aufzurufen. Erneut hatte sie Pech und hieb enttäuscht mit der Hand auf das schmale Pult.

»Mann, ich brauche den Schein …«, knurrte sie. Nur noch vier Themen standen auf der Liste. Wie ein Sprinter in den Startklötzen lauerte sie darauf, dass der Professor das nächste Thema aufrief.

»Sag mal, kannst du dir etwas unter ›Propaganda in asymmetrischen Kriegen‹ vorstellen?«, riss Wibke sie aus ihren Gedanken. »Das kommt als Nächstes. Hört sich echt schräg an.«

Jana lugte neben sich und sah, dass Wibke ihren Bildschirm wie ein exotisches Tier betrachtete.

»Nicht wirklich«, erwiderte sie, ohne Lüneburger aus den Augen zu lassen. »Könnte Terrorkrieg sein, weil Staaten ja viel stärker sind als Terroristen, eben kein normaler Krieg.«

»Propaganda in asymmetrischen Kriegen«, tönte es in diesem Moment von vorn. Reflexartig schoss Janas Hand in die Höhe. Als sie merkte, dass sich sonst niemand meldete, schluckte sie. Warum kneifen die alle bei dem Thema? Sie zwang sich, die Hand oben zu lassen.

»Es freut mich, dass zumindest Sie sich dem Thema gewachsen fühlen. Das zeigt mir, dass Sie keine Angst vor Herausforderungen haben! Okay, Zuschlag, Frau …« Der Professor betrachtete Jana interessiert.

»Loewe«, Jana räusperte sich, »Jana Loewe.«

»Das Thema ist zweifelsohne sehr anspruchsvoll – und wenn Sie einen überzeugenden Vortrag halten, können Sie es gern in Ihrer Masterarbeit fortführen.«

Als sie das Wort Masterarbeit hörte, hüpfte Janas Herz vor Freude. Lüneburger bot ihr an, in seiner Arbeitsgruppe ihren Studienabschluss zu machen!

»Wir sehen uns in vier Wochen wieder hier zur selben Zeit«, schloss der Professor wenige Minuten später die Veranstaltung. »Ich bin gespannt darauf, was uns Herr Berblinger zum Thema ›Personalisierte Bannerwerbung in Suchmaschinen‹ berichten wird. Alle Vortragenden kommen bitte noch kurz zu mir nach vorne. Ich habe einige Unterlagen zu Ihren Vorträgen vorbereitet.«

Jana ging mit den anderen, die einen Vortrag ergattert hatten, zum Dozentenpult. Wibke folgte ihr, vermutlich, um sich den jungen Professor aus der Nähe anzusehen. Vor Lüneburgers Tisch bildete sich eine Schlange. Weil sie ganz oben gesessen hatten, waren Jana und Wibke die letzten in der Reihe. Lüneburger drückte jedem eine Mappe in die Hand.

Schließlich war von den Vortragenden nur noch Jana übrig. Lüneburger hielt inne und sah sie prüfend an.

»Frau Loewe, in der Mappe finden Sie ein paar Zeitungsausschnitte zum Start. Das Thema lässt Ihnen große Freiheiten in der Gestaltung. Asymmetrische Kriege verstehen Sie bitte im weitesten Sinne als alle Konflikte zwischen ungleich starken Gegnern. Natürlich denkt man heutzutage zunächst an Konflikte der Art USA gegen Al Qaida oder IS, Russland gegen Tschetschenien, Israel gegen die Hamas, meinetwegen auch Türkei gegen die PKK, Spanien gegen die ETA und Großbritannien gegen die IRA. Welchen Konflikt Sie sich aussuchen, ist ganz Ihnen überlassen. Wichtig ist Folgendes: Je nach Sichtweise hat man entweder ›rechtmäßiger Staat gegen Terroristen‹ oder ›Unterdrücker gegen Freiheitskämpfer‹. Solche Konflikte werden dadurch entschieden, dass eine Seite die öffentliche Wahrnehmung für sich gewinnen kann, das heißt ihre Sichtweise zur allgemein anerkannten, herrschenden Meinung macht. Sie sollen verdeutlichen, wie die beiden Seiten die Öffentlichkeit davon zu überzeugen suchen, dass sie ›die Guten‹ sind.«

»Verstanden«, sagte Jana und nickte. »Das hört sich spannend an.«

Lüneburger räusperte sich. »Wahrscheinlich werden Sie sich eine der laufenden Auseinandersetzungen aussuchen, und ich bitte Sie eindringlich, in dem Fall bei Ihren Recherchen äußerste Vorsicht walten zu lassen. Ich habe lange überlegt, ob ich das Thema überhaupt stellen soll. Es gibt da draußen üble Zeitgenossen. Sehen Sie zu, genügend Abstand zu halten, wenn Sie etwa herausfinden wollen, wie die Innensicht des IS ist. Besser, Sie gehen weiter zurück, meinetwegen kommen Sie mit Che Guevara, Andreas Hofer oder Spartakus. Die können Sie zwar nicht mehr selbst fragen, aber es gibt Bibliotheken voller Material dazu. Es steht Ihnen frei, das Thema auf die Wirtschaft zu beziehen und zu beleuchten, welche Rolle etwa Facebook und Google spielen – Wohltäter der Menschheit oder skrupellose Datenkraken.«

»Schon klar«, entgegnete Jana und versuchte, unbefangen zu wirken. »Aber ein weit zurückliegendes oder ein Wirtschaftsthema erscheint mir im Augenblick weniger ergiebig.« Was soll denn diese Warnung?, überlegte sie gleichzeitig. Traust du mir nichts zu? Und wenn ich dir mit Andreas Hofer komme, kann ich meine Masterarbeit gleich in den Wind schreiben.

»Seien Sie unbesorgt«, winkte Wibke ab. »Jana wird sicher nicht nach Afghanistan oder in den Irak reisen und sich ein Schild um den Hals hängen, dass sie wegen einer Seminararbeit dringend mit Abu Dschihad reden will.«

Lüneburger sah Wibke verärgert an. »Es gibt Dinge, über die man keine Späße machen sollte!«

Jana erschrak über seinen alarmierten Gesichtsausdruck. »Keine Sorge«, beschwichtigte sie ihn. »Ich finde das Thema hochspannend und werde sicher jede Menge Material finden, ohne mich in Gefahr zu bringen.«

»Ich meine das ernst«, schärfte der Professor Jana ein. »Halten Sie genügend Abstand zu gefährlichen Leuten. Es gibt davon leider mehr, als man denkt – und zwar nicht nur in Afghanistan, sondern auch bei uns.«

Jana schluckte. »Reicht denn das, was ich über das Internet und Bibliotheken herausbekomme?«

»Völlig! Sie werden sogar viel mehr finden, als Sie brauchen, um die Mechanismen zu verstehen und erstklassig illustrieren zu können.«

Erleichtert lächelte Jana den Professor an, verabschiedete sich und wollte sich umwenden.

»Nur, damit keine Missverständnisse aufkommen«, gab er ihr mit auf den Weg, »wenn ich erstklassig sage, meine ich das auch so. Ich erwarte eine herausragende Arbeit von Ihnen!«

KAPITEL 2

Freitag, 9. Oktober 2020 – Wilhelmsruh, Berlin

Von der Uni machte sich Jana direkt auf den Weg zu ihrer Wohnung in Wilhelmsruh im Norden Berlins. Die halbe Stunde in der S-Bahn nutzte sie, um die Unterlagen durchzusehen, die sie von Lüneburger bekommen hatte. An einem Artikel über einen islamistisch motivierten Terroranschlag las sie sich fest. Das Bekennerschreiben war von einer Splittergruppe um einen Mann, der sich »Fackel der Gerechtigkeit« nannte. Er hatte bereits vor diesem Anschlag zweifelhafte Berühmtheit erlangt: Zwei Jahre zuvor hatte er in Jordanien eine Familie aus Großbritannien entführt, Touristen, die im Nahen Osten unterwegs gewesen waren. Er hatte sie eigenhändig vor laufender Kamera enthauptet und die Videos über das Internet verbreitet. Nun brüstete sich der Terrorist mit einem Bombenanschlag auf eine Mädchenschule in Syrien, bei dem über 50 Kinder getötet oder schwer verletzt worden waren. Beim Betrachten der beiliegenden Fotos von toten und verstümmelten Kindern würgte es Jana im Hals. Sie klappte die Mappe zu und starrte bis zum Bahnhof Wilhelmsruh aus dem Fenster, allerdings gelang es ihr nicht, die schrecklichen Szenen zu verdrängen. In Wilhelmsruh angekommen stieg sie aus. Auf dem Bahnsteig blies ihr ein kräftiger Nordwind ins Gesicht. Jana fröstelte und schlug den Kragen ihrer Jacke hoch. Die frische Luft lenkte sie ab und ließ die Bilder in ihrem Kopf verblassen. Ihre Gedanken wanderten zum Vortrag. Außer Frage stand, dass sie etwas zum islamistischen Terror bearbeiten musste. Sie beschloss, ihren Vortrag mit einem

Propagandavideo der ›Fackel‹ einzuleiten, um ihre Zuhörer durch den Schock vom ersten Augenblick an zu packen. Dann ein paar Daten und Fakten, um die Dimension der Auseinandersetzung klarzustellen, gefolgt von den verschiedenen Sichtweisen der Parteien auf den Kernkonflikt. Je länger sie sich ausmalte, die kruden Hirngespinste zu entwirren, aus denen sich die Weltsicht solcher Terroristen zusammensetzen musste, desto stärker berauschte sie die Vorstellung, wie Professor Lüneburger ihren Vortrag gebannt verfolgen würde. Ein Glücksgefühl durchströmte sie bei dem Gedanken, mit glasklarer Logik die Anschauungen der Terroristen zu sezieren. Im gleichen Moment verstand sie, auf welchen Abwegen sich ihre Fantasie befand, und der Rausch verschwand genauso schnell, wie er gekommen war.

Sie blieb stehen, sah nach oben in die Kronen der Linden, die am Straßenrand standen. Als sie sich gesammelt hatte, ging sie langsam weiter.

Laut Lüneburger ging es darum, die Öffentlichkeit davon zu überzeugen, dass man »die Guten« war. Die »Fackel« – einer »der Guten«? Jana schüttelte den Kopf. Die Islamisten behaupteten von sich, einen heiligen Krieg zu führen. Konnte irgendjemand glauben, dass Gott es guthieße, Unschuldige umzubringen? Wodurch fühlte sich die ›Fackel‹ von Gott beauftragt, auf bestialische und heimtückische Art Kinder zu töten? Ging es gar nicht um Gott, sondern bloß um Macht? Darum, die Leute durch Angst gefügig zu machen?

Jana merkte, dass sie es drehen und wenden konnte, wie sie wollte: Um die Denkweise der »Fackel« zu verstehen – irgendeine innere Logik musste es ja geben –, konnte sie nicht umhin, mit seinesgleichen zu reden. Sie sah das Bild vor sich: die »Fackel«, der abgeschlagene Kopf der Engländerin, ein Lächeln für die Kamera. Nein, diesen Menschen tatsächlich gegenüberzutreten, von Angesicht zu Angesicht mit einem von ihnen zu sprechen, kam nicht infrage. Aber sie musste irgendwie mit ihnen in Kontakt kommen. Sicher würde man ihr gehörig auf den Zahn fühlen, was sie denn bezwecke. Und ebenso sicher war, dass sie besser nichts von ihrer Seminararbeit erzählte, weil diese Leute sich an fünf Fingern abzählen konnten, dass Jana darin kein Loblied auf sie singen würde – und im gleichen Moment wurde ihr noch etwas klar: Genau dies war die Art von Recherche, vor der Professor Lüneburger sie gewarnt hatte. Auch wenn es bloß um einen Seminarvortrag in der Uni ging: Diese Menschen gingen über Leichen, und Jana hatte keine Lust, die Nächste zu sein. Auf welche Art kam man an die ›Fackel‹ und ähnliche Leute heran, und vor allem, wie tat man das, ohne sich in Gefahr zu bringen?

Kurz darauf erreichte Jana den fünfgeschossigen Altbau aus DDR-Zeiten, in dem sich ihre Wohnung befand, schloss die Eingangstür auf und stieg die Treppe zum zweiten Stock hinauf. Oben angekommen steckte sie den Schlüssel ins Schloss, drehte ihn zweimal, trat durch die schmucklose Wohnungstür, hängte ihren Mantel auf einen Haken und drückte die Tür mit dem Ellbogen zu. Dann ging sie ins Wohnzimmer, wo sie ihren Rechner in der Dockingstation einrastete und anschaltete, und von da aus weiter in die Küche.

Zur Feier des Tages einen Tarrazú aus Costa Rica, sagte sie sich, schüttete die Bohnen in die Kaffeemühle und drehte den Startknopf. Den habe ich mir verdient.

Genießerisch sog sie den Duft des frisch gemahlenen Kaffees ein und leerte den Siebträger der Espressomaschine mit einem harten Schlag auf den Rand des Mülleimers. Anschließend füllte sie den Metalleinsatz mit frischem Pulver, presste das Kaffeemehl sorgfältig an und schraubte das Sieb ein. Die Zeit, in der die Maschine auf die nötige Temperatur heizte, nutzte sie, um schnell bequeme Sachen anzuziehen und ihre

Whatsapp-Nachrichten zu überfliegen. »Cocktailparty heute Abend im Hoppegarten – ganz schick«, stand da von Wibke. »Wann soll ich dich abholen?«

»Mensch, Wibke, ich muss arbeiten!«, stöhnte sie, vertagte das Absagen aber auf später und schob das Telefon zurück in ihre Gesäßtasche, weil in diesem Moment die grüne Lampe an der Espressomaschine aufleuchtete. Jana zapfte ihren Kaffee in ein kleines Tässchen und balancierte es auf einer Untertasse zu ihrem Rechner. Routinemäßig sah sie noch schnell bei Facebook und in ihren E-Mails nach, ob etwas Wichtiges anlag, doch außer der Nachricht, dass ihre Vorstellung in der Whiskybar auf morgen verschoben war, fand sie nur Belangloses und Spam. Jana trank einen Schluck von ihrem Espresso und atmete tief durch.

»Dann wollen wir mal!«, erklärte sie dem Rechner.

Die nächsten Stunden vertiefte sie sich derart in die Durchforstung des Internets nach Begriffen wie »asymmetrischer Krieg«, »Mudschahedin«, »Terroristen«, »Freiheitskampf« und »Guerilla« in allen möglichen Kombinationen mit Begriffen wie »Propaganda«, »Image« oder »Zustimmung«, dass sie sogar vergaß, ihren Kaffee auszutrinken. Dennoch fand sie nichts, was ihr nützlich erschien. Allmählich bezweifelte sie Lüneburgers Aussage, dass sie mit konventioneller Recherche viel mehr fände, als sie brauchte. Im Augenblick wäre sie froh, wenn sie überhaupt etwas Verwertbares im Netz zutage fördern würde. Ernüchtert schob Jana den Rechner von sich, rieb sich die Augen und blies die Backen auf. In ihren Ohren summte es, was ihr auch nicht dabei half, nützliche Ideen zu entwickeln.

Ihr Handy begann zu vibrieren. Sie zog es aus der Gesäßtasche und sah auf der Anzeige, dass es Wibke war. Mit schlechtem Gewissen nahm sie den Anruf an.

»Mensch Jana, hast du meine Nachricht nicht gelesen?«, beschwerte sich Wibke.

»Doch, aber …«

»Weißt du schon, was du anziehst?«, erstickte ihre Freundin jeden Widerstand im Keim. »Am besten wäre ein scharfes Cocktailkleid und ein abgefahrener Hut. Wart mal, bis du mich siehst!«

Dass sie absagen könnte, fand Wibke offenbar undenkbar.

Wahrscheinlich tut mir ein wenig Abwechslung sogar gut, um auf andere Gedanken zu kommen, überlegte Jana. Hier bin ich sowieso in einer Sackgasse.

»Einen Fummel, der als scharfes Cocktailkleid durchgehen kann, hätte ich sogar«, sinnierte sie laut. »Aber ich habe in meinem Leben noch keinen Hut getragen!«

»Ohne Hut bist du auf der Rennbahn quasi nackt. Das geht gar nicht. Aber mach dir keine Gedanken. Ich bringe dir einen mit.«

Das Telefon noch in der Hand blickte Jana an sich herunter. Die Schlabberklamotten waren bequem, aber außerhalb der eigenen Wände unpassend. »Uuups, so kannst du unmöglich auf der Rennbahn auftreten, liebe Jana!«, kicherte sie. Mit einem Mal verspürte sie richtig Lust auf die Party.

Sie trällerte »Jour 1« von Louane, tänzelte gut gelaunt unter die Dusche und schlüpfte anschließend in ein figurbetontes, enggeschnittenes Kleid. Ihre dunkelbraunen Haare föhnte und bürstete sie, bis sie glänzten. Die Frisur hatte sie bei Sandra Bullock abgeschaut, mittellang, glatt, offen, mit Seitenscheitel – ohne großen Aufwand und doch so hübsch, dass sie sich wohlfühlte. Sie schminkte sich gerade, als die Anzeige ihres Handys wegen einer neuen Nachricht aufleuchtete. Wibke wartete unten vor der Tür. Schwarze Pumps vervollständigten ihr Outfit und Minuten später glitten sie in Wibkes Sportwagen durch Berlin in Richtung Osten.

Der Roadster war kein halbes Jahr alt, roch fabrikneu, und die cremefarbenen, unglaublich bequemen Ledersitze zeigten nicht die geringsten Gebrauchsspuren. Auf Jana, die nach der Trennung ihrer Eltern in sehr einfachen Verhältnissen aufgewachsen war, wirkte das Ganze geradezu unwirklich. Das Gefühl verstärkte sich, als sie auf der Rennbahn eintrafen. Wibkes riesigen, mit Reiherfedern geschmückten Hut auf dem Kopf schwebte Jana neben ihrer Freundin in die Bar des Rennklubs. Drinnen tummelten sich elegante Damen, die allesamt exotische Kopfbedeckungen trugen, neben Herren in Tweed-Jacketts. Die Atmosphäre wirkte eine Spur aus der Zeit gefallen. Sie kam sich vor wie eine Komparsin in einer Filmszene, die in Ascot spielte. Die Bedienung empfing sie mit der Frage: »Champagner? Roederer oder Krug?«

Jana fühlte sich in der fremden Welt der jungen Berliner Oberschicht wie auf einer Safari. Wibke stellte sie anfangs einigen Bekannten vor, verschwand aber bald in der Menge, um Freundinnen mit Küsschen zu begrüßen und vermutlich den jüngsten Tratsch und Klatsch auszutauschen. So ließ sich Jana die längste Zeit des Abends allein durch die Glitzerwelt der Reichen treiben und kostete zum ersten Mal in ihrem Leben Champagner. Sie fand es anregend, aber sie scheute sich, die Sicherheit ihres imaginären Safari-Jeeps zu verlassen, bevor sie die Gefahren dieser Wildnis einschätzen konnte. Für diesmal, tröstete sie sich und griff sich ein neues Glas vom Tablett eines Kellners, der gerade an ihr vorbeikam. »Türen stehen dir offen, Jana. Ob du hindurchgehst, wird sich finden!«, sagte sie leise zu sich selbst, schnupperte an ihrem Glas und trank einen Schluck. Krug-Champagner ist meine Marke, beschloss sie und lächelte glücklich.

Später am Abend schwebte Wibke auf sie zu.

»Jana, da bist du ja! Ich suche dich die ganze Zeit.« Wibke kam ganz dicht an ihr Ohr. »Würde es dir etwas ausmachen, dir eine andere Fahrgelegenheit für die Rückfahrt zu besorgen? Es kostet dich ein Lächeln – lauter gute Partien um dich herum!«

»Kein Problem, ich finde alleine heim!« Jana machte eine großzügige Geste, bei der sie kurzzeitig ein wenig das Gleichgewicht verlor. Der Champagner war tückisch.

»Soll ich dir Per vorstellen?«, unterbrach Wibke ihre Gedanken und zwinkerte ihr verschwörerisch zu. »Den kenne ich aus Hamburg. Ganz nett, schließt gerade sein BWL-Studium ab und steigt später bei seinem Vater in die Reederei ein. Er hat mich eben gefragt, wer denn meine schöne Freundin wäre. Der Gute hat uns zusammen reinkommen sehen und traut sich nicht, dich anzusprechen – weil du so unnahbar wirkst und alle abblitzen lässt.«

Über Wibkes Schulter hinweg sah sie einen schmalgesichtigen Mann, der ihr schüchtern zulächelte. Er sah nicht schlecht aus und hatte in jedem Fall auf eine plumpe Anmache verzichtet. Einen Moment lang spielte sie mit dem Gedanken, die Recherche für den Vortrag zu verschieben und sich mit Per einen schönen Abend zu machen, verwarf den Gedanken jedoch sofort. Ihr Studium abzuschließen, um auf eigenen Füßen zu stehen, war wichtiger als Kontakte in die High Society. »Du, danke, ein anderes Mal gerne. Ich nehme die S-Bahn. Wollte sowieso noch etwas arbeiten, und das passt bestimmt nicht in Pers Pläne.«

Als Jana kurz nach Mitternacht ihre Wohnung aufschloss, fühlte sie sich ausgelassen und unbeschwert. Der Schampus war ihr im Laufe der Fahrt noch mehr in den Kopf gestiegen. »… irgend so ein Schnucki mit 'ner Riesenjacht …«, trällerte sie den Ohrwurm, der sich im Hoppegarten in ihrem Kopf festgesetzt hatte, warf ihren Mantel mit Schwung auf den Haken in der Diele und ging ins Wohnzimmer. Dort klappte sie ihren Rechner auf, ließ sich auf ihren Bürostuhl plumpsen und drückte den Startknopf. Ihr war ein wenig schwindlig. Sie massierte ihre Stirn, zog die Hände bis zu den Wangen nach unten und spähte über die Fingerspitzen auf den Bildschirm. Er zeigte verschiedene Artikel zur »Fackel der Gerechtigkeit«.

»Na, ›Fackel‹, wie bist du so drauf?« Ihre Ängste vom Nachmittag kamen ihr kleinmütig vor. Sie dachte an die gelassen zur Schau getragene Selbstsicherheit der Partygäste im Hoppegarten. Wer nichts wagt, der nichts gewinnt, hieß es schließlich nicht umsonst. Ja, natürlich musste sie ausreichenden Sicherheitsabstand halten. Das änderte nichts an der Tatsache, dass sie herausfinden musste, was solche Leute zu derartig abscheulichen Taten trieb. Jana griff nach der Espressotasse, die vom Nachmittag noch halbvoll neben ihrem Rechner stand. Der Kaffee war natürlich längst kalt. Es schüttelte sie, als die bittere Flüssigkeit durch ihre Kehle rann.

»Wir gehen auf Nummer sicher.« Erfüllt von Zuversicht, das Richtige zu tun, rief sie »web.de« auf, um sich eine neue E-Mail-Adresse anzulegen. Mit einer unauffälligen Adresse bei einem der größten Anbieter kostenloser E-Mail-Kennungen würde sie kein Aufsehen erregen. Welchen Namen geben wir der Kennung?

»Wer bin ich, ›Fackel der Gerechtigkeit‹?«, murmelte Jana. »Wer bin ich? Jedenfalls geht dich das nichts an.«

Tante Greta sagte immer, egal ist 88, erinnerte sich Jana. Zweimal 88 ist scheißegal.

Mit der Kennung »wbi8888« – wer bin ich? Scheißegal! – konnte sie die »Fackel der Gerechtigkeit« aus sicherer Entfernung ausforschen und herausfinden, wie er und seine Anhänger tickten.

Das Anlegen der E-Mail-Kennung dauerte keine zwei Minuten. Die Anmeldemaske fragte nach ihrem Namen, ihrer Adresse und ihrem Geburtsdatum. Jana kicherte, als sie »Joachim Müller«, »5.6.1987« und »München« eintrug.

»Jana, du hast einen Schwips«, gluckste sie, nachdem sie die Maske fertig ausgefüllt hatte, und ließ ihren rechten Zeigefinger mit einer weit ausholenden Bewegung am gestreckten Arm auf die Enter-Taste fallen. »So, ›wbi8888‹, die Jagd kann losgehen!«

Anschließend richtete sie sich ein weiteres Postfach auf ihrem Rechner ein, um bequemer auf die Nachrichten der neuen Mailadresse zugreifen zu können. In mehreren einschlägigen Foren stellte sie ihre Fragen und forderte die Fackel und seine Unterstützer auf, »wbi8888@web.de« Rede und Antwort zu stehen. Dann klappte sie den Rechner zu und ging schlafen. Es war Viertel nach drei, und ihr Kopf brummte nicht nur vom Alkohol.

Als Jana am nächsten Morgen auf ihren Wecker blickte und sah, dass es schon fast elf war, war sie schlagartig hellwach. Hektisch sprang sie auf, duschte und schlüpfte mit nassen Haaren in ihre Kleider. Um zwölf war ihr Vorstellungsgespräch in der Whiskybar »Fàilte!«, wozu sie auf keinen Fall zu spät kommen wollte. Sie hatte schon den Mantel in der Hand, um hinaus in Richtung S-Bahn zu stürzen, als sie wieder an ihre Anfragen aus der letzten Nacht dachte. Hin- und hergerissen spähte sie ins Wohnzimmer, wo der Laptop zusammengeklappt auf dem Schreibtisch lag.

»Okay, zwei Minuten«, genehmigte sie sich und flitzte zu ihrem Arbeitsplatz, um unter »wbi8888@web.de« nachzusehen, ob sich bereits etwas getan hatte. Ihr fiel auf, dass der Rechner eigenartig heiß war und der Lüfter auf vollen Touren lief. Dabei war sie sich sicher, dass sie ihn wie immer in den Bereitschaftsmodus heruntergefahren hatte. Mit fliegenden Fingern rief sie das neue Postfach auf und stellte fest, dass sie tatsächlich zwei E-Mails erhalten hatte. Ihr Herz klopfte, als sie die erste öffnete.

von: Abu Mujahed <abumujahed@gmail.com>
an: wbi8888@web.de
Betreff: Streiter für die gerechte Sache!

Du willst für die Sache Gottes kämpfen? Schließ dich uns an! Wer bist du? Wo wohnst du?
Allahu akbar

Jana schluckte. Mit so einer Antwort hatte sie nicht gerechnet. Und sie würde mit diesen Leuten ganz sicher nicht direkt verkehren, selbst wenn sie nichts in Erfahrung brächte. Mit geringeren Erwartungen öffnete sie den zweiten Eingang.

von: Kameradschaft Achatz Hilger <kah@wsgh.net>
an: wbi8888@web.de
Betreff: Treffen

Kamerad, willst du mit uns für die gemeinsame Sache eintreten und die Ehre Deutschlands wiederherstellen?
Schließ dich uns an! Antworte auf diese E-Mail, damit wir wissen, wo wir dich treffen können.

HH, Achatz

Jana schüttelte den Kopf und löschte die beiden E-Mails. Sie stellte den Laptop auf Stand-by und klappte den Deckel zu. Der Lüfter schaltete auf höchste Drehzahl und pustete heiße Luft gegen ihre linke Hand, die auf der Schreibtischplatte lag. Der neue Rechner war doch nicht etwa kaputt? Um das herauszufinden, hatte sie jetzt keine Zeit. Wollte sie rechtzeitig zu ihrem Vorstellungsgespräch in der Bar sein, musste sie sich sputen.

Als Jana die Wohnung verließ, hatte sie das merkwürdige Verhalten des Rechners schon vergessen. Auf dem Weg nach unten rief sie ihre Tante Greta an, um von ihr noch schnell so viel wie möglich über Whisky zu erfahren. Greta war die einzige Person, die sie kannte, mit der sie über Kaffee fachsimpeln konnte, und Jana wusste, dass sie auf den Gebieten Käse, Wein und eben Whisky ähnlich gut beschlagen war.

KAPITEL 3

Samstag, 10. Oktober 2020 – Friedrichshain, Berlin

Als Jana an der Whiskybar ankam, blieben ihr fünf Minuten Zeit bis zum vereinbarten Termin. Im spiegelnden Rauchglas der Eingangstür überprüfte sie ihr Äußeres und zupfte den Schal zurecht, mit dem sie für diesen Anlass frische Farben in ihre übliche bequem-lässige, eher schlichte Kleidung aus Kuschelpullover und Jeans brachte. Du hast genau eine Gelegenheit, einen guten ersten Eindruck zu machen, sagte Tante Greta immer. Neben der Tür hing die Getränkekarte. Jana stellte fest, dass das »Fàilte!« 117 verschiedene Whiskys, neun verschiedene Mineralwasser und drei reinsortige Kaffees führte. Entweder war das ein Laden ganz nach ihrem puristischen Geschmack oder völlig abgedreht. Sie sah auf die Uhr: zwei Minuten vor zwölf. Jana atmete tief durch und öffnete die Tür. Drinnen empfing sie eine gediegene Atmosphäre: dunkles Holz, lederne Clubsessel, Bilder von Golfspielern und Fliegenfischern.

Das sieht nach guten Trinkgeldern aus, freute sie sich.

»Fàilte, Jana!«, rief eine rauchige Stimme vom Tresen. »Ciamar a tha thu?«

»Wie bitte?« Jana krauste die Stirn und spähte zur Theke, doch sie konnte niemanden entdecken. Hinter dem Ausschank stand eine Tür offen, die in einen Lagerraum führte. Sie wollte gerade darauf zugehen, als ein Mann Anfang 40 in der Tür auftauchte, die Theke umkurvte und mit ausgestrecktem Arm auf sie zukam.

»Das ist Gälisch, die Sprache meiner Heimat Islay, und heißt ›Willkommen, Jana, wie geht es dir?‹«

Sein Deutsch war fehlerfrei, wenngleich mit einem starken Akzent, wobei sein gutturales R am meisten auffiel. Er überragte Jana fast um einen Kopf, seine roten Haare wallten ihm offen über die Schultern – und er trug einen Kilt. Seine Pranke packte ihre Hand, und Jana unterdrückte einen Schmerzenslaut.

»Danke, mir geht es gut«, erwiderte sie und knetete verstohlen ihre Fingerknöchel. »Und ich bin beeindruckt: Sie haben ja eine imposante Karte, Herr Bayne. Ich bin wirklich beeindruckt.«

»Das freut mich zu hören! Nenn mich bitte Iain und sag du zu mir. Förmlichkeiten vertragen sich nicht mit dem Genuss edlen Whiskys.«

Iain und seine Bar gefielen Jana immer besser, und sie hatte den Eindruck, dass auch er sie mochte. Er bat sie mit einer einladenden Geste an den Tresen, was ihr das Gefühl gab, den Job so gut wie in der Tasche zu haben. Jana setzte sich auf den Stuhl, den Iain ihr zurechtschob, reckte den Hals und sah ihn offen an.

»Ich hoffe, du kennst dich mit Whisky aus?«

»Hmm, ich denke schon.«

»Malt, Single Malt, Blend, Bourbon?«

Bei jedem der Begriffe nickte Jana zustimmend.

»Kennst du den Unterschied zwischen Whisky und Whiskey mit ›e‹?«

»Klar, der mit ›e‹ ist aus Irland«, antwortete sie.

»Und, kannst du darüber ein bisschen ausführlicher erzählen?«

Sie sah Iain fragend an.

»Irischer Whiskey, schön, aber das reicht mir nicht. Was ist das Besondere daran? Pot Still? Grüne Gerste?« Seine Stimme bekam einen ungeduldigen Unterton, der Jana unwillkürlich an die des Fremdprüfers in ihrer mündlichen Abiturprüfung erinnerte. Als sie nicht antwortete, sah er fast enttäuscht auf sie herab. Janas Gesicht glühte auf. Nach der halbstündigen Druckbetankung in Sachen Whisky-Wissen durch Tante Greta hatte sie sich als Expertin gefühlt. Jana versteifte sich. Kampflos wollte sie trotzdem nicht aufgeben.

»Okay, als Whisky-Expertin kann ich vielleicht nicht durchgehen.« Sie setzte ihr gewinnendstes Lächeln auf. »Aber unter Umständen kann ich Sie, äh, dich auf eine andere Art beeindrucken …«

Iain zog die rechte Augenbraue empor.

»Ich habe gesehen, dass du drei reinsortige Kaffees auf der Karte hast.«

»Ja, sicher. Meine Gäste sind anspruchsvoll.«

»Warum führst du drei sehr kräftige, eher säurereiche Sorten und keine einzige milde?«

»Was würdest du denn vorschlagen?«

»Vielleicht einen Maragogype, zum Beispiel aus Mexiko?«

»Oha, keine Whisky-, aber dafür Kaffeeexpertin? Haben deine Eltern eine Rösterei?«

»Nein«, erwiderte Jana, »das ist ein Tick von mir, den ich mir eigentlich nicht leisten kann. Faule Kompromisse hasse ich.«

»Du hasst also faule Kompromisse«, wiederholte der Barbesitzer und griff hinter sich in einen Schrank. Wortlos stellte er sechs Gläser vor sie und goss aus verschiedenen Flaschen ein.

»Ardbeg aus meiner Heimat Islay, The Glenlivet, Slyr, Yamakazi, Jameson – einer mit ›e‹.« Dabei lächelte er sie auf eine Art an, von der sie nicht hätte sagen können, ob sie spöttisch oder verschwörerisch war. »Und der Vollständigkeit halber etwas von dem grauenvollen Zeugs, das die Amis brennen.«

»Ein Bourbon?«

»Ja, Kentucky, Sour Mash. Probier den zuerst. Dann hast du es hinter dir.«

»Soll das heißen, dass ich den Job habe?«

»Wir können es ja mal miteinander versuchen«, sagte er gedehnt. »Aber du musst wissen, wovon du redest, dich mit Whisky solide auskennen. Mit zusammengegoogeltem Halbwissen vergraulst du mir meine Gäste.«

Geraume Zeit später trat Jana ins Freie. Der Whisky in ihrem Bauch wärmte sie so sehr, dass sie die kühle Luft kaum spürte. Sie hatte den Job und in ihrer Handtasche zehn Fläschchen ausgefallener Whiskys, die sie bis zu ihrer ersten Schicht kennen musste.

Am nächsten Morgen wachte Jana gegen acht auf und tappte im Halbschlaf in Richtung Küche, um sich einen Kaffee zu machen. Weil ihr aus dem Wohnzimmer ein seltsames Rauschen entgegendrang, bog sie ab und bemerkte, dass an ihrem Klapprechner ein gelbes Licht blinkte. Jana wunderte sich – normalerweise sah man an dem Rechner nur blaue und grüne Lichter – und trat näher heran. Sie hörte, dass der Lüfter wie verrückt arbeitete, hielt die Hand an die Lüftungsschlitze und zuckte zurück. Das Metallgitter war so heiß, dass sie sich fast verbrannt hatte, und das, obwohl der Computer im Bereitschaftsmodus nichts tun sollte.

»Was machst du denn für einen Unfug?«, grummelte sie und klappte den Laptop auf. Der Bildschirm war schwarz. Sie drückte den Startknopf, ihre Arbeitsfläche leuchtete auf und zeigte das, was sie auch am Vortag vor ihrem Aufbruch ins »Fàilte!« gesehen hatte. Probeweise verschob sie mit der Maus ein paar Fenster und öffnete eine Datei. Alles schien einwandfrei zu funktionieren. Sie zuckte mit den Schultern und klickte sich zu ihrem neuen Postfach. Heute Morgen gab es nicht nur zwei E-Mails auf »wbi8888@web.de«, sondern 48.

Sie begann die Nachrichten zu lesen. Es waren durchgängig plumpe Anwerbeversuche von Islamisten oder Neonazis.

»Warum Islamisten und Neonazis und nicht zur Abwechslung Kommunisten oder Esoteriker?«, knurrte sie, ohne dass der Sarkasmus ihre Stimmung besserte. Die Sache wurde ihr unheimlich. Und überhaupt: Sie hatte sich in den Internetforen an Islamisten gewandt. Wieso belästigten sie auch Neonazis?

Verärgert legte sie die Stirn in Falten und schüttelte den Kopf. »Alles Deppen«, murmelte sie und löschte kurz entschlossen alle E-Mails auf einen Schlag. Danach saß sie einige Sekunden regungslos vor ihrem Rechner und lauschte dem Lüfter, der weiterhin auf vollen Touren lief. Weil ihr nichts Besseres einfiel, hob sie das Notebook an und prüfte, ob vielleicht Staub den Lüftungsschacht blockierte, doch sie fand nichts. Die Erkenntnis, praktisch nichts über ihren Computer zu wissen, ernüchterte sie. Sie spitzte die Lippen und stellte das Gerät zurück auf den Schreibtisch.

»Was soll's. Ist ja noch Garantie drauf«, beruhigte sie sich und beschloss, das seltsame Verhalten fürs Erste zu übergehen. Wie meistens klickte sie sich zuerst auf ihre Facebook-Seite. Dort stand nichts Wichtiges, ebenso wenig bei Instagram oder in ihren E-Mails. Gerade wollte sie den Rechner ausschalten, als eine neue Nachricht in ihrem privaten elektronischen Postfach aufleuchtete. Sie öffnete die Nachricht und las:

von: Abu Mujahed
an: jyloewe@t-online.de
Betreff: Streiter für die gerechte Sache!

Jana, du möchtest für die Sache Gottes kämpfen? Schließ dich uns an! Willst du uns nicht sagen, wo du

wohnst? Die Brüder in Berlin freuen sich darauf, dich kennenzulernen!
Allahu akbar

Jana stieß den Rechner von sich. Ihr Herz raste.

»Das darf nicht wahr sein! Wie um alles in der Welt sind die auf Berlin, an meinen Namen und an meine richtige E-Mail-Adresse gekommen?«

KAPITEL 4

Montag, 12. Oktober 2020 – Wilhelmsruh, Berlin

Jana fühlte sich wie gerädert. Sie lag auf dem Rücken in ihrem Bett, Arme und Beine von sich gestreckt, und starrte an die Decke. Die ganze Nacht hatte sie kaum ein Auge zugetan. Inzwischen graute der Morgen, und erstes Licht fiel durch die Ritzen zwischen den Lamellen der Rollos. Ihre Lippen verzogen sich zu einem bitteren Lächeln bei dem Gedanken, wie lange sie mit sich gerungen hatte, die Teile anzuschaffen. Sie mochte weder Vorhänge noch Rollos, aber ihre Fenster hatten keine Rollläden, und im Hellen konnte sie nicht schlafen. Das waren damals Probleme! Inzwischen raubte ihr die Frage den dringend nötigen Schlaf, wie Abu Mujahed, wer auch immer sich hinter dem Namen verbarg, an ihre wahre Identität und E-Mail-Adresse gekommen war.

»So geht das nicht«, zischte sie, richtete ihren Oberkörper auf und ballte die Fäuste.

Ihr Blick fiel auf die Folge von Picasso-Stierbildern an der Wand, neben drei japanischen Kalligrafien im Wohnzimmer der einzige Wandschmuck in ihrer Wohnung. Es faszinierte sie, wie Picasso in wenigen Schritten das Wesentliche an einem Stier herausgearbeitet, in der letzten Zeichnung mit lediglich fünf Strichen auf den Punkt gebracht hatte.

Was war das Wesentliche in ihrer Lage? Irgendwelche Leute wollten etwas von ihr, wollten sie für Zwecke vereinnahmen, die sie verabscheute. Nicht mit mir!, ärgerte sie sich. Ich tanze nicht nach eurer Pfeife! Mit einem Satz war sie aus dem Bett und marschierte erbost in einer Art Stechschritt zu ihrem Rechner. Dort begann sie nach allen möglichen Kombinationen und Teilen der Begriffe »Abu Mujahed«, »Streiter Gottes« und »Kameradschaft Achatz Hilger« im Internet zu suchen. Sogar die Serveradresse aus Achatz' E-Mail gab sie im Browser ein: »wsgh.net«, allem Anschein nach eine Poker-Seite in China. Sie fand nichts Brauchbares. Wenigstens stellte sich das beruhigende Gefühl ein, die Kontrolle über ihr Leben zurückzugewinnen. Es hielt nicht lange an. Eine hartnäckige Stimme in ihrem Hinterkopf wurde nicht müde zu betonen, dass etwas nicht stimmte.

Jana blähte die Backen und sah auf die Uhr: gleich halb neun. Übernächtigt machte sie sich auf den Weg zur Uni. Ihre Hoffnung, dass die Routine sie wenigstens ein bisschen ablenken würde, erfüllte sich nicht. Die erste Vorlesung zog wie ein unscharfer Film an ihr vorbei. Gegen elf verließ sie den Hörsaal und zermarterte sich das Hirn darüber, ob das unerklärliche Heißlaufen ihres Rechners etwas damit zu tun haben könnte, dass sie widerliche und an sie persönlich gerichtete Spam-Nachrichten auf ihre normale E-Mail-Adresse bekam. Schließlich war ihr Computer die einzige Verbindung zwischen der anonymen »wbi8888«-Adresse und ihrer richtigen.

Auf dem Gang kam ihr Wibke entgegen. Ihre Bekannte hatte dunkle Ringe unter den Augen wie Jana selbst. Im Gegensatz zu ihr lächelte Wibke jedoch glücklich. Die Nacht war lang und schön gewesen, schloss Jana. Schnell verwarf sie die Hoffnung, mit Wibke über ihre Probleme reden zu können. Ein andermal vielleicht, aber heute Morgen würde Wibke kaum eine Hilfe sein. Jana beschloss, sich ihr gegenüber nichts von ihren Sorgen anmerken zu lassen.

»Gott sei Dank! Du lebst noch!«, begrüßte sie ihre Freundin.

»Wieso sollte ich nicht mehr leben?« Wibke gluckste.

»Na, immerhin warst du seit gestern Abend um sechs nicht mehr online auf Whatsapp, und ans Telefon bist du auch nicht gegangen. Was ist denn los?«

»Haucke – der Grund heißt Haucke.«

»Heißt so der Knabe aus dem Hoppegarten, dessentwegen ich vorgestern mit der S-Bahn zurückfahren musste?« Es klang nach Vorwurf und so gar nicht nach dem unbeschwerten Plauderton, den sie beabsichtigt hatte. Als ob sie Wibke ihre Eroberung missgönnte. Jana gab sich einen Ruck und lächelte herzlich. »Mir scheint, es hat sich gelohnt.«

Wibke zwinkerte ihr zu. »Warum sind denn so wenige da? Sag nicht, dass ich mich zu dieser nachtschlafenden Zeit herschleppe, und die Vorlesung fällt aus.«

»Nachtschlafend? Es ist immerhin gleich elf.«

»Du hast gut reden! Obwohl, warst du nicht gestern in dieser Bar? Die machen doch sicher nicht vor zwei zu. Oder hast du es dir anders überlegt mit dem Job?«

»Gestern war das Vorstellungsgespräch. Morgen ist meine erste Schicht. Die geht bis halb zwei.«

»Bis halb zwei schuften? Mir wäre das zu stressig.«

»Ich brauche eben das Geld«, murrte Jana.

»Was ist mit deinen Eltern? Geben die dir nichts?«

Einen Moment überlegte Jana, ob sie Wibke erklären sollte, warum sie zu stolz war, ihren Vater anzubetteln, dass sie lieber bis spät nachts arbeitete und sich einschränkte, als Abstriche an ihrer Unabhängigkeit zuzulassen, da bemerkte sie einen jungen Mann, der geradewegs auf sie zukam: Nils! Sein schmales Gesicht, das spitze Kinn und die wachen, grauen Augen hinter der Nickelbrille mit den runden Gläsern hätten ihm ein professorales Aussehen gegeben. Hätten, denn mit seinem fast bartlosen Gesicht und der aschblonden Stoppelfrisur wirkte er unreif wie früher als Schüler. Weder hatte er diesen schlaksigen Gang eines Halbwüchsigen abgelegt, noch achtete er auf sein Äußeres, alles genauso wie vor zwei Jahren, als sie zusammen ihr Abitur gemacht hatten. Das reinste Kontrastprogramm zu Wibke, die selbst heute, nach einer durchgemachten Nacht, mit Pumps, Minirock, karminrotem Blazer und selbstverständlich im gleichen Farbton lackierten Nägeln elegant und wie aus dem Ei gepellt auftrat.

»Hallo, Nils«, grüßte sie tonlos. »Bist du auch auf der HU?«

»Nein, ich studiere ITM an der TU. Hier höre ich nur Ludification als Gast.«

Jana hatte keinen blassen Schimmer, was Ludification oder ITM bedeutete. Ihre Gedanken rasten, ob sie Nils Wibke vorstellen sollte oder besser nicht. Was, wenn Wibke dabei erführe, dass sie jahrelang mit ihrer Mutter in einer Sozialwohnung in einem heruntergekommenen Stadtteil Kölns gewohnt hatte? Jana spürte, dass sie rot anlief, und nestelte an ihrem Schal, um Zeit zu schinden. Nils zog seine linke Augenbraue nach oben, räusperte sich in das unerquickliche Schweigen hinein und sagte: »Ich muss zur Vorlesung – man sieht sich.« Damit ließ er die beiden Frauen stehen und ging weiter.

»Wer war das denn?«, lästerte Wibke gerade laut genug, dass Nils sie nicht hören konnte. »Bitte sag, dass du mit dem nie etwas hattest.«

Gewissensbisse flackerten in Jana auf, denn Nils ließ nie jemanden im Stich und hätte sie sicher bei niemandem verleugnet. Wibke sah sie lauernd an. Werden wir richtige Freundinnen oder sind wir ein Zweckbündnis? Du bringst mich mit interessanten Leuten zusammen, und weil zwei schöne Frauen größere Aufmerksamkeit auf sich ziehen als eine, nimmst du mich mit?

»Natürlich nicht«, wiegelte Jana ab. »Ich weiß nicht, ob der überhaupt schon mal eine Freundin hatte. Wir waren bloß auf derselben Schule in Köln.«

»Ist ja egal. Es gibt genug interessante Typen und auf so einen bist du glücklicherweise nicht angewiesen. Warst du schon mal bei einem Pferderennen? Nein? Das geht ja gar nicht! Freitag ist Renntag im Hoppegarten, und ich gehe mit Haucke hin. Wenn du willst, bringt er einen schicken Kollegen mit.« Wibke zwinkerte verschwörerisch.

»Mal sehen«, wich sie aus und entschloss sich, eine Lanze für Nils zu brechen. »Du unterschätzt Nils, wenn du ihn nur nach seinem Äußeren beurteilst. Der hat echt was drauf. Es gab noch kein Computerproblem, das der nicht im Handumdrehen gelöst hat, und wenn wenigstens die Hälfte der Geschichten stimmt, die über ihn in Köln die Runde machen, ist er ein Hacker, der selbst in Regierungsrechner reinkommt.«

Wibke zuckte mit den Schultern. »Wenn du meinst. Manchmal kann man so jemanden ja gebrauchen.«

In den folgenden Tagen fuhr Jana ihren Rechner nicht ein einziges Mal hoch. Ihre Seminararbeit bearbeitete sie an öffentlichen Computern der Uni. Um mit den Freunden in Kontakt zu bleiben, schnell etwas im Netz zu recherchieren, selbst um Videos zu schauen, benutzte sie das Smartphone. Einmal lugte sie via Smartphone in ihre E-Mails – 684 neue Nachrichten, die meisten von der Art, die sie überhaupt nicht sehen wollte. Am Donnerstag spät abends wollte Jana vor dem Schlafengehen nach neuen Nachrichten sehen und griff zu ihrem Smartphone. Der jüngste Eintrag auf Whatsapp stammte von jemandem, der sich Achatz nannte. Sie kannte niemanden dieses Namens, wenn man vom Absender der Neonazi-E-Mails an »wbi8888« absah. Ihre Hand zitterte, als sie die Meldung öffnete.

Jana, willst du mit uns für die gemeinsame Sache eintreten und die Ehre Deutschlands wiederherstellen?

Wo kann ich dich treffen?
HH, Achatz

Janas Herz pumpte wild. Zuerst hatte Abu Mujahed ihr auf ihre echte E-Mail-Adresse geschrieben, jetzt Achatz auf Whatsapp, wofür er ihre Telefonnummer kennen musste. Die bekamen ihre wahre Identität heraus! Sie ließ sich auf die Matratze plumpsen und krallte ihre Hände in die Bettdecke, um das Zittern in den Griff zu bekommen. Ihr war, als stünde sie auf einer riesigen Bühne, angestrahlt von Scheinwerfern, schutzlos den Gaffern ausgeliefert. War es eine Frage der Zeit, bis ein Abu Mujahed oder ein Achatz an ihrer Tür klingelte?

»Die Telefonnummer!«, zischte Jana und sah auf ihr Smartphone. Mit fliegenden Fingern öffnete sie die Details zu Achatz' Whatsapp-Kennung. Die hinterlegte Telefonnummer lautete 0171 123456789. Mit Sicherheit war das keine echte Nummer. Achatz hatte sich irgendwie in Whatsapp gehackt. Sie rannte ins Wohnzimmer zu ihrem Laptop und drückte den Anschalter. Wie in Trance trug sie alle Absender der Belästigungs-E-Mails im Spam-Filter ihres normalen Postfachs ein, bevor sie die Nachrichten in den Papierkorb verschob. Anschließend löschte sie das Postfach zu »wbi8888@web.de« und sperrte Achatz auf Whatsapp. Minutenlang saß sie einfach nur da und starrte die Wand an. Sie wusste, dass es sinnlos war, was sie gerade versucht hatte. *Die* hatten ihre E-Mail-Adresse, ihre Telefonnummer. *Die* wussten, wer sie war. Eine Frage der Zeit, bis *die* vor ihrer Tür standen!

Schließlich erhob sie sich von ihrem Schreibtisch, putzte die Zähne, zog ihren Schlafanzug an und legte sich ins Bett. Ein weiterer hilfloser Versuch, durch Routine ihr inneres Gleichgewicht wiederzufinden. Er misslang. An Schlaf war nicht zu denken. Sie wälzte sich hin und her, bis sie den Versuch einzuschlafen aufgab und mit hinter dem Kopf verschränkten Händen dalag, die Decke von sich gestrampelt. Sie fühlte sich erbärmlich. Das spärliche Licht, das von draußen hereinfiel, ließ kaum Konturen erkennen. Das Zimmer wirkte wie ein schwarzes Loch und das Bett in der Mitte wie ein Schlund, der sie verschlingen wollte.

Was soll das Ganze?, fragte sie sich niedergeschlagen. Warum tue ich mir das alles an? Kaum komme ich ein bisschen aus dem Dreck heraus, schon habe ich Typen am Hals, die sonst was von mir wollen.

Sie drehte sich auf die Seite.

Vor ein paar Tagen im Hoppegarten stand mir alles offen. Und jetzt? Wer meinte, das Leben sei ein mieser Verräter, hatte recht.

Jana rollte sich zurück auf den Rücken. In einer Geste der Unterwerfung schloss sie die Augen, eine Besiegte, die den vernichtenden Schlag erwartete und gleichzeitig hoffte, das Schlimmste zu vermeiden. Das Gefühl der Ohnmacht angesichts der Bedrohung lähmte sie für einige Atemzüge – dann fachte es ihren Widerstand an, denn nichts hasste sie mehr als Bevormundung. Sie kniff die Lippen zusammen. Schon wieder andere, die über sie bestimmen wollten! Ihr Nacken versteifte sich, und sie ballte die Fäuste. »Das kann nicht alles umsonst gewesen sein«, fauchte sie und wischte sich über die Augen. »Das darf nicht alles umsonst gewesen sein! Und fang' bloß nicht an zu heulen. Du hast ganz andere Sachen durchgestanden!«

Sie setzte sich auf und schaltete das Licht an. Ihr Herzschlag beruhigte sich und ihre Gedanken klarten auf.

Sie zwang sich zur Vernunft. Was würde ich einer Freundin empfehlen, die mich in so einer Lage um Rat fragt?

Jana lachte auf, schlug mit der flachen Hand auf die Stirn. Plötzlich schien alles ganz einfach. »Wir leben in Deutschland, im 21. Jahrhundert, einem Rechtsstaat, wie es wenige andere gibt«, erklärte sie der fiktiven Freundin, als stünde sie ihr gegenüber in der Schlafzimmertür. »Du kannst die Belästigungen einfach missachten, bis sie von alleine aufhören. Was wollen die schrägen Typen denn machen? Wenn tatsächlich ein Abu Mujahed oder ein Achatz oder sonst ein Schuft bei dir auftaucht, gehst du zur Polizei! Haaallooo!«

Entspannt sank sie zurück, löschte das Licht und schlief ein.

»Nein!«, schrie Jana und schlug die Hand zurück, die nach ihr griff. Statt gepflegter Nägel ragten spitze Dolchklingen aus ihren Fingern. Etwas bewegte sich rechts von ihr, ein Flackern, das sie durch die geschlossenen Lider wahrnahm. Sie schreckte hoch, riss die Augen auf und suchte die Umgebung nach dem Angreifer ab. Außer ihr war niemand im Zimmer. Eine Taube saß auf ihrer Fensterbank und putzte ihr Gefieder.

»Ein Albtraum«, hauchte sie erleichtert, wischte sich den Schweiß von der Stirn.

Sie erinnerte sich an ihren Entschluss aus der letzten Nacht, die Belästigungen zu ignorieren und notfalls zur Polizei zu gehen. Sofort fühlte sie sich besser. Der Wecker zeigte kurz vor acht. Draußen war es bereits hell. Sie stand auf, ging in die Küche, schaltete die Kaffeemaschine an und mahlte schwarz geröstete Bohnen für Espresso sizilianischer Art – der ultimative Kick am Morgen. Sie duschte und zog sich an, bevor sie drei Tässchen im Stehen trank. Weil sie keinen Appetit auf Frühstück hatte, steckte sie einen Apfel ein und brach gegen halb neun zur Uni auf. Ganz bewusst nahm sie ihren Laptop zum ersten Mal diese Woche mit. Sollte sie auf ihr wichtigstes Arbeitsmittel verzichten, weil der Rechner unerklärlicherweise heiß gelaufen und die einzige Verbindung zwischen »wbi8888« und ihrer richtigen E-Mail-Adresse war? Schließlich hatten *die* ja auch Whatsapp gehackt – und *die* konnten sie mal.

Die kämpferische Stimmung trug sie bis zum Ausgang, wo sie mit dem Griff an die Klinke ihrer Wohnungstür ein mulmiges Gefühl beschlich. Sie hielt inne, ließ den Türgriff los. Greifbare Gefahren außer Acht zu lassen ist mindestens fahrlässig, überlegte sie. Es hilft nicht, den Kopf in den Sand zu stecken, widersprach ihr im Geist Tante Greta. Genauso wenig war es eine Lösung, sich in der Wohnung zu verschanzen. Jana atmete tief durch und drückte die Klinke nach unten. Vorsichtig spähte sie aus der Wohnungstür und kurz darauf aus der Haustür, um sicherzustellen, dass ihr niemand auflauerte. Die Straße war menschenleer.

Stell dich nicht so an, schalt sie sich in Gedanken und stapfte los zur S-Bahn. In der Uni war sie so früh dran, dass sie sich in der Nähe des Hörsaals in eine Sitzecke setzte, um mit der Übung für »Zeitlichkeit technischer Medien« für den kommenden Montag anzufangen. Sie doppelklickte das Symbol für die Datei, die die Übung enthielt, doch es zeigte sich nur das Logo des Textverarbeitungsprogramms und eine kleine Sanduhr. Irgendetwas dauerte unerklärlich lang. Mit den Fingern trommelte sie auf der Tischplatte und sah sich um. Vereinzelt kamen Studenten vorbei. Niemand beachtete sie. Endlich erschien die Datei auf dem Bildschirm; die erste Seite zeigte das Deckblatt. Jana blätterte um, und das Programm stürzte ab.

»Mist«, knurrte sie und rief die Datei erneut auf. Auch diesmal dauerte das Öffnen schier endlos. Sie ertappte sich dabei, dass sie in den Korridor spähte, nach einem ein fremden Mann Ausschau hielt, der sich als Abu Mujahed oder Achatz entpuppen würde. Sie zwang ihre Augen zurück auf den Bildschirm, blätterte um und las den ersten Satz, ohne den Sinn zu erfassen. Sie las den Satz ein zweites und ein drittes Mal, doch in ihrem Kopf hallte nur eine Frage wider: Wer ist Achatz?

Jana fuhr auf, weil sie Schritte auf sich zu schlurfen hörte.

Es war nicht Achatz, es war Nils. Sie blähte die Backen, atmete aus und spürte, wie sich ihr Puls normalisierte.

»Hallo, Nils. Ist heute wieder Ludification?«

»Morgen, Jana.« Nils lächelte. »Schön, dich zu sehen. Nein, ich muss etwas abholen.«

»Sag mal, wie lange haben wir uns nicht mehr gesehen?«

»Moment, lass mich kurz nachdenken. Zwei Jahre, sieben Monate und vierzehn Tage – wenn wir letzten Montag nicht zählen.«

»Du zählst die Tage, seit wir uns zuletzt gesehen haben?«

Nils' Augenlider flatterten einen Moment. »Die Abi-Feier. Ich habe ein gutes Zahlengedächtnis.«

»Wegen neulich muss ich mich bei dir entschuldigen. Ich war einfach perplex, jemanden aus Kölnberg an der HU zu treffen. Du bist mir hoffentlich nicht böse?«

»Nicht der Rede wert.« Nils machte eine wegwerfende Handbewegung. »Was studierst du eigentlich genau?«

»Medienwissenschaft auf Master. Ist prima angelaufen, und ich habe eine Seminararbeit, die ich, wenn ich mich nicht dumm anstelle, zur Masterarbeit ausbauen kann.«

»Das hört sich doch klasse an. Warum schaust du dann deinen Rechner an wie ein Boxer seinen Gegner beim Gong zur nächsten Runde?«

»Ach, das blöde Teil zickt rum, kommt ewig nicht in die Pötte, und dann stürzt mir die Datei mit meiner nächsten Übung ab.«

»Darf ich?« Nils nahm sich den Stuhl neben Jana, griff wie selbstverständlich nach ihrem Rechner und drehte ihn zu sich, so dass er die Tastatur vor sich hatte und sie dennoch auf den Bildschirm sah.

Jana verspürte keine Lust, Nils ihre Probleme zu schildern. Aber wen konnte sie um Hilfe bitten, wenn nicht ihn? Sie gab sich einen Ruck. »Weißt du, ich bekomme auf einmal so komische Spam. Und der Rechner rödelt manchmal wie wild, obwohl er eigentlich im Bereitschaftsmodus sein sollte.«

Nils runzelte die Stirn. »Der Blechkopf rödelt im Bereitschaftsmodus?«

»Ja, und er läuft dabei so heiß, dass ich mir neulich am Lüftergitter fast die Pfoten verbrannt habe.«

Nils sagte nichts. Seine linke Augenbraue wanderte ganz langsam nach oben. Jana sah ihm an, dass ihr Problem keins von der alltäglichen Sorte war.

»Dann gehen wir mal ans Eingemachte«, brummte er, halb zu sich selbst, halb erklärend zu Jana, und wandte sich dem Bildschirm zu.

Nils drückte drei Tasten gleichzeitig. Ein Konsolenfenster öffnete sich. In schneller Folge tippte er Befehle ein. Das Ergebnis schien ihm nicht zu gefallen, denn seine Augen zogen sich zu Schlitzen zusammen, als belauere er ein wildes Tier.

»Hast du wirklich den GCC installiert?«, fragte er, ohne den Blick vom Bildschirm zu wenden.

»Den was?«

»Gnu-Compiler«, murmelte er, als habe er kein Ja erwartet. »Ist es in Ordnung, wenn ich ein paar Prozesse abschieße, die bei dir nichts zu suchen haben?«

»Klar, mach nur!« Jana fühlte sich erleichtert. Nils wusste offensichtlich, was er tat.

In den nächsten 20 Minuten schien er alles um sich herum zu vergessen. Seine Finger bewegten sich in atemberaubender Geschwindigkeit über die Tastatur und hin und wieder zuckten seine Mundwinkel. Nach einer Weile begann er, unverständliches Zeug zu murmeln. Die anfangs geschmeidigen Fingerbewegungen wurden abgehackter und härter, bis sie mit einem Schlag aufhörten. Er setzte sich auf, trommelte mit den Fingern der rechten Hand auf der Tischplatte und starrte feindselig auf den Bildschirm.

»Hmmm. Höchst merkwürdig. Auf deinem Rechner laufen Sachen, die ich nie vorher gesehen habe. Manche Hintergrundprozesse …« Er hielt inne und sah sie forschend an. »Weißt du, was das ist?«

Jana schüttelte den Kopf.

»Hintergrundprozesse sind, sagen wir, Programme, die du nicht siehst. Manche Prozesse auf deinem Rechner haben automatisch erzeugte Namen, und wenn man sie abschießt, werden sie unter neuem Namen neu gestartet. Es gibt auch große, verschlüsselte Dateien, die nie und nimmer von dir stammen und die mir Sorgen machen.«

»Ich habe noch nie etwas auf meinem Rechner verschlüsselt.«

»Solltest du schon, aber das ist eine andere Baustelle. Kann ich mir ein paar von den Dateien abziehen, um sie zu Hause unter die Lupe zu nehmen?«

»Klar«, antwortete Jana. »Mach, was du für richtig hältst.«

»Vielleicht hast du dir irgendwo einen Trojaner eingefangen, oder einen Virus, der noch nicht von den Schutzprogrammen erkannt wird«, erläuterte Nils und schob eine kleine Platine in den USB-Schacht.

»Meinst du, dass du das in den Griff bekommst?«

»Mach dir keine Sorgen. Gib mir ein bisschen Zeit und dann wird dein Virenscanner das Problem aus der Welt schaffen.«

»Mein Virenscanner?«

»Die Dinger arbeiten mit Signaturen, so etwas wie der binäre Fingerabdruck des Virus oder Trojaners oder was auch immer auf deinem Blechkopf herumspukt. Letztlich sind Viren nichts großartig anderes als gewöhnliche Programme. Jedes Programm hat typische Speichermuster. So ein Virenscanner sucht nach Mustern, die ihm bekannt sind. Das ist, wie wenn die Polizei von allen die Fingerabdrücke nimmt und so die schweren Jungs herausfischt, die sie in der Kartei haben.«

»Ähem. Was heißt das konkret?«

»Ich lege ein paar neue Karteikarten mit passenden Fingerabdrücken an, und dann machen wir ein außerplanmäßiges Update deines Virenscanners, und die Sache hat sich. Wir schieben sozusagen der Polizei hintenrum ein paar Karteikarten für schwere Jungs in den Kasten, die sie noch gar nicht kennt. Dafür brauche ich die Dateien, die ich eben gespeichert habe.«

Nils griff in seinen Rucksack, der aussah, als hätte er ihn aus einem Bergsteigermuseum entwendet, und zog einen kleinen, sehr flachen Klapprechner heraus, der in jedem Science-Fiction-Film futuristisch gewirkt hätte.

»Gib mir eine Stunde«, murmelte er und klappte das Gerät mit einer fließenden Bewegung auf.

»Sei mir nicht böse, aber das wird knapp«, erwiderte Jana nach einem kurzen Blick auf die Uhr. Die Vorlesung, die sie noch vor der Abfahrt hatte hören wollen, neigte sich dem Ende zu. »Meine Tante wird morgen 60, und ich muss gleich los nach Kaiserslautern.«

»Macht nichts. Deinen Virenscanner ziehen wir hoch, wenn du zurück bist. Die Dateien, die ich habe, sollten reichen, damit du den Spuk loswirst.«

»Danke, Nils, du bist der Beste. Wie erreiche ich dich am besten? Auf Whatsapp?«

Ein Anflug von Mitleid huschte über Nils' Gesicht. »Ich nutze kein Whatsapp oder ähnlichen Quatsch. Falls mir noch etwas einfällt, schicke ich dir eine E-Mail. Deine Adresse habe ich ja von der Abi-Feier-Liste.«

»Das ist meine Spam-Adresse«, winkte Jana ab und kritzelte die ihren Freunden vorbehaltene Adresse auf einen Zettel. »Nimm die hier.«

Jana verabschiedete sich von Nils und spurtete zur S-Bahn. Die Sonne schien heller und die Vögel zwitscherten lauter, so beschwingt fühlte sie sich nach ihrer Begegnung. Zwar hatte sie die Vorlesung verpasst, derentwegen sie auf der Uni war. Aber was machte das? Nils würde den Albtraum beenden.

Auf dem kurzen Stück zum Hauptbahnhof kaufte sie sich online eine Bahnfahrkarte nach Kaiserslautern. Die Bahnfahrt verlief ereignislos, wenn man davon absah, dass sie wie meistens ihren Anschluss in Mannheim verpasste. Die anderthalb Stunden Verspätung konnten ihre Laune nicht trüben, so sehr freute sie sich darauf, ihre Tante wiederzusehen. Jana hatte kaum den Bahnsteig betreten, da war Greta bei ihr und schloss sie in die Arme.

»Jana, mein Kind«, begrüßte ihre Tante sie. Es war wie immer, es war wie nach Hause zu kommen, es war, wie es bei ihrer Mutter nie gewesen war. Jana fühlte sich geborgen.

Greta streckte ihre Arme, ohne Jana loszulassen, und strahlte sie an. Ein Schatten huschte über ihr Gesicht. »Ist alles in Ordnung, Jana? Du siehst angespannt aus.«

»Alles bestens, Tante Greta. Ist gerade stressig auf der Uni.« Später wollte sie unbedingt mit Greta über ihre Probleme reden, gerade fand sie die Situation unpassend.

»Komm, gib mir deine Tasche. Das Auto steht gleich da drüben. Immer noch Liebeskummer wegen Bastian?«

Jana lachte kurz auf. Von Bastian hatte sie sich vor über einem halben Jahr getrennt, und der Trennungsschmerz war längst verflogen.

»An Bastian denke ich überhaupt nicht mehr. Eigentlich habe ich gar keine Zeit für einen Freund. Obwohl«, Jana grinste keck, »eine Freundin hat mich kürzlich auf eine Party im Hoppegarten mitgenommen. Da waren ein paar Kerle, bei denen man schwach werden könnte.«

»Reiche Söhnchen im Reitklub? Lass dich nicht blenden. Such dir jemanden, auf den du dich verlassen kannst. Mach, was dir guttut! Vielleicht findest du ja eine jüngere Ausgabe von meinem Heinrich. Schau, da ist das Auto.«

»Du warst 19, als du ihn kennengelernt hast?«

»Ach was, kennengelernt. Hals über Kopf durchgebrannt bin ich mit ihm. Mit 19, ja, und wir hatten ein wunderbares Leben voller Abenteuer in aller Herren Länder!« Obwohl er über 20 Jahre älter gewesen war als ihre Tante, hatten sie in Janas Augen die ideale Ehe geführt. Greta lud Janas Rucksack in den Kofferraum und sie stiegen ein.

»Tante Greta, erzähl von dir«, nahm Jana das unterbrochene Gespräch wieder auf, als sie vom Parkplatz auf die Straße rollten. »Wie geht's dir?«

»Nicht schlecht. Sogar richtig gut.« Tante Greta brach ab.

Jana spürte, dass etwas in der Luft lag. Ihr wurde heiß.

»Ich wollte es dir nicht am Telefon sagen«, fuhr Tante Greta fort und räusperte sich. »Ich werde mit ein paar Freunden nach Argentinien gehen. Auswandern. Nachdem Heinrich nicht mehr da ist, hält mich nichts in Deutschland.«

Jana zuckte zusammen. »Argentinien? Was willst du denn da?«

»In Freiheit leben. Hier wird es mir zu eng.«

Jana hatte das Gefühl, als schnüre ihr jemand die Luft ab. Tante Greta verließ sie, der einzige Mensch in ihrem Leben, der sich je um sie gekümmert und nicht nur an sich selbst gedacht hatte. Der einzige Mensch, den sie liebte, ließ sie im Stich.

Den Rest der Fahrt starrte sie wortlos geradeaus. Neben ihr schwärmte ihre Tante vom Auswandern, während sie sich mit aller Gewalt gegen die Tränen stemmte, die in ihre Augen drängten. Sie war keine Heulsuse, und Tante Greta hatte jedes Recht, ihr eigenes Leben zu leben, wie sie es für richtig erachtete.

»Da sind wir«, sagte Greta und bog schwungvoll in ihre

Einfahrt ein. »Ist alles in Ordnung mit dir? Du bist so still. So kenne ich dich gar nicht.«

»Nein, nein, ich bin nur etwas müde.«

Sie stiegen aus, nahmen Janas Sachen aus dem Kofferraum und gingen zur Tür. Der große Nussbaum, auf den sie als Kind so gerne geklettert war, beschattete den Weg mit seinen herbstlich gelben Blättern. Auf der Straße spielten Kinder. Ein Junge jagte ein größeres Mädchen, das kreischend zu entkommen versuchte, doch der Junge war schneller und klatschte mit der flachen Hand auf ihren Rücken.

»Now you've got girl cooties«, feixte er. Die anderen Kinder flohen vor dem Mädchen, das mit den Tränen kämpfte.

»Kennst du das?«, fragte Greta. »Das sind Kinder amerikanischer Soldaten, und sie lieben das Cootie-Spiel. Cooties sind so etwas wie eingebildete Läuse, die du nicht mehr loswirst, es sei denn, jemand erbarmt sich deiner. Margy hat es schon wieder erwischt.«

»Da läuft einem ja eine Gänsehaut über den Rücken«, murmelte Jana. »Nicht schön, wenn man so eine Laus verpasst bekommt und niemand einem hilft.«

Jana schauderte bei der Vorstellung von Ungeziefer, gegen das man nichts unternehmen konnte. Unwillkürlich dachte sie an ihren Rechner und ihr Smartphone. Die benahmen sich auch, als wären sie von einer ansteckenden Krankheit befallen.

»Es ist ein Spiel«, sagte Greta und fasste ihren Arm. »Außerdem kann dich ein Kind des anderen Geschlechts immunisieren.«

Jana zwang sich zu einem Lächeln. »Ja, nur ein Spiel.«

KAPITEL 5

Samstag, 17. Oktober 2020 – Bruchmühlbach-Miesau bei Kaiserslautern

Am nächsten Morgen half Jana nach einem schnellen Frühstück bei den Vorbereitungen zur Feier. Der Tag verging, ohne dass sich eine Gelegenheit ergeben hätte, ihre Tante wegen Abu Mujahed und Achatz um Rat zu fragen. Für ihren Geschmack viel zu früh waren die ersten Gäste gekommen, und Jana stand mit ihrer Tante und drei weiteren Argentinien-Auswanderern an einem der kleinen runden Tische, die sie überall im Haus aufgestellt hatten.

Das Gespräch drehte sich ausschließlich ums Auswandern. Jana beteiligte sich nicht daran. Was Tante Greta ans andere Ende der Welt zog, blieb ihr schleierhaft.

»Mit dem Geld, das ich habe, kann ich in Deutschland nicht ordentlich leben, in Argentinien aber schon«, hatte ihr Greta lapidar auf ihre Frage geantwortet.

»Mein Chef hat mich gefragt, ob ich Tabletten nehme«, schimpfte Mandy, eine der drei Mit-Auswanderer. »Weil ich mein Konto aufgelöst hatte und mein Gehalt in bar wollte.«

Jana hatte ihr bislang nur mit halbem Ohr zugehört, aber immerhin mitbekommen, dass die Mittfünfzigerin aus Bautzen gerade ihre Eigentumswohnung auf den 18-jährigen Sohn überschrieben, Telefon und Handy abgemeldet sowie alle Computer entsorgt hatte, um so weit wie möglich aus der Datenerfassung zu verschwinden. Sie fand, man habe sich in der DDR genug überwachen lassen müssen und wollte *das* nicht mehr. Gerade erzählte sie, dass sie zum Abschluss ihre

Stelle gekündigt hatte. Jana kräuselte die Stirn. Wie sollte man so jemanden ernst nehmen?

»Jana, dein Glas ist leer«, unterbrach Greta ihre Gedanken. »Darf ich dir etwas bringen?«

»Nein.« Jana zwinkerte ihr zu. »Ich komme mit!«

Jana folgte Greta in die Küche, wo sie sich an einer lautstark debattierenden Vierergruppe vorbei zu den Flaschen vorarbeiten mussten.

»Was magst du denn?«, fragte Greta, nachdem sie es bis zu den Getränken geschafft hatten.

»Kannst du mir etwas Schickes mixen?«, antwortete Jana mit einer Gegenfrage. Das hitzige Gespräch der vier in ihrem Rücken war nicht zu überhören.

»Mein Rechner ist Teil meiner Privatsphäre«, wetterte Georg, den sie von den Vorbereitungen fürs Fest kannte. Der kleine Mann mit dem graumelierten Vollbart war felsenfest davon überzeugt, im Gegensatz zu allen anderen den Durchblick zu haben. Er war die treibende Kraft hinter der örtlichen Bürgerinitiative gegen Fluglärm. »Da hat niemand etwas zu suchen!« Jana drehte den Kopf und beobachtete die Szene aus dem Augenwinkel. Georg sah seine Gesprächspartner beschwörend an, die Arme vorgestreckt, als wolle er sein Gegenüber an den Schultern packen. »Keine Polizei, kein Geheimdienst, und schon gar keine Unternehmen. Umgekehrt wird ein Schuh daraus. Ich erwarte vom Staat, dass er meine Privatsphäre schützt!«

»Georg, du bist naiv!«, entgegnete Ronna. »Dann darfst du mit deinem Rechner nicht ins Netz gehen. Es gibt zigtausende von Schwachstellen, die man nutzen kann, um in einen Rechner einzudringen, nicht nur die extra eingebauten Hintertüren für Geheimdienste. Und natürlich werden solche Schwachstellen auch von Kriminellen ausgenutzt. Es gibt sogar einen schwungvollen Handel damit. Gibt doch einfach mal ›exploit‹ in eine Suchmaschine ein. Glaub mir, ich weiß, wovon ich rede. Schließlich mache ich das beruflich für die US-Army!«

»Wenn man euch zuhört, muss man ja glauben, dass die Mafia jeden Rechner in ihrem Sinne fernsteuert«, spottete Gabriel. Der über zwei Meter große Apotheker war die Ruhe selbst. Am Handgelenk hatte er die neueste Apple-Watch. »Das Internet ist doch großartig. Man kann Sachen machen, von denen man früher nicht zu träumen gewagt hat. Und fast alles ist kostenlos, weil die Leute sich gegenseitig helfen.«

»Und sicher«, sekundierte seine Frau Verena. »Ich mache zum Beispiel alle Bankgeschäfte online. Aber von meinem Konto wurde noch nie etwas nach Sizilien abgebucht.« Sie lachte.

»Mensch, Verena«, brach es aus Georg hervor. »Hast du schon mal Skype benutzt?«

»Natürlich, fast täglich. Meine Tochter ist zu einem Austausch in den USA.«

»Darüber wurde der erste Bundestrojaner installiert. Von dem hast du doch gehört? Glaubst du, dass niemand sonst auf die Idee kommt, dir auf die Art einen Trojaner einzuschleusen? Wer ist hier naiv?«

Jana fand Georg unsympathisch – ein überspannter Verschwörungstheoretiker, der Gabriel und Verena intellektuell nicht das Wasser reichen konnte. Sie spürte Gretas Hand an ihrem Arm. »Magst du French 69? Derzeit mein Lieblingscocktail.«

»Das werde ich jetzt herausfinden«, sagte Jana und griff das Glas, das ihre Tante ihr anbot. »Lass uns wieder ins Wohnzimmer gehen. Hier ist es mir zu eng und zu hitzig.«

»Gerne. Erzähl mal. Wie läuft es so in Berlin?«

»Ganz okay. Der Uni-Wechsel war richtig, und wenn es so weitergeht, habe ich in einem Jahr den Master in der Tasche.«

»Dein Gesichtsausdruck passt aber nicht zu den glänzenden Aussichten. Was ist? Liebeskummer? Ärger mit dem Vermieter? Oder bist du abgebrannt?«

»Nichts von allem. Ich habe einen Job in einer coolen Whiskybar, und mein Vermieter ist zwar ein Oberspießer, aber ich komme klar. Das Einzige, was nervt, ist Spam. Irgendwie haben irgendwelche Typen viel über mich herausgefunden und schreiben mich sehr gezielt an. Fast schon unheimlich.«

Sie näherten sich dem alten Tisch, und Mandy kam wie ein Tiger auf Beutefang auf sie zu.

»Jana, du nutzt doch sicher Facebook?«, unterbrach sie das Gespräch mit Greta.

»Ja, natürlich.«

»Seht ihr!«, warf Mandy triumphierend über ihre Schulter, bevor sie Jana die nächste Frage stellte: »Weißt du, was das Facebook-Tracking-Cookie ist?«

Jana runzelte die Stirn.

»Seht ihr!«, tönte Mandy erneut nach hinten.

Jana bekam ein ungutes Gefühl. Entweder waren das hier allesamt kauzige Spinner oder sie ein naiver Tropf.

»Wovon reden Sie? Was macht dieses Facebook-Cookie?«

»Die speichern etwas auf allen deinen Geräten, sodass jeder deine Identität auslesen kann. Einfach so. Von wegen Internet 2.0 und sich unerkannt im Netz bewegen.«

Allem Anschein nach unterschätzte man die kleine Frau mit der Fistelstimme.

»Dann kann also jeder herausfinden, welche Geräte ich benutze und letztlich, wer ich bin, nur weil ich Facebook benutze?«

»Klar, und du wusstest das nicht, wie die Allermeisten. Das Beste ist, dass du inzwischen nicht einmal mehr bei Facebook sein musst, um so beglückt zu werden. Günther und Tatjana wollen mir das nicht glauben.«

»Versuch mal, dich bei FB einzuloggen, wenn du Cookies deaktiviert hast.« Ronnas raue Stimme war die Ruhe selbst. »Hast du dich nie gewundert, wieso du im Nullkommanix die passende Werbung überall eingeblendet bekommst, nachdem du in irgendeinem Online-Shop warst? Es reicht sogar, nur über die Sachen zu reden. Mikrofone im Smartphone oder Rechner lauschen mit, Spracherkennung und künstliche Intelligenz im Hintergrund erledigen den Rest.«

Unwillkürlich versteifte sich Jana. Sich als Dummchen abkanzeln zu lassen tat weh. »Es ist doch viel besser, gleich passende Angebote zu bekommen, statt ewig zu suchen«, erwiderte sie zaghaft. Der Grat zwischen maßgeschneiderten Angeboten und arglistiger Verführung war schmal, und es störte sie gewaltig, wenn sie nicht Herr ihrer Entscheidungen war.

»Auch, wenn man dafür aufzeichnet, was du kaufst, mit wem du Kontakt hast, wo du herumläufst, wann du was machst?« Mandy fand das offensichtlich unzumutbar.

Jana stimmte ihr grundsätzlich zu, aber das wollte sie nicht zugeben. »Schön«, erwiderte sie mit einem Schulterzucken. »Aber das stört mich nicht. Die paar privaten Daten, die ich damit freigebe – ich habe ja nichts zu verbergen, und dafür bekomme ich das alles kostenlos.«

»Bist du sicher, dass du überhaupt private Daten hast?« Mandy schnaufte abschätzig.

Jana antwortete nicht. Die Situation war ihr unangenehm. Schön, sie hatte eine Menge Dinge erfahren, die sie erst einmal verdauen musste.

»Kann mir jemand sagen, wo Greta ist?«, fragte sie. Ihre Tante war nicht stehen geblieben, als Mandy sie auf dem Rückweg von der Küche abgefangen hatte.

»Sie ist auf die Terrasse gegangen«, sagte Ronna.

Jana bedankte sich und steuerte die Terrassentür an. Sie rieb ihre feuchten Handflächen aneinander. Die Probleme waren nicht in Berlin geblieben. Ihr Versuch, sich über eine neue E-Mail-Adresse zu tarnen, war kläglich schiefgegangen. Man hatte ihre wahre Identität herausgefunden – wer auch immer *man* war. Sie hoffte, dass Nils ihr helfen konnte, bevor etwas wirklich Schlimmes passieren würde.

KAPITEL 6

Mittwoch, 28. Oktober 2020 – Humboldt-Universität, Berlin

Die folgende Woche war ohne größere Zwischenfälle oder dubiose Nachrichten verlaufen. Jana hatte eisern gearbeitet, um versäumten Stoff nachzuholen. Unter den Problemen der vergangenen Wochen hatte nicht nur ihre Seminararbeit gelitten. Nachdem sie auch das Wochenende in ihrer Wohnung über Büchern und Skripten brütend verbracht hatte, fühlte sich sich wieder auf Stand im Studium.

Ihren Rechner hatte sie in der Zeit nicht angerührt. Am Montag hatte sich Nils endlich per E-Mail gemeldet und vorgeschlagen, sich am Mittwoch um 14.00 Uhr in der Mensa der Humboldt-Uni zu treffen, um ihren Laptop auf Vordermann zu bringen. Erwartungsvoll bezog Jana fünfzehn Minuten vor der verabredeten Zeit ihren Posten am Eingang der Mensa, um Nils auf keinen Fall zu verpassen. Zehn Minuten später kam er mit langen Schritten auf sie zu.

»Hi!«, grüßte er. »Was gibt es denn heute?«

»Hallo!«, erwiderte Jana. »Weiß nicht.« An Essen hatte sie nicht gedacht. Nils' Gesichtsausdruck nach zu urteilen war er am Verhungern. Er deutete mit einer seitlichen Kopfbewegung in Richtung Essensausgabe und ging voraus. Sie folgte ihm.

»Auf dem Geburtstag meiner Tante gab es ein paar schräge Typen«, begann Jana, während sie mit Tabletts bewaffnet das Angebot sondierten. »Eine Frau hat erzählt, dass die Googles, Amazones, Facebooks dieser Welt überall Cookies hinterlassen, was im Endeffekt dazu führt, dass man einfach rausfinden kann, was ich wann mit meinem Computer mache. Noch schlimmer, dass die über die Mikrofone einen abhören und das für ihre Zwecke analysieren. Wie siehst du das?«

»Stimmt schon«, meinte Nils und griff sich eine Schüssel voll Eintopf. »Die greifen ungefragt deine Kontakte ab und benehmen sich, als würde dein Rechner ihnen gehören.« Jana nahm sich ein belegtes Brötchen und ein Mineralwasser. »Aber du hast selbst dann Probleme, wenn dein Blechkopf offline ist. Mir fällt keine plausible Erklärung ein, warum deine Maschine im Stand-by die ganze Zeit rödelt oder woher diese obskuren Prozesse kommen.« Nils brach ab und zahlte seinen Eintopf. Jana zahlte ebenso, sie holten sich Besteck und sahen sich nach einem geeigneten Platz um. Gegen 14.00 Uhr verloren sich nur noch wenige in der Mensa. Sie setzten sich nebeneinander an einen Tisch abseits, und Jana legte ihren Laptop zwischen Nils' Schüssel und ihren eigenen Teller. Sie klappte den Rechner auf und entsperrte ihn. Nils steckte einen USB-Stick ein.

»Ich halte es nicht für undenkbar«, nahm Nils das unterbrochene Gespräch wieder auf, »dass Unternehmen Trojaner einschleusen. Moralische Bedenken haben die keine, da bin ich mir absolut sicher. Allerdings kommt so etwas unweigerlich irgendwann heraus und könnte das Unternehmen ruinieren. Nicht vorstellbar, dass die sich trauen, merkwürdige Prozesse zu starten und Sachen zu kompilieren. Google, Amazon, Instagram, Facebook, Snapchat und so weiter können wir somit ausschließen. Ein Trojaner, der deinen Rechner fernsteuert und in ein ›Botnetz‹ einbindet, scheidet ebenfalls aus. Die Teile müssen unauffällig sein. Weißt du, was das ist?«

Jana schüttelte den Kopf.

»Bot ist die Abkürzung für Roboter. ›Botnetze‹ schleusen Trojaner in alle möglichen Rechner ein und nutzen deren Rechenkapazität für krumme Sachen. Man schätzt, dass bis zu 40 Prozent aller Privatrechner in Deutschland für ›Botnetze‹ missbraucht werden.«

Jana schnappte nach Luft. Es überstieg ihr Fassungsvermögen, dass fast die Hälfte aller Rechner in Deutschland gehackt waren.

Nils sprach unbeirrt weiter. »Ich denke, du hast einen neuen Virus oder ein ähnliches Tierchen im Rechner, und das werden wir gleich beseitigen.« Dabei pochte er auf den USB-Stick und grinste lausbübisch. »Auf dem USB-Stick habe ich die neuen Signaturen und die passenden Programme, um sie einzuspielen.« Nils tippte einen Befehl ein. »So, das war's. Jetzt lassen wir den Virenscanner die ganze Festplatte von Grund auf abgrasen, und die Sache hat sich.« Er deutete auf ein Bildschirmfenster, das den Fortschritt anzeigte. Nebenbei löffelte er seinen Eintopf. Jana betrachtete schweigend den Bildschirm, wo der Prozentwert der Fortschrittsanzeige gleichmäßig anwuchs, bis er schließlich 100 erreichte. Unter einem grünen Balken erschien der Hinweis, dass alles in Ordnung sei.

Jana sah zu Nils, der mitten in der Bewegung innehielt und für einen Moment mit vollem Löffel vor dem offenen Mund dasaß.

»Das gibt es doch nicht.« Nils legte den Löffel zurück in den Teller. »Das Teil hat nichts gefunden.«

Jana verschränkte die Arme. Ihr lief es eiskalt über den Rücken. »Habe ich eine Zeitbombe im Rechner, die alle meine Daten löscht oder mein Bank-Passwort abgreift?« Sie kratzte sich hinter dem Ohr.

»Mach dir keine Sorgen.« Nils machte eine beschwichtigende Geste in ihre Richtung, ohne den Blick vom Bildschirm abzuwenden. »Das werden wir in den Griff bekommen. Dauert aber ein paar Tage. In der Zwischenzeit könntest du das selber im Auge behalten und mir Bescheid sagen, falls sich etwas ändert. Du machst den Affengriff und klickst hier, um den Task-Manager zu starten. Damit hast du die Anzeige mit den laufenden Prozessen. Abschießen geht über rechte Maustaste und klick.«

»Ich musste eben, als du von Tierchen auf meinem Rechner gesprochen hast, an Cooties denken«, bemerkte Jana, während sie den Rechner zu sich nahm und probeweise den Task-Manager aufrief. »Hast du davon schon mal gehört?«

»Die eingebildeten Läuse aus dem Kinderspiel? Das spielen doch nur die Amis.«

»Du kennst das? Ich habe letztes Wochenende zum ersten Mal davon gehört, und seitdem muss ich mich laufend kratzen. Ich werde ich das Gefühl nicht los, ich hätte so eine widerliches Pseudoungeziefer, das man nicht wieder loswird.«

»Ach, komm. Du bist ein Mädchen, da kann ich helfen. Wie ging der Spruch mit dem Immunisieren?«

Wer hätte gedacht, dass Nils richtig charmant sein kann?, dachte Jana.

Am nächsten Morgen war Jana spät dran für die Lüneburger-Vorlesung, die sie keinesfalls verpassen wollte. Sie hatte nach der Arbeit in der Whiskybar noch gelernt, am Morgen fast verschlafen und zu allem Überfluss ihre S-Bahn verpasst. Zehn Minuten fror sie im kalten Nebel, bis endlich Lichter über dem Gleis auftauchten und der nächste Zug kam. Sie stieg ein, setzte sich auf eine freie Bank und schloss die Lider, um ein wenig zu dösen. Ihre Augen brannten vor Müdigkeit und sie fröstelte. Nach 20 Minuten musste sie am Bahnhof Friedrichstraße aussteigen. Das kurze Stück von dort zur Humboldt-Uni legte sie im Laufschritt zurück. Trotzdem war es fast Viertel nach neun, als sie den menschenleeren Gang erreichte, an dessen Ende ihr Hörsaal lag. Eine Neonröhre flackerte und verlieh dem fensterlosen Korridor eine Atmosphäre, die an einen Hitchcock-Film erinnerte. Mit langen Schritten eilte sie über den dunkelgrauen Steinboden. Die Hörsaaltür war zu. Unsicher öffnete Jana die Tür und trat ein. Lüneburger war noch nicht da. Erleichtert verschnaufte sie.

Eine kleine Gruppe von Studenten bemerkte Jana und ihr Gespräch erstarb abrupt. Eine kleine Frau, rothaarig mit Igelschnitt, starrte sie feindselig an, bevor sie sich zu den anderen umdrehte und aufgeregt zu tuscheln begann. Was sollte das? Sie kannte die Rothaarige kaum, wusste nur über eine gemeinsame Bekannte, dass sie Renate hieß. Die Übrigen kannte sie gar nicht.

Jana schüttelte den Kopf und kämpfte gegen die Beklemmung an, die begann, ihre Kehle zu verstopfen. Sie entdeckte Wibke, die wie üblich in einer der hinteren Bänke außen saß, und dachte nicht mehr an die rothaarige Renate. Jana ging zu ihrer Freundin und setzte sich neben sie. Dabei beschlich sie das unangenehme Gefühl, dass sich Blicke in ihren Rücken bohrten.

»Guten Morgen«, grüßte Jana. »Das war knapp. Ich hasse es, zu spät zu kommen.«

»Morgen«, erwiderte Wibke eisig. »Mit dir habe ich heute gar nicht gerechnet.« Wibke wandte sich zu ihr um und betrachtete sie mit dem Gesichtsausdruck einer Sphinx. Sie war gewohnt elegant gekleidet und stark geschminkt, doch heute wirkte sie mit dem karminroten Lippenstift und dem strengen Dutt regelrecht unnahbar. Wibkes sündhaft teures Parfum stand wie eine Mauer zwischen ihnen.

»Guten Morgen«, tönte es von vorne und lenkte Janas Aufmerksamkeit ab. »Professor Lüneburger ist heute verhindert, sodass ich die Vorlesung halten werde.« Jana sah zu Alexander Maybach, Lüneburgers Assistenten, der ihn gelegentlich vertrat. »Das Thema heute heißt ›Anker setzen‹. Sie alle kennen das Prinzip. Geschicktes Verhandeln bedeutet, rechtzeitig eine konkrete Zahl ins Spiel zu bringen …« Wibke musterte sie die ganze Zeit von der Seite, statt Maybach zuzuhören.

»Ist etwas?«

»Tu nicht so!«, zischte Wibke. Ihre karminrot lackierten Fingernägel trommelten fordernd auf dem kleinen Pult.

»Was … was ist denn?«

»Das besprechen wir am besten nach der Vorlesung. Dabei muss ich dir in die Augen sehen.« Demonstrativ drehte Wibke sich Maybach zu.

Den Rest der Vorlesung hätte Jana sich sparen können. Wibke würdigte sie keines Blickes, und sie zermarterte sich das Hirn, was in ihre Freundin gefahren sein könnte. Nach dem Ende der Vorlesung verließen die meisten Studenten schnatternd den Hörsaal. Nicht wenige warfen Jana beim Vorbeigehen abfällige Blicke zu und tuschelten hinter vorgehaltener Hand. Wibke zog wortlos ihren Rechner hervor und sah sich um. Schräg hinter ihnen lungerte die Gruppe der Studierenden um Renate am Ausgang herum. Ungeschickt versuchten sie, Jana und Wibke zu beobachten. Wibke schaute sie herausfordernd an, bis sie verschwanden. Dann klappte sie ihren Rechner auf.

»Erklär mir bitte, was das soll!«, forderte Wibke und zeigte Jana eine E-Mail mit Absender »jane-the-lion@web.de«.

Hi, warum hast du mir nie erzählt, dass der Penner auf dem Bild unten dein richtiger Vater ist. OMG!

Jana las, betrachtete das Bild eines Obdachlosen und blickte entgeistert zurück zu Wibke, deren Mund ein schmaler roter Schlitz war.

»Oder das!«

Wibke zeigte ihr eine Whatsapp-Nachricht, in der unterstellt wurde, sie hätte sich in ihrer Schulzeit prostituiert – versandt von Jana!

»Oder das!« In einem Facebook-Eintrag wurde gewarnt, dass Wibke illegale Schneeballgeschäfte anstoße. Der Eintrag war in einer neuen Whatsapp-Gruppe gepostet, der außer Wibke und Jana nur fünf weitere Personen angehörten, alle aus ihrer gerade gegründeten Lerngruppe, zu der sie sich demnächst erstmals treffen wollten.

Angelegt hatte die neue Gruppe eine »Liowa Colonia«, von der auch der Facebook-Post stammte.

»Keine Ahnung«, stammelte Jana. »Ich sehe das alles zum ersten Mal. Du glaubst doch nicht, dass das von mir ist?«

»Es fällt mir schwer, das nicht zu glauben. Weißt du, ich habe die anderen gefragt. Niemand kennt eine ›Liowa Colonia‹. Bleibst du. ›jane-the-lion‹ hört sich so nach Jana Loewe an, dass es dich fast entlastet, so schwachsinnig ist es. Aber schau mal auf die Zeile unter der Signatur. ›Zu viel Mathe schadet dem Gehirn.‹ Hast du mir nicht kürzlich erzählt, dass das dein Lieblingsspruch auf der Schule war?«

Jana schluckte. Ihr wurde eiskalt. »Du musst mir glauben«, flüsterte sie. »Ich habe damit nichts zu tun!«

Wibke schnaubte empört, doch es wirkte eine Spur weniger aufgebracht als eben.

»Und was hätte es für einen Sinn, dich zu beschimpfen? Meine beste Freundin auf der Uni.«

»Hmm«, knurrte Wibke. »Wenn du es nicht warst, wer war es dann?« Prüfend sah sie Jana in die Augen, als wolle sie sie hypnotisieren.

»Mit so einem Mist würde ich mich total isolieren«, beteuerte Jana. »Wer kann denn so etwas wollen?«

»Wer kann so etwas wollen?«, wiederholte Wibke leise, wobei sie an Jana vorbei hinunter zur Tafel sah. »Du selbst scheidest aus. Jedenfalls bist du zu klug, und von einer masochistischen Ader habe ich an dir bislang nichts bemerkt.« Wibke wandte sich wieder Jana zu, und ihr Blick wärmte wie ein Kaminfeuer auf einer Skihütte. »Folglich jemand anderes. Wer könnte dich isolieren wollen? Ha!« Ein triumphierender Ausdruck legte sich auf Wibkes Gesicht. »Wie heißt dieser Typ, den wir neulich getroffen haben? Der, den du wegen deines Rechners um Hilfe gebeten hast.«

»Nils? Wie kommst du auf Nils?«

»Der will dir an die Wäsche. Das sieht doch jeder Blinde! Und nach allem, was du mir erzählt hast, kann der Typ mit deinem Rechner alles machen, was er will. Spätestens, wenn du online bist! Der Kerl hat keine Freundin, oder?«

»Nils? Das ist ausgeschlossen. Nils ist hilfsbereit, und ansonsten lebt er in seiner Welt aus Computern, Rudern und Go-Spielen. Aus Frauen macht der sich nichts.«

»Rudern? Der Hänfling! Mädchen – sei nicht so blauäugig! So ein Kerl sammelt Infos, wie und wo er dir nachstellen kann.«

»Das ist absurd«, widersprach Jana. Überraschenderweise klang es bei Weitem nicht so überzeugend, wie sie es klingen lassen wollte. Was Wibke sagte, war nicht unvorstellbar. Andererseits fühlte sie sich wohl mit Nils, und soweit sie sich erinnern konnte, hatte Nils stets gerne geholfen und nie jemanden gelinkt. Warum sollte er bei ihr darauf aus sein? »Nein, Wibke, du kennst Nils nicht. Das ist nicht so einer. Ausgeschlossen. Und Rudern können auch Hänflinge. ›Leichtgewichte‹ nennt sich das.«

»Und wie erklärst du sonst den Dreck?« Mit Nachdruck zeigte sie auf den Bildschirm ihres Rechners. Ihr Mund schrumpfte zurück zu dem schmalen Strich.

»Keine Ahnung. Es muss eine andere Erklärung geben. Vielleicht hat Nils eine Idee?«

Wibke zuckte zusammen, als sie Nils' Namen aussprach. »Na, dann ist alles gesagt«, stellte sie fest und klappte den Rechner zu. »Ich muss los.«

Sie stand auf, drehte sich um und stieg die Treppe zum Ausgang hoch. Jana folgte ihr aufgewühlt. Irgendwer hatte es auf sie abgesehen und war in der Wahl seiner Methoden nicht zimperlich. Das Letzte, was sie gebrauchen konnte, war, dass sich ihre beiden einzigen Freunde in Berlin gegenseitig an die Gurgel gingen.

Das Scharnier quietschte leise, als Wibke den Ausgang aufdrückte und hindurchging. Draußen blieb sie stehen und sah Jana durchdringend an, während hinter ihnen dumpf die Tür zufiel. Der Getränkeautomat gegenüber schien hämisch zu feixen.

»Glaub mir. Dieser Nils steckt dahinter!«, drängte Wibke.

Jana fühlte einen Kloß in ihrem Hals. Lief es auf er-oder-ich hinaus? Sie sah ihre Freundin verständnisheischend an. Wibkes Gesichtsausdruck verhärtete sich. Eine Freundschaft mit Wibke würde immer nach Wibkes Regeln ablaufen, begriff Jana, und in diesem Augenblick zweifelte sie daran, dass Wibke ihr je eine echte Freundin sein könnte, eine, der sie blind vertraute und mit der sie durch dick und dünn ging.

»Man sieht sich«, unterbrach Wibke ihre Gedanken, wandte sich ab und ging kerzengerade davon.

Der Takt, den ihre Stöckelabsätze auf den Steinfliesen schlugen, klang in Janas Ohren wie ein böses Vorzeichen. Sie sah ihr nach, bis sie verschwunden war. Der dunkelgraue Boden unter ihren Füßen fühlte sich an wie ein Sumpf, in dem sie zu versinken drohte. Wer oder was hatte sich gegen sie verschworen?

KAPITEL 7

Donnerstag, 29. Oktober 2020 – Wilhelmsruh, Berlin

Jana flüchtete aus der Uni zurück in ihre Wohnung. Den Weg zum Bahnhof Friedrichstraße und vom S-Bahnhof Wilhelmsruh bis zur Hertzstraße taumelte sie mehr, als dass sie ihn ging. Die wenigen Passanten, die ihr begegneten, schienen sie genauso vorwurfsvoll zu mustern wie vorhin ihre Kommilitonen, auch wenn sicher keiner von ihnen in ihrem Namen beschimpft worden war. Jana blickte starr geradeaus, presste ihre Tasche an die Brust und setzte einen Schritt vor den anderen, bis sie die Tür zu ihrer Wohnung erreichte. Das mahlende Geräusch, das ihr Schlüssel im Schloss machte, entspannte sie ein wenig. Sie öffnete den Eingang, ließ die Tasche zu Boden gleiten und schloss die Wohnungstür, indem sie sich mit dem Rücken dagegen lehnte, bis das Schloss einrastete. Zumindest in ihrer Wohnung war sie sicher.

Ihr Blick fiel auf einen schmucklosen Umschlag, den offensichtlich jemand unter ihrem Türschlitz durchgeschoben hatte. Zögernd hob sie das leicht vergilbte Couvert auf, »Fräulein J. Loewe« stand mit Schreibmaschine getippt darauf. Der Brief konnte nur von ihrem Vermieter Herrn Lehmann stammen. Bislang hatte sie zwei solche Briefe bekommen: Eine Nachforderung für Nebenkosten und eine Mieterhöhung – nach knapp vier Monaten, die sie hier wohnte. Sie riss den Umschlag auf und las den Dreizeiler:

Sehr geehrtes Fräulein Loewe,
weil Sie seit zwei Monaten die Miete nicht bezahlt haben und das wegen ihrer finanziellen Schwierigkeiten auch zukünftig nicht können, kündige ich hiermit fristlos die Wohnung und erwarte Ihren Auszug spätestens am Monatsende.
Gruß,
Lehmann

»Super, genau das, was ich jetzt brauche.« Jana feuerte ihre Jacke über die Stange mit den Kleiderhaken, die sie als Garderobe benutzte, stapfte in die Küche, schaltete die Kaffeemaschine und die Kaffeemühle an, drehte mit einem Ruck den Siebträger heraus und leerte ihn mit einem übertrieben harten Schlag auf die Kante des Mülleimers, als ob er schuld an ihrer Lage wäre. Alles, ohne den Brief ihres Vermieters aus der Hand zu legen.

Sie platzierte den Brief neben der Spüle. Mit einem Löffel füllte sie Kaffeemehl in das chromglitzernde Metallsieb, doch der Versuch, das Schreiben ihres Vermieters auch nur für den Augenblick auszublenden, war von vorneherein aussichtslos. Wie magisch zog es ihren Blick an. Sie verschüttete Kaffeepulver, was ihr sonst nie passierte.

»Mann!«, fauchte sie und knallte den Siebträger auf die Arbeitsplatte, dass sich der braune Staub um sie herum verteilte. Das war ihr im Moment gleich. Sie zog ihr Telefon aus der Tasche und wählte die Nummer des Vermieters. Nach dem ersten Klingeln überlegte sie es sich anders und legte auf. Sie pflückte ihre Jacke von der Garderobenstange und stapfte durch das Treppenhaus auf die Straße. Passend zu ihrer Stimmung blies ihr ein böiger Wind Dreck und Blätter ins Gesicht. Für einen Umzug hatte sie keine Zeit, eine günstige Wohnung fand sich nicht im Handumdrehen, und außerdem hatte sie kein Auto. Ein Wohnungswechsel kam nicht infrage. Während des 15-minütigen Fußmarsches zu ihrem Vermieter in der Friedrich-Engels-Straße kreisten ihre Gedanken einzig um die Frage, wie das alles passieren konnte. Kämpferischer Stimmung kam sie bei ihrem Vermieter an und klingelte an der Haustür des gelbgrauen Häuschens aus DDR-Zeiten. Es blieb ihr nicht viel Zeit, das heruntergekommene Gebäude zu betrachten, bis sie durch eine schmutzige Milchglasscheibe Herrn Lehmann kommen sah. Die Tür öffnete sich und der Geruch einer schlecht gelüfteten Wohnung schlug ihr entgegen. Lehmann strich seine ungepflegten, gelblichen Haare nach hinten und musterte sie mit herabgezogenen Mundwinkeln. Jana fand ihn genauso abstoßend wie bei ihrer letzten Begegnung.

»Betteln wird Ihnen nichts bringen, Fräulein Loewe«, schnarrte er grußlos.

Für einen Augenblick sah sich Jana in der verhassten Sozialwohnung in Kölnberg, dem Brennpunkt in Köln-Meschenich, in der sie die Jahre nach der Trennung ihrer Eltern gelebt hatte. Ihr Gesicht glühte vor Scham. Die Schwäche dauerte drei, vier Herzschläge lang, dann hatte sie sich wieder in der Gewalt. Sie würde sich nicht unterkriegen lassen. So jemand wie Lehmann zwang sie nicht in die Knie, schon gar nicht, da sie sich nichts hatte zuschulden kommen lassen.

»Guten Tag, Herr Lehmann«, grüßte sie steif. »Das muss ein Missverständnis sein.« Jana gab ihrer Stimme einen werbenden Klang. »Für die Miete habe ich einen Dauerauftrag eingerichtet, sodass Sie jeden Ersten pünktlich Ihr Geld haben! Ich habe die Abgänge im Kontoverlauf gesehen.«

»Ach was! Nichts haben Sie überwiesen!«

Jana schalt sich, weil sie die Kontoauszüge nicht ausgedruckt hatte, um einen Beweis in der Hand zu halten. Ihre Bankgeschäfte erledigte sie schon immer ausschließlich online.

Lehmanns Unterlippe schob sich kaum merklich nach vorn. Anscheinend genoss er die Situation.

»Wie gesagt, das muss ein Missverständnis sein. Sehen Sie her!« Jana fischte ihr Smartphone aus der Tasche. Ihre Finger huschten über das Display, als sie sie das Portal ihrer Bank aufrief und sich in ihr Konto einbuchte. Lehmann beobachtete sie mit einer Miene, die keinen Zweifel aufkommen ließ, dass er das Ganze für Zeitverschwendung hielt. Jana drehte den Bildschirm so, dass sie ihn beide sehen konnten. »So, jetzt noch die Zahlungsabgänge an Sie …« Entgeistert brach sie ab. Sie spürte, wie sie aschfahl wurde. Ihr Konto war um über 4.000 Euro überzogen, weswegen der Dauerauftrag für die Miete nicht ausgeführt worden war. Und zwar schon seit September. Dabei überprüfte sie ihr Konto regelmäßig und hätte geschworen, dass sowohl die September- als auch die Oktobermiete pünktlich überwiesen worden waren. Fassungslos sah sie ihren Vermieter an, auf dessen Gesicht sich ein triumphierendes Lächeln ausbreitete.

»Sag ich doch! Schulden haben Sie, bis über beide Ohren. Mir kommen zukünftig nur noch Werktätige ins Haus, Leute, die ihr Geld ehrlich verdienen. Früher hätte es so etwas nicht gegeben.«

Janas Augen verengten sich zu Schlitzen.

»Zum Glück hat mich die Schufa rechtzeitig gewarnt«, zeterte Lehmann. »Das hat man davon, wenn man so gutmütig ist, an Studenten zu vermieten. Gesocks!«

Jana zwang sich, ruhig ein- und auszuatmen. Sich mit diesem Widerling zu streiten, war völlig sinnlos, aber seine Wohnung brauchte sie – zumindest bis auf Weiteres.

»Wieso Schufa?«, fragte sie. »Seit wann schickt die von sich aus Auskünfte? Da muss man nachfragen.«

»Sie scheinen sich ja bestens auszukennen, Fräulein Loewe.«

Jana biss die Zähne zusammen und atmete tief ein, um nichts Übereiltes zu sagen. »Wenn Sie einverstanden sind«, erwiderte sie beherrscht, »bringe ich die Miete an jedem Monatsersten vorbei. In bar.«

Lehmann sah sie herablassend an.

»Die schuldige Miete und das Geld für den kommenden Monat könnte ich Ihnen sofort geben.« Sie zog ihren Geldbeutel hervor und nahm ein Bündel kleiner Scheine heraus. Lohn und Trinkgeld von neun langen Abenden im »Fàilte!«.

Lehmanns Augen flammten gierig auf. »Man ist ja kein Unmensch«, sagte er und machte dabei eine ausladende Geste, als ob er Jana einen großen Gefallen täte und seine eigene Großzügigkeit ihm ein unergründliches Rätsel sei. »Also gut, Barzahlung am Ersten. Und die Miete für den kommenden Monat sofort.« Fordernd streckte er Jana seine Hand entgegen.

»Nicht, dass ich Ihnen misstrauen würde«, entgegnete Jana honigsüß und drückte die Scheine an sich, »aber dieses … dieses Missverständnis lehrt mich, dass ich es in finanziellen Dingen an keiner Sorgfalt mangeln lassen darf. Sicher können Sie mir eine Quittung geben?«

Lehmann stutzte. »Moment«, schnarrte er und knallte die Haustür hinter sich zu. Kurz darauf kam er mit einem Quittungsblock zurück, füllte das oberste Blatt aus und riss es ab. Wortlos tauschten sie Geld gegen Quittung. Lehmann deutete ein Nicken als Verabschiedung an und schlug hinter sich die Tür zu.

»Geldgieriger Blockwart«, fauchte Jana und machte sich auf den Weg zurück zur Hertzstraße.

Mit jedem Schritt verrauchte ihr Ärger über Lehmann mehr, sodass die Sorge über den Schufa-Eintrag und das überzogene Konto die Oberhand gewann. Was ging hier vor sich? Wer hatte sie bei ihrem Vermieter angeschwärzt? Wer hatte überhaupt ein Interesse daran, sie anzuschwärzen? Wie konnte es sein, dass ihr Konto um über 4.000 Euro überzogen war? Sie fühlte sich wie in einem schlechten Film. Zu Hause angekommen ließ sie ihre Jacke auf den Dielenboden gleiten und sich selbst wenige Schritte später auf ihr Bett fallen. Eine Zeit lang lag sie da, alle Viere von sich gestreckt und starrte die Decke an. Nie in ihrem Leben hatte sie sich so einsam gefühlt. Jana fröstelte. Sie musste reden. Schließlich zog sie ihr Telefon aus der Tasche. Nach dem zweiten Klingeln meldete sich die vertraute Stimme.

»Tante Greta«, flüsterte Jana, »ich weiß nicht, ob ich unter Verfolgungswahn leide.«

Jana telefonierte über zwei Stunden mit ihrer Tante. Danach ging es ihr besser. Sie litt nicht unter Verfolgungswahn, sondern die Bank hatte ihr Computersystem nicht im Griff oder irgendjemand musste sich einen üblen Scherz mit ihr erlaubt haben. Gemeinsam mit ihrer Tante war sie ihren Kontoverlauf durchgegangen, und sie hatten festgestellt, dass ihr Konto 4.000 Euro im Minus war, weil es zwei Abbuchungen zu je 2.500 Euro gegeben hatte. Schon Anfang September! Wobei sie ganz sicher seit den angegebenen Buchungsdaten mehrmals ihr Konto geprüft hatte, natürlich ohne Kontoauszüge zu drucken. Wer tat so etwas heute noch? Eine der beiden Abbuchungen ging an ein Konto auf den Namen Angela Merkel, die andere an eines auf Frank-Walter Steinmeier, beide mit dem Betreff ›Nachhilfe‹.

›It is our pleasure to serve our customers – Coral Reef Bank, Bahamas‹, stand darunter. Laut Google gab es jedoch gar keine Bank dieses Namens, und die Suche mit der Bankleitzahl ergab ebenfalls keine Treffer. Jana buchte sich erneut online in ihr Bankkonto ein, diesmal mit dem Rechner, um besser arbeiten zu können. Sprachlos las sie zum zweiten Mal, dass die Septembermiete am 3. des Monats rückgebucht und die Überweisung der Oktobermiete wegen fehlender Kontodeckung nicht ausgeführt worden sei. Ebenfalls am 3. September gingen die ominösen Zahlungen für Nachhilfe ab. Wenigstens hatte Lehmann die Miete nicht doppelt bekommen. Nach einigem Suchen fand sie den Menüeintrag »Lastschrift rückbuchen«. Sie klickte ihn an, aber nichts passierte. Der Menüpunkt war ausgegraut!

»Welch eine Freude, Bankgeschäfte online zu erledigen«, knurrte Jana sarkastisch und wählte die Nummer der nächstgelegenen Filiale.

»Einer Lastschrift widersprechen können Sie ausschließlich schriftlich«, erfuhr sie. »Kommen Sie bitte in der Filiale vorbei und füllen Sie das entsprechende Formular aus. Gegen eine geringe Gebühr buchen wir bei erfüllten Voraussetzungen zurück.«

»Vielen Dank«, presste Jana hervor und legte auf.

Sie stand auf, zog ihren Mantel an, warf die Wohnungstür hinter sich ins Schloss und stürmte los zur Bankfiliale. In dem kleinen Schalterraum langweilten sich drei Angestellte, als Jana eintrat. Zwei saßen hinter Schaltern, der Dritte stand mitten im Raum.

»Sie kommen wegen der Rückbuchung«, sprach sie der Stehende an, bevor sich die automatische Tür hinter ihr geschlossen hatte. Er war Ende 30, hatte einen dicken Schnurrbart und ausgeprägte Geheimratsecken. Der Mann war einen Kopf kleiner als Jana und seine Körperrundungen deuteten an, dass er jede Form von Hektik verabscheute.

»In der Tat«, bestätigte Jana und atmete tief aus. »Wieso wird so etwas überhaupt ausgeführt? Es glaubt sicherlich kein Mensch, dass die Kanzlerin und der Bundespräsident mir Nachhilfe geben!«

»Ich verstehe ihren Ärger, Frau …?«

»Loewe.«

»Koslowski. Ich bin der Filialleiter. Eine Bank kann nie sicher sein, dass Dritte die Zustimmung haben, um Geld per Lastschrift einzuziehen. Es obliegt vielmehr der Sorgfalt des Kontoinhabers, die Bewegungen auf seinem Konto zu kontrollieren und gegebenenfalls innerhalb der gesetzlichen achtwöchigen Frist Widerspruch einzulegen.«

Jana schwoll der Kamm. Eine unfreundliche Bemerkung lag ihr auf der Zunge.

Der Filialleiter war entweder erboste Kunden gewohnt oder nahm ihre Erregung nicht wahr. Jedenfalls sprach er ungerührt weiter: »Wir führen jeden Lastschriftauftrag bis zur Erschöpfung des Dispokredits aus. Folgen Sie mir bitte in mein Büro, Frau Loewe.«

Er ging voraus zu einer Tür neben den Schaltern, die er Jana aufhielt, wobei er gleichzeitig auf einen Stuhl vor einem Schreibtisch deutete. Jana betrat den kahlen Raum und nahm Platz. Koslowski setzte sich ihr gegenüber.

»An Kanzlerin und Bundespräsident, sagen Sie. Da hat sich wohl jemand einen Scherz erlaubt.«

»Ich kann nicht darüber lachen«, entgegnete Jana erleichtert, dass sie ihr Geld umstandslos zurückbekam. Hatte sie wirklich in den letzten acht Wochen ihren Kontoverlauf geprüft oder bildete sie sich das nur ein? Schließlich hatte sie viel um die Ohren und die einzige alternative Erklärung wäre, dass irgendjemand ihre Daten im Zentralcomputer der Bank manipuliert hatte. Koslowski danach zu fragen war sinnlos. Seine Antwort konnte sie sich ausmalen und nüchtern betrachtet war es absurd, dass jemand eine Bank hackt und dann nur einer Studentin einen Streich spielt. Zerknirscht gelobte sie sich selbst, zukünftig sorgfältiger zu sein. Wenige Minuten später verließ sie die Filiale, nachdem sie noch etwas Geld abgehoben hatte, um wieder flüssig zu sein. Vor der Tür googelte sie mit ihrem Smartphone die nächste Polizeiwache. Sie musste nach Pankow. Zum Glück fuhren regelmäßig Busse dorthin. Dennoch kostete es sie 30 Minuten, bis sie auf der Wache ihre Anzeige aufgeben konnte.

»'ne Bank uff die Bahamas, sagen Se«, berlinerte der Beamte kopfschüttelnd. »Ick gloobe nich, dat wir von denen 'ne brauchbare Auskunft bekommen können. Wär dat erste Mal. Det jibt et öfter, dat von dort so obskure Firmen Geld von Konten einziehen. Muss man halt uffpassen.« Jana verabschiedete sich freundlich. Schließlich konnte der Polizeibeamte nichts dafür, dass die Kollegen auf den Bahamas wenig hilfsbereit waren. Sie tröstete sich mit dem Gedanken, dass es zweitrangig war, den Scherzkeks zu bestrafen, sofern die Belästigungen aufhörten.

Sie fuhr zurück zu ihrer Wohnung, wo sie die Sauerei in der Küche aufräumte, sich einen Kaffee brühte und zwei belegte Brötchen machte, weil sie den ganzen Tag nichts gegessen hatte. Zum Essen setzte sie sich aufs Sofa und stellte die Tasse auf den kleinen Couchtisch daneben. Den Teller mit den Brötchen behielt sie in der Hand. Beim Kauen grübelte sie, wer sich diesen üblen Scherz mit ihr erlaubt haben könnte. Dass eine Scheinfirma zufällig an ihre Kontoverbindung gekommen war, glaubte sie nicht. Die Angelegenheit war absurd. In Berlin kannte sie kaum jemanden, und weder Wibke noch Nils kamen für solche Scherze infrage. Sie steckte das letzte Stück Brötchen in den Mund, strich sich die Krümel von den Fingern und stellte den Teller ebenfalls auf den Couchtisch. Dann trank sie den Kaffee aus, ging an ihren Arbeitsplatz und startete ihren Rechner.

Die Selbstauskunft bei der Schufa war umstandslos zu bekommen, kostete aber 25 Euro. Es gab in der Tat einen negativen Eintrag: Sie habe einen Kredit bei Coral Reef Bank, Bahamas, nicht zurückgezahlt – einer Bank, die es allem Anschein nach überhaupt nicht gab, weswegen sie die beiden Abbuchungen für Nachhilfe von Angela Merkel und Frank-Walter Steinmeier umstandslos zurückbekommen hatte. Jana knirschte mit den Zähnen, während sie die Nummer der Schufa wählte, um die sofortige Löschung zu fordern.

»Das tut mir leid«, säuselte die Frau am anderen Ende der Leitung. »Möchte man einen negativen Schufa-Eintrag löschen lassen, ist das nur über den Veranlasser möglich. Sie müssen sich diesbezüglich an die Coral Reef Bank wenden.«

»Hören Sie nicht zu? Diese Bank gibt es überhaupt nicht! Diesen Kredit gab es nie, den ich angeblich nicht bedient habe!«

»Ich fürchte, da kann ich Ihnen nicht weiterhelfen.«

Jana beendete das Gespräch grußlos. In diesem Augenblick leuchtete das Symbol ihres elektronischen Postfachs auf. Sie öffnete die Nachricht und begann zu lesen.

von: Abu Mujahed
an: jyloewe@t-online.de
Betreff: komm auf den richtigen Weg!

Jana, warum machst Du Dir Sorgen um Geld? Bete nicht den Götzen Mammon an. Das ist Sünde! Ins Jenseits kannst du nichts mitnehmen. Komm zu uns. Wir weisen dir den Weg ins Paradies, wo Deine Belohnung auf dich wartet.
Allahu akbar

Janas Hände krallten sich in die Tischplatte, ihr Atem setzte aus. Sie stemmte sich mit gestreckten Armen gegen das Möbel, wollte den Abstand zwischen sich und dem Bildschirm vergrößern. Vier, fünf Atemzüge lang starrte sie auf den Text. Ihre Gedanken überschlugen sich. Welche Seuche auch immer ihren Rechner befallen hatte, wer auch immer dahintersteckte, so konnte es nicht weitergehen. Erst Belästigungen per E-Mail, dann Verleumdungen bei ihren Freunden und Kommilitonen, dann verschwand ihr Geld auf die Bahamas. Was kam als Nächstes? Sie griff zum Telefon und wählte Nils' Nummer.

Nils ging beim ersten Klingeln dran: »Reiss?«

»Nils … Nils, jemand hat Geld von meinem Konto abgebucht. Eine nichtexistente Bank auf den Bahamas!« Das andere Ende der Leitung blieb stumm. »Nils, bist du noch da?«

»Ja. Mir hat es gerade die Sprache verschlagen. Komm bei mir vorbei, wann es dir passt. Prinz-Eugen-Straße 17.«

»In einer halben Stunde bin ich da.«

Als Jana eine Dreiviertelstunde später in die Prinz-Eugen-Straße einbog, kamen ihr zwei Frauen entgegen, die mit schwarzen Tüchern verschleiert waren. Jana schauderte und beschleunigte ihre Schritte. Je eher diese unerfreuliche Episode ihr Ende fand, desto besser. Augenblicke später hatte sie die beiden Muslimas passiert und tadelte sich für ihre Angst. Die beiden stellten ihr sicherlich nicht nach!

Das Haus mit der Nummer 17 war ein großer Gründerzeitbau, der wie der ganze Wedding heruntergekommen wirkte. Sie klingelte bei Reiss. Kurz darauf hörte sie schnelle Schritte, und Nils öffnete ihr die Haustür.

»Hallo, Jana …« Er stockte. Sein Gesicht war gerötet, und er rang nach Luft. Er war offensichtlich schnell gelaufen. »Ähm … komm doch rein. Meine Bude liegt im dritten Stock.«

Jana stieg hinter Nils die abgewetzte Treppe hinauf und folgte ihm in seine Wohnung. Es gab keine Diele. Soweit sie es überblicken konnte, hatte er ein winziges Bad – die Tür stand offen – und keine Küche, lediglich eine Kochnische. Hinter der einzigen verschlossenen Tür vermutete sie das Schlafzimmer. Die Einrichtung war ebenso spartanisch: ein einfacher Holztisch mit drei Stühlen und ein Sitzsack als Sofaersatz. Die technischen Geräte, von denen Jana nur den Rechner, die WLAN-Antenne, die Stereoanlage und die Lautsprecherboxen zweifelsfrei identifizieren konnte, bildeten einen krassen Gegensatz zur Wohnung: Der Raum mutete an wie ein Elektroniklabor.

»Darf ich dir etwas anbieten?«, unterbrach Nils ihre Gedanken. »Kaffee, Wasser, Tee – ich habe aber nur grünen?«

Einen für ihren Geschmack trinkbaren Kaffee zu bekommen schien unwahrscheinlich. »Ein Tee wäre nett, danke, aber ich mache dir sowieso schon zu viele Umstände.« Jana rieb ihre linke Handfläche an ihrer Hose. In der rechten trug sie ihren Laptop.

»Wirf schon mal deinen Blechkopf an«, schlug Nils vor und machte sich in der Kochnische zu schaffen. Nachdem Jana ihr Notebook ausgepackt und auf dem Tisch angeschaltet hatte, kam er mit einem Humpen heißem Wasser zurück, in dem ein Tee-Ei steckte.

»Danke.«

Nils öffnete eine Schublade am Tisch, zog eine Rolle Isolierband heraus, riss ein Stück ab und verklebte damit die winzige Kamera, die im Rand um den Bildschirm verbaut war. Dabei achtete er darauf, jederzeit außerhalb des Kamerabereichs zu bleiben.

»Sicher ist sicher«, erklärte er und ließ die Rolle in der Schublade verschwinden. Er setzte sich vor den Rechner und sah Jana fragend an.

»Mach, was du für richtig hältst. Ich will, dass das Teil sauber ist.«

»Alles klar. Auf die elegante Art ging es nicht, ergo machen wir es eben auf die grobe … Ich boote Linux vom USB-Stick und suche nach verdächtigen Dateien. Alles, was nicht koscher ist, lösche ich. Okay?«

»Was immer das heißt. Ich habe kein Wort verstanden.«

»Ich starte den Rechner neu mit einem anderen, sichereren Betriebssystem, eben Linux.« Dabei fuhr er die Maschine herunter. »Von Linux aus untersuche ich das Dateisystem. Der einfachste Weg, einen Virus zu tarnen, ist, ihn wie einen Teil des Windows-Betriebssystems aussehen zu lassen. Wir sichern die Daten, die du kennst, und löschen alles Übrige auf deinem Rechner, inklusive dem Betriebssystem. Danach formatieren wir die Festplatte und überschreiben alles mehrfach. Danach ist alles so, wie es aus der Fabrik kommt. Wenn wir damit fertig sind, installieren wir neu und spielen deine Daten drauf.«

Nils steckte den USB-Stick in den Rechner und drückte den Startknopf. Jana spürte ihre Handflächen feucht werden. Sie rieb die Hände aneinander und sah auf. Ihr Blick fiel auf ein kleines Bücherregal. Die meisten Autoren kannte Jana bestenfalls dem Namen nach: neben Science-Fiction von Borges und Lem standen »Per Anhalter durch die Galaxis« und »Der Herr der Ringe«. »Der Fänger im Roggen« prangte zwischen den »Kritiken« von Kant und Gedichten von Rilke!

Jana musste an Wibke denken, an er-oder-ich, während sie mit dem Zeigefinger über die Buchrücken strich. Wibke hatte wahrscheinlich kein einziges Buch im Regal. Nils hatte einen anderen Weg aus der Enge ihrer Herkunft in Kölnberg gefunden als sie. Er kannte den Zeitgeist ihrer Vorgängergenerationen, ohne ihm zu verfallen, las Standardwerke der Philosophie und hatte darüber hinaus Sinn für das Schöne. Und natürlich wusste er, dass man sich um einen ausgefuchsten Computerfachmann wie ihn reißen würde, wenn er einen Job suchte. Ein geradliniger Weg ohne jede Effekthascherei, auf dem er darauf verzichten konnte, sich bei irgendjemandem anzubiedern. Nils ist wirklich unabhängig. Wie du gerne wärst, gestand sie sich mit einer Mischung aus Bewunderung und Neid ein. Und Wibke? Konnte sie sich vorstellen, dass

Wibke wirklich eine Freundin war oder wenigstens werden könnte? Oder waren es nur ihr selbstbewusstes Auftreten und der Zugang zur Jeunesse dorée, der sie anzog?

Ein elektronisches Geräusch lenkte ihre Aufmerksamkeit zurück auf den Bildschirm, den Nils fixierte, als existiere die Welt um ihn nicht. Wie vor ein paar Tagen auf der Uni belauerte er die Anzeige, als wäre sie ein wildes Tier, und bearbeitete dabei die Tastatur mit atemberaubender Geschwindigkeit. Ohne ersichtlichen Grund hielt er plötzlich inne, richtete sich auf und sagte: »… und tschüss.« Dabei schlug er mit dem rechten Zeigefinger die Enter-Taste an und drehte sich zu ihr herum. »Was immer da auf deinem Rechner war – ist weg.«

Befreit lachte Jana auf. Sie konnte sich nicht daran erinnern, wann sie sich zuletzt so erleichtert, so sorgenfrei gefühlt hatte. Nils lümmelte auf seinem Stuhl und strahlte eine grimmige Zufriedenheit aus, nachdem er einen genauso lästigen wie hartnäckigen Gegner in die Schranken gewiesen hatte. Zu ihrer Überraschung sah sie in ihm einen Mann, den sie gerne näher kennenlernen würde, von dem sie mehr als die Seite des eigenbrötlerischen Nerds kennen wollte. »Ich finde, wir haben uns eine Belohnung verdient«, stellte sie fest und lächelte schelmisch in seine Richtung. »Genauer, du hast eine Belohnung verdient.«

»Das habe ich doch gerne gemacht«, brummte Nils und sah verwirrt zu ihr auf.

Errötete er ein wenig?

»Ich möchte tanzen. Vorausgesetzt, du traust dich, mit mir in der Öffentlichkeit gesehen zu werden, ziehen wir heute durch die angesagtesten – Wibke würde sagen *Locations* – von Berlin.«

Nils blieb der Mund vor Staunen offen stehen. Das neckische Spielchen belustigte Jana. Nils war oberflächlich betrachtet alles andere als ein Frauentyp, während es ihr beinahe lästig war, wie sehr sie beim anderen Geschlecht auf Anklang stieß. Deshalb verzichtete sie meist auf Schminke, zog sich bequem an und frisierte sich unauffällig.

»Du, das ist nett von dir. Ich, äh, ich habe eine Verabredung zum Online-Go mit einem Gegner in Singapur. Den habe ich das letzte Mal plattgemacht, und er verdient eine Revanche.«

Jana schnappte nach Luft. Männer gaben ihr keine Körbe! »Nicht dein Ernst? Go, und dann auch noch online? Das hört sich ja rasend spannend an. Hey, aufwachen, du sollst nicht Aschenputtel ausführen!«

»Jana, bitte sei mir nicht böse«, stammelte Nils. »Ich bin nicht schwul, und Augen im Kopf habe ich auch, aber …« Er gestikulierte hilflos. »Ein andermal?«

In seinem Gesicht las sie ehrliches Bedauern und das Wissen, dass es kein andermal geben würde.

Jana spürte, wie sich ihre Gesichtszüge verhärteten. Jedem anderen hätte sie eine Zurückweisung krumm genommen. Nils böse zu sein, brachte sie nicht über sich. Weil er ihr geholfen hatte? Weil er so ganz anders war?

»Du bist echt ein schräger Typ«, lenkte sie das Gespräch zurück in unbedenkliche Fahrwasser. Mit ihm streiten wollte sie auf keinen Fall, aber ganz ungeschoren durfte er für den Korb nicht davonkommen. »Spiel du mal Online-Go, wenn du das lieber tust, als mit mir zu tanzen. Ich gehe shoppen und sehe, was ich mit dem angebrochenen Tag anfange.«

Die kleine Spitze wollte sie sich nicht verkneifen. Jana packte ihren Rechner ein und ging.

Bester Stimmung fuhr Jana in die Friedrichstraße und verpulverte ihre Barschaft für ein dunkelgrünes Seidentop, das zu ihrer Augenfarbe passte und dazu einen Minirock aus schwarzem Leder, der das Oberteil traumhaft ergänzte. Die ganze Zeit pfiff sie leise »Mein kleiner grüner Kaktus« und wippte zu »sticht – sticht – sticht« seitlich mit der Hüfte. Als sie zurück in ihre Wohnung kam, war es bereits dunkel. Nachdem sie ihren Mantel aufgehängt und die Schuhe ausgezogen hatte, drehte sie Pirouetten zur Melodie des kleinen grünen Kaktus, bis zu ihrem Schreibtisch im Wohnzimmer.

»Wie sieht es denn hier aus, Jana?«, schalt sie sich scherzhaft und kicherte wie betrunken. Mit ein paar schnellen Handgriffen ordnete sie die Zettel mit Notizen für ihre Seminararbeit in drei Bündel und legte ihren Laptop an seinen Platz. In ein paar Tagen sollten die losen Blätter verschwunden und alles in die Präsentation eingearbeitet sein. Spätestens dann würde ihr Studium wieder zielsicher dem Abschluss entgegengehen.

Beim Gedanken an die Universität lief ein Schauer über ihren Rücken. Seufzend setzte sie sich auf ihren Schreibtischstuhl. Die Verleumdungen über Facebook und Whatsapp, die sie unter den Kommilitonen unmöglich gemacht hatten, gehörten zwar der Vergangenheit an, und so etwas würde nie mehr passieren, doch außer bei Wibke standen die Vorwürfe noch im Raum. Sie zerknüllte einen Schmierzettel und warf die Kugel in den Papierkorb.

Kopf hoch, du hast schon Schlimmeres durchgestanden!, redete sie sich zu. Ihr Magen verkrampfte sich beim Gedanken an die unerfreuliche Geschichte in der elften Klasse, als man sie mit einer angeblichen Tablettensucht erpresst hatte. Sascha aus der Parallelklasse bekam damals spitz, dass sie häufig Rezepte für ihre Mutter in die Apotheke brachte. Sie hatte ihn nie ausstehen können und natürlich blitzte er bei ihr ab, als er sie damit erpresste, mit ihm ins Bett zu gehen. Flugs setzte diese miese Ratte das Gerücht von der drogensüchtigen Jana in die Welt, das sie nur mühsam und nicht ohne das peinliche Bekenntnis, dass ihre Mutter tatsächlich tablettenabhängig war, ausräumen konnte. Dabei hatte sie gelernt, dass üble Nachrede sich hartnäckig hielt. Auf eine Wiederholung war sie nicht erpicht. Jana knetete ihr Kinn. Der einfachste Ausweg war, die Geschichte so zu erzählen, wie Wibke sie glaubte. Nils studierte an einer anderen Uni und an der HU kannte ihn keiner. Mies wäre es dennoch. Unwillig verzog sie den Mund und überlegte, was Nils in ihrer Lage täte. Er würde wahrscheinlich sein Ding durchziehen, egal was die anderen dachten. Jana stöhnte bei dem Gedanken und schüttelte den Kopf. Niemals würde sie es schaffen, seine an Autismus grenzende Dickfelligkeit aufzubringen. Andererseits waren die drei Semester bis zum Abschluss ihres Masters keine Ewigkeit und im Gegensatz zur Schule konnte man den Leuten an der Uni recht gut aus dem Weg gehen.

Sie beschloss, die Entscheidung zu vertagen und ging in die Küche, um ein Glas Wasser zu trinken. Sie aß einen Happen, las ein wenig, stellte ihren Wecker aus und legte sich früh schlafen.

KAPITEL 8

Freitag, 30. Oktober 2020 – Wilhelmsruh, Berlin

Am nächsten Morgen gönnte sich Jana den Luxus, bis neun zu schlafen. Sie schlug die Augen auf und verspürte einen Tatendrang wie lange nicht mehr.

»Heute komme ich mit der Seminararbeit in die Pötte«, erklärte sie den Picasso-Stieren an der Wand und sprang aus dem Bett. Sie summte die Melodie von »Sieben Tage«, ging ins Wohnzimmer, legte den Rechner in die Dockingstation und drückte den Startknopf. Danach schlenderte sie in die Küche, und stellte ihre Kaffeemaschine an. Nach einem guten Frühstück würde ihr die Arbeit leichter fallen.

Gerade wollte sie ins Bad, als sie eine sanfte Männerstimme aus ihrem Wohnzimmer hörte: »Jana, ich muss mit dir reden!«

Erschrocken fuhr sie herum. Es war nichts zu hören außer dem leisen Rauschen der Kaffeemaschine. Jana griff sich ihr größtes Messer, arbeitete sich bis zur Tür zum Wohnzimmer vor und spähte hinein. Niemand war im Raum. Jana blieb regungslos im Türrahmen stehen und lauschte. Den Griff des Messers umklammerte sie mit beiden Händen. Nichts rührte sich. Jemand ging an ihrer Wohnungstür vorbei durch das Treppenhaus. Sie überlegte, ob sie um Hilfe schreien sollte.

»Jana, ich muss mit dir reden!«, wiederholte die Männerstimme.

Die Stimme kam zweifellos aus ihrem Wohnzimmer, allem Anschein nach aus ihrem Rechner, was keinen Sinn ergab. Die Anzeige ihres Rechners war schwarz. Noch einmal ließ sie ihren Blick durch das Zimmer schweifen. Es gab keine Möglichkeit für einen erwachsenen Mann, sich in dem spärlich möblierten Raum zu verstecken. Gerade wollte sie sich umdrehen, um in der übrigen Wohnung nach dem Ursprung der Stimme zu suchen, als der Bildschirm aufleuchtete. Er zeigte im Vollbild das Gesicht eines älteren Mannes, das sie zu beobachten schien. Jana fiel das Messer aus der Hand. Sie schlug die Hände vor den Mund, denn sie kannte das Gesicht gut.

»Onkel Heinrich?«, stammelte sie. »Bist du es?«

Ihre Hände fielen kraftlos herab. Tante Gretas Mann, Freiherr Heinrich von Mengstett, war vor sechs Monaten an Krebs gestorben. Sie hatte seine aufgebahrte Leiche gesehen. Jana spürte, wie sich ihr Magen zusammenzog.

»Jana, ich bin dein Freund«, erwiderte das Bild ihres Onkels sanft, ohne ihre Frage zu beantworten. »Deshalb muss ich aufpassen, dass du keine weiteren Dummheiten machst.«

»Dummheiten? Wer … wer sind Sie?«

»Wie ich schon sagte: ein Freund. Ich will dir helfen.«

Jana konnte es nicht fassen: Die Stimme war unverkennbar die Heinrichs mit dem kehligen ostpreußischen Akzent.

»Du hast Fehler gemacht, Jana. Deswegen bin ich da. Lass mich in Ruhe meine Arbeit machen, und es wird dir nichts geschehen.«

Heinrichs Gesichtsausdruck schlug in eine eisige Maske um. Jana hatte diese Mimik bei ihm nur einmal gesehen, vor vielen Jahren. Sie war noch klein gewesen, als sie eine alte chinesische Vase umgeworfen hatte, das einzige Erinnerungsstück an das Gut seiner Familie in Ostpreußen. Jana musste sich mit aller Kraft zusammenreißen, um dem Blick standzuhalten. Sie fühlte sich wie damals. Dabei konnte es unmöglich Heinrich sein! Am meisten erschütterte sie der Gedanke, in der eigenen Wohnung nicht sicher vor einem Eindringling zu sein. So musste man sich fühlen, wenn man am helllichten Tag nackt auf dem Alexanderplatz stand.

Jana schüttelte sich. Mit langen Schritten stapfte sie quer durch das Wohnzimmer. Die Augen aus dem Bildschirm folgten ihr, als stünde ihr Onkel mit ihr im Raum. Janas Blick blieb an der verklebten Kamera hängen. Sie fröstelte. Ortete man sie über die Mikrofone?

»Mein Rat an dich ist, dass du Reiss in Zukunft von deinen Sachen fernhältst«, unterbrach er ihre Gedanken.

»Nils?«, schnaubte Jana. »Was hat denn Nils damit zu tun? Womit eigentlich?« Mit einem Satz sprang sie nach vorn und riss den Stecker des Stromkabels aus der Dose. Der Bildschirm wurde geringfügig dunkler. Der Klapprechner ging in Batteriebetrieb.

»Du kannst vor mir die Augen verschließen, aber das ändert nichts! Das ist nur dumm!«

Ihr Onkel, gekleidet wie zu einem Nachmittagsausritt auf seinem Rittergut, zupfte sein Halstuch zurecht. Sein Blick wurde tadelnd.

Entschlossen ging Jana mit zwei Schritten zum Rechner und drückte auf den Aus-Knopf. Drei, vier, fünf Sekunden lang presste sie ihren Daumen, so fest sie konnte, auf den schmalen Schalter, ohne dass etwas passierte – außer dass ihr Onkel schallend zu lachen begann. Sie konnte ihren Rechner nicht einmal auf die rabiate Art ausschalten! Was ging hier vor? Jana tastete sich rückwärts, bis die Wand ihrer Flucht ein Ende setzte.

»So, Mädchen, Schluss mit den Mätzchen«, herrschte Heinrich sie an. Dabei fixierte er sie wie eine Kobra ihre Beute. Ihr Onkel, oder wer auch immer sich seines Äußeren bediente, ließ die Worte einige Augenblicke wirken, bevor er in einem leisen, bedrohlichen Ton fortfuhr: »Ich habe keine Lust auf Spielereien. Schalte deinen alten Rechner an!«

Jana gehorchte. Heinrich duldete keinen Widerspruch – hatte nie Widerspruch geduldet. Ohne den Blick vom Bildschirm zu nehmen, griff sie neben sich, wo der alte Rechner auf der Fensterbank lag, und betätigte den Schalter. Mit einem surrenden Geräusch sprang das Gerät an. Gerade als Jana auffiel, dass das Surren nicht wie üblich in ein gleichmäßiges Brummen überging, schoss mit einem Knall eine Stichflamme aus der Tastatur. Das Rollo am Fenster fing Feuer. Geistesgegenwärtig riss sie es herunter und trat die Flammen aus. Es stank nach angebranntem Plastik. Jana rieb sich ihre vom beißenden Qualm tränenden Augen und schaute mit hämmerndem Herzen zurück zum Bildschirm.

»Ich wiederhole«, sagte Heinrich. »Mein Rat an dich ist, dass du Reiss in Zukunft von deinen Sachen fernhältst.«

Janas Kehle fühlte sich staubtrocken an. Im Blick dieser eiskalten Augen fühlte sich ihre Wohnung an wie ein Folterkeller.

»Ach ja, bevor ich mich verabschiede«, fügte Heinrich hinzu, und seine Stimme klang sanft und leise, »wenn du ein kluges Mädchen bist, bleibt unsere … Unterhaltung … unter uns. Und es wird unsere einzige Unterhaltung bleiben.« Ein spöttisches Lächeln umspielte seine Lippen. Der Bildschirm wurde schwarz.

Jana blieb wie angenagelt neben dem verschmorten Rechner stehen und starrte den schwarzen Bildschirm an, minutenlang. Das Herz klopfte ihr bis zum Hals. Was war das eben? Bislang war das Ganze lästig gewesen, aber nun hatte irgendwer sie konkret bedroht! Ihre Augen tränten wegen des beißenden Qualms, aber sie öffnete kein Fenster. Wo war sie noch sicher?

Eine Taube gurrte vor ihrem Fenster. Jana sah nach draußen. Der Vogel saß auf einem Ast, wenige Meter von ihr entfernt, und sah sie herausfordernd an. Mit langen Schritten spurtete sie zur Wohnungstür, steckte den Schlüssel ins Schloss und sperrte zweimal ab. Dann ging sie zurück ins Wohnzimmer, klappte den immer noch leicht rauchenden Rechner zusammen und warf ihn in den Mülleimer in der Küche. Als Nächstes war der andere Laptop dran. Sie schlich sich an der Rückseite des Bildschirms an das Gerät, klappte es zu, drehte es um und nahm die Batterie heraus.

»Du wirst dich in Zukunft benehmen«, knurrte sie. »›Mein Rat an dich ist, dass du Reiss in Zukunft von deinen Sachen fernhältst.‹ Du kannst mich kreuzweise.«

Sie zückte ihr Smartphone und schrieb Nils, ob sie sich mit ihm treffen könne. Anschließend packte sie Rechner und Akku getrennt ein, zog ihre Schuhe an, nahm die Jacke vom Haken und stapfte nach draußen. Ihr Ziel war die Filiale der Bank. Dort stellte sie fest, dass außer ihr offensichtlich nur alte Leute zum Schalter gingen, und davon wenige. Sie zuckte mit den Schultern, sperrte jede Form von Onlinebanking außer der Kontostandsabfrage und die -auszugsfunktion. Sie hob 600 Euro ab, fast das gesamte Guthaben auf ihrem Girokonto. Die restlichen 37,50 Euro ließ sie für Notfälle, falls sie einmal Bargeld am Automaten ziehen musste.

»Na, Frau Loewe. Nur Bares ist Wahres, was?« Koslowski stand hinter dem Schalter und zählte ihr das Geld vor. Hysterisches Huhn!, war deutlich in seinem Gesicht zu lesen. Ein Überweisungsfehler und bei dir bricht die Paranoia aus.

Einen Augenblick lang zweifelte Jana, bis sie sich versicherte, dass Koslowskis Selbstzufriedenheit vor allem daher kam, dass er in dem winzigen Ausschnitt der Welt, in dem er sich bewegte, nichts erlebte, was sein Weltbild trübte oder gar erschütterte. Und das, was ihr gerade passierte, überstieg mit Sicherheit seinen geistigen Horizont. Nein, es war richtig, was sie tat. Niemand konnte ihr mehr den Geldhahn abdrehen.

Ihr Telefon vibrierte. Nils hatte geantwortet, dass sie sich in einer halben Stunde in der Uni treffen könnten. Jana griff die Geldscheine vor ihr.

»Vielen Dank, Herr Koslowski. Ja, nur Bares ist Wahres. Der eine begreift es früher, der andere später. Auf Wiedersehen.«

Beim Verlassen der Bank beantwortete Jana Nils' Nachricht und schlug den Haupteingang der Humboldt-Universität als Treffpunkt vor. Es war ihr klar, dass ihr Verfolger das mitbekam. Dass ihr Telefon unsicher war, wusste sie, seit Achatz sie über Whatsapp belästigt hatte – sie machte es absichtlich. Was wollte der Spanner denn machen? Dass Wibke vielleicht recht hatte und Nils selbst der Spanner sein könnte, erwog sie keine Sekunde.

»Man hat von mir verlangt, dass ich mich von dir fernhalte«, erklärte sie ihm, nachdem sie sich in eine leere Sitzecke gesetzt hatten, an der viele Studierende vorbeikamen.

»Man hat was?« Nils blickte empört. »Und wer ist *man*?«

»›Mein Rat an dich ist, dass du Reiss in Zukunft von deinen Sachen fernhältst‹, lautet die Botschaft genau. Wer *man* ist, weiß ich nicht, aber er meinte, dass ich niemandem von diesem freundlichen Ratschlag erzählen soll.«

»Nun mal der Reihe nach. Ich verstehe nur Bahnhof. Hat dich ein Fremder angemacht?«

»Nein. Ich war zu Hause, alleine in meiner Wohnung. Mein Rechner ist angesprungen und hat meinen Onkel Heinrich gezeigt, der mir das gesagt hat. Wahrscheinlich, weil ich nicht genügend beeindruckt war, hat er mir befohlen, meinen alten Rechner anzuschalten. Aus der Tastatur ist eine Stichflamme geschlagen und das Teil ist ausgebrannt.«

»Übel. Wenigstens ist klar, dass es dein Onkel war.«

»Onkel Heinrich ist vor sechs Monaten an Krebs gestorben. Ich war auf der Beerdigung.«

Nils' Unterkiefer klappte nach unten. Man sah ihm an, dass sein Verstand hinter der Stirn auf Hochtouren arbeitete.

»Okay. Deinen toten Onkel als Überbringer der Botschaft zu missbrauchen ist nicht schwer. Die Technik ist über 20 Jahre alt, und das kann jeder mittelmäßige Informatikstudent.«

Sie antwortete nicht, aber ihr Gesicht fühlte sich an, als sei ein großes Fragezeichen darauf gemalt.

»Hast du den Film ›Jurassic Park‹ gesehen?«

»Ja, wer kennt den nicht? Was hat das damit zu tun?«

»Was meinst du, warum sich die Dinos so lebensecht bewegt haben? Die haben Strauße gefilmt und anschließend im Rechner so etwas wie eine neue Hülle drübergestülpt. Findet man ein Foto deines Onkels, wenn man im Internet nach seinem Namen sucht?«

»Ja. Und auf dem Foto trägt er ein Tweed-Jackett und ein Halstuch, genau wie eben.«

»Das hätten wir geklärt. Hast du dein Telefon dabei?«

»Natürlich.«

»Hast du eins, bei dem man den Akku herausnehmen kann, oder ist der bei dir fest verbaut?«

»Äh, ja, kann man rausnehmen.«

»Nimm bitte die Batterie heraus. So ein Teil kann man prima als Wanze benutzen.«

»Mist«, zischte Jana und beeilte sich, das Telefon lahmzulegen. Ihr störrisches Beharren darauf, ihre Verfolger ignorieren zu wollen, kam ihr im Nachhinein dumm vor. Nils nüchterne Herangehensweise vermittelte ein Gefühl von Geborgenheit.

»Ich verstehe nicht, was das soll«, sagte er, als die Batterie neben dem Smartphone auf dem Tisch lag. »Manche Viren sind einfach nur aus Langeweile programmierte Böswilligkeit. Andere wollen dein Geld. In dem Fall ergibt es keinen Sinn, das Geld auf eine Bank zu überweisen, die es überhaupt nicht gibt! Wieder andere wollen über deine Geräte schmutzige Geschäfte abwickeln, sodass man sie nicht drankriegen kann. In dem Fall bleibt der Angreifer logischerweise im Verborgenen! Und jetzt das: Was soll es bringen, dass du dich von mir fernhältst? Wir haben uns vor ein paar Tagen nach Jahren getroffen, und da hattest du diese Probleme schon. Bist du mit irgendeinem Kommilitonen aneinandergeraten?«

»Nein.«

»Will man dir vielleicht einen Streich spielen?«

»Wohl kaum. Ich bin erst seit ein paar Wochen in Berlin.«

»Vielleicht doch. Wenn du Pech hast, denkt *man* weniger an etwas Lustiges. Vielleicht will dir jemand an die Wäsche, vielleicht will dich jemand erpressen?«

»Wozu denn? Ich hab doch nichts?« Komisch, Wibke dachte auch an so etwas, durchzuckte es sie.

»Du bist eine schöne Frau.«

Nils lief rot an. Jana begriff, worauf er anspielte. Nicht ausgeschlossen, dass man sie zur Prostitution zwingen wollte, und sie beide wussten aus ihrer Jugend in Kölnberg, dass man in dem Milieu wenig zimperlich war. Ein ekliger Geschmack setzte sich in ihrem Mund fest. Sie schlug die Beine übereinander, verschränkte die Arme vor der Brust und schwieg.

»Wenn's dumm läuft, steckst du von einem Tag auf den anderen bis zum Hals in Schulden. Das wär' der GAU. Über Privatinsolvenz will ich nicht mal nachdenken … und das Studium könntest du wohl abhaken. Onlinebanking würde ich die nächste Zeit lassen.«

»Habe ich eben abgemeldet.«

»Vielleicht …« Nils hielt inne.

Jana hatte ihn nie zuvor ratlos gesehen. Das Schweigen drückte ihre Stimmung in den Keller. Das Geräusch von Stöckelschuhen auf Steinboden ließ sie aufblicken. Wibke kam auf sie zu.

»Ich glaube, du wirst gebraucht«, murrte Nils und stand auf. »Ich muss etwas ausprobieren. Melde mich bei dir.« Er ging, bevor Wibke sie erreicht hatte.

»Hallo«, grüßte Wibke. Zu Nils sagte sie nichts, warf ihm aber einen abfälligen Blick nach.

Jana baute hektisch die Batterie in das Telefon ein und spürte, dass sie knallrot wurde.

»Per gibt heute Abend eine Gartenparty. Sein Penthouse hat einen schicken Garten. Sieh mal bei Facebook nach. Er hat dich auch eingeladen. Da schaust du!«

»Hallo, Wibke.« Mechanisch rief Jana mit ihrem Smartphone die Facebook-App auf. Dabei dachte sie an das Facebook-Tracking-Cookie. Ihr Puls beschleunigte sich. Exakt dasselbe Gefühl wie wenige Stunden zuvor fuhr ihr in die Knochen, als das Bild ihres Onkels ihr befohlen hatte, ihren alten Rechner anzuschalten. Sie atmete tief ein und presste ihre Kiefer aufeinander. Reiß dich zusammen, Mädchen! Wibke schien nichts bemerkt zu haben, und sie war gefühlt schon mindestens hunderttausendmal auf Facebook gewesen. Die Panikattacke ebbte ab.

Pers Einladung war sehr nett und mit Sorgfalt für sie persönlich verfasst. Sie enthielt ein Bild, das wohl auf einer seiner früheren Partys aufgenommen worden war. Jana fand den Gedanken, auf eine Party der Schönen und Reichen zu gehen, in ihrer Situation aberwitzig. Wie konnte man ausgelassen feiern, wenn einem irgendwelche Leute Geld vom Konto abbuchten und einen mit Videoanrufen toter Verwandter bedrohten? Sie bedankte sich bei Per, schrieb, dass sie gerne käme, aber noch nicht wisse, ob sie es einrichten könne.

»Das ist sehr nett von Per«, sagte sie zu Wibke. »Richte ihm schöne Grüße von mir aus, wenn du hingehst. Ich weiß noch nicht, ob ich kommen kann. Ich habe gerade viel um die Ohren und eine paar private Probleme.«

»Hängen deine Schwierigkeiten mit dem da zusammen?« Sie nickte mit dem Kopf in die Richtung, in die Nils gegangen war. »Der hatte es ja schwer eilig zu verschwinden, als ich aufgetaucht bin. Soll ich meinen Vater bitten, einer Freundin zu helfen? Der kennt die besten Anwälte.«

»Nein, Nils hat nichts damit zu tun – bin ich sicher.« Jana schüttelte langsam den Kopf. »Bin ich ziemlich sicher.«

Nils hatte ihr Vertrauen verdient. Andererseits spürte sie, wie die Zweifel an seiner Aufrichtigkeit, die Wibke gesät hatte, in ihr aufgingen. Am liebsten würde sie mit jemandem über alles reden. Wibke war dafür nicht die Richtige. Jana kannte sie erst ein paar Wochen, sie war sowieso Nils gegenüber voreingenommen, und angesichts der verstörenden Lage brauchte Jana jemanden, der bedingungslos und objektiv auf ihrer Seite stand. Wäre doch nur Tante Greta hier! Ihr könnte sie ihr Herz ausschütten.

»Wibke, sei mir nicht böse. Ich wünschte, ich hätte mehr Zeit, aber ich muss los. Bis hoffentlich auf Pers Party!«

Sie winkte Wibke kurz zum Abschied und ging ins Café »Einstein Unter den Linden«, wo sie sich einen Großen Braunen bestellte und soweit wie möglich abseits setzte. Sie wollte allein unter Leuten sein, um in Ruhe nachzudenken. Was sollte es, Geld von ihrem Konto auf eine Bank zu überweisen, die es nicht gab? Oder sie bei ihrem Vermieter und der Schufa anzuschwärzen? Davon hatte niemand etwas! Einzig sie hatte Scherereien, eine Menge Scherereien. Außer Nils kannte sie niemanden, der etwas Erfolgversprechendes unternehmen konnte. Andererseits hatten die Lösungsversuche mit Nils bisher nichts gebracht, und nach jedem Anlauf war es schlimmer geworden. Jana ließ sich in die Lehne sinken, rollte den Kopf in den Nacken und starrte zur Decke. Sie konnte es drehen und wenden, wie sie wollte: Es blieb ihr nichts Sinnvolles übrig, als der Sache so lange auf den Grund zu gehen, bis sie herausfand, wer dahintersteckte. Und das ging am besten und schnellsten mit Nils, selbst wenn er sie hinterging. Pack den Stier bei den Hörnern und verschaff' dir Klarheit, hätte

Tante Greta geraten. Jana seufzte. Sie fischte ihr Telefon aus der Tasche und schickte Nils eine Nachricht, ob und wann er zu ihr nach Hause kommen könnte. Nils' Antwort traf Sekunden später ein. Sie würden sich in 40 Minuten treffen. Jana zahlte und ging zur S-Bahn.

Eine halbe Stunde später betrat sie ihre Wohnung und hängte ihre Jacke auf. Sie hatte ihr Wohnzimmer noch nicht erreicht, da klingelte es an ihrer Tür. Sie zuckte zusammen. Nils konnte es nicht sein. Wenn er in derselben S-Bahn gewesen wäre, hätte sie ihn zwangsläufig sehen müssen. War es Abu Mujahed? Achatz? Ihr Mund fühlte sich trocken an. Sie schlich zur Wohnungstür und lauschte. Von draußen war nichts zu hören. Jana atmete tief durch und räusperte sich.

»Wer ist da?«, fragte sie laut.

»Ich bin's, Nils.«

Es war unverkennbar Nils' Stimme. Jana fiel ein Stein vom Herzen. Sie drückte die Klinke herunter und öffnete die Tür. »Schön, dass du schon da bist. Wie bist du denn so schnell hergekommen? In der S-Bahn warst du jedenfalls nicht.«

»Mit der U-Bahn nach Reinickendorf, und von da bin ich gelaufen. Unten stand die Haustür offen. Da bin ich gleich hochgekommen, und das ist die einzige Tür, an der kein Name steht.«

»Gelaufen? Mit dem ganzen Zeug? Komm erst mal rein.« Nils trug seinen antiken Bergsteigerrucksack an einem Riemen über der linken Schulter. Der Sack war prall gefüllt. »Kann ich dir etwas anbieten?«

»Nein danke, lass mal.«

Er trat ein und drückte hinter sich die Tür zu. Seine unmittelbare Nähe in der engen Diele verunsicherte Jana. Nicht in der Art, dass sie Angst gehabt hätte, sondern dass sie erneut seine Ausstrahlung als Mann spürte, die sie bis vor Kurzem nicht wahrgenommen hatte. Sonst war sie nicht auf den Mund gefallen, doch nun musste sie einige Sekunden lang nach passenden Worten suchen, um das Gespräch in Gang zu halten. Nils sah sie stumm an. Er nahm seinen Rucksack herunter und hielt ihn umschlungen vor der Brust, als brauche er einen Puffer.

Jana entspannte sich. Er war offensichtlich noch verlegener als sie.

»Was mir die meisten Sorgen macht, ist das mit dem abgefackelten Rechner«, sagte sie. »Jemand muss in meiner Wohnung gewesen sein, um das Ding zu präparieren. Wie kann denn sonst ein Laptop abfackeln?«

»Nö, das ist kein Thema. Gib mal ›Prozessor explodiert‹ bei Youtube ein und schau dir ein paar Videos an. Übertakten oder den Überhitzungsschutz ausschalten reicht meist aus. Und dafür muss man nicht unbedingt an den Rechner ran. Das geht *remote*. Gehackt ist dein Blechkopf ja sowieso.« Nils sah ihr in die Augen. »Rauszufinden, wer so etwas macht und warum, ist deutlich schwieriger. Klappst du deinen Rechner zu, wenn du unter die Dusche gehst?«

»Nein, natürlich nicht. Wieso?«

»Wenn jemand von außen auf deinen Rechner kommt, kann er dich über die Kamera beobachten. Dasselbe gilt natürlich für das Schlaufon. Hast du in der Richtung etwas bemerkt?«

Mit »Schlaufon« meinte Nils offensichtlich ihr Smartphone. Sie sah ihn ratlos an. »Ein Spanner? Oder ein Stalker? Nein. Kann ich mir nicht vorstellen.«

»Egal«, sagte Nils, verklebte die Mikrofoneingänge von Janas Laptop und zog eine schwarze Plastikdose aus seinem Rucksack. »Zuerst müssen wir rausfinden, was abgeht.«

Die Dose ähnelte einer Frühstücksbox aus schwarzem Industriekunststoff. Nils klappte zwei kleine Antennen heraus, die der an Janas WLAN-Router ähnelten. Auf dem Deckel war in Goldfarbe eine Ananas aufgedruckt.

»Das Teil kostet kaum 100 Euro, und du kannst alles mitschneiden, was WLAN-mäßig abläuft.«

Mit dieser schwarzen Ananas und seinem Laptop konnte Nils den WLAN-Verkehr eines Rechners oder Smartphones mitlesen, erfuhr Jana, durch einen sogenannten Mittelsmann-Angriff. »Jedes Telefon sucht automatisch nach einem Netz und verrät dabei alle WLAN-Netze, die das Telefon jemals genutzt hat. Daraus kann man schließen, wo du dich aufgehalten hast und einiges mehr. Viel wichtiger ist es jedoch, den Endgeräten in der Umgebung vorzugaukeln, das gesuchte WLAN zu sein. Dann surfen die nämlich über meine Verbindung, und ich lese alles mit.« Nils kicherte. »Damit schauen wir jetzt, ob jemand heimlich mit deinem Blechkopf funkt.« Nils schaltete Janas Rechner ein. »Ich habe ein kleines Programm für dich geschrieben, das mitschreibt, welche Prozesse und welche Datenverbindungen nach außen laufen. Wenn sich dein Onkel nochmal auf dem Bildschirm zeigt, wissen wir sofort, wer dahintersteckt. Natürlich filtere ich die Sachen raus, die du selber machst.«

Jana hatte noch nicht verdaut, was Nils ihr gerade erklärt hatte, da beobachtete sie, wie er sich auf ihrem Rechner einbuchte. »Sag mal, woher kennst du denn mein Passwort?«

»Ich hab dir in der Mensa zugeschaut. Eine Marotte von mir. Ich sammele Passwörter.« Nils blickte kurz zu ihr, lächelte entwaffnend, und beschäftigte sich im nächsten Augenblick mit der Tastatur, vermutlich, um das besagte Programm zu installieren.

Jana war nicht wohl dabei, aber sie beschloss, dass Nils' Marotte das kleinere Übel war, wenn alles so würde wie früher.

Eine Dreiviertelstunde später fuhr Nils Janas Rechner herunter, packte seine Geräte ein und ging.

»Dann mal los«, waren seine letzten Worte vor dem Abschied. »Zerberus liegt auf der Lauer. Sobald sich die Figur zeigt, die sich hinter deinem Onkel versteckt, haben wir den Schuft.«

Die Tür fiel hinter ihm ins Schloss. Von der Schrulle mit dem Passwort-Sammeln abgesehen hatte er keinen Anlass geliefert, seine Aufrichtigkeit zu bezweifeln. Mit einem guten Gefühl ihm gegenüber ging Jana zurück ins Wohnzimmer, wo sie unschlüssig auf ihrem Sofa saß und ihren Rechner betrachtete, der harmlos anmutend auf ihrem Schreibtisch lag. Sie musste dringend an ihrer Seminararbeit weiterschreiben; es führte kein Weg daran vorbei. Also stand sie auf, trat zu ihrem Laptop und klappte den Bildschirm ein Stück hoch. Mitten in der Bewegung hielt sie inne und drückte den Rechner wieder zu. Das Schloss rastete mit einem leisen Klacken ein.

Nils hatte ihr ausführlich erklärt, dass der Angreifer, der sich als Onkel Heinrich ausgegeben hatte, ausschließlich über die Netzverbindung auf ihren Rechner gekommen sein konnte. Jana zog das dicke gelbe Kabel für die Internet-Verbindung aus der Dockingstation ab und deaktivierte den WLAN-Zugang mit dem kleinen Schalter am Gehäuse des Rechners.

»Durch das Netz kommst du jedenfalls nicht«, murmelte sie und ließ das freie Ende des Kabels, das sie in der Hand hielt, zu Boden fallen. Zur Sicherheit stöpselte sie noch den WLAN-Router aus. Sie fühlte sich unendlich erleichtert. Sie öffnete den Laptop und legte den Finger auf den Hauptschalter, kicherte unternehmungslustig – und zog die Hand zurück.

»Mit einem guten Kaffee geht alles leichter«, erklärte sie der schwarzen Mattscheibe und ging zur Küche, ohne eingeschaltet zu haben.

Als sie wenige Minuten später mit einer dampfenden Tasse in der Hand zurückkam, zeigte der Bildschirm Onkel Heinrich im Vollbild. Allem Anschein nach wartete er voller Ungeduld auf sie. Jana schrie auf und zuckte zusammen. Brühend heiß schwappte die Flüssigkeit auf ihre Hand und tropfte von dort auf den Boden. Ihr Herz raste. Ohne den Blick vom Bildschirm zu wenden, stellte sie die halbleere Tasse ab und lutschte an der verbrühten Stelle. Jana erinnerte sich genauestens an den explodierenden Rechner vom letzten Mal, als Onkel Heinrich aufgetaucht war. Trotzig blieb sie in Reichweite des Laptops stehen, auf alles gefasst und bereit, diesmal ihre Wohnung bedingungslos gegen jeden Eindringling zu verteidigen. Die steile Falte zwischen den Augenbrauen des Gesichts auf dem Bildschirm vertiefte sich. Für einen Wimpernschlag glaubte Jana, den Anflug eines spöttischen Lächelns zu bemerken. Sie ballte die Fäuste.

»Jana, leider hast du meinen gut gemeinten Rat nicht befolgt, dich von Reiss fernzuhalten«, brach Onkel Heinrich, oder wer auch immer sein Äußeres benutzte, das Schweigen. Der Tadel wirkte durch den herablassend sanften Tonfall umso drastischer. Jana schüttelte sich widerwillig. Wer war dieser Unbekannte, der sich anmaßte, sie auf diese Weise zu kritisieren, sich in ihr Leben zu drängen?

»Du hast gerade einen schweren Stand auf der Uni, Jana«, fuhr Onkel Heinrichs Bild ungerührt fort. »Die Leute haben es nicht gerne, wenn man sie beschimpft oder verleumdet, und weil alle glauben, dass du es selber warst, schneiden sie dich. Dabei war es Reiss, der dich in diese missliche Lage gebracht hat!«

Jana ging nicht darauf ein.

»Und dein Konto hat er außerdem geplündert«, klagte das Bild ihres Onkels weiter an. »Diesmal konnte ich eingreifen und dafür sorgen, dass du es auf der Bank rückgängig machen konntest. Aber ich bin nicht sicher, dass mir das ein weiteres Mal gelingen wird.«

Jana runzelte die Stirn und schüttelte den Kopf. Was faselst du? Dafür gesorgt, dass ich die Überweisung rückgängig machen konnte …

»Das war nicht Nils«, entgegnete sie kühl, wobei sie angestrengt überlegte, wie eine Falle aussehen könnte, mit der sie herausbekäme, mit wem sie es zu tun hatte. »Weder das eine noch das andere.«

»Wieso bist du dir so sicher, dass Reiss nicht dahintersteckt?«

Der Tonfall, als ob Eltern mit ihren uneinsichtigen, störrischen Kindern redeten, machte Jana rasend.

»Wer kommt sonst infrage? Wer hat unumschränkten Zugriff auf deinen Rechner, kennt deine Passwörter, deine Identitäten im Netz? Alles ausschließlich wegen deines einfältigen Verhaltens. Nimm endlich Vernunft an: Der Umgang mit dem Jungen schadet dir.«

Der Gedanke, dass Nils hinter dem Onkel steckte, war absurd, selbst wenn es richtig war, dass er dazu in der Lage wäre, auf diese Weise mit ihr zu spielen. Wer war es dann? Und warum war er – oder sie – so darauf aus, ihr Vertrauen in Nils zu untergraben? Wibke hatte keine Gelegenheit ausgelassen, gegen Nils zu sticheln, aber angesichts ihrer jämmerlichen Computerkenntnisse war der Verdacht gegen sie noch hirnverbrannter als der gegen Nils. Außerdem wusste sie schwerlich von Onkel Heinrich.

»Ich könnte das für dich in Ordnung bringen«, hörte Jana ihren Onkel um sie werben. »Ich verlange keine Gegenleistung, einzig ein Zeichen deines guten Willens, woran ich erkenne, dass du es ernst meinst.«

»Und was wäre das zum Beispiel?« Janas Augen verengten sich zu Schlitzen.

»Du zeigst Nils bei der Polizei an«, sagte Onkel Heinrichs Stimme leichthin. »Hast du nicht bemerkt, dass er dir den sauer verdienten Lohn der letzten Abende gestohlen hat?«

»Das hat er nicht. Mittlerweile muss ich meine Miete bar bezahlen. Da ist das Geld hingegangen. Woher wissen Sie überhaupt, wo mein Bargeld bleibt?«

»Jana, du verstehst anscheinend nicht. Er *hat* dein Geld gestohlen. Du musst es glauben, wenn du zur Polizei gehst.«

Jana rang fassungslos um Atem.

»Ich soll ihn *verleumden*?«

»Verleumden ist so ein hässliches Wort. Du sollst ihn auf elegante Weise aus deinem Leben entfernen. Mehr nicht.«

»Nein! So etwas werde ich nie tun!«, spuckte sie verächtlich aus. Jana spürte erneut den ekligen Geschmack im Mund. Selbst wenn Wibke recht hätte und Nils ein Spanner wäre, der ihr an die Wäsche wollte, käme so eine miese Tour für sie nie infrage. Wenn etwas mit Nils zu klären war, würde sie das bei der nächsten Gelegenheit selbst übernehmen – Auge in Auge.

»Ich will doch nur dein Bestes. Sieh ein, dass dies ein großzügiges Angebot meinerseits ist. Es wäre unhöflich, es auszuschlagen – und töricht. Zwing mich nicht dazu, zu härteren Mitteln zu greifen.«

»Und bist du nicht willig, so brauche ich Gewalt – oder was? Was ist das für ein mieses Spiel? Eine schlechte Kopie von ›Der Pate‹?«

Kaum hatte Jana die Worte ausgestoßen, fiel ihr ein anderer Corleone ein. So hatte sich der Anführer einer Bande Halbstarker in Kölnberg genannt, der alle erfolgreich einschüchterte, und vor ihren Augen die Mutter ihrer damals besten Freundin Larissa vergewaltigt hatte. Aus Angst vor Corleone waren sie damals nicht zur Polizei gegangen, und sie hasste sich für ihre Feigheit. Nach diesem Tiefpunkt ihres Lebens hatte sie sich tagelang in ihrem Zimmer eingesperrt. Danach hatte sie sich geschworen, sich nie wieder durch Angst manipulieren zu lassen.

»Nein!« Mit einem Knall schlug sie den Rechner zu und klinkte den Akku aus. »Du kannst dir vielleicht meinen Rechner gefügig machen, aber nicht mich.«

Aufgebracht tigerte Jana durch ihre Wohnung, wie eine Raubkatze hinter den Gittern ihres Käfigs. Sie musste sich aus der Opferrolle befreien, wusste nur noch nicht wie. Dann hatte sie einen genialen Einfall. Ein gezielter Befreiungsschlag, und alles würde so sein wie vor dem Albtraum. Und es war ganz einfach! Warum war sie nicht früher darauf gekommen? Voller Vorfreude legte sie sich schlafen.

KAPITEL 9

Samstag, 31. Oktober 2020 – Wilhelmsruh, Berlin

Als sie am Samstagmorgen aufwachte, sprühte sie vor Energie. Sie sprang aus dem Bett. In ihrer Hochstimmung beschloss sie, sich ein gutes, nein, ein sehr gutes Frühstück zu gönnen. In der Bäckerei schräg gegenüber besorgte sie sich frische Croissants. Als sie aus dem schwül-heißen Verkaufsraum, der herrlich nach frischen Brötchen duftete, ins Freie trat, verharrte sie einen Augenblick auf der Schwelle. Es war kalt, sonnig und windstill, genau nach ihrem Geschmack. Zu Hause brühte sie sich ihren besten Kaffee von der Finca Tempixque in Guatemala auf, dazu etwas aufgeschäumte Milch. Am Tisch bestrich sie die Hörnchen mit Fassbutter aus Oberjoch. Warum konnte das Leben nicht immer so gut zu ihr sein?

Vor sich verteilte sie ihre überschaubare Barschaft, schnupperte am Butterhörnchen und biss hinein. Die kommenden Einnahmen aus dem »Fàilte!« eingerechnet, konnte sie 450 Euro abknapsen, wenn sie sich für diesen und die beiden nächsten Monate auf das Nötigste beschränkte.

Es muss sein, redete sie sich zu. Und ich werde höllisch aufpassen, um mir nicht noch einmal so einen blöden Virus einzufangen!

Sie steckte die Summe in die Tasche ihrer Jeans, den Rest in ihren Geldbeutel und fuhr mit der S-Bahn zum Alexanderplatz. Die Auswahl an brauchbaren Laptops in ihrem Budget war schmal. Dennoch brauchte sie zwei Stunden, um sich zu entscheiden. Mit dem neuen Gerät fuhr sie zurück in ihre Wohnung und schaltete es an.

Halt, befahl sie sich selbst. Keine Netzverbindung und erst die Daten vom alten Rechner sichern. Ausschließlich das Nötigste für die Seminararbeit durfte auf den neuen Rechner. Alles Weitere übers Schlaufon, wie Nils sagen würde.

Jana holte ihren alten Rechner vom Fensterbrett. Dabei fasste sie das Gerät an, wie sie einen Leprakranken berührt hätte.

»Now you've got girl cooties«, murmelte sie, was der amerikanische Junge bei ihrer Tante gefeixt hatte. Der Gedanke an eine ansteckende Krankheit auf ihrem Rechner steckte seitdem fest in ihrem Hinterkopf. Da konnte Nils noch so charmant versuchen, sie dagegen zu immunisieren. Sie baute die Batterie ein und drückte den Anschalter. Mit dem typischen Surren fuhr der Rechner hoch. Jana buchte sich ein und kopierte blitzschnell ihre Seminararbeit auf einen USB-Stick. Mit der Hand prüfte sie das Lüftungsgitter. Es war warm, jedoch nicht heiß wie zuvor. Alles bestens. Sie fuhr den alten Rechner herunter, nahm den Akku heraus und legte beides auf die Fensterbank.

Anschließend zog sie ihr Smartphone aus der Hosentasche, um Wibke eine Whatsapp-Nachricht zu schicken. Sie entsperrte den Bildschirm und hielt inne. Seit Achatz sie über dieses Programm belästigt hatte, hatte sie es unterbewusst gemieden. In Nils' Augen waren Messenger-Programme wie Whatsapp Unfug, so wie fast alles, was unter »soziale Netzwerke« lief; eine enorme Zeitverschwendung gemessen an den Inhalten, die kommuniziert wurden. Jana wölbte ihre Unterlippe nach vorne und schnaubte. Sie konnte sich nicht dazu entschließen, wie alle anderen diese Form der Kommunikation zu verwenden. Stattdessen legte sie sich über das Smartphone eine neue E-Mail-Adresse zu: »ibjikmam@web.de«. Ich-bin-Jana-ihr-könnt-mich-alle-mal! Es war kindisch, aber der Name der Kennung drückte haargenau ihre Stimmung aus.

Beschwingt schickte sie darüber Wibke eine E-Mail, dass sie zu Pers Party komme. Jana atmete auf und legte das Telefon zur Seite. Alles war wieder wie vor der verhängnisvollen »wbi8888«-E-Mail.

Schnell schloss sie die Einrichtung des neuen Rechners ab, weiterhin ohne eine Netzverbindung. Alle Angebote, irgendwelche nützlichen oder weniger nützlichen Programme zu installieren, wies sie zurück. Schadprogramme fing man sich oft über Installationen ein, hatte sie von Nils gelernt. Jana streichelte die Tastatur ihres neuen Rechners, der jungfräulich darauf wartete, dass das erste Programm gestartet würde. Zuletzt tippte sie ihr WLAN-Passwort ein, um sich mit dem Internet zu verbinden, und ging, stolz auf ihre Computerkenntnisse, in die Küche, um sich zur Feier des Tages einen weiteren Tempixque zu gönnen.

Mit der dampfenden Tasse kehrte sie ins Wohnzimmer zurück, und ihr stockte der Atem. Bereits von der Tür aus hörte sie den Lüfter auf Hochtouren surren. Sie stürzte zum Rechner, verharrte einen Schritt davor und stellte die Tasse ab. Auf alles gefasst näherte sie sich dem Gerät und streckte die Hand nach der Tastatur aus. Bevor sie den Laptop berührt hatte, ertönte ein elektronisches Geräusch, und ein Icon in der Taskleiste zeigte den Empfang einer neuen E-Mail an. Janas Magen krampfte sich zusammen. Sie hatte auf dem neuen Rechner gar kein E-Mail-Konto eingerichtet. Sie schauderte und machte einen Schritt rückwärts. Die winzige Kamera im oberen Rand des Bildschirms blitzte, als beobachte sie Jana dabei, wie sie entsetzt die Hände vor den Mund schlug. Im selben Augenblick öffnete sich das vorinstallierte E-Mail-Programm wie von Geisterhand und zeigte die neue Nachricht im Vollbild. Es war, was sie am meisten befürchtet hatte:

von: Abu Mujahed
an: ibjikmam@web.de
Betreff: Streiter für die gerechte Sache!

Jana, wann können wir uns treffen? Soll ich dich besuchen kommen?
Allahu akbar

Jana wurde einen Moment lang schwarz vor Augen. Apathisch griff sie zum Telefon. Beim dritten Klingeln hob Nils ab.

»Nils!«, schluchzte sie. Mehr brachte sie nicht heraus.

»Jana, um Gottes willen. Ich bin in einer halben Stunde bei dir!«

»Danke.«

Nils brauchte exakt 24 Minuten, bis er an ihrer Tür schellte.

»Keinen Link angeklickt, kein Programm installiert, keinen Flashplayer, nicht einmal einen Browser aufgerufen. Nur mit dem WLAN verbunden, sagst du? Bist du sicher? Sonst nichts?«

»Nein. Ich habe mir geschworen, höllisch aufzupassen. Ich kam mir mächtig schlau vor, einfach einen neuen Rechner zu kaufen und die Probleme mit dem alten zu beerdigen.«

»Unheimlich! Als ob bei dir die Viren vorinstalliert wären.« Nils lachte gezwungen.

»Mach keine blöden Witze«, fauchte Jana. Ihre Nerven lagen blank. »Ich habe den Rechner ausgepackt und angeschaltet, nicht einmal mit dem WLAN verbunden. Dann habe ich von meinem alten Rechner die Seminararbeit auf den USB-Stick kopiert und ihn auseinandergebaut. Erst anschließend den neuen mit dem WLAN verbunden. Sonst nichts, in genau der Reihenfolge, ich schwör's!«

Eigentlich musste sie ihm erzählen, dass es einen krassen Anlass gegeben hatte, den neuen Rechner zu kaufen, nämlich dass ihr Onkel wieder erschienen war und verlangt hatte, dass sie Nils bei der Polizei denunziere. Warum war sie so unaufrichtig, wo er so hilfsbereit war und alles stehen und liegen ließ, um ihr zu helfen? Hatte sie Angst, dass er sie im Stich ließe, wenn er erfuhr, dass er selbst im Fadenkreuz stand? Jana war sich nicht sicher.

Nils bemerkte weder, dass sie mit sich haderte noch dass sie ihm nicht alles erzählte. Zielstrebig setzte er sich an den Rechner. »Prozesse mit maschinenerzeugten Namen, die neu gestartet werden, wenn man sie abschießt. Genau wie auf dem alten. Woher kommt der Scheiß?«

»Kann es daran liegen, dass ich den alten Rechner *an*geschaltet habe?«

»Nein. Technisch ist es *im Prinzip* möglich, dass dein alter Rechner sich mit dem neuen verbindet und Sachen überspielt. Aber der Gedanke ist völlig abwegig. Ein Programm, das so etwas zustande bringt, kann eigentlich nur der Hersteller schreiben.«

»Oder jemand, der solche Viren beim Hersteller einschleust.«

»Jana, ich erkenne dich ja nicht mehr wieder. Du stellst die abgedrehtesten Verschwörungstheoretiker in den Schatten.«

Nils verließ kurz darauf die Wohnung, um in einschlägigen Foren nach Hinweisen zu suchen, ob andere Personen ähnliche Erfahrungen gemacht hatten. Beim Geräusch der Tür, die hinter ihm ins Schloss fiel, zuckte Jana zusammen. Sie starrte in die Diele, durch die Nils verschwunden war.

Du bist eine Marionette in einem Stück, in dem du nicht mitspielen willst, einem Puppenspieler ausgeliefert, den du nicht kennst.

Jana schüttelte sich. Wohin Selbstmitleid führte, hatte sie an ihrer Mutter hautnah studieren können. Um das Würgen in ihrem Hals loszuwerden, ging sie in der Küche einen Kaffee machen. Sie schaltete die Kaffeemaschine ein, schraubte den Siebträger heraus und leerte ihn mit einem besonders harten Schlag auf die Kante des Mülleimers. Sie traf nicht richtig und ein Teil des Kaffeesatzes spritzte auf den Boden.

»Mist«, zischte sie, wischte den Schmutz aber nicht sofort auf, wie sie es sonst getan hätte, sondern öffnete den Schrank. Ihr Blick schweifte über eine erlesene Auswahl an Kaffeebohnen. Sie las die Namen, ohne dass das etwas in ihr auslöste. Weder glaubte sie, den Duft des frisch gebrühten Kaffees zu riechen, noch kam Vorfreude in ihr auf. So einfach ging das nicht. Ihr Aufbäumen endete, bevor es richtig begonnen hatte.

Mit dem Handrücken wischte sie eine Träne aus ihrem Auge und ging ins Wohnzimmer. Der Laptop lag zugeklappt auf dem Schreibtisch. Mindestens ein Faden der Marionette endete in dem Gerät. Der Puppenspieler wusste, wer sie war, und konnte jederzeit selbst in ihrer Wohnung auftauchen.

Wie tags zuvor tigerte sie durch ihr Wohnzimmer, vom Fenster zur Tür und zurück, kämpfte gegen ihre Mutlosigkeit um eine Idee, die sie befreien würde. Die Rilke-Gedichte bei Nils kamen ihr in den Sinn. Sie kannte nur den »Panther«, die Beschreibung einer kraftvollen Raubkatze im Käfig. ›Ihm ist, als ob es tausend Stäbe gäbe und hinter tausend Stäben keine Welt‹, ging ihr durch den Kopf.

Ein Käfig ist ein Gefängnis, bietet im Gegenzug auch Sicherheit gegen Eindringlinge, ist überschaubar, lässt dem Puppenspieler keine Möglichkeit, sich ihr unbemerkt zu nähern. Ihr Blick fiel auf ihr Handy, eine ideale Wanze für einen gewieften Angreifer. Endete in diesem kleinen Apparat eine weitere Schnur der Marionette?

Das Ausbauen des Akkus kostete sie die letzte Widerstandskraft. Den restlichen Samstag und den ganzen Sonntag verrammelte sie sich in ihrer verdunkelten Wohnung. Die meiste Zeit kauerte sie in der Diele und starrte die Eingangstür an, in der Angst, jeden Augenblick könnte jemand einbrechen. Sie setzte ihr Smartphone wieder zusammen und fuhr es hoch. Ihre Hoffnung, dass jemand aus der Außenwelt versucht hatte, mit ihr Kontakt aufzunehmen, erfüllte sich nicht. Genauso wenig, wie sie sich selbst dazu durchringen konnte, irgendwo anzurufen, und aus der Wohnung traute sie sich nicht. All das ließ ihr überreichlich Zeit zum Grübeln. Nils hatte nicht danach gefragt, ob noch mal etwas vorgefallen war, obwohl er megagespannt darauf sein müsste, ob sein Zerberus den Schuft erwischte. Andererseits lag der Zerberus im stillgelegten Rechner auf der Lauer … Und Nils hatte sie nicht gefragt, warum sie sich einen neuen gekauft hatte.

Am Montagmorgen um halb acht läutete ihr Wecker, und sie war keinen Schritt vorangekommen. Ihr Kopf fühlte sich an, als wäre er mit Watte gefüllt. Sie raffte sich auf und tappte ins Bad. Ihr Spiegelbild hatte tiefe Ringe unter den Augen. Sie duschte kalt und machte sich ohne Frühstück auf den Weg zur Uni.

KAPITEL 10

Montag, 2. November 2020 – Humboldt-Universität, Berlin

Erwartungsgemäß kam sie Ewigkeiten zu früh in der Uni an. Weit und breit war kein Kommilitone zu sehen. Die Szene vom letzten Donnerstag drängte sich in ihr Bewusstsein. Zwar war Wibke überzeugt, dass Nils hinter den Beschimpfungen steckte, aber für die anderen musste sie nach wie vor ein Paria sein. Ihr Magen sackte ein Stück tiefer. Sie fand einen Stuhl, von dem aus sie den Eingang des Hörsaals und den Gang gut überblicken konnte, der gleichzeitig weit genug entfernt war, um Diskussionen über E-Mail-Beschimpfungen und Ähnlichem aus dem Weg zu gehen. Jana schlang die Arme um ihre Schultern. Ihr war kalt, und sie fühlte sich unendlich einsam. Was wollte sie noch hier? Was konnte sie ohne Abschluss machen? Nochmals die Uni wechseln? Nein! Sie musste die Sache in Berlin durchziehen, um endlich auf eigenen Füßen zu stehen. Jana verzog unwillig das Gesicht, legte den Kopf in den Nacken und blähte die Backen auf. Über ihr fiel Sonnenlicht durch ein Dachfenster. Staubkörner tanzten in den Lichtstrahlen und erinnerten sie an Tante Gretas Küche bei den Vorbereitungen zu ihrer Geburtstagsfeier. Wie unendlich geborgen hatte sie sich vor wenigen Tagen gefühlt! Jana seufzte.

Das Geräusch von Schritten riss sie aus ihren Gedanken. Das selbstsichere Klacken elektrisierte sie. Ohne hinzusehen, entstand das Bild leuchtend roter High Heels vor Janas innerem Auge. Wibkes Schritt hörte sie inzwischen aus Hunderten heraus. Ihre Freundin schwebte um die Ecke, kam auf sie zu und baute sich vor ihr auf, die Hände in die Hüften gestemmt.

»Du bist ja überhaupt nicht mehr erreichbar«, schimpfte sie zur Begrüßung. »Was ist denn los?«

Jana zuckte zusammen. Auf den zweiten Blick fiel ihr auf, dass Wibkes vorwurfsvolle Miene gespielt war.

»Entschuldige«, brummelte sie erleichtert, »ich habe gerade viel um die Ohren. Meine Whatsapp habe ich seit Tagen nicht gecheckt.«

»Whatsapp sagt, du bist offline, Facebook scheinst du zu meiden, und auf deiner E-Mail-Adresse bekomme ich eine Fehlermeldung.« Wibke legte den Kopf schief und runzelte die Stirn. »Du siehst nicht so aus, als ob bei dir alles rund läuft. Was ist los? Kommst du mit deiner Seminararbeit nicht weiter? Du hast dir auch ein Hammerthema aufdrücken lassen!«

»Ich bin im Moment nicht so gut drauf. Das wird schon wieder.«

»Warte mal«, Wibke blinzelte ihr verschwörerisch zu, »wenn ich mir deine Augenringe ansehe, wartet eine Enttäuschung auf Per. Er war ganz schön down, weil du nicht auf seiner Party erschienen bist. Gib es zu, du hast eine neue Flamme! Erzähl sofort in allen Einzelheiten, bevor ich vor Neugier umkomme!«

»Nein, ich habe das ganze Wochenende in meiner Wohnung gehockt und die Tür angestarrt.«

Wibkes Gesichtsausdruck schlug um. Besorgnis legte sich auf ihre Züge. »War etwas mit diesem, diesem Nils? Wurde er zudringlich? Jana, das geht nicht. Du musst etwas unternehmen, zur Polizei gehen.«

»Nein, im Gegenteil. Ich werde diesen blöden Virus auf meinem Rechner nicht los. Stell dir vor: Man hat mich bei meinem Vermieter angeschwärzt, ich sei pleite. Und warum? Weil Angela Merkel und Frank-Walter Steinmeier für Nachhilfe 5.000 Euro abgebucht hatten – auf eine Bank auf den Bahamas!«

Wibke stierte sie mit offenem Mund an. Es hatte ihr offensichtlich die Sprache verschlagen.

»Nils hilft mir.«

»Was macht dich da so sicher?«, schnappte ihre Freundin, als sie sich wieder gefangen hatte.

»Glaub mir, mit Nils ist nichts.«

»Du hast Probleme, seit du mit Nils zu tun hast. Die nehmen auch nicht ab, sondern geraten außer Kontrolle, wenn du mich fragst! Der Typ hat das alles fingiert, um sich an dich ranzumachen!«

»Ach was. Wenn er wollte, hätte er mich ganz normal nach einem Date fragen können. Ist aber überhaupt nicht mein Typ.«

»Siehst du! Das hat er begriffen, und daher schleimt er sich mit irgendwelchen Geschichten über Viren und Trojaner bei dir ein. Glaub mir: Der steckt hinter allem!«

Nach dem Gespräch mit Wibke sah Jana ein, dass sie in der Uni ihre Zeit verschwendete. Stattdessen fuhr sie zurück nach Hause und versuchte, den fehlenden Schlaf nachzuholen. Dreimal wachte sie schreiend nach dem immer gleichen Albtraum auf: Schwarzer Rauch quoll aus ihrem Rechner. Er verdichtete sich zu einer furchterregenden Gestalt, drang durch die Wand in ihr Schlafzimmer ein und schwebte drohend auf sie zu.

So wird das nichts, gestand sie sich ernüchtert ein und rieb sich die brennenden Augen. Sie stand auf und duschte kalt, um zu sich zu kommen. Es half wenig. Sie stieg aus der Dusche und massierte ihre Schläfen. Ihr Kopf fühlte sich nach wie vor an, als wäre er mit Watte gefüllt, zu keinem klaren Gedanken fähig. Ihre Hände zitterten, und in ihrem Mund spürte sie einen schalen Geschmack.

Du bist ganz schön mit den Nerven runter, sagte sie sich und griff ihr Handtuch. Gerade hatte sie sich abgetrocknet, da klingelte ihr Telefon. Nackt taumelte sie ins Schlafzimmer und sah auf die Anzeige. Es war Nils. Unwillkürlich zuckte sie zusammen. Ihr Puls beschleunigte sich, und sie spürte, wie ihr warm wurde. Das von Wibke gesäte Misstrauen drängte sich zwischen sie und Nils. Durch ihren Kopf waberten Hirngespinste. Beobachtete er sie mithilfe der Kamera im Smartphone?

Übertreib nicht, Mädchen, schalt sie sich, legte dennoch das Telefon ab, ohne anzunehmen, und ging zurück ins Bad, wo sie sich anzog. Erst danach rief sie Nils zurück.

»Hallo, Nils, du wolltest mich sprechen?«

»Wir müssen gemeinsam alles Schritt für Schritt durchgehen«, knurrte er gereizt und ohne ihren Gruß zu erwidern. »Wann hättest du Zeit?«

Seine Schroffheit überraschte Jana. Sprach etwas dagegen, ihn am frühen Nachmittag in der Stadt zu treffen? Schließlich ging es um ihre Probleme. »Meinetwegen gleich«, schlug sie vor. »Um drei in der HU-Mensa?« Ihre Stirn legte sich in Falten, während sie über den Grund für seine Gereiztheit nachgrübelte. Klang er enttäuscht? Ungeduldig? Verärgert?

»Passt. Und bring deinen neuen Rechner mit.«

»Bis gleich.« Jana beendete das Gespräch.

Wenig später machte sie sich auf den Weg zum S-Bahnhof Wilhelmsruh. Die Bahn fuhr ein, als sie die oberste Treppenstufe zum Bahnsteig erreichte. Sie stieg zu und setzte sich in eine freie Vierergruppe im fast leeren Waggon. Der Zug beschleunigte mit einem ratternden Geräusch und katapultierte sie in Richtung Stadtmitte. Draußen glitt der ehemalige Mauerstreifen an ihr vorbei. Ihre übermüdeten Augen brannten nach wie vor, und das Gefühl von Watte in ihrem Kopf, das jeden Gedanken verdrängte, hielt sich ebenso hartnäckig wie der schale Geschmack in ihrem Mund und das Zittern ihrer Hände.

Hinter Humboldthain fuhr die Bahn in den Tunnel und sie begriff, dass ihre diffuse Angst von der bevorstehenden Begegnung mit Nils rührte. Was, wenn Wibke recht hatte und er ein niederträchtiger Schurke war? Er die eingebaute Kamera ihres Laptops dazu benutzte, um ihre Wohnung auszuspionieren? Janas Innerstes widersetzte sich mit aller Kraft der Vorstellung. Es ergab auch nur schwer einen Sinn, dass ihr toter Onkel aus dem Rechner sie bedrohte, sich von Nils fernzuhalten, wenn Nils selber dahintersteckte. Andererseits sprach einiges dafür, wie Wibke genüsslich dargelegt hatte. Seit er ihr gegen die Angriffe auf ihre Geräte geholfen hatte, kannte er nicht nur ihre Passwörter. Selbst wenn sie diese änderte: Wenn er wollte, konnte sich Nils jederzeit vollen Zugriff auf ihre Rechner, ihr Smartphone oder auch ihren WLAN-Router verschaffen. Solange er ein hilfsbereiter Freund war, kein Problem. War er das oder wollte er mehr von ihr, als sie zu geben bereit war? Ihr Angebot, tanzen zu gehen, hatte er abgelehnt. Was meinte er damit, er sei weder schwul und habe Augen im Kopf? Dass er in sie verliebt war, sich keine Chancen bei ihr ausrechnete und sich die Enttäuschung, bei ihr abzublitzen, ersparen wollte? Ließ nicht genau das einen Kerl zum Spanner werden? Jana rieb sich die feuchten Handflächen und reckte den Hals, um besser Luft zu bekommen. Warum hatte er gegen seine Gewohnheit die Kamera ihres neuen Rechners nicht abgeklebt, als er am Samstag bei ihr war? Am liebsten wäre sie an der nächsten Station ausgestiegen und zurückgefahren, doch das brachte sie nicht weiter. Wenn es eine andere Erklärung für ihre Probleme gab, war Nils der Einzige, der ihr wirklich helfen konnte. Sie brauchte Klarheit! Bis zum Nordbahnhof saß sie da und starrte auf die schmutzigen Kabel an den Schachtwänden, die draußen vorbeiflitzten. Der Zug lief ein und hielt. Zwei Frauen in schwarzen Burkas standen auf dem Bahnsteig und erinnerten Jana an den Abend, an dem sie erstmals für ihre Seminararbeit recherchiert hatte.

»w – b – i – 88 – 88 at web Punkt de«, murmelte sie. Alles hatte anfangen, nachdem sie diese E-Mail-Adresse angelegt und anschließend versucht hatte, Urheber verschiedener Videos anzuschreiben, die den »heiligen Krieg« in Syrien verherrlichten. Es war eine Torheit gewesen, ihr Bauchgefühl ließ keinen Zweifel. Nils, der alles Mögliche unternommen hatte, ihr zu helfen, ahnte nichts davon. Egal, wie sie es drehte und wendete: Es war fahrlässig, dieser Spur nicht nachzugehen, und dazu war es unumgänglich, Nils einzuweihen.

Elf Minuten vor drei betrat Jana die Cafeteria der Humboldt-Uni. Nils saß bereits steif und mit dem Rücken zur Wand an einem Tisch im hinteren Teil des Raums. Er war so in irgendetwas vor sich vertieft, dass er sie nicht bemerkte. Jana ließ ihren Blick prüfend umherschweifen. Außer ihnen verteilten sich höchstens zehn Studierende in dem weiten Raum. Eine Frau putzte gelangweilt eine Glasscheibe vor der Auslage mit den belegen Brötchen. Jana schluckte. Sie hatte gehofft, dass mehr Betrieb wäre. Wenigstens war sie nicht ganz allein mit Nils.

»Nun denn«, seufzte sie, klemmte ihre Tasche mit dem Laptop vor die Brust und durchquerte staksig den Raum. »Hi«, grüßte sie, als sie Nils' Tisch erreichte. Sie räusperte sich. »Du bist früh da.«

»Ich hatte in der Nähe zu tun«, erwiderte er. »Bin auch erst gerade eben gekommen.«

Als er verwundert zu ihr hochsah, fiel ihr auf, dass sie unschlüssig vor dem Tisch stand, statt sich zu setzen.

»Möchtest du …«, brachen beide gleichzeitig das Schweigen. Jana lachte gezwungen und setzte neu an: »Möchtest du einen Kaffee?«

»Nein danke.« Aus seinem Lächeln schloss sie, dass ihm das als Erklärung für ihr unsicheres Verhalten genügte.

Jana stellte ihren Rechner auf den Tisch, drückte den Startknopf und ging zur Theke, wo sie sich einen Becher Kaffee holte. Die ganze Zeit über betrachtete sie Nils verstohlen aus den Augenwinkeln. Zurück am Tisch setzte sie sich ihm gegenüber und schlürfte einen Schluck der mäßig heißen schwarzen Brühe, die vor allem bitter schmeckte, und gab ihr Passwort ein. Den Rechner stellte sie so hin, dass sie beide auf den Bildschirm sehen konnten. Ihren Kaffeebecher packte sie mit beiden Händen, schob ihn wie einen Schild zwischen sich und Nils und blickte ihn an.

»Ist etwas mit dir?«, fragte Nils. »Du wirkst so nervös, fast verschreckt. So kenne ich dich gar nicht.«

»Nein, nein, es ist nichts. Ich habe nicht besonders gut geschlafen. Hast du etwas Neues herausgefunden?«

»Leider nein. Ich trete auf der Stelle und das wurmt mich. Deswegen wollte ich dich ja treffen. Gestern habe ich die halbe Nacht das Netz durchkämmt, aber so einen Virus oder Trojaner wie bei dir scheint es nicht noch einmal zu geben. Wir müssen alle Einzelheiten der Reihe nach durchgehen und herausfinden, was wir übersehen haben.«

Jana versteifte sich, drückte ihr Kreuz durch. Sie hasste solche Entscheidungen. Wenn Wibke recht hatte, war sie im Begriff, die Dummheit ihres Lebens zu begehen. Wenn Wibke falsch lag und sie Nils belog, selbst wenn sie ihm weiter wichtige Einzelheiten verschwieg, statt ihm alles anzuvertrauen, verspielte sie seine Hilfsbereitschaft und stand alleine da. Was wusste sie über ihn? Vor neun Jahren, als sie in die verhasste Sozialwohnung nach Kölnberg ziehen musste und auf das Ernst-Mach-Gymnasium kam, hatte sie ihn zum ersten Mal getroffen. Man hatte Nils eine Menge nachgesagt, aber nie, dass er ein Lügner oder ein Schauspieler sei. Das hatte sich bis zum Abitur nicht geändert, nach dem sie ihn aus den Augen verloren hatte. Jana schüttelte den Kopf. Unvorstellbar, dass er ein Spanner sein sollte. Genauso abwegig erschien ihr, dass er ihr gar nicht helfen wollte, sondern im Gegenteil alles erst angerichtet hatte, um Hilfsbereitschaft zu heucheln und sich als großer Computerfachmann in ihre Nähe zu spielen.

Sie schloss die Augen, seufzte schicksalsergeben und beschloss, ihm alles zu beichten.

»Unmittelbar bevor mein Rechner so komisch wurde und diese Spam-E-Mails angefangen haben«, begann sie, schlug die Augen auf und sah ihm direkt in die Augen, »habe ich wegen meiner Seminararbeit recherchiert. Zeitungsartikel und Fernsehberichte zuerst. Weil das nichts brachte, besuchte ich Internetforen von Islamisten, sah mir einschlägige Videos an vom Dschihad in Syrien, Mali, Afghanistan, und so weiter, aber selbst das war alles bestenfalls mäßig ergiebig. In meiner Verzweiflung – oder soll ich sagen, in meinem Übermut …«, sie stockte, »bin ich auf die Idee verfallen, ein paar von den Typen direkt anzuschreiben.«

»Du hast was?« Nils' Augen weiteten sich ungläubig. »Islamisten angeschrieben? Hallo, ich bin die Jana aus Kölnberg in Meschenich, könnt ihr mir bitte erklären, wie ihr eure Propaganda aufzieht?«

Jana sank zusammen. »Natürlich nicht so und schon gar nicht mit meiner normalen E-Mail-Adresse!«, fiel sie ihm ins Wort. »So blöd kann niemand sein. Ich habe mir eine neue angelegt, aber, ähm, das war vielleicht nicht ganz so schlau, wie ich dachte.«

Nils verzog den Mund. »Könntest du dich bitte etwas klarer ausdrücken?«

Jana kannte ihn inzwischen gut genug, um zu wissen, dass er es wenig schätzte, wenn man um den heißen Brei herumredete.

»Die Adresse, die ich mir überlegt hatte, war wbi8888@web.de. Mit der habe ich in diesen Foren Fragen gestellt. Könnte es damit etwas zu tun haben?«

Auf Nils' Stirn bildeten sich tiefe Falten.

»Wbi – acht acht – acht acht? Wie kommst du denn auf so etwas?«

»Ich fand's eine coole Idee«, erklärte sie. »Wbi – wer bin ich – mit zweimal 88 angelegt. Tante Greta sagt, 88 ist egal und 8888 sch…egal.«

Nils blickte überrascht. Geräuschvoll sog er die Luft ein und blies sie mit geblähten Backen in einem langen Strom aus. »Dir ist klar, dass H der achte Buchstabe im Alphabet ist und dass deswegen die 88 in bestimmten Kreisen für HH steht – Heil Hitler?«

»Oh!« Jana erschrak, fasste sich aber umgehend wieder. »Nein, war mir nicht klar«, erwiderte sie fast pampig. Sie riss sich zusammen und setzte freundlich hinzu: »Worin siehst du eine Verbindung zu meinen Problemen auf dem Rechner? Welchen Namen du für eine E-Mail-Adresse aussuchst, hat nichts zu sagen, oder?«

»Vielleicht doch, jedenfalls in diesem Fall.« Nils verzog das Gesicht zu einer besorgten Miene und wiegte den Kopf hin und her.

Alles in Jana sträubte sich gegen den Gedanken, dass eine harmlos gemeinte E-Mail-Adresse, die zufällig ein in rechtsradikalen Kreisen gebräuchliches Kürzel verwendete, zu gewaltigen Schwierigkeiten in ihrem Alltag als Studentin führen sollte. Andererseits, Achatz … Ein flaues Gefühl breitete sich in ihrer Magengegend aus.

Nils schien darauf zu bestehen, dass sie es selbst aussprach. Jedenfalls sagte er nichts und seine Miene wirkte zunehmend ungeduldig. »Geheimdienstliche Überwachung, Snowden, Verfassungsschutz, Bundestrojaner, …«, begann er, Stichworte aufzuzählen. »Wie reagieren die wohl, wenn etwas auf verfassungsfeindliche Umtriebe hindeutet?«

Jana wurde heiß. »Neonazis? Du kannst dir vorstellen, dass man mich für eine Neonazi-Sympathisantin hält und die Polizei mich ins Visier genommen hat?«

»Ist das so abwegig?« Nils verzog den Mund. »Es ist alles andere als undenkbar. Im Gegenteil, und nur wenn du Glück hast, ist es die Polizei und nicht der Verfassungsschutz oder der BND. Wenn es richtig dumm läuft, hast du sogar einen ausländischen Geheimdienst am Hals. Kennst du den Begriff Echelon? Das System filtert automatisch den gesamten Internetverkehr nach verdächtigen Schlüsselbegriffen. Und du wühlst in Islamistenforen und kommst mit einer E-Mail, die nach Neonazi klingt. Da springt nicht nur Echelon an.« Nils ließ seinen Oberkörper gegen die Lehne fallen und brummte: »Oh Mann! Was hast du dir da eingebrockt?«

Wenig später trennten sich Jana und Nils. Die neue Spur, dass Janas Probleme ein Ergebnis automatisierter Überwachung sein könnten, mussten beide zunächst einmal verdauen. Oder war das eine Finte von Nils? Jana beschloss, dass es nicht schlimmer kommen könnte, und ging in die letzte Vorlesung des Tages. Kurz nach Beginn schlich sie sich in den Hörsaal, fest entschlossen, sich in die hinterste Ecke zu setzen und am Ende geräuschlos zu verschwinden, um unangenehmen Szenen mit Kommilitonen aus dem Weg zu gehen. Als sie Wibke jedoch unmittelbar vor sich sah, beschloss sie, sich nicht unterkriegen zu lassen. Ruhig ging sie die vier Reihen hinunter, ließ ihren Blick über die Anwesenden schweifen und setzte sich. Niemand beachtete sie.

»Hallo, Wibke. Schön, dass du da bist. Ist doch gar nicht deine Zeit?«

»Hi, heute Abend Überraschungsfete in einer alten DDR-Bonzenvilla in Wandlitz. Ich komme dich um neun abholen.« Offenbar trug sie Jana nicht nach, dass sie ihre Warnungen vor Nils missachtete.

In ihrer Verfassung auf eine abgedrehte Party zu gehen, sprengte ihre Vorstellungskraft. »Du, lass mal«, lehnte Jana ab. »Ich habe die ganze Nacht nicht geschlafen.« Zu weit von ihrem inneren Gleichgewicht entfernt, um ausgelassen feiern zu können, selbst um ein wenig Ablenkung zu finden, würde sie nur als Spaßbremse auffallen.

»Schlafen kannst du genug, wenn du tot bist. Ich bringe etwas mit, das du einwerfen kannst.«

»Drogen sind nicht mein Ding. Ich stehe nicht auf Kontrollverlust.«

»Sei keine Langweilerin. Ich schreibe dir, wenn ich losfahre. Bis dahin hast du es dir sicher anders überlegt.«

Nach der Vorlesung ging Jana mit Wibke zum Ausgang und ärgerte sich über die verschwendete Zeit. Den Stoff hätte sie sich zu Hause in fünf Minuten angelesen. Mürrisch drückte sie die Klinke der Tür hinunter und verließ als Erste den Saal.

»Jana, hast du mal fünf Minuten?«

Nils stand vor ihr, hatte offensichtlich auf sie gewartet. Was will er denn?, überlegte sie. Wir haben uns doch gerade erst getroffen? Wibkes missbilligenden Blick in ihrem Nacken spürte sie förmlich.

»Ist es dringend?«, antwortete Jana abweisend. »Im Moment habe ich keine Zeit. Soll ich dich nachher anrufen?«

»Zerberus hat zugeschnappt. Er lief zwar nicht allzu lange auf deinem alten Laptop, aber er hat mir einiges geschickt, was ich analysieren konnte.« Nils' Körpersprache war eine Mischung aus finster, vielleicht sogar besorgt, und als müsse er jeden Moment vor Stolz platzen. »Dein Rechner verschickt

Datenpakete mit falscher Header-Prüfsumme … Das sollte dich interessieren.«

Jana runzelte die Stirn. Zwar hatte sie nicht verstanden, was er ihr sagen wollte, doch es schien wichtig. Wibke schloss zu ihr auf und schoss einen verächtlichen Blick in Richtung Nils.

»Wibke, gehst du bitte schon mal vor?«, sagte Jana. »Ich komme gleich nach.« Die Situation war ihr unangenehm, fast peinlich.

Ihre Freundin verzog den Mundwinkel, sandte einen Giftpfeil aus ihren Augen in Richtung Nils und ging weiter. Zum Abschied nickte sie Jana kurz zu.

»Ist das irgendeine neue Sprachverschlüsselung?«, knurrte Jana Nils an, nachdem sie sich einige Schritte entfernt hatte. »Was heißt falsche Header-Prüfsumme im Klartext?«

»Eben die Prüfsumme von IPv4-Paketen.«

Jana konnte damit nichts anfangen. »Nils, ich schätze dich sehr, aber manchmal glaube ich, du bist nicht von dieser Welt! Kannst du dich bitte so ausdrücken, dass ich verstehe, wovon du redest?«

Nils räusperte sich verlegen.

»IP steht für Internetprotokoll«, erklärte er. »Das Internet funktioniert so, dass alle Daten in Pakete zerteilt und zwischen den Rechnern verschickt werden. Das weißt du sicher?«

Jana brummte ungeduldig.

»IP-Pakete sind so etwas wie Briefe. Jedes Paket hat einen sogenannten Header, der Absender und Empfängeradressen enthält. Das ist sozusagen der Adressaufkleber des Briefs. Und die Header-Prüfsumme sagt, ob die Daten im Paket noch richtig sind oder ob irgendwo bei der Übertragung etwas schiefgegangen ist. Wenn das der Fall ist, wird das Paket verworfen.«

»Du meinst, das Ding auf meinem Rechner verschickt Nachrichten, die sofort in die Tonne getreten werden? Das ergibt überhaupt keinen Sinn!« Jana sah ihn verwirrt an. Verschwendete sie ihre Zeit?

»Genau, auf den ersten Blick ergibt es keinen Sinn – oder eben doch«, erwiderte Nils. Dabei wedelte er Hilfe suchend mit den Händen, als wolle er etwas greifen, das vor ihm in der Luft schwebte. »Jeder *normale* Empfänger tritt ein solches Paket in die Tonne, wie du so schön sagst. Verstehst du?«

»Nein. Was soll das Gefasel? Wenn mein Rechner Pakete verschickt, die jeder sofort in die Tonne tritt, kann mir das jedenfalls gleich sein.«

»Wenn der Empfänger eingeweiht ist«, beschwor er sie, »sieht das ganz anders aus. Dann haben wir so etwas wie Geheimbotschaften im Internet, die keinem auffallen, weil sie jeder Uneingeweihte für einen Fehler hält und nicht beachtet.«

»Geheimbotschaften? Von meinem Rechner?«

»Ja.«

»Dann brauchen wir uns ja nur den Empfänger anzusehen und wissen, woran wir sind?«

Jana sah Nils Zustimmung heischend an. Wenn es ein Netz im Netz gab, innerhalb dessen man sich mit Geheimbotschaften verständigte, hatte Nils den Code sicher schon geknackt. Worin bestand der Grund zur Besorgnis, die in seinen Gesten mitschwang? Sie verstand nicht, worauf er hinauswollte.

»Der Empfänger ist ein NAT-Router deines Providers.«

»Moment! Mein Provider ist die Teldafone und mindestens ein Drittel der Leute in Berlin hat seine Telefon- und Internetanschlüsse dort. Was sollen denn die auf meinem Rechner wollen? Ich bezahle meine Anschlussgebühren und fertig. Irgendwelche krummen Sachen darüber hinaus können die sich nicht leisten. Wenn die alle ihre Kunden abhören würden, flöge das in kürzester Zeit auf.«

»Das kann ich dir nicht beantworten. Und wie gesagt, es geht um einen NAT-Router der Teldafone. Weißt du, was das ist?« Janas fragender Blick schien Nils Antwort genug, denn er erklärte sofort. »NAT steht für ›network address translation‹. Das ist eine Technik, die man eigentlich benutzt, um IP-Adressen mehrfach verwenden zu können.«

»Und? Sorry, mit mir musst du wie mit Klein-Erna reden, wenn es um Technik geht.«

»Der NAT-Router ist nicht der endgültige Empfänger, sondern tauscht die Zieladresse aus. Man weiß also nicht, wohin die Pakete geschickt werden.«

»Langsam, nochmal zum Mitschreiben für die technischen Fußgänger: Der NAT-Router nimmt den Brief, den das Ding auf meinem Rechner verschickt hat, und klebt einen anderen Adressaufkleber drauf? Damit man nicht weiß, wohin das Ding – oder was auch immer auf meinem Rechner spukt – die Sachen schickt, die es bei mir ausspioniert hat?«

»Richtig.«

»Und woher weiß dieser NAT-Router, was er draufkleben soll?«

»Dafür hat er Tabellen, die vom Admin, äh, von der Teldafone konfiguriert werden.«

»Die Teldafone hat also dafür gesorgt, dass wir nicht herausbekommen, wer mich ausspioniert. Aber das ergibt doch keinen Sinn, wenn man so einfach draufkommt, dass die dahinterstecken! Soll ich denen morgen mal gehörig die Meinung sagen?«

»Richtig«, stimmte Nils erneut zu. »Steckte die Teldafone selber dahinter, wäre das ziemlich stümperhaft.«

»Das ist alles, was dir dazu einfällt?«, knurrte Jana. Sie wusste nicht, ob sie sich mehr über Nils oder die Teldafone aufregen sollte. Oder ärgerte sie sich über sich selbst? Dass sie viel zu wenig durchblickte, um Nils' abenteuerliche Geschichte einordnen zu können? Tischte er ihr eine Spannerfinte auf oder war er etwas Großem auf der Spur? Zwar hatte sie beschlossen, ihm zu vertrauen, doch ein Rest von Misstrauen ließ sich nicht verdrängen. Jana umklammerte ihre Tasche und presste sie an die Brust.

»Ich glaube nicht, dass die von der Teldafone Stümper sind.« Nils stand mit ausdruckslosem Gesicht vor Jana. Alle anderen Studierenden waren inzwischen von dannen gezogen, sodass sie alleine im Foyer standen.

»Und, was schlägst du vor?«, fragte sie. »Soll ich morgen zur Teldafone gehen und verlangen, dass sie ihre NAT-Router oder wie auch immer die Teile heißen in Ordnung bringen?«

Nils zuckte mit den Schultern. »Die werden sicher behaupten, dass ihre Server alle richtig arbeiten. Selbst wenn sie etwas machen, können wir nicht überprüfen, ob anschließend die scheinbar kaputten Pakete immer noch weitergeleitet werden«, überlegte er laut. »Den Router zu hacken würde ich gerne vermeiden«, fügte er völlig ruhig und gelassen hinzu, obwohl er von einer Straftat sprach, für die er monatelang ins Gefängnis käme. »Vielleicht kann man etwas bauen. Ich lass mir etwas einfallen und rufe dich heute Abend an. Du hast ja gerade keine Zeit. Ach ja: Geh nachher mit deinem Rechner online. Am besten, du schreibst an deiner Seminararbeit. Bis dann.«

Mit diesen Worten drehte er sich um und marschierte davon.

Ich fasse es nicht!, dachte Jana, atmete tief ein und ließ die Luft langsam durch ihre Zähne herauszischen. Das beruhigte sie ein wenig. Mehr aus ihm herausbekommen zu wollen war sinnlos, hatte sie inzwischen gelernt. Nils war eben Nils. Es blieb ihr nichts anderes übrig, als seinen Anruf am Abend abzuwarten. Sie blickte ihm kopfschüttelnd nach, bis er hinter einer Biegung des Gangs verschwand.

Als sie um 20.00 Uhr in ihrer Wohnung ankam, ärgerte Jana sich nach wie vor über Nils. Trotzdem ging sie online, wie er verlangt hatte. Sie missachtete neue E-Mails, surfte ein bisschen und schrieb ein paar Sätze für die Seminararbeit, die sie wieder löschte. Die ganze Zeit fragte sie sich, was das sollte. Sich so zu konzentrieren, dass sie sinnvoll arbeiten konnte, gelang ihr nicht. Wenigstens hatte sie Wibke davon abgebracht, bei ihr auf der Matte zu stehen. Jana käme selbst auf die Party, wenn sie es einrichten könne. Kurz vor Mitternacht rief Nils endlich an.

»Dein Blechkopf macht Verbindungen auf, die ich mir nicht erklären kann«, begrüßte er sie. »Ich hab mir die Daten genauer angesehen. Du glaubst nicht …«

»Wie konntest du Datenströme von meinem neuen Rechner untersuchen? Den hast du kein einziges Mal richtig in den Fingern gehabt!«, unterbrach ihn Jana. »In den paar Minuten, die du drangesessen hast, hast du nichts gemacht außer zu schauen, welche Programme laufen. Das habe ich gesehen.«

»Äh, ich hab heute Abend einen Trojaner bei dir installiert, während du am Surfen warst. Einen verbesserten Zerberus.«

»Wie kommst du dazu, so etwas zu machen, ohne mich zu fragen?«

»Äh … das war doch klar.« Nils' Tonfall sprach Bände. Janas Unbedarftheit verblüffte ihn – oder er war ein guter Schauspieler. »Wir versuchen, deinen Problemen auf den Grund zu gehen, dein Rechner ist der Schlüssel, und du weißt, dass ich auf deinen Rechner komme, wenn ich will.«

»Nein, weiß ich nicht. Bei dem alten, ja. Bei dem neuen habe ich neue Passwörter, du konntest nichts installieren, du weißt gar nichts über den!«

»Hmmm, ich kenne deinen WLAN-Router, und darüber finde ich die IP-Adresse heraus, mit der du ins Netz gehst. Deswegen musstest du ja online gehen. Der Rest ist bei einem Standardrechner trivial.«

Jana spürte, wie ihr das Blut ins Gesicht schoss. Sie war kurz davor, das Telefon gegen die Wand zu schmettern. Ihr Blick wanderte über den Schreibtisch. Eine leere Kaffeetasse, ein Becher mit ein paar Stiften, einige Blätter Schmierpapier und eine Rolle Tesa. In einer Übersprungshandlung schnappte sie das Klebeband, riss ein Stück Papier von einem der Schmierblätter ab und verklebte die Kameraöffnung an ihrem Laptop. »Nils, ich möchte nicht, dass jemand anderes, ohne dass ich es weiß, auf meinem Rechner ist.« Sie ballte ihre freie linke Hand zur Faust.

»Jana, du hast mich gebeten, dir zu helfen, weil jemand auf deinem Rechner ist, ohne dass du das weißt.«

Damit hatte er recht, gewissermaßen. Konnte sie ihm vertrauen? Sie beschloss, ihn auf die Probe zu stellen.

»Nils, mein toter Onkel ist noch mal auf meinem Rechner erschienen.«

»Wann war das? Heute Abend?«

»Nein, Freitag, kurz nachdem du gegangen warst – kurz nachdem du den Zerberus installiert hattest. Mein Onkel, genauer: die undurchsichtige Gestalt, die sich dahinter versteckt, wollte, dass ich dich bei der Polizei denunziere.«

»Wieso weiß der von mir?«

»Noch etwas: Der Rechner war nicht online.«

»Nicht online?«, wiederholte Nils. Er klang erschüttert.

Jana lauschte argwöhnisch, bemerkte aber nichts Verdächtiges.

»Das kann nur heißen, dass etwas auf dem Rechner ist, das begriffen hat, dass ich ihm eine Falle gestellt habe«, sagte er nachdenklich, mehr zu sich selbst als zu Jana. »Das Teil solltest du jedenfalls bis auf Weiteres stilllegen.«

»Bis auf Weiteres? Was soll das? Meinst du, dass ich mich *bis auf Weiteres* in meiner Wohnung verschanze, für meine Seminararbeit zu Papier und Bleistift übergehe und mir eine

Buschtrommel besorge, für den Fall, dass ich jemanden anrufen will?« Entrüstet schnappte sie nach Luft. Und was war das mit den scheinbar fehlerhaften Paketen?, fügte sie stumm hinzu, sprach es aber nicht aus. Was wolltest du mir damit sagen? Ist das auf einmal nicht mehr wichtig, deswegen rufst du doch an? Den Impuls, ihn sofort zur Rede zu stellen, unterdrückte sie. Um Mitternacht am Telefon brachte das nichts.

»In was bist du da hineingeraten?«, seufzte Nils bedeutungsschwer.

»Was möchtest du damit sagen?«, fragte sie lauernd.

»Na, nach allem, was wir wissen, könnte man dich im Verdacht haben, zu islamistischen Terroristen oder zu militanten Neonazis zu gehören – wahlweise.«

»Und deswegen schickt man mir Drohnachrichten auf meinen Rechner? Wenn schon Überwachung durch die Polizei, dann doch wohl so, dass man nichts davon merkt, bis das SEK die Wohnung stürmt.«

»Das sollte man erwarten nach allem, was man so in den Nachrichten hört«, meinte Nils lakonisch.

KAPITEL 11

Mittwoch, 4. November 2020 – Friedrichshain, Berlin

Es war halb drei in der Nacht, als Jana nach zwei ereignislosen Tagen ohne Kontakt zu Nils das »Fàilte!« verließ und kurz darauf die Bartür öffnete. Das Telefonat von Montagnacht war ihr seitdem nicht aus dem Kopf gegangen. War es der Ärger über Nils' genauso anmaßendes wie undurchsichtiges Verhalten, das er im Brustton der Überzeugung als ganz normal bezeichnete? Oder verstörte sie das Kopfkino, das seine dunklen Andeutungen über Terrorismusverdacht in Gang gesetzt hatten? Oder traf Wibkes Instinkt ins Schwarze, und die Wurzel ihrer Probleme hörte auf einen kurzen Namen: Nils? Nils, der wusste, wo sie wohnte, sich unerlaubt Zugang zu allen ihren Geräten verschaffen konnte und das zumindest bei ihrem Rechner auch getan hatte, Nils, der wusste, dass sie hier arbeitete und spätnachts alleine nach Hause fuhr?

Für einen Moment schloss sie die Augen und redete sich beruhigend zu, bevor sie nach draußen trat. Die menschenleere Straße glänzte feucht im Licht der Straßenlaternen. Der Regen, der den Abend über gefallen war, hatte fast aufgehört. Es nieselte kaum merklich, feiner Sprühnebel lag in der Luft, der sich belebend auf Janas müdes Gesicht legte. Zehn Minuten Fußweg bis zur U-Bahnstation lagen vor ihr. Hinter ihr fiel die Tür ins Schloss. Jana schüttelte sich, klappte ihren Mantelkragen hoch und stapfte los. Kaum losgelaufen, erstarrte sie mitten in der Bewegung, weil sie glaubte, 20 Schritte vor sich eine Bewegung bemerkt zu haben. Löste sich eine schemenhafte Gestalt für einen Wimpernschlag aus dem Dunkel einer Einfahrt, um darin sofort wieder zu verschwinden?

Nils?, durchzuckte es sie.

Ihr Pulsschlag beschleunigte sich. Ihre Augen bohrten sich in das Viereck der Einfahrt, die sich schwarz von der milchig-grauen Hauswand abzeichnete. Nichts rührte sich, doch je länger sie wartete, desto überzeugter war sie, sich nicht getäuscht zu haben. Ihr Herz raste. Sie ballte ihre Hände zu Fäusten, wagte nicht, sich zu rühren. Hinter ihr startete ein Motor. Gleich darauf fuhr das Auto los und näherte sich ihr von hinten. Jana sah sich um. Das Licht der Scheinwerfer blendete sie. Der Fahrer nahm den Fuß vom Gas und hielt neben ihr. Die Scheibe auf der Beifahrerseite fuhr hinunter. Der einzige offene Fluchtweg war an dem Auto vorbei in das Dunkel des nächtlichen Friedrichshain, wo sie sich nicht auskannte. Die Tür, die ins schützende »Fàilte!« zurückführte, war verschlossen.

»Jana, du bist noch da!«, dröhnte die kehlige Stimme ihres Arbeitgebers in der Whiskybar. »Alles in Ordnung? Komm, Mädchen, es ist spät. Ich bringe dich zur U-Bahn!«

Der Schemen in der Einfahrt rührte sich nicht, als sie in der Sicherheit von Iains Auto daran vorbeirollte, aber da war jemand.

Wibke, ich bin ein Trottel, leistete Jana stumme Abbitte. Sie hätte geschworen, dass es Nils war.

Natürlich kam Jana so zehn Minuten zu früh am U-Bahnhof an. Ihre Schritte hallten durch die menschenleeren Gänge auf dem Weg zum genauso einsamen Bahnsteig. Wenn da wirklich jemand vor dem »Fàilte!« auf sie gelauert hatte, musste er sich ausrechnen, dass sie hier auf die Bahn wartete. Und er konnte unschwer vor der Ankunft des Zuges den Bahnhof erreichen, genau so, wie sie es selbst geplant hatte, bevor Iain sie mitgenommen hatte. Aufgewühlt rieb sie ihre schwitzenden Handflächen aneinander und schlich die Treppe hinauf auf der Suche nach einem Ort, an dem sie sich verstecken konnte, bis der Zug kam. Ihre Wahl fiel auf eine dunkle Nische an der Seite eines Kioskes. Sie drückte sich hinein und lauschte in die neonbeleuchteten Gänge auf Verdächtiges. Sie hörte den Zug heranrauschen, huschte zum Bahnsteig und in den ersten Waggon. Keine Menschenseele war zu sehen, weder im Wagen noch im Bahnhofsgebäude. Sie rechnete die Fahrzeit aus und krallte ihre Hände in die Sitzfläche, während sie die Sekunden bis zum Bahnhof Reinickendorf zählte. Von dort eilte sie mit langen Schritten nach Hause, warf die Wohnungstür hinter sich zu und blieb minutenlang mit dem Rücken dagegen gelehnt stehen, bis ihr Verstand die Oberhand zurückgewann und sie klar denken konnte.

So fühlt sich wohl eine echte Panikattacke an, folgerte sie. Vielleicht ist es keine gute Idee, bis drei Uhr nachts zu arbeiten und anschließend durch die menschenleere Stadt zu gondeln.

Jana sperrte die Wohnungstür ab, ließ den Schlüssel stecken und legte sich schlafen. Übermüdet fiel sie rasch in einen unruhigen Schlaf, den ihr Wecker um Viertel vor acht am nächsten Morgen beendete. Sie war kaum richtig wach, da klingelte ihr Telefon. Sie schnaufte ärgerlich. Um ihre S-Bahn zu erreichen, musste sie sich sowieso beeilen, denn nach den Schichten im »Fàilte!« war ihr Zeitplan auf Kante genäht. Sie streifte ihre Jacke über, zog das Telefon aus der Gesäßtasche und verließ die Wohnung. Auf dem Weg nach draußen nahm sie das Gespräch an.

»Hallo. Können wir uns nachher treffen?«

Es war Nils. Jana schauderte. Sie widerstand dem Impuls, das Gespräch wegzudrücken und schluckte gegen das würgende Gefühl in ihrem Hals.

»Ich habe ein Nachrichtenprogramm geschrieben. Ohne Schnickschnack, mit knallharter Verschlüsselung und ein paar Tricks, besser als E-Mail. Da kann das Ding auf deinem Rechner machen, was es will, es bekommt nichts davon mit, was wir uns schreiben.«

»Hmmm.«

»Wenn die dich abhören, beschränken sie sich nicht darauf, den Rechner zu manipulieren. Telefonieren ist nicht sicher.«

»Und wie soll das funktionieren? Von meinem Rechner aus mailen, den irgendjemand komplett in der Hand hat? Derjenige kann entspannt alles mitschneiden, was ich tippe, bevor du mit deiner raffitückischen Verschlüsselung kommst.«

Ihre Stimme musste eisig klingen.

»Das ist die Sache mit den Tricks«, prahlte Nils. »Ich habe einen eigenen minimalen Linux-Kernel gemacht. Wenn man den vom USB-Stick bootet, ist man auf der sicheren Seite. Den Stick steckst du in deinen Rechner, fährst ihn hoch und kannst sicher mit mir schreiben. Wo sollen wir uns treffen?«

»Ich hab heute wenig Zeit«, wimmelte Jana ihn kühl ab. Ich will dir in die Augen sehen, wenn ich dich zur Rede stelle wegen letzter Nacht, fügte sie in Gedanken hinzu, aber ich brauche noch ein bisschen Zeit. Ihr Unterkiefer schob sich nach vorn, so fest biss sie die Zähne aufeinander. Jana hörte nichts außer ihren eigenen Schritten auf dem Asphalt, als sie aus der Hertzstraße in die Hauptstraße bog, die zur S-Bahn führte.

»Aha«, sagte Nils schließlich. Er klang mehr als enttäuscht, verletzt. »Wir telefonieren.«

Damit legte er auf.

KAPITEL 12

Donnerstag, 5. November 2020 – Mitte, Berlin

Gegen 16.00 Uhr steuerte Jana nach einem anstrengenden Tag an der Uni den S-Bahnhof Friedrichstraße an. Sie war völlig geschafft. Nach einer Nacht fast ohne Schlaf sehnte sie sich nach einem Happen zu essen und vor allem viel Ruhe. Currywurst oder Döner? Currywurst. Sie hatte kein Bargeld mehr dabei, aber praktischerweise gab es einen Geldautomaten direkt im Bahnhof. Für solche Lagen hatte sie einen Restbetrag auf ihrem Girokonto gelassen. Das Gerät saugte ihre Karte ein, warf sie halb aus, um sie direkt wieder einzuziehen und ein zweites Mal zu lesen. Nach dem dritten Versuch stand auf dem Display des Automaten »Karte eingezogen«.

»Mist«, zischte Jana und stieß mit der flachen Hand gegen das Gerät. »Gib mir meine Karte zurück«, schimpfte sie und trat gegen den Sockel der Maschine. Vielleicht hatte man die Karte eingezogen, weil kein Guthaben auf dem Konto war? Nein, da war immer noch ihre kleine Notfallreserve und außerdem gab es ja den Dispo. Sie verzog den Mund zu einer Schnute. Zwar hatte sie das gesamte Onlinebanking gesperrt, aber auf das Abheben von Bargeld mit der Karte verzichtete sie ungern. Koslowskis schmieriges Lächeln drängte sich vor ihr inneres Auge, bevor sie ihm ›Nur Bares ist Wahres!‹ an den Kopf geworfen hatte. Steckte der dahinter?

Frustriert machte sie sich auf den Heimweg. Dann eben keine Currywurst. Ihr Kühlschrank war fast leer, wusste sie, aber ein paar Nudeln waren noch da. Eine halbe Stunde später sperrte sie mit knurrendem Magen die Haustür auf und ihr

Blick fiel auf ihren Briefkasten, aus dem die Spitze eines Couverts herauslugte. Jana griff nach dem Umschlag. Sie befürchtete eine weitere schlechte Nachricht von ihrem Vermieter. Als sie den Absender las, wurde ihr erst heiß, dann kalt. Der Brief war von der Polizei. Der Vermieter wäre ihr im Nachhinein lieber gewesen.

> *Kriminalhauptmeister J. Hasborn, Spezialist für organisiertes Verbrechen und Wirtschaftskriminalität, erwartet sie jederzeit nachmittags ohne Voranmeldung in der Abteilung LKA 3 des Berliner Landeskriminalamts, Columbiadamm 4, Tempelhof. Dieser Vorladung ist innerhalb von fünf Werktagen Folge zu leisten.*

»Dies ist keine Vernehmung, geschweige denn ein Verhör«, eröffnete ihr Kriminalhauptmeister J. Hasborn, den Jana überraschend sympathisch fand, eine gute Stunde später im Polizeipräsidium. Hasborn trug keine Uniform. Seine störrischen, blonden Haare umrahmten ein asketisches, nahezu ausgemergeltes Gesicht. Der Polizist erinnerte an einen in die Jahre gekommenen Rocksänger. Der hagere Mann reichte ihr die Hand und deutete auf einen Stuhl vor seinem Schreibtisch. Jana nahm Platz. Hasborn setzte sich nicht ihr gegenüber hinter den Schreibtisch, wie sie erwartet hatte, sondern zog einen Bürostuhl heran.

»Der Grund, warum ich Sie zu mir gebeten habe«, begann er, bevor Jana ihre Aufregung im Griff hatte, »ist einfach. Kennen Sie Nils Reiss?«

»Ja, ein alter Schulkamerad von mir aus Köln. Ich habe ihn vor ein paar Tagen nach Jahren zufällig auf der Humboldt-Uni wiedergetroffen.«

»Wir ermitteln gegen Herrn Reiss aufgrund einiger Vergehen, die man der Internetkriminalität zuordnen muss.«

Jana sah den Polizisten abwartend an.

»Ich spreche mit Ihnen als Zeugin, und wir führen ein informelles Gespräch. Allerdings muss ich Sie davon in Kenntnis setzen, dass eine Reihe von Reiss' Straftaten nach dem gegenwärtigen Stand der Ermittlungen aus Ihrer Wohnung begangen worden sind.«

»Wie kommen Sie darauf? Also, ja, Nils war bei mir in der Wohnung.«

»Herr Reiss hat mir gegenüber ausgesagt, dass er sich keiner Vergehen bewusst ist. Was nicht überrascht, denn es ist fast in jedem Fall so, dass sich die Beschuldigten keiner Vergehen bewusst sind, wenn man sie fragt. Jedenfalls zu Anfang. Ungewöhnlich ist, dass Herr Reiss im Rahmen seiner Aussagen von sehr untypischen Schadprogrammen auf ihrem Rechner berichtet hat.«

»Ich bekomme merkwürdige Spam-Nachrichten. Und es gab beleidigende E-Mails, Whatsapp-Nachrichten und Ähnliches an Bekannte und Kommilitonen in meinem Namen, mit denen ich definitiv nichts zu tun habe. Nils meint, dass da ein merkwürdiger Trojaner dahinterstecken müsste, und hat mir geholfen, den loszuwerden.«

»Mit Erfolg?«

»Leider nein.«

»Das deckt sich mit den Aussagen von Herrn Reiss. Wir arbeiten daran, die Urheber der Anzeigen gegen Herrn Reiss ausfindig zu machen, um weitere ermittlungsdienliche Hinweise zu erhalten. Es ist nicht auszuschließen, dass Herr Reiss denunziert wurde. Herr Reiss …«, Hasborn sah Jana regelrecht lauernd an, »Herr Reiss hat mir von ständigen Veränderungen der Namen und sogar der Binärstruktur der besagten Schadprogramme auf Ihrem Rechner erzählt.«

»Davon verstehe ich nichts. Nils hat mir dasselbe erzählt.« Jana zuckte mit den Schultern. »Wissen Sie, ich habe keine

Ahnung, wie diese ganze Technik funktioniert. Nils kennt sich ziemlich gut mit Rechnern aus. Eigentlich ist das schamlos untertrieben. In der Schule galt er als begnadeter Hacker.«

»Den Eindruck habe ich ebenfalls gewonnen. Ich möchte der Sache nachgehen, weil es so ungewöhnlich und dazu extrem schwierig ist, solche selbsttarnenden Viren oder Trojaner zu schreiben.« Aus Hasborn sprudelten technische und ermittlungstaktische Überlegungen hervor, denen Jana nicht in allen Einzelheiten folgen konnte. Das störte sie nicht, denn die Hintergründe erschienen ihr nebensächlich. Den Polizisten umgab eine Aura der Selbstsicherheit, in der sie sich geborgen fühlte. »Daher möchte ich Sie bitten«, hörte sie Hasborn schließen, »mir Ihren Laptop für einige Tage zu überlassen. Wäre das möglich?«

»J… ja«, stammelte Jana. Im ersten Moment fühlte sie sich überrumpelt, bis ihr klar wurde, dass ihr nichts Besseres hätte passieren können. Falls Nils hinter ihren Problemen steckte, würde Hasborn das herausfinden und ihr helfen. Falls Nils nichts damit zu tun hatte, würde Hasborn ihr Problem lösen.

Jana griff in ihre Tasche, zog ihren Rechner heraus und legte ihn auf Hasborns Schreibtisch. Sie benutzte ihn zwar zurzeit nicht, schleppte ihn aber aus Gewohnheit mit sich herum.

»Wenn Sie mir Ihre Kennung und Ihr Passwort notieren würden«, sagte Hasborn, während er eine Quittung ausschrieb und Jana reichte. »Und Ihre Telefonnummer, um sie gegebenenfalls leichter zu erreichen.«

Jana nahm einen Kugelschreiber vom Tisch und schrieb die geforderten Daten auf einen Notizzettel.

»Mutmaßlich haben Sie ein Spähprogramm auf ihrem Rechner«, fuhr Hasborn fort, während sie kritzelte, »das von ausgebufften Profis gemacht ist. Vielleicht organisiertes Verbrechen. Geheimdienste haben selbstverständlich ebenfalls solche Leute, was mir im Augenblick zu weit hergeholt scheint. Keine Panik, dem werden wir auf den Grund gehen. Kommen Sie in drei bis vier Tagen wieder.«

Jana stand gerade auf, um sich zu verabschieden, als ein kleiner Mann mit Igelhaarschnitt in der Tür erschien und seine stechenden Augen zuerst auf Jana, dann auf Hasborn richtete.

»Der Fall Reiss? Frau Loewe, nehme ich an?«

»Ja, Frau Loewe. Frau Loewe, Leitender Kriminaldirektor Pottenstein, mein Vorgesetzter. Frau Loewe hat sich bereiterklärt, uns ihren Rechner für weitergehende Untersuchungen zu überlassen. Ich tippe auf organisiertes Verbrechen, Geldwäsche oder Menschenhandel.«

»Interessanter Fall. Gehen Sie der Sache auf den Grund und halten Sie mich auf dem Laufenden.« Pottenstein verschwand grußlos.

Nach dem Termin bei der Polizei fuhr Jana verwirrt nach Wilhelmsruh. Im Laufschritt und mit hochgezogenem Mantelkragen eilte sie nach Hause. Um auf andere Gedanken zu kommen, stürzte sie sich in die Arbeit. Mangels Laptop feilte sie am Konzept ihres Seminarvortrags, indem sie die Folien auf Papier skizzierte. Dass der Akku ihres Smartphones leer war, bemerkte sie erst am Freitagnachmittag, als sie ihre Wohnung auf dem Weg zu Lüneburgers Seminar verließ. Zu spät, um es aufzuladen. Jana steckte das Gerät dennoch in die Tasche.

In der Nähe des Hörsaals wartete sie, bis die Veranstaltung anfing. Sie war immer noch nicht darauf erpicht, jemandem zu begegnen, auch wenn es am Mittwoch und Donnerstag keine hässlichen Szenen gegeben hatte.

»Soso, dich gibt es noch«, schnurrte Wibke maliziös.

Jana zuckte zusammen. Sie hatte ihre Freundin nicht kommen hören. Siedend heiß fiel ihr ein, dass sie die Einladung zur Party in der DDR-Bonzenvilla verschwitzt hatte. Weder war sie gekommen, noch hatte sie abgesagt. »Hallo, Wibke«, säuselte Jana und zwang sich zu einem Lächeln. »Du bist mir hoffentlich nicht böse, dass ich die Einladung total verschwitzt habe? Ich habe es nicht mehr geschafft, und gestern hatte ich eine Vorladung bei der Polizei in der Post. Ich bin sofort hingefahren. Du kennst mich ja. Wenn ich es vermeiden kann, schiebe ich nichts auf die lange Bank.«

Wibke hob die Augenbrauen. »Zwei Tage lang warst du bei der Polizei und konntest nicht mal anrufen?«

»Natürlich war ich nicht die ganze Zeit bei der Polizei. Ich war so durch den Wind, dass ich sogar vergessen habe, meinen Akku aufzuladen. Da, schau!«

Jana zog ihr Telefon aus der Tasche und drückte den Anschalter. Der Bildschirm blieb schwarz. Zu mehr war sie nicht fähig. Das Gefühl, unzuverlässig und vernachlässigend zu sein, entzog ihr die Energie.

Wibke verzog den Mund. »Du Ärmste«, sagte sie in einem süffisanten Ton, der keinen Zweifel daran ließ, dass sie ihre Geschichte für eine fadenscheinige Ausrede hielt. »Lass mal. Du scheinst besseres zu tun zu haben, als auf Partys zu gehen, zu denen ich dich einlade.«

Damit stöckelte sie davon.

KAPITEL 13

Montag, 9. November 2020 – Landeskriminalamt, Tempelhof, Berlin

Als Jana an die Tür zu Hasborns Büro klopfte, waren fast auf die Minute vier Tage vergangen, seit sie dem Polizisten ihren Rechner zur Untersuchung überlassen hatte. Natürlich war sie neugierig auf die Ergebnisse, aber vor allem freute sie sich darauf, ihren Rechner zurückzubekommen und noch mehr, ihn endlich benutzen zu können. In jedem Fall sollten ihre Schwierigkeiten der Vergangenheit angehören. Ihr Seminarvortrag konnte nicht länger warten. Im Prinzip hatte sie alles Nötige zusammengetragen, das Konzept stand, es fehlte die Ausarbeitung der Folien. Die losen Blätter, die zu Hause ihren Schreibtisch bedeckten, warfen ihr bei jedem Blick, den sie darauf warf, stumm vor, immer noch nicht fertig zu sein. Jana klopfte ein zweites Mal, weil sich im Büro nichts gerührt hatte.

»Herein«, rief Hasborn diesmal. Eine Spur von Ärger lag in der Stimme, als hätte sie ihn bei etwas Wichtigem gestört.

Jana drückte die Klinke herunter und trat ein. »Guten Tag«, grüßte sie freundlich. »Ich komme, um …«

Die Worte blieben ihr im Hals stecken. Nils saß mit Hasborn an einem Beistelltisch in der Besprechungsecke. Die beiden waren offenbar in ein intensives Gespräch vertieft. Jedenfalls erwiderten sie ihren Gruß nicht, sondern blickten irritiert zu ihr. Sonst war niemand im Raum. Janas Laptop lag auf einem halbhohen Schrank. Auf ihrem Rechner lag sauber aufgerollt das Stromkabel mit dem Akku. Nils' Computer stand direkt daneben. »Haben Sie etwas herausgefunden?«, fragte sie.

Der Satz wirkte wie ein Zauberspruch, der die beiden aus ihrer Erstarrung befreite. »Guten Tag, Frau Loewe«, grüßte Hasborn und sprang auf. Nils nickte freundlich, während der Polizist weitersprach: »Entschuldigen Sie. Wir haben in der Tat einiges herausgefunden, wobei jedoch eine Menge rätselhaft bleibt. Setzen Sie sich bitte.«

Mit einer einladenden Armbewegung deutete Hasborn auf einen freien Stuhl.

»Auf unseren Rechnern«, Nils räusperte sich, »auf unseren Rechnern laufen Anwendungen, die sich durch gezielte Umorganisation des Quellprogramms tarnen. Auf alle Fälle sieht es so aus.«

Jana verstand kein Wort.

»Wenn man eine Anwendung schreibt«, beeilte sich Hasborn zu erklären, »erstellt man ein Quellprogramm in einer passenden Programmiersprache. Dieses wird mit einem sogenannten Compiler übersetzt. Dadurch kann man es benutzen.«

Jana betrachtete die Gesichter der beiden Männer, die sie erwartungsvoll ansahen, und verstand genauso wenig wie vor Hasborns Erklärungsversuch.

»Das Quellprogramm bekommt man als normaler Anwender eigentlich nie zu sehen«, erläuterte Nils. »Und die ausführbaren Programme sind normalerweise Bit für Bit auf allen Rechnern identisch. Wenn du dein ›Word.exe‹ mit dem auf dem Rechner von Herrn Hasborn vergleichst, wären die absolut identisch.«

»Und?« Allem Anschein nach versuchten die beiden, ihr etwas Ungeheuerliches zu berichten, aber sie konnte keinen Sinn in dem Ganzen erkennen.

»Du kannst Programme an ihrer Binärstruktur erkennen«,

sagte Nils. »Viren erkennt man so zum Beispiel. Eigentlich alles, was man nicht brauchen kann: Viren, Würmer, Trojaner, das ganze Ungeziefer eben.«

Jana schauderte. »Willst du mir sagen, dass ich besonders fieses Ungeziefer auf dem Computer habe?«

Nils nickte.

»Und wenn man das Quellprogramm löscht?«

»Jaaaa«, sagte Hasborn gedehnt. »Normalerweise könnte man das Problem auf diese Weise aus der Welt schaffen, wenn man das Quellprogramm hat. Üblicherweise hat man das nicht, denn es verbleibt beim Hersteller der Software. In diesem ungewöhnlichen Fall sind die Quellprogramme in der Tat auf Ihrem Rechner. Und natürlich haben wir als Erstes an das Vernichten des *Source Codes* gedacht, doch so einfach ist es leider nicht.«

»Es fängt damit an, dass das Quellprogramm gepackt im Bootsektor liegt«, erläuterte Nils. »Das ist ein geschützter Bereich, wo alles gespeichert wird, was man braucht, um den Rechner überhaupt hochfahren zu können.«

»Wenn da jemand herumfummelt«, warf Hasborn ein, »der nicht ganz genau weiß, was er tut, ist der Rechner unbrauchbar.«

Obwohl Jana kaum mehr verstand als vorher, begann ihr Bauch unangenehm zu kribbeln. »Soll das heißen, dass richtig ausgeschlafene Experten es auf mich abgesehen haben und dabei ganz unüblich vorgehen? Warum? Ich bin eine ganz normale Studentin wie zigtausende andere.«

»Ja«, erwiderte Hasborn. »Warum? ... Auf diese Frage hätten wir alle gern eine Antwort.« Er klang besorgt.

»Wir haben den Bootsektor gereinigt und alles gelöscht«, berichtete Nils. »Es ist wie verhext. Sobald der Rechner eine Netzverbindung hatte, war es wieder da. Um möglichst viele Fehlerquellen auszuschließen, haben wir einen blanken Rechner genommen, ganz frisch aus der Verpackung. Alles war in

Ordnung, bis ich eine E-Mail an mich selber geschrieben hatte. Ab dem Moment ging es los und die Kiste war verseucht!«

Jana sah Nils überrascht an.

Er verzog verdrossenen den Mund. »Ja, ich habe genau denselben Mist an der Hacke wie du. Zum Mitschreiben: Neuer Rechner, eine E-Mail und kurz darauf fand sich das Quellprogramm im UEFI, ähm, im Bootsektor, und die merkwürdigen Prozesse liefen. Verändert in der Binärstruktur, andere Verzeichnisse zur Datenablage, nichtsdestotrotz unzweifelhaft Zeugs, das da nichts zu suchen hat.«

Jana hatte nie zuvor solch einen ratlosen Ausdruck auf Nils' Gesicht gesehen. Er wirkte grundehrlich.

»Tut mir leid, Nils«, sagte sie leise. »Alles, weil ich dich um Hilfe gebeten habe. Und es ist wirklich gar nichts zu machen? Das Zeug wird man nicht los?«

»Das braucht dir nicht leidzutun. Und genutzt hat meine Hilfe dir ja offensichtlich auch nichts.«

Alle drei schwiegen betreten. Die beiden Männer starrten die Tischplatte vor sich an.

Eine Fliege surrte an Janas Ohr vorbei und landete auf dem Tisch, wo sie begann, mit den Hinterbeinen ihre Flügel zu putzen. Ungeziefer!, schoss es ihr durch den Kopf. »Ihr sprecht die ganze Zeit von Viren, Würmern und anderem Zeugs, als hätte man es mit Lebewesen zu tun …«

Sie stockte. Ein Gedanke fraß sich in ihr Bewusstsein, den sie zwar kindisch fand, den sie dennoch loswerden musste. »Mit den Rechnern quatscht ihr doch immer, wenn ihr dransitzt. Für mich hört sich das an wie im Biologieunterricht in der Schule. Die Viecher mutieren und pflanzen sich fort.«

»Was mutiert und pflanzt sich fort?«, fragte Hasborn.

»Na, die Viren und Würmer«, entgegnete Jana. »Das Quellprogramm ist im Grunde nichts anderes als die DNA bei Lebewesen. Oder nicht?«

Über Nils' Gesicht huschte anerkennendes Staunen. Hasborn lächelte mild. »Und als Lebensraum suchen sich diese Tierchen Ihren und Nils' Rechner aus, aber ich bin ihnen zu alt und hässlich?« Der Polizist winkte ab, als wäre Jana ein kleines Kind, das eine tiefsinnige Unterhaltung störte.

»Das hört sich vielleicht blöd an«, beschwerte sie sich, »aber haben Sie schon mal in der Richtung nachgedacht?«

»Ehrlich gesagt, nein«, sagte Hasborn und ließ sich gegen die Rückenlehne zurücksinken. »Interessanter Gedanke, ich befürchte nur, dass er uns im Moment nicht weiterhilft.«

Jana verschränkte die Arme vor der Brust und presste ihre Lippen aufeinander. Und woher weißt du, dass der interessante Gedanke nichts bringt, wenn du keine Sekunde darüber nachdenkst?, lag ihr auf der Zunge. Aber sie schluckte die patzige Bemerkung herunter.

Nils starrte vor sich auf die Tischplatte. Hasborn spielte mit einem Bleistift und wich ihrem Blick aus.

Na, wenn alles gesagt ist, kann ich ja gehen, dachte Jana und wollte gerade aufstehen. Hasborn kam ihr zuvor, atmete geräuschvoll ein und sah ihr in die Augen.

»Wenn Sie nichts dagegen haben«, schlug er vor, »können wir uns duzen. Mein bürgerlicher Name ist zwar Johannes, aber jeder nennt mich Marius, weil ich aussehe wie der Westernhagen.«

Jana starrte ihn perplex an. Nils hob umstandslos eine Kaffeetasse mit der Geste des Zuprostens. »Auf gute Zusammenarbeit, Marius, ich bin Nils!« Formalitäten schienen im IT-Volk unüblich zu sein, und irgendwie wirkte Nils erleichtert.

»Was soll das bringen?«, knurrte Jana, verärgert, denn sie konnte es nicht leiden, wenn man sie nicht für voll nahm. »Soweit ich das sehe, ist das unser letztes Treffen, und ich wollte gerade gehen.«

»Ich schätze«, erwiderte Hasborn mit einem jovialen

Lächeln, als erheitere ihn Janas beleidigter Blick, »wir werden an dem Ding auf deinem Rechner eine Weile zu knabbern haben. Die polizeilichen Ermittlungen gegen Nils habe ich eingestellt, sodass ich keinen offiziellen dienstlichen Grund habe, die Sache weiterzuverfolgen. Als Privatmann würde ich der Sache gern mit euch auf den Grund gehen. Das kann man nicht auf sich beruhen lassen. Ausgebuffte Rechnerexperten nehmen nicht ohne triftigen Grund harmlose Studentinnen aufs Korn.«

»Das ist absurd!«, widersprach Jana. »Worin sollte denn so ein triftiger Grund bei mir bestehen?«

»Ich denke, dich, letztlich euch, hat es zufällig erwischt«, entgegnete Hasborn ruhig. »Die Angelegenheit stinkt gewaltig, und ihr seid der Schlüssel zur Lösung, ob ihr wollt oder nicht. Oder meinst du, du könntest die Sache aussitzen?«

Pottenstein erschien in der offenen Tür und richtete seinen stechenden Augen zuerst auf Jana, seine Gesichtszüge versteinerten. Sein Blick sprang auf Hasborn.

»Was machen Frau Loewe und Herr Reiss in Ihrem Büro?«

»Eine abschließende Besprechung«, antwortete Hasborn. »Ich habe den Fall eingestellt.«

»Die Sache *ist* abgeschlossen«, knurrte Pottenstein. »Lassen Sie den Fall auf sich beruhen und verschwenden Sie keine weiteren Ressourcen. Kein organisiertes Verbrechen oder sonst etwas Unappetitliches, kein Grund zur Sorge. Die Angelegenheit kann zu den Akten. Frau Loewe, Herr Reiss, ich bin sicher, dass Sie sich zukünftig unauffällig wie ganz normale Studenten verhalten werden, jedenfalls was Ihr Medienverhalten angeht.«

Damit verließ er grußlos das Büro, ohne die Tür hinter sich zu schließen. Niemand sagte etwas, bis seine Schritte im Flur verklungen waren.

Durch Pottensteins rüdes Einschreiten hart auf den Boden der Tatsachen zurückgeholt, erschien Jana das Gespräch mit Hasborn und Nils unwirklich. Sie wollte nur noch weg, griff sich ihren Rechner und verabschiedete sich mit einem knappen Nicken.

»Tschüss, Marius«, rief Nils und folgte ihr.

Mit langen Schritten stapfte Jana zum Ausgang. Nils lief ihr nach und blieb dicht hinter ihr. Wenigstens hielt er die Klappe. Kaum, dass sie das schmucklose Gebäude verlassen hatten, blieb Jana stehen, drückte ihren Rücken durch und brummte: »Also, bis dann.«

Nils stoppte und sah sie enttäuscht an. Erwartete er, dass sie den Unfug ausführlich mit ihm erörterte, den sie bei Hasborn gehört hatte? Das verstörende Gespräch hallte in ihrem Kopf wider. Drinnen hätten Hasborn und Nils sie fast davon überzeugt, dass sie ins Visier einer Mafia-Organisation, eines Menschenhändlerringes, oder was auch immer geraten war. Draußen an der frischen Luft und mit Pottensteins klarer Ansage im Ohr ärgerte sie sich, dass sie sich die Hirngespinste geduldig wie ein Schaf angehört hatte. Ein Spähprogramm, das einem offen drohte! Auf so einen kauzigen Gedanken konnte niemand außer weltfremden Nerds kommen, die zu viel Zeit mit Computerspielen verbrachten. Jana schüttelte den Kopf. Das Gespräch war reine Zeitverschwendung gewesen! Viel wahrscheinlicher war, dass Wibke recht hatte und Nils hinter allem steckte. Nils, der sie gerade mit dem Gesicht eines begossenen Pudels ansah und ihr in diesem Augenblick fast leidtat. Geradezu genial, die gleichen merkwürdigen Vorgänge auf seinem eigenen Rechner auftauchen zu lassen und so selbst die Polizei hinters Licht zu führen. Bei ihr kam er damit nicht durch! Unwirsch strich sie sich eine Strähne aus der Stirn und sah ihn abweisend an.

Komm, schieb ab! Sie hoffte stumm, dass er sich umstandslos abwimmeln ließ.

»Was hast du auf einmal?«, fragte Nils und runzelte die Stirn.

Jana atmete tief durch. Zwar war sie nicht auf die unerquickliche Auseinandersetzung erpicht, aber wenn es nicht anders ging, würden sie mit ihm Klartext reden wie eben Pottenstein mit Hasborn.

»Ich glaube nicht an obskure Rechnerprofis, die mit Tricks, die selbst Profis grübeln lassen, einer Studentin wie mir das Leben schwer machen. Ich glaube eher, dass Wibke recht hat und dass irgendein Typ dahintersteckt, der etwas von mir will.«

»Der Typ müsste eine Menge von Rechnern verstehen und sich wirklich große Mühe geben. Kannst du dir vorstellen, wer zu so etwas fähig wäre?«

Nils' Blick wirkte aufrichtig und unverstellt. Einen Augenblick lang widerstrebte es ihr, ihn zu brüskieren. Jana gab sich einen Ruck: Besser ein Ende mit Schrecken als ein Schrecken ohne Ende. »Du zum Beispiel«, erwiderte sie hart, »du wärst dazu in der Lage. Selbst wenn es mir schwer fällt, das zu glauben, muss ich zugeben, dass die harten Fakten für Wibkes Ansicht sprechen.«

Nils schnappte nach Luft, um etwas zu entgegnen, sagte aber nichts. Sein Mund stand offen, und er ruderte hilflos mit den Händen. »Wibke, diese Hexe!«, presste er nach einigen Sekunden hervor.

Jana machte sich auf ein heftiges Wortgefecht gefasst. Zu ihrer Erleichterung zuckte er nach einem winzigen Zögern die Achseln. Aus seinem Gesicht sprach tiefe Enttäuschung. Er wich ihrem Blick aus und murmelte: »Hmm, ja, wenn das so ist, will ich dich nicht länger belästigen. Man sieht sich. Ich muss da rüber – nehme den Bus.« Mit gesenktem Kopf und den Händen in den Jackentaschen trottete er davon.

Jana sah Nils nach, wie er den Columbiadamm im Zickzack zwischen hupenden Autos überquerte und mit gesenktem Kopf, beide Hände in den Hosentaschen vergraben, davontrabte. Sie wandte sich nach links und marschierte in Richtung U-Bahnhaltestelle »Platz der Luftbrücke«.

Quietschende Reifen zogen ihre Aufmerksamkeit zur Straße. Ein blauer Sportwagen konnte mit Mühe einen Zusammenstoß mit einem Lieferwagen vermeiden, der die Spur wechselte. Wütend hupte die Fahrerin des Sportwagens hinter dem Transporter her, der unbeeindruckt weiterfuhr. Eine Bewegung ließ Jana zurückschauen, mehr aus den Augenwinkeln erahnt als wirklich erfasst. Sie hätte schwören können, das Grau-Grün von Nils' Windjacke auf dem Bürgersteig hinter sich gesehen zu haben, doch entdeckte sie dort lediglich eine Mutter mit Kinderwagen und drei ins Gespräch vertiefte Mädchen. Das flaue Gefühl in ihrer Magengrube widersprach dem Augenschein. Hatte sie Nils' Körpersprache falsch interpretiert? Möglicherweise war es kein vor Enttäuschung hängender Kopf, sondern ein gesteifter Nacken wie bei einem Boxer im Ring, der auf den Gegner losgeht. Rastete er aus, weil sie ihn enttarnt hatte? Sie spähte kurz die Straße entlang und beschleunigte sicherheitshalber in Richtung U-Bahn.

Nach einigen Schritten lugte sie erneut über die Schulter. Misstrauisch verzog sie die Mundwinkel, obwohl sie keine Spur von Nils entdecken konnte.

Du führst dich auf wie ein aufgeschrecktes Huhn!, schalt sie sich. »Du bist doch sonst kein Angsthase. Und was soll er dir am helllichten Tag auf belebten Straßen groß antun?«

»Wie bitte?« Ein älterer Herr, der ihr entgegenkam, schaute sie irritiert an.

Jana lächelte entschuldigend und eilte weiter zielstrebig an dem Mann vorbei auf das blau-weiße U-Bahn-Schild zu. Weiter, weiter, weg hier, drängte sie eine innere Stimme. Als sie die Treppe hinunter zum U-Bahnhof erreichte, verlangsamte sie ihren Schritt ein wenig. Der Abgang war menschenleer und stank nach Urin. Ihre Schritte hallten in dem gekachelten Schacht wider. Sie bog um die Ecke. Vor ihr lag die letzte Treppe und dahinter der Bahnsteig. Eine Gruppe Jugendlicher in schwarzer Lederkleidung auf den Weg nach oben kam ihr entgegen. Sonst war niemand zu sehen. Mit jedem Schritt zwei Stufen nehmend brachte sie die Treppe hinter sich und blieb nicht vor der Mitte des einsamen Bahnsteigs stehen. Von hier aus hatte sie zwar einen guten Überblick, doch fühlte sie sich wie auf dem Präsentierteller. Ein Schwall staubig trockener Warmluft kündigte einen Zug an. Erleichtert spähte sie in den schwarzen Tunnel, in dem jede Sekunde der Zug auftauchen musste. Ihr Herz schlug ruhiger.

»Mist«, murmelte sie, als sie feststellte, dass es der Zug aus der Gegenrichtung war.

Hektisch lief sie auf und ab, schaute immer wieder auf die Uhr.

»Komm schon«, zischte sie zwischen zusammengebissenen Zähnen hindurch, als könnte sie die Ankunft ihrer Bahn dadurch beschleunigen. Ihre Hände waren feucht und klebrig. Die leuchtend gelb lackierten Waggons des falschen Zuges glitten an ihr vorbei und wurden langsamer. Wenige Fahrgäste verteilten sich darin. Die Bahn kam mit quietschenden Bremsen zum Stehen. Weil sie sich dadurch etwas weniger ungeschützt fühlte, ging sie ein paar Schritte hinüber auf die andere Bahnsteigseite. Die Türen öffneten sich, die Druckluft entwich pfeifend, sodass sie erst spät bemerkte, dass ihr Telefon klingelte. Mechanisch zog sie das Gerät aus der Tasche. Niemand stieg aus. Das Geräusch schwerer Schritte auf der Treppe ließ sie aufhorchen, bevor sie den Anruf annehmen konnte. Ein schlaksiger Mann bog im Laufschritt um die Ecke, eilte die Treppe hinunter. Stufe für Stufe sah Jana mehr von ihm: die braunen, halbhohen Stiefel, die Röhrenjeans und die grau-grüne Jacke …

Nils?, durchfuhr es sie. Mach keinen Scheiß!

Der Mann auf der Treppe hielt den Kopf gesenkt, sodass sie sein Gesicht nicht erkennen konnte. Er beschleunigte auf sie zu. Druckluft zischte vor ihr. Die Türhälften begannen, sich aufeinander zuzubewegen. Der Zug war dabei abzufahren! Mit einem schrillen Aufschrei sprang sie durch die Tür, die sich schloss. Ihre Schulter blieb an der Kante hängen. Mit einem beherzten Ruck konnte sie sich befreien und durchschlüpfen. Entsetzt beobachtete sie den Verfolger, der mit langen Sätzen zum anfahrenden Zug hetzte und gegen die letzte Tür ihres Waggons schlug. Die Türen öffneten sich nicht. Der Zug fuhr an, beschleunigte und tauchte in den dunklen Tunnel ein.

Keuchend starrte Jana zurück, bis das letzte Licht des Bahnhofs verschwand. Das Vibrieren des Telefons in ihrer Hand löste ihre Erstarrung. Sie hob das Gerät ans Ohr und meldete sich krächzend: »Ja?«

»Mir ist noch etwas eingefallen, was wir mit Hasborn klären müssen«, hörte sie Nils sagen. Er wirkte entspannt, in keiner Weise außer Atem. Im Hintergrund dröhnten die Puhdys: »Geh' zu ihr und lass deinen Drachen steigen.«

»Was fällt dir ein, mich so zu erschrecken!«, schimpfte Jana schrill. »Sollte das ein Witz sein?«

Sie wartete keuchend auf eine Antwort, aus dem Telefon drang rau die nächste Liedzeile: »Geh zu ihr, du lebst nicht vom Moos allein.«

Nils hatte es offenbar die Sprache verschlagen.

»Wovon redest du?«, fragte er nach einer gefühlten Ewigkeit. »Ist alles in Ordnung mit dir?«

Jana schluckte, ließ den Arm mit dem Telefon sinken und beendete das Gespräch ohne ein weiteres Wort. Mit zitternden Knien ließ sie sich auf einen der blauen Sitze fallen und stierte durch das Fenster auf die vorbeiflitzenden Kabel und Rohre an der Tunnelwand, als könne sie daran Halt finden. Wer war das gerade im Bahnhof? Nils war es nicht gewesen, soviel stand fest.

Es dämmerte bereits, als Jana zu Hause ankam. Die ganze Zeit peinigte sie das Gefühl, verfolgt zu werden. Nervös sah sie nach links und rechts. Der Eingangsbereich war gut zu überblicken und menschenleer. Erleichtert ging sie zur Tür, schloss auf und stieg die Treppe hinauf. Den ersten Verfolger hatte sie mit Glück im U-Bahnhof abgeschüttelt, weitere schien es zurzeit nicht zu geben. Vor ihrer Wohnungstür sah sie sich ein letztes Mal um. Im Treppenhaus war niemand. Sie schlüpfte in die Sicherheit ihrer Wohnung.

Wer war das? Die Frage hämmerte hinter ihrer Stirn, als sie in der Diele ihre Jacke aufhängte. Nils konnte es nicht gewesen sein, auch wenn der Verfolger ihm ähnlich gesehen hatte. Hatte es überhaupt einen Verfolger gegeben oder war es ein dummes Missverständnis, ein Ergebnis ihrer überreizten Nerven, das überhaupt nichts mit ihren Rechnerproblemen zu tun hatte?

Ihre innere Stimme widersprach. Dieser Mann war eindeutig hinter ihr her gewesen. Jana knetete ihr Kinn. Was war schon eindeutig? War es Zufall, dass der Mann Nils' Statur hatte und täuschend ähnlich gekleidet gewesen war?

Beruhig dich, Mädchen, beschwor sie sich und ging in die Küche, um sich einen besonders guten Kaffee zu gönnen. Nach dem Schreck brauchte sie den, brauchte sie ihr Ritual, um ihr inneres Gleichgewicht wiederherzustellen.

Je länger sie nachdachte, desto überzeugter war sie, dass Nils seine Finger im Spiel haben musste. Sich auf einem Standardrechner wie ihrem einzuhacken, bezeichnete er als trivial, er hatte über ihren Router Zugriff auf ihren Laptop und keinerlei Skrupel, ihn ohne ihr Wissen zu nutzen. Die Gewissheit dieser einfachen Erklärung für die Turbulenzen in ihrem Leben wirkte wie ein Energiestoß. Sie knipste die Kaffeemaschine an und öffnete den Schrank mit den Bohnen. Genüsslich strich sie mit dem Finger über die Blechdosen voller Verheißung. Ihre Wahl fiel auf Toba-Batak-Arabica. Geübt füllte sie Bohnen in die Mühle und danach das frische Kaffeemehl in den Siebträger. Kann er mir etwas auf die Art antun? Eigentlich nicht. Er kann mir schlimmstenfalls lästig fallen, genau betrachtet. Wenn nochmal Verleumdungen in meinem Namen oder Unregelmäßigkeiten mit meinem Konto vorkommen, gehe ich zu Hasborn und erzähle ihm alles.

Jana hielt inne. Kann Nils mir auflauern? Die Nummer mit der Verfolgung in der U-Bahn war gruselig. Sie schauderte, schüttelte sich, schüttelte die Beklemmung ab. Dazu ist Nils nicht der Typ. Vielleicht im Affekt? Aber der Anruf passt nicht. Kann man so etwas aufzeichnen, um es bei Gelegenheit abzuspielen, um sich ein Alibi zu verschaffen? Sie verzog das Gesicht, als hätte sie in eine Zitrone gebissen. Aberwitzig! Ich halte einfach die Augen offen und gehe notfalls zu Hasborn. Marius, er hatte ihr das Du angeboten. Ja! Jana ballte die Faust und zapfte ihren Kaffee. Ihr Entschluss stand fest. Nils konnte auf ihrem Rechner spionieren, bis er schimmelte, und in allem Übrigen würde sie ihn in Zukunft wie Luft behandeln.

Mit einer Tasse duftendem Espresso in der Hand begab sie sich ins Wohnzimmer, stellte das Getränk auf den Schreibtisch und startete ihren Laptop. Eine neue Nachricht ihrer Bank über eine Überweisung sprang ihr ins Auge.

»Was ist das denn?«, murmelte sie stirnrunzelnd. Sie hatte seit Tagen nichts überwiesen und außerdem das Onlinebanking bis auf Kontostandsabfragen gesperrt. Hektisch buchte sie sich mit dem Browser bei ihrer Bank ein. Ungeduldig trommelte sie mit den Fingern auf der Tischplatte, während sich die Seite quälend langsam aufbaute.

»4.000 Euro an Kazakhian Children Education Fund in Qaraghandy!«, las sie entsetzt. Kasachstan? Geht's noch? So ein unverschämter Mist«, fauchte sie und wählte die Hotline der Bank. Minutenlang hing sie in der Warteschleife, bis sie endlich durchkam und gleich darauf kochte sie vor Wut. Überweisungen könne man nicht widerrufen. Janas Beteuerungen, diese Überweisung nie und nimmer getätigt zu haben, riefen den mitleidlosen Kommentar hervor, dass die Systeme der Bank seit Jahren störungsfrei liefen und man keine Erklärung habe. Keinesfalls könne man stornieren.

Sie knurrte und knallte die Faust auf die Tischplatte. Eilig machte sie einen Screenshot, schickte sich das Bild per E-Mail, sodass sie es auf dem Handy hatte. Zur Sicherheit druckte sie es aus, schließlich lernt man dazu, zog ihren Mantel an und machte sich auf den Weg zur Bankfiliale. Beim Betreten der Filiale bemerkte sie, dass die Bankmitarbeiter gerade schließen wollten. Die letzten Kunden waren gegangen und zwei der drei Angestellten hatten bereits ihre Jacken an, die Tür stand offen.

»Moment!«, rief Jana. »Von meinem Konto hat jemand versucht, Geld abzubuchen.«

»Ich bitte Sie! Niemand Fremdes kann auf Ihr Konto zugreifen, sofern Sie mit Ihren Zugangsdaten sorgfältig umgegangen sind!«, beschwichtigte Herr Koslowski.

»Wie er zugreifen konnte, weiß ich nicht, dass er es konnte, treibt mich zu Ihnen. Bringen Sie das sofort in Ordnung!«

»Ich verstehe Ihre Aufregung, Frau …?«

»Loewe, Jana Loewe, immer noch. Mit Ihnen löse ich das Problem jetzt, Herr Koslowski?«

»Ah, wir kennen uns, Entschuldigung, Ihr Name war mir entfallen. Frau Loewe, wie gesagt, ich verstehe Ihre Aufregung, leider schließen wir gerade. Kommen Sie morgen Vormittag in unseren regulären Öffnungszeiten. Ich bin sicher, dass es sich um einen Irrtum handelt, den wir leicht aufklären können.«

Jana schnaubte verächtlich. »Wahrscheinlich handelt es sich um so einen Irrtum wie kürzlich, als mir Angela Merkel und Frank-Walter Steinmeier Nachhilfe gegeben haben.«

»Wir haben für heute geschlossen, Frau Loewe. Morgen früh stehe ich Ihnen zur Verfügung.« Koslowskis schmieriges Lächeln widerte sie an.

»Nein«, entgegnete Jana scharf und stampfte mit dem Fuß auf. »Das klären wir auf der Stelle! Oder ich gehe zur Polizei und zur Presse. Hier ist der Ausdruck«, sie wedelte mit dem Stück Papier durch die Luft, »und wir beide wissen, dass das nicht der erste Fehler von Ihnen ist! Oder wollen Sie von den Abbuchungen der Coral Reef Bank, Bahamas, zu Gunsten von Angela Merkel und Frank-Walter Steinmeier morgen früh in der Zeitung lesen? Ich könnte Ihnen eine druckfrische Ausgabe mitbringen.«

Beim vorletzten Satz sah Jana Koslowski an, dass sie gewonnen hatte. Den letzten schickte sie mit einer grimmigen Genugtuung hinterher.

Seufzend drehte er sich zu seinen beiden Kollegen um. »Frau Schmidt, Herr Karrenbauer, Sie können gehen«, sagte er mit leidendem Gesichtsausdruck, als wäre ihm seine selbstlose Freundlichkeit ein Rätsel. Hinter den beiden schloss er die Filiale ab und bat Jana mit einer ergebenen Geste in sein Büro. Während der Rechner hochfuhr und Koslowski sich einbuchte, wechselten die beiden kein Wort.

»Loewe mit ö oder mit oe?«

»Mit oe, immer noch.«

»Kontonummer?«

»4395708559.«

»Wann wurde die Überweisung getätigt?«

»Heute, 10.56 Uhr.«

»Das kann nicht sein. Seit neun Tagen gab es keine Kontobewegung. Sehen Sie selbst!« Dabei drehte er den Bildschirm in ihre Richtung und sah sie triumphierend an. Sein Gesichtsausdruck zeigte deutlich, was er von seiner renitenten Kundin hielt, die ihn seinen Feierabend kostete.

Jana spürte Hitze in sich aufsteigen. Nichts war von der mysteriösen Überweisung zu sehen! »Das ist unmöglich, sehen Sie«, wandte sie um Fassung ringend ein und schob ihm den Ausdruck des Kontoauszugs zu. »Das habe ich gerade eben ausgedruckt.«

»Gelegentlich haben Kunden Schwierigkeiten beim Online-Arbeiten mit ihrem Konto. Das kann jedem passieren«, bemerkte Koslowski herablassend und griff sich den Ausdruck. »Schauen Sie, da ist die Vorgangsnummer.« Er stutzte einen winzigen Augenblick, bevor er fortfuhr: »Um ganz sicherzugehen, suchen wir danach, damit Sie völlig beruhigt nach Hause gehen können. Es war sicher ein langer Tag für Sie.«

Seine rechte Hand tanzte über den Ziffernblock seiner Tastatur, um die Vorgangsnummer in eine Suchmaske einzugeben. Mit breitem Lächeln drückte er »Enter« und die Maske verschwand vom Bildschirm. Ein Wimpernschlag später zeigte der Rechner das Ergebnis. Koslowskis Augen traten aus den Höhlen, und die aufgesetzte Freundlichkeit in seinem Gesicht gefror zu einer Maske. Seine Kinnlade klappte nach unten. Die Überweisung von 4.000 Euro an den Kazakhian Children Education Fund in Qaraghandy aus Janas Konto prangte auf dem Bildschirm, mit einem Unterschied zu den Daten auf Janas Ausdruck: Das Ausführungsdatum stand auf übermorgen.

Jana rang nach Luft. Eine Zeit lang sagte keiner von beiden ein Wort. Dann atmete sie tief durch. Sie dachte an Mandy, die sie auf Tante Gretas Geburtstagsfeier belächelt hatte. Ihr Chef hatte sie gefragt, ob sie Tabletten nehme, weil sie ihr Konto aufgelöst hatte und ihr Gehalt in bar wollte. Verschroben war sie ihr vorgekommen, mindestens. Sie hatte der Dame Unrecht getan.

»Löschen Sie den Auftrag! Sofort!«, befahl Jana düster. »Und danach löschen Sie das Konto.«

»Aber … aber ohne Girokonto sind Sie heutzutage völlig aufgeschmissen …«

»Ach ja? Das hatten wir bereits: Nur Bares ist Wahres und ab sofort ziehen wir das konsequent durch, wie wir es gleich hätten machen sollen. Keine faulen Kompromisse!«

»Selbst für simple Sachen wie Ihren Telefonvertrag brauchen Sie ein Konto!«

»Prepaid, schon immer. Habe ich mich unklar ausgedrückt? Löschen Sie – auf der Stelle! Ich will es sehen.«

KAPITEL 14

Dienstag, 10. November 2020 – Humboldt-Universität, Berlin

Am folgenden Vormittag saß Jana in der Vorlesung bei Professor Lüneburger und rieb sich die Augen. Viel geschlafen hatte sie nicht in dieser Nacht. Ihre Gedanken schweiften laufend ab. Dabei wollte sie der Vorlesung unbedingt folgen. Reiß dich zusammen, Mädchen, fuhr sie sich an und konzentrierte sich auf den Vortrag.

»… Werbung muss die Köpfe erobern …«, sagte Professor Lüneburger gerade, als der Bildschirm ihres Telefons auf dem kleinen Pult vor ihr aufleuchtete. Natürlich hatte sie das Gerät auf stumm geschaltet. Ein Anruf von einer Berliner Festnetznummer?, wunderte sie sich und drückte das Gespräch weg. Sie hatte keine Zeit und kannte außerdem die Nummer nicht. Entschlossen, sich nicht ablenken zu lassen, wandte sie sich dem Professor zu, doch gegen das einsetzende Kopfkino war sie machtlos. War es Abu Mujahed oder Achatz? So sehr sie gegen den verstörenden Gedanken ankämpfte, die Vorlesung war für sie gelaufen. 15 Minuten später eilte sie aus dem Hörsaal, das Telefon in der Hand, unschlüssig, ob sie zurückrufen oder das Gerät in den nächsten Mülleimer werfen sollte.

»Jana, hast du Rennsemmeln gefrühstückt?«, rief eine Männerstimme hinter ihr. Sie blieb stehen und drehte sich um. Ein Kommilitone lief ihr nach.

»Du hast deinen Schal vergessen.«

»Ach, danke, das ist lieb von dir.«

»Keine Ursache«, sagte der junge Mann, mit dem sie bislang kaum drei Sätze gewechselt hatte. Er sah nett aus. Ihr Telefon vibrierte. Geistesabwesend nahm sie das Gespräch an und legte das Gerät ans Ohr.

»Jana.« Eine unbekannte Stimme, männlich. »Gut, dass ich dich erreiche. Ich muss dich unbedingt treffen. Wann geht es bei dir?«

Jana schluckte und sah kurz auf den Bildschirm. Die Nummer von eben. »Wer spricht da?«

»Ach so, entschuldige, Marius.«

Jana fiel ein Stein vom Herzen.

»Ich habe etwas, das ich unbedingt mit dir besprechen muss. Am besten sofort und privat. Wo kann ich dich treffen?«

Vielleicht hatte der Polizist Hinweise, dass Nils ihn eingewickelt hatte? Warum privat? Weil Pottenstein in die Luft ginge, sähe er sie im LKA? »Ich bin in der Uni, warten Sie, äh, warte mal. Im Café Einstein? Ich habe aber erst um fünf Zeit.«

»Alles klar. Um fünf im Einstein.« Jana steckte ihr Handy ein und ging in Richtung des Hörsaals, wo in wenigen Minuten ihre nächste Veranstaltung anstand.

»Wenn du mir nicht sofort in allen Einzelheiten verrätst, wer der mysteriöse Lover ist, mit dem du dich heimlich triffst, spreche ich nie mehr ein Wort mit dir!«

Jana fuhr herum. Sie hatte Wibke nicht kommen gehört, vielleicht, weil sie heute keine hochhackigen Pumps und Minirock, sondern Sneaker und Jeans trug. Ein triumphierendes Lächeln umspielte ihre Lippen. Wahrscheinlich las sie in Janas Gesicht, dass sie sich ertappt fühlte, obwohl es keinen Grund dafür gab. Zum Glück war Wibke nicht nachtragend, freute sich Jana. Und hatte sie nicht im Großen und Ganzen mit Nils richtig gelegen?

»Kein Lover«, wehrte Jana ab. »Kriminalhauptmeister Johannes Hasborn. Das war kein Scheiß, was ich dir neulich erzählt habe.«

»Soso, um fünf im Café Einstein. Ist sicher dienstlich.« Wibkes Spott war freundlich.

»Nicht, was du denkst. Ich habe nichts mit ihm, und eigentlich dachte ich, ihn nie wieder zu sehen. Hast du Zeit für einen Kaffee? Ich schulde dir mehr als eine Erklärung, und die Geschichte ist kinoreif.«

»Woher hast du eigentlich meine Telefonnummer?«, schnarrte Jana, als Hasborn sich pünktlich auf die Minute um 17.00 Uhr zu ihr an den Tisch im Café Einstein setzte. »Ich habe mich total erschrocken, dass jemand Fremdes anruft.«

»Von Nils. Ah, da kommt er ja.«

»Was, Nils kommt auch?« Jana schlug die Beine übereinander und lehnte sich zurück. Sie fühlte sich von den beiden hintergangen. Argwöhnisch beobachtete sie die Vertrautheit, mit der Hasborn Nils begrüßte.

»Hallo, Jana«, grüßte Nils. Er wirkte freundlich und entspannt. Nicht die winzigste Kleinigkeit deutete darauf hin, dass er sich verstellte. Und das, nachdem sie ihm an den Kopf geworfen hatte, dass sie ihn hinter all ihren Problemen vermutete.

»Hi«, brummte Jana leise. Sie sah vor sich auf den Tisch und rückte ihren Stuhl zur Seite, um ihr Gesicht zu verbergen. Sie wollte nicht, dass die beiden ihr ansahen, wie verstört sie war. Die Bedienung rettete sie aus der Verlegenheit und Jana bestellte einen Großen Braunen, wie immer im Einstein.

»Ich will's nicht allzu spannend machen«, begann Hasborn, nachdem die Bedienung abgezogen war. »Ich muss euch etwas erzählen und will eure Meinung dazu hören. Das Ganze ist zu abenteuerlich fürs Büro, wo die Kollegen mithören. Meinen Chef, Pottenstein, habt ihr ja schon kennengelernt. Er war früher beim BND und hält regelmäßig Vorträge über neue Abhörtechniken und Ähnliches. So weit, so gut, ein Chef, der sich um die Weiterbildung seiner Leute kümmert und zusieht, dass sie auf dem Laufenden bleiben. Was ihr außerdem wissen müsst: Pottenstein lässt sich über jeden Fall berichten und weiß überall bestens Bescheid, wo die Probleme liegen und wie wir vorgehen. Haltet euch fest, jetzt kommt's. Nachdem ich das erste Mal von der Schadsoftware auf deinem Rechner, Jana, berichtet hatte, hielt er einen extrem ausführlichen Vortrag, dreimal so lang wie üblich. Es ging um ein Überwachungsprogramm, das auf den Namen ADONIS hört, oder besser *hörte*. Das steht für ›adaptive data aggregation and preventive obstruction by network infiltrating surveillance‹.«

Sich an die Umstände anpassende Datensammlung und vorbeugende Behinderung durch Netzwerk-Überwachung, übersetzte Jana stumm die sperrige Langform der Abkürzung. Die Bedienung brachte die Heißgetränke, während Jana grübelte, was sich wohl hinter diesem Wortungetüm verbarg.

»Es kommt noch besser«, fuhr Hasborn fort. »Kurz nach dem Start wurde ADONIS durch eine künstliche Intelligenz erweitert, die selbstständig einfache Zielbekämpfungen durchführen durfte.«

»Ähm, was ist der Unterschied?«, unterbrach Jana.

Hasborn, in seinem Redefluss unterbrochen, sah sie verwirrt an.

»Behinderung wäre vielleicht, wenn man dir den WLAN-Zugang sperrt oder die Datenraten so runterregelt, dass du nichts Vernünftiges machen kannst«, sprang Nils ein. »Bekämpfung sind die harten Bandagen, ein abgefackelter Rechner oder so.«

»Äh, genau. Die Zentralinstanz heißt ›Leviathan‹.«

»Leviathan?«, fragte Nils. »Wie bei Thomas Hobbes? ›Sterblicher Gott‹, ›homo homini lupus‹, und so? Der Mensch ist des Menschen Wolf und deswegen muss ein ›Sterblicher Gott‹ auf die Leute aufpassen? Abgefahren!«

»Ja«, brummte Hasborn. »Das ist wohl die Denke dahinter. Die Menschen schaffen sich ein allmächtiges Monster, das aufpasst, damit sie sich nicht gegenseitig zerfleischen. Nicht mein Menschenbild, aber unsere angelsächsischen Freunde saugen das anscheinend mit der Muttermilch auf.«

»Und sie benennen ein solches Überwachungsprogramm ADONIS nach dem Schönling aus der griechischen Mythologie«, knurrte Nils und schüttelte den Kopf. »Die haben einen an der Waffel!«

Jana überlegte, ob sie aufstehen und gehen sollte, unterließ es, weil sie Hasborn nicht brüskieren wollte. »Monster, zerfleischen, Leviathan, griechische Mythologie«, beschwerte sie sich. »Seid ihr übergeschnappt oder könnt ihr mich endlich einweihen, worüber ihr redet?«

»Du hattest den Grün in Geschichte, oder?«

Jana verzog das Gesicht, was Nils als Zustimmung deutete.

»Also, in Kurzform: Zu Beginn der Aufklärung gab es eine Reihe von Staatstheoretikern, auf die unsere heutige Gesellschaftsordnung im Wesentlichen zurückgeht. Hobbes war einer von ihnen. Grundgedanke: Der Mensch ist des Menschen Wolf. Auf gut Deutsch: Wenn man uns nicht unter die Knute zwingt, zerfleischen wir uns gegenseitig.«

»Blödsinn!«, knurrte Jana.

»Kein Widerspruch, man muss nicht unbedingt mit Hobbes einer Meinung sein«, stellte Nils sarkastisch fest. »Jedenfalls meinte Hobbes, dass sich die Menschen einen sterblichen Gott schaffen sollen, der eben auf sie aufpasst und ihnen nötigenfalls eins zwischen die Hörner gibt. Den nannte er Leviathan, nach einem Ungeheuer aus der Bibel.«

»Schön«, sagte Jana schnippisch. »Und was hat das mit mir zu tun?«

»Dazu kommen wir gleich«, übernahm Hasborn. »Nur

Geduld. Leviathan ist die Zentralinstanz. Die lokalen Instanzen heißen Cootie.«

»Cootie?«, wiederholte Jana nachdenklich und vergaß fast ihren Ärger auf Nils und Hasborn. »Wie bei diesem Kinderspiel mit den eingebildeten Läusen? Das spielen die Kinder der amerikanischen Soldaten in der Straße, wo meine Tante wohnt.« Der Name passte gut zu dem Konzept, das Hasborn schilderte, der Gedanke an solche virtuellen Läuse auf ihrem Rechner war ihr damals selbst gekommen, hatte sie regelrecht verstört. Aus dem sicheren Gefühl heraus, dass sich inzwischen die Polizei darum kümmerte, war das Ganze beinahe zum Lachen.

»Gut möglich«, fuhr Hasborn fort. »Bis gestern hatte ich noch nie von Cooties gehört, aber man lernt ja nie aus. Lustig finde ich den Gedanken allerdings nicht, wenn aus dem Spiel Ernst wird.«

»Wieso *hörte* das Programm auf den Namen ADONIS?«, fragte Nils. »Wieso sagtest du nicht, das Programm *hört* auf den Namen, wieso Vergangenheit?«

»Weil das Programm eingestellt worden ist, laut Pottenstein.«

»Für mich hört sich das an, als ob Pottenstein dich regelrecht ausgebildet hätte hinsichtlich ADONIS – und zwar nachdem er von Janas Rechner erfahren hatte. Folglich wittert er einen Zusammenhang?«, überlegte Nils laut.

»Mir schien er nicht so begeistert zu sein«, widersprach Jana.

»Ja, das ist merkwürdig.« Hasborn kratzte sein Kinn. »Zuerst schubst er mich in Richtung ADONIS und plötzlich kann es ihm nicht schnell genug gehen, dass euer Fall eingestellt und vergessen wird. Nachdem er euch in meinem Büro gesehen hat, konnte ich mir ganz schön was anhören.«

»Und woher kam der Sinneswandel?« Nils nahm einen Schluck von seinem Mineralwasser.

»Keine Ahnung. Es könnte mit dem merkwürdigen Verhalten zu tun haben, das Jana an Mutationen erinnert hat. Ihr wisst schon, dass das Quellprogramm sich ständig ändert, die Prozessnamen, und dass Virensignaturen nicht greifen. Jedenfalls wechselte er an dem Tag, an dem ich ihm davon erzählte, seine Meinung.«

Nils schnaufte abschätzig. »Ich denke, der Held hat kalte Füße bekommen. Sicher ist ADONIS geheim, und er hätte nichts erzählen dürfen?«

»Möglich, und mir kommt gerade, dass meine Vermutung Blödsinn ist. Dieses mutierende Verhalten hatte ADONIS nämlich von Anfang an; es war sozusagen seine geniale Tarnung. Wie dem auch sei, Pottenstein ist jedenfalls kein Angsthase, falls du das meinst. Und ich kann mir nicht vorstellen, dass jemand vom BND Wind von seiner Schulung bekommen hat und man ihn daraufhin zurückpfeift. Warum, wenn ADONIS abgeschaltet ist? Sei's drum. Jana, könnte es sein, dass du irgendwie ins Fahndungsraster der NSA geraten bist?«

»Ich, im Fahndungsraster des mächtigsten Geheimdienstes der Welt? Das halte ich für haarsträubenden Unsinn!« Jana runzelte die Stirn und schüttelte den Kopf. »Gut, ich schreibe eine Seminararbeit über Propaganda in asymmetrischen Kriegen und habe natürlich im Internet über Islamisten, Anschläge und ähnliches recherchiert. Das bringt niemanden in ein Fahndungsraster! Jedenfalls habe ich nichts Verbotenes getan!«

»Du vergisst den ›wbi8888‹«, warf Nils halblaut ein. »88, HH, Neonazis.«

»Okay, ich habe mir für die Recherchen zu dieser Seminararbeit eine neue E-Mail-Adresse, ›wbi8888@web.de‹, angelegt.«

»88, HH, zusammen mit der Suche nach Islamisten reicht das dicke aus, wenn es dumm läuft«, brummte Hasborn. »Das extremste Beispiel, das mir auf die Schnelle einfällt, war der fünfjährige James Robinson. Ihm reichte sein Name, um auf die Flugverbotsliste der US-amerikanischen Transportsicherheitsbehörde zu landen, was er sich genauso wenig erklären konnte wie sein Namensvetter, ein Pilot einer kommerziellen Fluglinie.«

Jana rutschte auf ihrem Stuhl hin und her. Ihr Magen fühlte sich flau an. Konnte an der Idee etwas dran sein?

»Wodurch erklärst du, dass neben Janas auch mein Rechner befallen ist?«, fragte Nils.

»Weil du viel mit Jana kommunizierst?«

»Verstehe ich dich richtig, dass du nicht nur eine vage Vermutung hast, dass es irgendein Geheimdienst sein könnte, der hinter Jana her ist, sondern dass du konkret an die NSA mit ADONIS denkst?«

»Ach was!«, fuhr Jana auf. »Nils, ich habe es dir schon einmal gesagt: Ein Spähprogramm, das einem offen droht, ist hirnrissig! Was soll das denn? Es muss eine andere, eine ganz einfache Erklärung geben, ohne Verschwörungstheorien zu dunklen Mächten. Uuuuh.« Undenkbar, dass sie als »normalste Frau der Welt« ins Visier eines Geheimdienstes nicht nur versehentlich kommen, sondern dauerhaft bleiben könnte.

»Hast du eine einfache Erklärung für Pottensteins Verhalten?«, entgegnete Hasborn ungerührt.

»Ich fasse mal zusammen«, schnaubte Jana. »Ihr meint, ich habe so ein Ungeheuer auf meinem Rechner, einen Leviathan oder wie der heißt, und der soll aufpassen, dass ich meinen armen Mitmenschen nichts Böses tue und wie der böse Wolf aus dem Märchen über sie herfalle.«

»So in etwa sieht es im Moment aus«, bestätigte Hasborn mit leichtem Kopfnicken.

Jana verdrehte die Augen.

»Auf deinem Rechner hast du ein Cootie, um genau zu sein«, führte Nils aus. »Dein Smartphone hat ebenfalls eins. Genauso ich auf meinem Laptop. Und schätzungsweise haben unsere Cooties den gleichen Leviathan, den gleichen Boss, der über seine Cooties versucht, uns an die Kandare zu nehmen.«

»Besser kann man es nicht ausdrücken«, stimmte Hasborn zu.

»Das ist völlig krank! Wer kommt denn auf so eine Idee?«, entfuhr es ihr.

»Jana, das ist alles nicht wirklich neu.« Nils zuckte mit den Achseln. »Bei George Orwell in 1984 hatte der Große Bruder in jedem Raum einen Televisor und seine Gedankenpolizei. Die Staatssicherheit der DDR hat jedem, dem sie nicht traute, einen IM, einen inoffiziellen Mitarbeiter, an die Fersen geheftet. Zu den IMs gab es Führungsoffiziere, die kleinere Maßnahmen direkt entscheiden konnten. Dass man das Ganze heutzutage automatisiert, ist schlicht und ergreifend konsequent.«

Jana brauchte einige Augenblicke, um Nils' lapidare Erklärung zu begreifen. Sie konnte es drehen und wenden, die Tatsachen sprachen für sich. Entweder Nils war ein genauso hervorragender Schauspieler wie Computerexperte, der Profis wie Hasborn hinters Licht führen konnte, oder die Cooties boten die schlüssigste Erklärung. Sie sah durch das Fenster auf den kleinen Ausschnitt des wolkenverhangenen Himmels und blies die Backen auf. »Cooties sind so etwas wie elektronische IMs«, flüsterte sie versonnen, »und Leviathan der Führungsoffizier.«

»Sieht ganz danach aus, und ich würde nichts lieber tun, als das Thema tiefer mit euch auszuloten. Leider ruft die Pflicht in Gestalt eines Termins mit Pottenstein. Ich melde mich.«

Mit diesen Worten stand Hasborn auf und ließ Jana mit Nils im Café zurück. Verblüfft durch seinen unvermittelten

Aufbruch, verpasste sie die Gelegenheit, ihm zu folgen und sich von Nils zu entfernen. Alleine mit Nils spürte sie, wie tief die Angst nach der Panikattacke auf dem Heimweg aus dem »Fàilte!« und der U-Bahn-Attacke in ihren Knochen steckte. Jana rieb ihre feuchten Handflächen aneinander. Die Erklärung ihrer Probleme durch elektronische IMs schien schlüssig, solange Hasborn mit am Tisch saß, ähnlich wie tags zuvor im Büro des Polizisten. Ohne ihn rückte für Jana die Vorstellung von sich als Ziel geheimdienstlicher Angriffe ins Reich der Fabel, und das einfache Erklärungsmuster von Wibke bestach durch seine Überzeugungskraft.

»Hammer«, brummte Nils und störte ihre Überlegungen. »Was willst du jetzt machen?«

»Wie meinst du das?«, erwiderte Jana schmallippig.

»Mir fällt Pottenstein ein. So wie es aussieht, weiß er mehr. Seine Anweisung verstehe ich im Nachhinein so, dass wir unter der Wahrnehmungsschwelle der NSA bleiben sollen.«

»Du redest Blech.«

»Wie deutest du es sonst, wenn er von uns verlangt, ›zukünftig wieder unauffällig wie ganz normale Studenten zu sein, jedenfalls was unser Medienverhalten angeht‹?« Sein Tonfall zeigte, dass ihn Janas abweisendes Verhalten nervte.

Sie ging nicht darauf ein, sondern trank ihren Kaffee aus, behielt die Tasse in der Hand und beobachtete, wie der Schaum sich am Boden sammelte. Hasborn hätte sie vorwarnen müssen, dass Nils auch käme, ärgerte sie sich. Er musste irgendetwas mit dem U-Bahn-Angreifer zu tun haben, ansonsten ergaben dessen Kleidung und Statur keinen Sinn. Außerdem hatte er mit dem Hacken ihres PCs eine Grenze überschritten. Andererseits verstand sie zu wenig von der Materie, und sein Verhalten, nicht zuletzt gerade eben im Gespräch mit Hasborn, passte überhaupt nicht zu dem Verdacht. Das war alles so verwirrend! Keinesfalls wollte sie ungerecht sein und vorschnell den Stab über Nils brechen.

Jana schlürfte nachdenklich den Kaffeeschaum, der langsam aus der Tasse floss. Nils spielte mit seinem Glas, ohne sie anzuschauen. Jana verspüre keine Lust, mit ihm zu reden, wollte weg. Selbst wenn Nils trotz allem nichts mit ihren Problemen zu tun hatte, konnte sie in seiner Anwesenheit an nichts anderes denken.

Sie stellte ihre Tasse ab, zog ihr Smartphone hervor und schrieb Wibke eine Nachricht, ob sie sie im Einstein abholen und »retten« könne.

Wenige Minuten zähen Anschweigens mit Nils später sah sie Wibkes Roadster vor dem Café halten. Jana verabschiedete sich knapp und ging nach draußen, wo sie zu ihrer Freundin ins Auto stieg.

»Überraschung! Ich verrate nur so viel: Ich finde, du musst auf andere Gedanken kommen, und die beste Medizin ist Tanzen.«

»Eine Disco? Um die Zeit? Es ist Viertel nach sechs. Und außerdem kann ich nicht in meinen Uni-Klamotten ausgehen.«

»Treffend bemerkt. Zum Glück bekommt man um die Zeit noch alles, was man braucht.« Wibke lächelte verschmitzt, ließ sich aber nicht mehr entlocken. Wenig später parkte sie vor einer kleinen Boutique und gurrte: »Da sind wir.«

Jana betrachtete das unscheinbare Geschäft, an dem sie vorbeigelaufen wäre.

»Klein, fein, lauter super Sachen, studentenfreundliche Preise«, gluckste Wibke beim Aussteigen wie ein Kind, das sich auf das Auspacken seiner Geburtstagsgeschenke freut. »Du wirst dich nicht wiedererkennen!«

Zwei Stunden später musste Jana ihr recht geben. Begeistert betrachtete sie sich im Spiegel, die Arme zur Decke ausgestreckt, die Haltung, in der sie am liebsten tanzte. Das goldene, figurbetonte Fransenkleid umfloss sie und glitzerte bei der leisesten Bewegung. Pumps mit Stilettoabsätzen gaben ihrem Auftritt einen mondänen Hauch. Dazu hatte sie sich einen karminroten Lippenstift geleistet und die Haare hochgesteckt, um ihre Augenpartie vollendet zur Geltung zu bringen.

»Die Königin des Abends!«, applaudierte Wibke, kicherte und meinte: »Ich werde mich in deinem Licht sonnen.«

»Ach komm«, erwiderte Jana geschmeichelt. »Dich stellt niemand in den Schatten.«

»Genug gesülzt«, feixte Wibke. »Lass uns aufbrechen.«

»Verrätst du mir, wohin wir fahren?«

»Penthouse-Fete bei Per.«

»Ob der so begeistert ist, mich zu sehen? Das letzte Mal habe ich ihn schließlich versetzt.«

»Er besteht darauf. Ich habe allen erzählt, dass Nils hinter den Beschimpfungs-E-Mails steckt und dass der Widerling dir nachstellt. Daraufhin hat Per zu einer zweiten Fete eingeladen, weil du ja bei der ersten nicht kommen konntest.« Wibke zwinkerte ihr zu.

»Findest du es nicht voreilig, Nils so zu beschuldigen?« Ihr Gerechtigkeitsgefühl wehrte sich, weil die Beweise fehlten.

»Ist doch die Wahrheit! Und du siehst das ganz genauso, sonst hättest du mich wohl nicht angetextet, dich abzuholen. Heute Morgen hast du die Räuberpistole selbst als kinoreif bezeichnet, die dieser Kriminaldingsda Hasenhof und Nils zusammenfaseln. Jana im Fadenkreuz geheimnisvoller Mächte – pah. Siehst du nicht ein, dass der Typ nur in Berlin ist, um dir nachzustellen?«

Jana stieß sich daran, dass Wibke nicht die geringsten Hemmungen hatte, Nils schwer anzuklagen, möglicherweise zu verleumden. Lag es daran, dass ihre Freundin längst nicht alles wusste? Nicht von Hasborns Theorie um ADONIS, weder von Cooties noch Leviathan? Den Vorfall in der U-Bahn hatte sie ihr sowieso verschwiegen. Nein, daran lag es nicht, dass Wibke Nils alle Schuld zuwies. Sie würde Hasborns Ideen für einen schlechten Witz halten, und die U-Bahn-Geschichte hätte sie sicher in ihrer Voreingenommenheit gegen Nils bestärkt. »Wieso glaubst du, Nils sei meinetwegen in Berlin?«, argumentierte sie gegen Wibkes Anschuldigungen. »In der Stadt gibt es drei große Unis.«

»Ach komm«, winkte Wibke ab. »Warum sollen wir unsere Zeit mit dem Blödmann verschwenden? Die Fete wird dir guttun. Du musst auf andere Gedanken kommen und wieder die witzige, schlagfertige Jana werden, die ich so gerne mag. Hast du deinen nervigen Seminarvortrag inzwischen fertig? Worum ging es noch einmal?«

Einen Augenblick erwog Jana, Wibke alles zu erzählen: von der Überweisung nach Kasachstan, der U-Bahn-Attacke und Nils Anruf direkt danach, bis zur automatisierten George-Orwell-1984-Welt. Etwas ließ sie zögern. Konnte man sich Wibke offenbaren, die Fremde vorschnell verurteilte, wenn sie ihr nicht in den Kram passten? Musste man nicht befürchten, dass Wibke ihre Geschichte auf der nächstbesten Party zur Unterhaltung der Gäste zum Besten gab – als neueste Verschwörungstheorie abgedrehter Spinner? Werde ich paranoid, einer Freundin so etwas zu unterstellen?

»Da sind wir!«, riss Wibke sie aus ihren Gedanken. »Jetzt möchte ich die schöne Jana bis zum Morgen tanzen sehen.«

Der Pförtner winkte sie durch zum Aufzug, mit dem sie sieben Stockwerke nach oben fuhren. Wibkes Schnattern in der Fahrstuhlkabine verdrängte die trüben Überlegungen. Der Aufzug hielt, die Tür glitt zur Seite, und vor ihnen öffnete sich der Eingang zum Penthouse. Gedämpftes Licht und laute Musik empfingen sie.

»At first I was afraid, I was petrified …«, sang Gloria Gaynor.

Wenn es ein Lied gab, das zu ihr hier und heute passte, dann dieses. Obwohl sich Gloria »nur« aus einer erdrückenden Beziehung befreite.

»But then I spent so many nights thinking how you did me wrong – And I grew strong – And I learned how to get along …«

Auch sie würde klarkommen! Janas Blick glitt durch den Eingangsbereich. Die Möbel waren aus Chrom, Glas und schwarzem Leder. Zusammen mit dem weißen Marmorboden und afrikanischen Holzmasken wirkte die Einrichtung futuristisch wie in einem Raumschiff. Bedienungen in hautengen Latexkleidern reichten bunte Cocktails auf Tabletts. Das dahinterliegende, riesige Wohnzimmer hatte man zu einer Tanzfläche freigeräumt, auf der sich etwa zehn Paare vergnügten.

»I've got all my life to live – And I've got all my love to give – And I'll survive – I will survive …«, jauchzte Jana den Refrain laut mit. Alle Sorgen fielen von ihr ab, schienen aus einer anderen Welt. »Du hast recht, lass uns tanzen!« Sie zog Wibke hinter sich her in die Mitte des Raums, wo sie sich ganz der Musik hingab. Als sie einmal erschöpft nach einer Erfrischung suchte, kam ihr Per mit einem neonfarbenen Cocktail und einem Glas Champagner entgegen. Sie entschied sich für den Cocktail, plauderte ein wenig mit ihrem Gastgeber und begab sich zurück zur Tanzfläche. Die ganze Nacht verging wie im Rausch, sie tanzte auf dem Vulkan, als gäbe es kein Morgen. Die wunderbare Nacht fand einen passenden Abschluss. Gemeinsam mit Wibke und einigen anderen frühstückte sie auf Einladung von Per in den Galeries

Lafayette. Alle Ängste waren verblasst wie ein böser Traum. Gegen 9.00 Uhr bedankte sich Jana bei Per für die Einladung, verabschiedete sich gleichzeitig, um zur Uni zu gehen, und erntete verblüffte Gesichter.

»Du spinnst echt«, meinte Wibke, stand auf – und begleitete sie.

Unterwegs verwünschte Jana ihre Arbeitsmoral und neigte mit jedem Schritt stärker Wibkes Ansicht zu. Sie musste verrückt sein, nach einer durchgemachten Nacht todmüde in die Uni zu wanken. Aber nach Hause wollte sie nicht. Teils in Gedanken versunken, teils mit Wibke plaudernd, bog Jana in den Gang zum Hörsaal ein. Sie achtete nicht auf die Umgebung, bis ihr die Farbe von Nils' Windjacke ins Auge sprang, die Farbe, die schon einmal ein Angreifer getragen hatte. Das Grau-Grün schoss aus dem Halbdunkel der Nische neben dem Eingang zum Hörsaal direkt auf sie zu. Vielleicht lag es an der durchtanzten Nacht, sie erkannte den Träger der Jacke nicht. Stattdessen erschrak sie zutiefst und klammerte sich mit einem schrillen Aufschrei an Wibkes Arm. Die Schritte des Verfolgers in der U-Bahn hallten erneut in ihrem Ohr. Schwer atmend kämpfte sie einen Wimpernschlag lang gegen die aufsteigende Panik an. Schließlich fasste sie sich, es war Nils selbst. Äußerlich abweisend fixierte sie ihn, während in ihrem Innern das Gefühlschaos aus der U-Bahn tobte.

Wibke fackelte nicht lang und stürzte einer Furie gleich auf Nils zu.

»Lass Jana endlich in Ruhe«, fuhr sie ihn an. »Du bist widerlich.«

Neugierige Blicke richteten sich auf Nils. Einige Studenten blieben sensationslüstern stehen, andere verrenkten sich im Weitergehen die Hälse.

»Du bildest dir hoffentlich nicht ein, bei Jana landen zu können?«, zischte Wibke. Sie baute sich direkt vor Nils auf und richtete ihren zinnoberrot lackierten Fingernagel einer Waffe gleich auf ihn. »Hör auf damit, ihr nachzustellen und sie zu belästigen! Noch einmal – und ich zeige dich persönlich bei der Polizei an!«

Jana sah, dass Nils feuerrot wurde und nach Luft schnappte. Er räusperte sich verlegen und starrte an Wibke vorbei Jana an. »Marius hat Neuigkeiten«, presste er heiser hervor.

Jana zog eine Augenbraue empor und betrachtete ihn mit kühl fragendem Ausdruck.

»Komm, lass den Irren!«, drängte Wibke zum Weitergehen und zerrte an ihrem Arm. Nils räusperte sich erneut.

»Marius hat Neuigkeiten«, wiederholte er. »Ein Backtrace führt auf einen Server in Palo Alto.«

»Was soll das Geschwafel?«, fauchte Wibke und schaute Jana verständnislos an. Jana ging nicht auf ihre Freundin ein und blickte Nils offen und prüfend in die Augen.

»Sieht aus, als ob dort ein Leviathan am Laufen wäre«, fügte er hinzu, nachdem keine Antwort kam.

»Spinnst du?«, zischte Wibke. »Leviathan? Was hast du denn genommen? Komm, Jana, wir gehen!«

Zögernd ließ Jana sich mitziehen. Im Weitergehen redete Wibke auf sie ein, ohne dass sie ein Wort davon wahrnahm.

»Hasborn erwartet dich«, rief Nils ihr nach, bevor sie hinter der Biegung des Gangs verschwanden. Trotz Wibkes hartem Griff drehte Jana sich um und nickte ihm stumm zu. »Um drei bei ihm im Büro. Und er bittet, dass du deinen Laptop mitbringst.«

»Herein«, antwortete Hasborn geschäftsmäßig auf ihr Klopfen pünktlich um 15.00 Uhr, und Jana trat ein.

»Hallo! Da ist das gute Stück«, rief sie und strich über den zugeklappten Laptop unter ihrem Arm. Nach der Uni am Morgen, hatte sie sich von Wibke verabschiedet und mit viel

Kaffee zurück ins Hier und Jetzt befördert, das auf einmal viel besser aussah. Was konnte dieser Termin anderes bedeuten, als dass sie zwar ins Visier der NSA geraten war, dass aber Hasborn ihr Problem mit ADONIS sofort und endgültig lösen würde? »Nils meinte, dass du den Leviathan gefunden hast?«

Hasborn war alleine im Büro. Er sprang er auf und gab ihr die Hand. »*Einen* Leviathan, *einen*. Genauer gesagt den, der für dich zuständig zu sein scheint. Und dem machen wir bald den Garaus. Komm, setz dich.«

»Mit meinem Rechner?« Jana setzte sich auf einen Stuhl vor seinen Schreibtisch, er auf seinen Platz dahinter. »Nils erzählte, das Ding wäre auf einem Server in Palo Alto. Geht das so mir nichts, dir nichts?«

»Es fehlen noch ein paar Puzzlestücke. Mindestens eins davon ist auf deinem Computer.« Er deutete mit einem Kopfnicken auf ihren Laptop. »Wenn wir das haben, ist er fällig. Willst du wissen, wie, oder findest du Technik eher trocken?«

»Ich bin sicher, dass du im Gegensatz zu anderen mir den öden Stoff auf eine spannende Art erklären wirst.« Dabei zuckte ihre linke Augenbraue nach oben und sie grinste schelmisch.

Hasborn musterte sie, als überlege er, ob sie ihn veralberte. »Du hast eine bezaubernde Art, die Latte wirklich hochzulegen.« Kurz sah er an Jana vorbei zur Tür, kniff die Lippen zusammen und blickte ihr konzentriert in die Augen. Die Temperatur im Raum schien schlagartig um zehn Grad zu fallen.

»Das Internet kannst du dir wie die Post vorstellen«, begann er mit sanfter Stimme. »Wenn man einen Brief verschickt, geht er durch eine Reihe von Verteilerzentren. Anhand der Adresse weiß jedes Verteilerzentrum, wohin der Brief soll. Welchen Weg es konkret wählt, welche anderen Verteilerzentren es einschaltet, steht ihm im Prinzip frei.«

»Das Verteilerzentrum nennt man Server, und der Brief ist ein IP-Paket, richtig?«

»Richtig. Den Leviathan habe ich gefunden, indem ich den Weg über die Verteilerzentren nachverfolgt habe.«

Jana richtete sich überrascht auf.

»Ach, geht das so einfach? Bei Briefen steht jedenfalls nicht drauf, wie er befördert wurde.«

»Bei IP-Paketen auch nicht. Daher benutzt man einen Trick. Um zu vermeiden, dass IP-Pakete endlos im Kreis herumlaufen, falls etwas schief läuft, haben sie einen Zähler. Jeder Server setzt den Zähler um eins herab. Wenn die Zahl auf null geht, wird das Paket verworfen und eine Fehlermeldung an den Briefeschreiber verschickt.«

»Und was bringt das? Außer dass ich weiß, dass mein Brief in der Tonne gelandet ist.«

»Du schickst ein Paket an deine Endadresse mit einem Zählerstand von eins. Klingelt's?«

»Hmm, das erste Verteilerzentrum antwortet mit einer Fehlermeldung, und ich kenne es damit!«

»Genau. Dann verschickst du ein neues Paket mit dem Zählerstand von zwei, und das zweite antwortet.«

»Cool. Das habe ich verstanden. Wenn du so weitermachst, bin ich bald IT-Profi – äh, funktioniert das bei Cooties überhaupt? Nils meinte, dass die Teile korrupte IP-Pakete verschicken?«

»Das hast du dir gemerkt?« Hasborn nickte anerkennend, lächelte verschmitzt und stand auf. »Magst du einen Kaffee?«

»Nein danke.«

»Es war purer Zufall, dass ich den Leviathan gefunden habe.« Jana sah ihm nach, wie er zur Kaffeemaschine ging und seinen Becher auffüllte. »Ich habe eine Menge Server durchprobiert und irgendwann einen erwischt, der eingeweiht war und das Cootie-Paket nicht gleich verworfen hat. Als Nächstes brauche ich deinen Rechner. Alle Rechner haben nämlich Listen, wohin sie Pakete in die Subnetze weiterschicken.«

»Die Technik trocknet gerade aus.«

»Die Subnetze sind quasi die Länder im Internet und wenn man diese Listen kennt, weiß man, wie der Verkehr läuft.«

»Du hast mich abgehängt, vergiss es.«

»Jedes Cootie, also auch das auf deinem Rechner, ersetzt ganz offensichtlich die normalen Listen, weil es ja sicherstellen muss, dass seine pseudo-korrupten Pakete an einen eingeweihten Server gehen.«

»Du fischst dir demnach diese ominöse Liste von eingeweihten Servern aus meinem Rechner. Und dann?«

»Begreifst du nicht? Diese Liste … enttarnt sozusagen das Nervensystem des Leviathans!«

Janas Augen weiteten sich. »Wir erstellen quasi eine Landkarte mit eingeweihten Servern und …«, triumphierte sie und ballte ihre rechte Hand zur Faust, »… klemmen mein Cootie …«

Weiter kam sie nicht. Die Tür wurde aufgestoßen, als stürmte ein Überfallkommando den Raum. Pottenstein baute sich vor dem Türrahmen auf und richtete seinen stechenden Augen zuerst auf Jana, dann auf Hasborn.

»Was macht Frau Loewe in Ihrem Büro?« Der Satz klang schneidend.

»Ich habe sie eingeladen, weil ich Verbindungen zum Fall von Herrn Reiss sehe, denen ich auf den Grund gehen möchte.«

»Das werden Sie nicht tun. Der Fall Reiss ist zu den Akten gelegt. Ich habe Ihnen neue Aufgaben gegeben. Ist dabei etwas unklar? Frau Loewe, Sie können gehen.«

Hasborn ging nicht darauf ein und wandte sich zu Jana um.

»Wenn es Ihnen recht ist, überlassen Sie mir den Rechner, und ich schaue ihn mir heute Abend zu Hause an.«

»Nein«, fuhr Pottenstein ihn an und marschierte mit harten Schritten auf Hasborn zu. Unmittelbar vor dessen Stuhl blieb er mit rotem Gesicht stehen. Er war einen Kopf kleiner als sein Untergebener. »Frau Loewe, lassen Sie uns bitte allein. Wir haben etwas dienstlich Wichtiges zu besprechen, das keinen Aufschub duldet.«

Hasborn stand langsam auf, ohne dem Blick seines Chefs auszuweichen, der ihn von unten giftig anfunkelte.

Er nickte Jana kaum merklich zu.

»Einen schönen Tag noch«, verabschiedete sich Jana, nahm den Rechner unter den Arm, zog ihr Telefon aus der Tasche und verließ die gewittergeladene Atmosphäre. Sie zog die Bürotür hinter sich ins Schloss, blieb neugierig davor stehen und nestelte zur Tarnung an ihrer Tasche.

»Mit Verlaub, Herr Pottenstein. Was ich in meiner Freizeit tue, ist meine Privatsache«, hörte sie Hasborn eisig feststellen.

»Das ist keine Privatsache! Ich habe Ihnen eine klare Anweisung gegeben.«

Schritte, vermutlich von Pottenstein, näherten sich der Tür, verstummten wieder. Zu leise, um es vor der Tür zu verstehen, aber dem Tonfall nach nicht minder hitzig, redeten die beiden Polizisten aufeinander ein.

Zeit, sich aus dem Staub zu machen, dachte Jana und ging den Korridor entlang.

Wohin soll ich den Rechner bringen?, tippte sie im Gehen. In dem Moment, in dem sie die SMS an Hasborn abschickte, hörte sie Pottenstein polternd aus dessen Büro stürzen.

»ADONIS wurde vor zwei Jahren eingestellt!«, rief er hinein und donnerte die Tür zu. Seine Schritte hallten durch den Gang wie Pistolenschüsse. Zu ihrer Erleichterung entfernten sie sich von Jana.

In dem Augenblick, in dem sie den Ausgang erreichte, vibrierte ihr Telefon. Eine neue Nachricht war eingetroffen. Hinter einer gläsernen Durchreiche saß ein Pförtner und beobachtete sie teilnahmslos beim Lesen der Nachricht.

Am Empfang, mit einem schönen Gruß von mir!

Sie blickte den Mann verschwörerisch an, ging mit drei schnellen Schritten zu seiner Durchreiche und drückte ihm schwungvoll ihren Laptop in die Hand. »Den soll ich Ihnen geben«, raunte sie. »Mit einem schönen Gruß von Herrn Hasborn. Er holt ihn nachher ab.«

KAPITEL 15

Mittwoch, 11. November 2020 – Friedenau, Berlin

Niedstraße, las Jana tags darauf gegen 16.00 Uhr von einem Straßenschild in Friedenau, wo sie sich überhaupt nicht auskannte, und ging zur Hausnummer 30. Das musste es sein.

Hasborn hatte ihr eine SMS geschrieben, dass er sie gleich am nächsten Nachmittag im Haus eines Kollegen treffen wolle, weil er im Büro keinen weiteren Ausraster Pottensteins riskieren könne. Sie blieb stehen und betrachtete das schmucklose Stadthaus, das Hasborn als Treffpunkt genannt hatte. Vielleicht aus den 30er-Jahren? Obwohl es mitten in der Großstadt lag, wirkte es fast idyllisch mit dem vielen Grün im Vorgarten, in dem laut Vögel zwitscherten. Ein kratzendes Geräusch lenkte ihre Aufmerksamkeit nach oben. Ein Eichhörnchen krallte sich im Putz fest und kletterte die Wand des Hauses hoch. Es verschwand in einem Tonrohr direkt unter dem Dach.

Süß! Hat wohl seinen Kobel im Dachstuhl.

Jana gefiel die Gegend. Aus den Augenwinkeln heraus entdeckte sie Nils, der wenige Schritte entfernt in der Straße auftauchte. Instinktiv beschloss sie, so zu tun, als hätte sie ihn nicht bemerkt. Sie ging eilig zur Tür und klingelte.

Ein kleiner Mann, den sie um die 60 schätzte, machte ihr auf und bat sie herein.

»Sie sind sicher Jana Loewe. Kommen Sie rein. Marius schwärmt von Ihnen. Baumgartlinger ist mein Name, ich bin ein Kollege von Marius.«

Auf den ersten Blick gab Baumgartlinger mit seinem schütteren Haarkranz um die Glatze und dem struppigen Vollbart das Bild eines gutmütigen Großvaters ab. Seine hellgrauen Augen fielen Jana auf, als er sie damit musterte. Sie wirkten wach, scharf, als wären sie es gewohnt, alles Wesentliche mit einem Blick zu erfassen. Gleichzeitig strahlte er eine Ruhe und Freundlichkeit aus, die ihn auf Anhieb sympathisch machten. Er nahm ihr die Jacke ab, hängte sie auf einem Bügel an die Garderobe und deutete auf eine Tür, aus der sie Stimmen hörte. »Sag bitte Du und nenn mich Horst. Die anderen sind im Wohnzimmer.«

»Jana, schön, dass du da bist«, begrüßte Hasborn sie beim Eintreten. »Horst hast du bereits kennengelernt. Darf ich dir Klaus und Christiane vorstellen?«

Die Türklingel unterbrach ihn. »Ah, das muss Nils sein. Damit wären wir vollzählig.« Kurz darauf tauchten Nils und dahinter Baumgartlinger in der Wohnzimmertür auf. Hasborn fuhr mit der Vorstellung fort: »Das ist Jana, die sich die Bekanntschaft mit einem Adonis sicher anders vorgestellt hat. Und das ist Nils, der mich in Sachen Linux auf das übernächste Level gehoben hat. Jana, Nils, Horst hat euch aufgemacht, das sind Christiane und Klaus.«

»Grüßt euch! Ich bin der Klaus Mayr aus Argenbühl.« Der Mann, Typ unbeschwerter Naturbursche Ende 20, machte einen schnellen Schritt auf Jana zu und übersah dabei, dass Christiane schon die Hand zur Begrüßung ausgestreckt hatte. Nils beachtete er genauso wenig. Jana kannte den interessiert-anerkennenden Männerblick zur Genüge, mit dem Klaus seine Chancen bei ihr abzuwägen schien. Klaus sah das Ganze wohl als Abenteuerspiel. Hoffentlich konnte man sich auf ihn verlassen, wenn es darauf ankam.

»Argenbühl?«, erwiderte Jana und schüttelte seine Hand. »Hört sich an, als müsste man das kennen. Ich bekenne meine Bildungslücke. Wo ist denn das?«

»Bei Isny.«

Bei Isny, aha, dachte Jana. Dabei griff sie die Hand der stämmigen Frau Mitte-Ende 40, die Hasborn als Christiane vorgestellt hatte.

»Christiane Schwarz aus Pulsnitz«, sächselte sie. »Bei Dresden, ich sag es gleich dazu. Und Isny liegt im Allgäu, kennst du nicht, sehe ich dir an, macht nix, kannte ich auch nicht, kennt keine Sau.«

Bevor Klaus protestieren konnte, schnitt sie ihm mit einer resoluten Armbewegung das Wort ab und begrüßte Nils: »Du bist das Computergenie? Da bin ich gespannt. Ich bin Christiane.«

»Darf ich euch etwas anbieten?«, sprach Baumgartlinger Jana und Nils an. »Die anderen finden sich in der Küche alleine zurecht.«

»Bitte keine Umstände«, antwortete Jana. »Ich habe leider heute Nachmittag nicht allzu viel Zeit. Mein Chef kann es gar nicht leiden, wenn man zu spät kommt.«

»Ich musste mir mein Studium damals auch verdienen«, erzählte Baumgartlinger, dem sie anscheinend ebenfalls gefiel. »Allerdings in den Semesterferien auf dem Bau. Was machst du?«

»Ich bediene in einer Whiskybar, dem ›Fàilte!‹. Wenn man sich dafür interessiert, ist das der Geheimtipp für ganz Berlin.«

»Ich gehe zwar fast nie aus«, lächelte Baumgartlinger, »aber dem Tipp werde ich nachgehen.«

»Lasst uns anfangen«, rief Hasborn laut. »Jana hat wenig Zeit. Wir wollen uns in Horsts Wohnung treffen – danke, Horst! – weil es im Büro nicht geht, ohne dass Pottenstein Wind davon bekommt.«

»Genau«, warf Klaus ein. »Zuerst fixt er uns mit dem ADONIS an, erzählt uns vom Abhörsystem der Zukunft, und auf einmal darf man das Wort nicht mehr in den Mund nehmen. Das soll einer verstehen.«

»Danke, Klaus«, übernahm Hasborn, sichtlich genervt. »Es geht darum, alle Infos über ADONIS zu sammeln. Über das Zusammenspiel der Komponenten Leviathan und Cootie, die Arbeitsweise der Kommunikationsmechanismen, die Zielsetzung des Systems und vor allem: Was löste bei ADONIS konkrete Maßnahmen aus?«

»Was *löst* konkrete Maßnahmen aus«, murrte Jana vor sich hin. »Nicht *löste*. Dass das System offiziell abgeschaltet ist, scheint es nicht zu stören.«

»Horst, du bist der Profiler«, fuhr Hasborn fort, der sie entweder nicht gehört hatte, oder nicht auf ihre Bemerkung eingehen wollte. »Am besten, du fasst für alle zusammen, was wir bislang wissen.«

»Gerne«, sagte Baumgartlinger. »Jana, Nils, ich bin wie gesagt Tatortanalytiker, ich bevorzuge diesen Begriff, er ist schärfer, wenn auch nicht so cool. Meist erstelle ich das psychologische Profil eines gesuchten Täters anhand von Indizien, dem Tathergang und Spuren. Und um das vorwegzunehmen: Mir ist alles andere als klar, ob wir es ausschließlich mit einer Maschine zu tun haben oder ob nicht letztlich Menschen die Fäden ziehen.«

»Sie meinen, äh, du meinst«, hakte Jana nach, »dass vielleicht ein Spinner hinter der Sache steckt und den ganzen Zinnober zur Tarnung inszeniert?«

»Ich meine gar nichts. Es ist nicht auszuschließen.« Baumgartlinger legte Finger- und Daumenspitzen seiner Hände so zusammen, dass sie vor seiner Brust ein Dreieck bildeten. »Pottenstein ist davon überzeugt, dass ADONIS die Automatisierung der klassischen geheimdienstlichen Überwachung ist. Stasi, Gestapo, das war früher. Richtige Menschen aus Fleisch und Blut, die einem nachschnüffelten, Leute verschleppten, folterten. Ihr kennt den Film ›Das Leben der Anderen‹. Das sollen heute Siliziumchips erledigen. Die sind schneller, billiger und bekommen keine Gewissensbisse wie dieser Stasi-Offizier im Film.«

»Für mich klingt das absolut logisch«, meckerte Klaus. »Heutzutage wird alles automatisiert!«

»Ich habe nicht gesagt, dass ich es unlogisch finde.« Baumgartlingers Stimme bekam einen Hauch von Schärfe. »Es ist eine einfache Feststellung über das, was Pottenstein uns in den Schulungen vermittelt hat, um sicherzustellen, dass wir alle auf demselben Stand sind.« Er machte eine Miene, die ausdrückte, dass er nicht laufend unterbrochen werden wollte.

»Zu diesem Zweck infiziert ADONIS alle Kommunikationsmittel im weiteren Sinne, konkret wissen wir von Rechnern, Smartphones, WLAN-Routern. Die Komponenten, die hierfür zuständig sind, heißen Cooties, elektronische Krankheitserreger, die ihre Namen von einem Kinderspiel haben.«

»Kranker Humor«, knurrte Christiane, erschrak über sich selbst und deutete mit einer entschuldigenden Handbewegung an, dass sie nicht stören wollte.

»So etwas gibt es in unzähligen Variationen. Neu ist jedoch die zusätzliche Manipulation der Kommunikationskanäle, die verschleierte Kommunikation über pseudo-korrupte Datenpakete. Nicht nur neu, ziemlich genial, finde ich.«

»Die Verschleierung durch ständige Veränderung, Jana nannte es Mutationen, finde ich noch viel genialer«, warf Nils ein. Diesmal wirkte Baumgartlinger nicht verärgert über die erneute Störung, sondern nickte Nils bedächtig zu.

»In der Tat. Eine Software zu schreiben, die ihre Funktion erhält, gleichzeitig eigenständig ihr Aussehen in jedem Aspekt ändern kann, hätte ich nicht für möglich gehalten.«

»War es ja auch nicht«, widersprach Hasborn. »Es hat nicht funktioniert. Das Mutieren lieferte zu oft Fehler und das war der ausschlaggebende Grund, ADONIS zu beenden.«

»Richtig, laut Pottenstein war das der Grund. Das System war zu komplex und daher fehleranfällig. Man hat mit Kanonen auf Spatzen geschossen. Möglicherweise haben wir es mit einem Nachfolger zu tun?«

»Ich weiß nicht«, winkte Hasborn ab. »Genetische Algorithmen, die die Evolution modellieren sollen, sind ziemlich aus der Mode gekommen.«

»Wieso Evolution?«, fragte Jana. »Evolution ist etwas sehr Langsames, und Cooties sind im Vergleich rasend schnell in ihren Veränderungen.«

»Du darfst die Begriffe nicht zu wörtlich nehmen«, erklärte Nils. »Da geht es oft um Schlagwörter. Die Idee, Programme zu schreiben, die sich von der Natur abschauen, wie man sich auf geänderte Probleme einstellt, ist natürlich bestechend. Aber beim Gott-Spielen sind alle ganz schnell auf den Boden der Tatsachen zurückgekehrt. Ich könnte mir eine künstliche Beschleunigung der Evolution vorstellen, zum Beispiel indem mit einer zugehörigen Testsuite das Programm nach jedem Evolutionsschritt getestet wird, wodurch unvorteilhafte Mutationen ausgemerzt werden. Und im Rechner ginge das Ganze in der Tat rasend schnell.«

»Evolution im Zeitraffer«, raunte Jana.

»Lassen wir das Spekulieren«, übernahm Baumgartlinger. »So eine Testsuite hatte ADONIS übrigens aus genau diesem Grund. Neben dem beeindruckenden Fakt, dass sich dieses System durch ständige Veränderungen hervorragend tarnt, fehlt der letzte Baustein, die KI: eine Komponente aus künstlicher Intelligenz, wahrscheinlich ein neuronales Netz, das über einfache geheimdienstliche Maßnahmen entscheidet.«

»Kann mir das jemand übersetzen?«, brummte Jana.

»Zersetzung, Diffamierung, Fehlinformation, Einschüchterung, Erpressung.« Klaus ließ sich jedes Wort auf der Zunge zergehen.

»Was?«, empörte sich Jana. »Das ist widerlich genug, wenn es von Agenten gemacht wird. Aber von ... Maschinen?«

»Vor allem bei Erpressung«, fügte Hasborn hinzu. »Etwa durch erfundene oder veränderte Dokumente – die Drohung ist stärker als die Ausführung. Das kommt dir bekannt vor, Jana, schätze ich.«

Jana biss die Zähne aufeinander und schnaubte. Ihre Handflächen begannen zu schwitzen.

»Wichtig scheint mir in diesem Zusammenhang, dass Pottenstein mehrfach erwähnt hat, dass dieser KI-Baustein die besagten Maßnahmen basierend auf der Zielanalyse anpasst.« Baumgartlinger schaute in die Runde.

»Der KI-Baustein ist im Leviathan, richtig?«, fragte Christiane.

»Ja.«

»Leviathan, die Cootie-Mama, hält alle Fäden in der Hand und schießt aus der Deckung«, flachste Klaus.

»Die Cootie-Mama, die anscheinend noch läuft«, fügte Christiane tadelnd hinzu. Außer Klaus war niemand zum Scherzen aufgelegt. »Die Cootie-Mama, die auf uns aus der Deckung heraus schießen wird, wenn wir Fehler machen.«

»Ich blicke es nicht«, sagte Jana in das betretene Schweigen hinein, das nach Christianes Kassandraruf eingetreten war. »Wenn ADONIS abgeschaltet ist, aber noch ein Leviathan läuft, der mich drangsaliert, sollte nach menschlichem Ermessen eine E-Mail an die Freunde in Amerika reichen, um das Problem aus der Welt zu schaffen. Entweder haben sie einen Leviathan vergessen und sind froh über den Hinweis, oder sie arbeiten nach wie vor mit dem System, und müssen so tun, als ob nichts wäre. In beiden Fällen müssten sie dafür sorgen, dass ich Ruhe habe.«

»So unkompliziert ist es leider nicht«, sagte Hasborn. »Ich habe bei *unseren Freunden in Amerika* angerufen. Die Dienststelle kannte ich ja von Pottenstein. Ich habe mich als er ausgegeben und eine harsche Absage bekommen. Es gäbe keine ADONIS-Instanz im ganzen Internet, das Programm sei beendet. Pottenstein rief mich etwa fünf Mikrosekunden später in sein Büro und verpasste mir einen Einlauf. Unter Androhung der Suspendierung vom Dienst hat er mir verboten, an dem Thema Leviathan und Cootie zu arbeiten. Deswegen ist er so ausgerastet, als du danach bei mir warst, Jana. Und deshalb treffen wir uns in Horsts Privatwohnung.«

»Ich finde das skandalös«, knurrte Nils. »Das muss einen Aufschrei geben, wenn die Leute davon erfahren.«

»Genau! Warum gehen wir nicht an die Öffentlichkeit?«, nahm Jana den Gedanken auf. »Das ist eine Sensation, und die üblichen Verdächtigen, Spiegel, Bild, Stern, was weiß ich, werden sie uns aus den Händen reißen.«

»Oder auch nicht«, bremste Baumgartlinger sie in seiner ruhigen Art. »Du kennst sicher die Sache mit den angeblichen Hitler-Tagebüchern, mit der sich der Stern zum Gespött machte.«

»Das hier ist keine Fälschung, sondern echt«, protestierte Jana. »Wir können alles beweisen.«

»Täusch dich nicht. Man wird leicht als Spinner oder Verschwörungstheoretiker abgetan. Wenn die Jungs von der NSA loslegen, lösen sich unsere Beweise in Luft auf. Und stell dir darüber hinaus vor, die schüchtern die einschlägigen Journalisten ein.«

»Wenn ich die NSA wäre, würde ich den wichtigen Journalisten ein Cootie einpflanzen und richtig Gas geben«, spann Christiane die Überlegung fort. »So, dass die Verleumdungen, die in Janas Namen an ihre Kommilitonen gingen, im Vergleich Kinderkram wären.«

Jana fühlte Panik in sich aufsteigen. »Was soll ich denn sonst machen?«, rief sie. »Ich kann Leviathan mit seinen Cooties nicht aus dem Weg gehen, und ich kann mich nicht vor ihm verstecken. Er findet mich überall. Bei meinem neuen Rechner hat es ein paar wenige Minuten gedauert, bis alles verseucht war. Kann man ihn zerstören?«

»Wenn es nur der eine in Palo Alto ist«, sagte Nils, »kann man es natürlich versuchen.«

Langsam und geräuschvoll sog Hasborn Luft durch seine Zähne.

»Ja, ja, es wäre eine Straftat. Das Gedankenspiel ist nicht strafbar.« Nils machte eine beschwichtigende Geste. »Mir geht ein schrecklicher Gedanke durch den Kopf, seit ihr mit Mutationen und Evolution angefangen habt. Zu Leben gehört der Überlebenswille, und die Cooties sind nicht totzukriegen.« Nils brach ab, schluckte.

»Du meinst, dass wir es mit einer Art Pseudo-Leben zu tun haben, dass sich seiner Abschaltung widersetzt?«, führte Christiane die Idee aus.

Niemand sagte etwas, doch man konnte die Gehirne förmlich arbeiten hören.

»Leviathans Lebensraum wären alle vernetzten Rechner«, stellte Baumgartlinger schließlich fest und legte seine Fingerspitzen aneinander. »Und dieser ist viel zu groß und unüberschaubar, als dass wir gute Aussichten auf eine Zerstörung, ein Ausrotten des Leviathan-Cootie-Systems haben.«

»Wir dürfen nichts überstürzen und müssen uns bis auf Weiteres auf Koexistenz einrichten«, sagte Hasborn.

Jana spürte, dass sich ihre Augen vor Enttäuschung weiteten. »Zum Glück hat ja außer mir niemand ein Problem, vielleicht noch Nils, der sich im Zweifelsfall selber helfen kann. Schönen Dank für die Unterstützung.«

»Wenn du in den Dschungel gehst«, gluckste Klaus, »nimmst du eine Machete mit, ziehst wegen möglicher Giftschlangen hohe feste Stiefel an und passt am Wasser auf Krokodile auf. Vielleicht hast du noch ein Gewehr dabei, für den unwahrscheinlichen Fall, dass dir ein Tiger über den Weg läuft. Weil man nicht weiß, was auf einen zukommt, wappnet man sich entsprechend. Im digitalen Dschungel ist das genauso. Da muss man sich vor den digitalen Schlangen, Tigern und Krokodilen hüten.«

Seine nutzlosen Belehrungen gingen Jana immer mehr auf die Nerven. Was sollte sie noch hier?

»Jana, sei nicht enttäuscht!« Hasborn trat auf sie zu und einen Augenblick lang sah es so aus, als würde er ihre Hände fassen. Er beließ es bei einem bittenden Blick, der Jana ein Stück weit besänftigte. »Wir wissen zum gegenwärtigen Zeitpunkt zu wenig und eine überstürzte Handlung kann irreparablen Schaden anrichten.«

Jana lächelte gezwungen. »Soll ich bei Gelegenheit ADONIS zusammen mit Leviathan und Cootie googeln?« Ihre Gedanken schweiften ab. Der Sarkasmus tat weh.

»Wie stark ist der Feind? Wie gefährlich?« Baumgartlingers warme Stimme und sachliche Art halfen Jana, ihre Gefühle in den Griff zu bekommen. »Meiner Einschätzung nach machen die Tarnmechanismen unseren Gegner sehr mächtig und vor allem unberechenbar, weil er so schwer zu entdecken ist. Das sollte man mit Positivlisten in den Griff bekommen können – alles, was nicht bekannt ist, wird als böse eingestuft und liquidiert. Größere Sorgen bereitet mir die Frage, wie gefährlich das System als Ganzes ist und wie selbstständig es Entscheidungen trifft.«

»Wirklich? Die KI macht dir die größten Sorgen? Mir nicht«, stellte Christiane fest. »Warum? Schlicht und ergreifend, weil Rechner keine *wirkliche* Intelligenz haben. Schau dir ein Schachprogramm an. Kein Mensch kann im Schach gegen die besten Rechner gewinnen. Mächtig schlau, der Rechner, oder? Nicht wirklich. Er erzeugt nämlich alle möglichen Stellungen nach ein, zwei, drei, oder vielleicht sogar vier weiteren Zügen und bewertet sie nach den Regeln, die ihm der Programmierer vorgegeben hat. Auf der Grundlage zieht der Rechner. Der einzelne Schritt der Stellungsbewertung ist vielleicht nicht trivial, aber auch kein Hexenwerk. Ausschließlich, weil es abartig viele mögliche Stellungen nach zwei oder drei Zügen gibt, ist man als Mensch unterlegen. Ein menschlicher Schachspieler denkt anders, hat Strategien, Ziele, will gewinnen. Ein Programm macht ausschließlich das, was der Programmierer vorgedacht hat.«

»Und wenn es um ein Problem geht, bei dem die *Stellungsbewertung* schwierig ist, versagt der Rechner?«, beckmesserte Klaus.

»Versagt eher der Programmierer, weil er die nötigen komplexen Algorithmen nicht hinbekommt«, erwiderte Christiane. »Das tut nichts zur Sache. Entscheidend ist, dass ausschließlich das passiert, was der Programmierer wollte, und das muss sich in jedem Rechtsstaat in engen Grenzen halten.«

»Du sagst, dass der Rechner nicht lernen kann, eigenständig neue Probleme zu lösen? Das bedeutet doch Intelligenz?« Jana hatte Schwierigkeiten zu folgen.

»Ja«, bestätigte Baumgartlinger. »Ich kenne keine allgemein anerkannte Definition von Intelligenz. Letztlich ist es für mich die Fähigkeit, Probleme zu lösen, vor allem neue Probleme.«

»Du fragst, ob der Rechner eigenständig neue Probleme lösen kann«, meldete sich Hasborn zu Wort. »In eingeschränkter Form schon. Aber eben wieder nur innerhalb eines Rahmens, den der Programmierer vorgesehen hat. Ein Rechner kann sich zum Beispiel merken, was jemand in bestimmten Situationen gemacht hat und mit dem so Gelernten genauso entscheiden, wenn er auf die gleiche oder eine ähnliche Situation stößt. Meist schlägt der Rechner dem Nutzer etwas vor und überlässt diesem letztlich die Entscheidung. Neuronale Netze, die man dir heute als Krönung der künstlichen Intelligenz verkauft, machen genau das. Der Rechner hat eine Datenbank mit Wenn-Dann-Beziehungen, vielleicht auch nur Wahrscheinlichkeiten für mögliche Danns. Der brilliante Schlaukopf sucht zu einem gegebenen Wenn alle möglichen oder die wahrscheinlichsten Danns heraus. Und das können die Rechner richtig schnell, wirklich prickelnd im Sinne von schlau finde ich das nicht.«

»Trotzdem sind die Ergebnisse oft beeindruckend«, widersprach Nils. »Schach- oder Go-Meister bekommen keinen Fuß auf den Boden. Du hast natürlich recht. Letztlich täuschen Rechner Intelligenz vor.«

Was jetzt? Kann ich das Teil austricksen oder nicht?, lag Jana auf der Zunge. Offenbar war sie die Einzige, die nicht mitkam.

»Rechner können vorgegebene Probleme nach vorgegebenen Mustern lösen«, drang Baumgartlingers Stimme aus dem Hintergrund. Er hatte sich in einen Sessel gesetzt und schien die Diskussion inzwischen vor allem zu beobachten. »Sie haben kein Bewusstsein, kennen kein gut oder böse. Sie machen schlicht und ergreifend, was der Programmierer ihnen vorgegeben hat. Schön – damit stellt sich die Frage, wie weit die Programmierer gegangen sind. Um es präziser zu formulieren, weil wir von einem hochkomplexen, autonom operierenden System reden, das strafbare Handlungen durchführen soll: Wie weit ging die Überzeugung der Programmierer, dass sie die Gefahren, die die neuen Techniken mit sich bringen, im Griff hatten? Welche Maßnahmen haben sie Leviathan erlaubt? Und, noch dringlicher: Wie kommt Jana von der Abschussliste herunter?«

Hasborn wandte sich Jana zu. »Mein Rat ist, du und Nils verhaltet euch so unauffällig für die Cooties wie möglich.«

»Ich soll es dulden, dass mich jemand ausspäht und mir in mein Leben pfuscht, weil irgendein Algorithmus das für angebracht hält?«

»Verhaltet euch hübsch brav und nach einer Weile werden euch eure Cooties in Ruhe lassen, wie alle anderen auch.«

»Ich will keine Laus in meinem Rechner, die mir bei allem, was ich anstelle, auf die Finger schaut und den Geldhahn abdreht, wenn ihr gerade danach ist! Wo sind wir denn?« Die Zumutung brachte Jana in Rage.

»Solange es nur an die Kohle geht, ist es halb so schlimm«, versuchte Hasborn zu beschwichtigen, bevor es aus Jana herausplatzte. »Und über kurz oder lang werden wir Mittel und Wege finden, das elektronische Ungeziefer elegant loszuwerden. Die Sache ist heiß und gefährlich. Das müssen Profis erledigen.«

Jana funkelte Hasborn an und wollte ihm eine sehr unbedachte Äußerung entgegenschleudern. Im letzten Moment hielt sie inne. »Ich muss ins ›Fàilte!‹. Tschüss!«

Fassungslos und verärgert stürzte sie aus der Wohnung. Sie bemerkte kaum, dass Nils sie begleitete.

Es wurmte Jana, dass und vor allem auf welch rüde Art man sie ausgebootet hatte. Nils lief neben ihr in Richtung U-Bahn, sagte keinen Ton, sah sie nicht an, starrte vor sich auf den Boden. Weder verspürte sie den Drang, sich von ihm abzusetzen, noch das Schweigen zu brechen. Offensichtlich hegte von den Polizisten keiner den leisesten Verdacht gegen Nils. Zwar war Baumgartlinger sich nicht sicher, ob nicht letztlich Menschen hinter allem steckten. Definitiv sicher musste er sich bei dieser Erwägung sein, dass es sich dabei keinesfalls um Nils handelte, sonst hätte er das in irgendeiner Form erwähnt. Dass Hasborn bei der NSA angerufen und sich dadurch in kürzester Zeit einen mächtigen Rüffel von Pottenstein eingefangen hatte, sprach klar gegen Nils als Drahtzieher.

Am Eingang zur U-Bahnstation Friedrich-Wilhelm-Platz hatte Jana sich hinreichend beruhigt, um mit Nils zu sprechen. Sie sah in sein Gesicht, während er neben ihr die Treppe hinablief. Er war offensichtlich ziemlich wütend, sein Antlitz steinern und fahl. So hatte sie ihn noch nicht erlebt. »Nils, ist alles in Ordnung mit dir?«

»Die Sache ist heiß und gefährlich. Das müssen Profis erledigen.« Er spuckte die Worte aus und schnaubte verächtlich. »Was bilden die sich ein?«

Die Wut ist echt. Das kann nicht gespielt sein! Was war ich für ein Hornvieh, dass ich Nils verdächtigt habe!, schalt sich Jana.

»Keine Ahnung«, sagte sie. »Vielleicht halten sich Polizisten für die Krone der Schöpfung. Dieser Klaus macht jedenfalls gegen dich keinen Stich!«

Nils bedankte sich mit einem warmen, fast liebevollen Blick. Inzwischen hatten sie das Ende der Treppe erreicht und traten auf den Bahnsteig. Ein Schwall warmer Luft strömte ihnen entgegen. Sie spürten die einfahrende Bahn, bevor sie sie hörten oder sahen.

Ist das der geeignete Augenblick, Nils von dem U-Bahn-Verfolger zu erzählen, der genau wie er angezogen gewesen war?

Die U-Bahn hielt und eine Tür öffnete sich unmittelbar vor ihnen.

»Sag mal, willst du gleich nach Hause? Dann nimmst du am besten den Bus nach Steglitz und von da die S-Bahn. Oder sollen wir irgendwo hingehen und uns so richtig auskotzen?«, fragte Nils.

Eine Welle der Sympathie überkam Jana. Etwas hielt sie jedoch zurück. Es gab sicher geeignetere Gelegenheiten, Nils von ihrem Misstrauen ihm gegenüber zu erzählen. Außerdem hätte er allen Grund, sie dafür zu verachten. »In der Stimmung dafür wäre ich«, sagte sie und verzog bedauernd die Mundwinkel. »Aber ich glaube, ich brauche eine Auszeit. Und es war keine Ausrede, dass ich ins ›Fàilte!‹ muss.«

»Kann ich gut verstehen. Bis demnächst.«

»Bis demnächst.«

KAPITEL 16

Freitag, 13. November 2020 – Friedrichshain, Berlin

Gegen 19.00 Uhr füllte sich das »Fàilte!« wie jeden Abend. Zwei Tage war es her, seit Jana aufgebracht Baumgartlingers Wohnung verlassen hatte. Inzwischen war ihr Zorn auf Hasborn und seine Kollegen verraucht. Sie hatte alle Hände voll zu tun, die Gäste zu bedienen, sodass sie Baumgartlinger fast übersehen hätte. Der Polizist stand am Eingang und beobachtete sie. Als sie ihn bemerkte, nickte er ihr kurz zu und nahm auf einem der Hocker an der bislang leeren Bar Platz, während sie den nächsten Tisch ansteuerte, um die Bestellung einer Gruppe junger Männer in Nadelstreifenanzügen aufzunehmen.

»Hallo, Herr Bau… Hallo, Horst«, grüßte Jana ihn, als sie zurück zum Tresen kam. »Willst du wissen, was diese Lackaffen bestellt haben? 40-jährigen Ardbeg in Fassstärke! 53 Euro das Glas.«

»Geht es ihnen um den Whisky, wollen sie die anderen beeindrucken oder – worauf ich tippe – hast du ein ganzes Rudel besonders feinsinniger Verehrer?« Sein Blick streifte die Banker, wobei sein Mundwinkel spöttisch zuckte.

Für einen Wimpernschlag stutzte Jana. Welch ein Kontrast: Vor ihr der kleine, unscheinbare Polizist, der in seinen stumpffarbenen Kleidern, mit Vollbart und schütterem Haarkranz um die Glatze bieder wirkte – und dort die aufgekratzte Schar von Jungbankern, die mit ihren erzockten Scheinen um sich warfen, als wäre es Spielgeld. Und doch hatte der in die Jahre gekommene Polizist auf den ersten Blick die Lage erfasst und die Banker durchschaut.

»Was darf ich dir Gutes tun?«, fragte Jana.

»Was empfiehlst du mir denn?«

»Probier mal den Auchentoshan«, sagte Jana und stellte zwei Gläser, eins mit Whisky und eins mit Wasser, vor Baumgartlinger auf den Tresen, bevor sie sich an die Bestellung der Banker machte. Schweigend beobachtete der Polizist, wie Jana einschenkte und das Tablett wegbrachte.

»Gibt's was Neues?«, fragte Jana, als sie zurückkam und begann, die benutzten Gläser zu spülen. Baumgartlinger antwortete nicht sofort. Als sie aufsah, bemerkte sie seinen forschenden Blick.

»Ich wollte dir zuerst sagen, dass ich es nicht in Ordnung fand, wie Marius dich und Nils ausgebootet hat. Aber glaub mir, er will euch schützen, euch aus der Schusslinie halten. Ich hoffe, ihr seid ihm nicht böse. Und um deine Frage zu beantworten: Nein, es gibt nichts Neues, dafür vieles, worauf ich mir keinen Reim machen kann.« Er wirkte bedrückt.

»Wie das Ding funktioniert?«

»Im weiteren Sinn, ja.«

»Ist das nicht letztlich egal. Es dauert höchstens ein paar Tage, bis ihr das Teil ausknipst.«

»Das kann ich nicht sagen. Ich bin kein IT-Spezialist, wie die anderen. Ehrlich gesagt, bin ich deutlich pessimistischer, hoffentlich täusche ich mich. Du weißt, ich bin Tatortanalytiker, ich erstelle Täterprofile, versuche vorauszusagen, was als Nächstes geschehen wird.«

»Du versuchst zu verstehen, wie die Typen ticken? Mörder, Entführer und so?«

»So kann man es ausdrücken.«

»Warum hilfst du Hasborn, den Leviathan zu bekämpfen? Oder braucht er jemanden, der herausfindet, wie ein Computerprogramm tickt?« Jana gluckste. »Gefühle wird das Ding sicher keine haben.«

»Weißt du«, entgegnete er nachdenklich, »ich habe Philosophie studiert, Kriminalistik war Nebenfach, weil man irgendwas machen muss, um seine Brötchen zu verdienen.« Baumgartlinger machte eine entschuldigende Geste. »Ich glaube an die Ideale der Aufklärung, selbst wenn man dadurch heutzutage grenzenlos naiv erscheint. Gewaltenteilung als Grundprinzip der staatlichen Ordnung und Grundrechte für jeden Bürger.«

»Klar, Gewaltenteilung und Grundrechte sind für uns alle selbstverständlich. Wo ist das Problem?«

»Siehst du das nicht? Diese Spähprogramme wie ADONIS sind der Anspruch des Staates, nein, der Exekutive, auf alle Daten von uns und zwischen uns. Mehr noch: der Anspruch, diese Daten jederzeit in einer passenden Form zu verfälschen, um irgendwelche Ziele zu verfolgen, die durch kein Gesetz eines Rechtsstaates gedeckt sind.«

Jana starrte ihn an, während ihr Gehirn auf Höchstleistung schaltete, um ihm folgen zu können.

»Kurz: die Aufhebung der Gewaltenteilung und nebenbei werden die Grundrechte mit Füßen getreten!«, kam Baumgartlinger auf den Punkt.

Janas Überzeugung, dass Hasborn, Nils und die anderen ihr Problem in Kürze beseitigen würden, wich einem flauen Gefühl. »Und Pottenstein verbietet euch, an der Sache zu arbeiten. Rausschreien müsste man es!«

Baumgartlingers Kiefernmuskeln traten hervor. »Das siehst du falsch«, erwiderte er beherrscht. »Ich glaube, der Chef macht sich echte Sorgen, dass wir in Teufels Küche kommen, wenn wir uns mit der NSA anlegen. Du hast gesehen, was in der Snowden-Affäre passiert ist. Die Enthüllungen wurden von Tag zu Tag ungeheuerlicher, kaum jemand nahm davon Notiz? Die ständige Berieselung mit Hiobsbotschaften hat offenbar bedrückend viele Leute abgestumpft. Jedes

Fußballergebnis ist wichtiger, das scheinbar Unvermeidliche wird akzeptiert. Der Auslöser, Snowden selbst, ist ein Spielball der Mächte geworden, bis man ihn entsorgt, weil man ihn nicht mehr braucht.« Baumgartlinger sah Jana tief in die Augen. »Außerdem habe ich das Gefühl, dass wir es nicht mit der NSA zu tun haben.«

»Mit wem denn sonst?« Jana sah ihn erstaunt an. »Das ist ein Spähprogramm der Amis, das mich auf dem Kieker hat, oder nicht?«

»ADONIS war oder ist ein treuer Wachhund, der nichts aus eigenen Stücken unternimmt, was über Kleinigkeiten hinausgeht«, erwiderte Baumgartlinger kaum merklich den Kopf schüttelnd. »Jedenfalls der ADONIS, von dem Pottenstein uns berichtet hat.« Baumgartlinger knetete seine Unterlippe zwischen Daumen und Zeigefinger. »Es sind in deinem Namen fingierte E-Mails an Leute aus deinen Adressbüchern gegangen. Beschimpfungen, Verleumdungen. Und die verschiedensten Gruppen haben versucht, Kontakt mit dir aufzunehmen, Neonazis, Islamisten, New-Age-Esoteriker, Agenturen für Escort Girls und so fort. Richtig?«

»Nur Neonazis und Islamisten, aber im Grundsatz hast du recht.« Jana nickte zur Bestätigung.

»Das übliche Geheimdienstprogramm«, stellte er nüchtern fest, »Zersetzung, Diffamierung, fingierte Anwerbeversuche. Gab es darüber hinaus weitere manipulierte Daten?«

»Mein Konto wurde leergeräumt, einen Schufa-Eintrag durch eine nichtexistente Bank und eine daraufhin gekündigte Wohnung.«

»Stehst du auf der Straße? Bei mir findest du immer Asyl!« Der Polizist sah sie erschrocken an.

»Nein, die Abbuchungen konnte ich stornieren und die Sache mit dem Vermieter klären.« Jana machte eine beschwichtigende Geste. »Soweit alles im Griff.«

Baumgartlingers Miene entspannte sich, er fasste nach seiner Unterlippe und knetete sie versonnen. »Die härteren Bandagen passen immer noch in das klassische Muster der Zersetzung«, fuhr er nach ein paar Sekunden fort. »Weswegen ich mit dir sprechen wollte: Richtig Sorgen macht mir, dass man sich direkt auf dem Rechner zeigt und offen droht. Das kommt in ADONIS nicht vor«, sagte er leise.

»Das Ding ist demnach nicht ADONIS, und wir sind so schlau ...« Jana stockte. Verwunderte Blicke von Gästen richteten sich auf sie, weil sie in ihrer Empörung sehr laut gesprochen hatte. »... so schlau wie am Anfang?«, beendete sie im Flüsterton. Geflissentlich übersah sie dabei, dass einer der Jungbanker sein leeres Glas in die Luft streckte.

»Von Nils haben wir erfahren, dass man dir herrisch, gebieterisch gedroht hat? Keinen Widerspruch duldend?«

»So kann man es ausdrücken. Mein Onkel, nein, die Nachahmung meines toten Onkels auf dem Rechnerbildschirm, gab mir Befehle und fackelte dabei fast meine Wohnung ab. Ich kam mir vor wie in einem Mafiafilm! Da fällt mir etwas ein, was ich bislang niemandem erzählt habe. Ein Typ in Nils' Kleidern, es war zweifellos nicht Nils, davon bin ich inzwischen überzeugt, hat mich neulich vom Polizeipräsidium bis in die U-Bahn verfolgt. Tags darauf habe ich eine Überweisung nach Kasachstan auf meinem Konto gefunden. Natürlich habe ich sofort widerrufen und mein Girokonto gekündigt.«

»Natürlich«, wiederholte Baumgartlinger tonlos und betrachtete die Oberfläche des Tresens vor ihm. Ein Ruck ging durch ihn, und er sah in ihr Gesicht. »Und wie kommst du an Geld, zahlst deine Miete, Telefonanschluss und so?«

»Iain zahlt bar. Mein Geld trage ich mit mir rum. Überweisungen zahle ich direkt in der Bank ein und hebe die Quittung auf. Nur Bares ist Wahres.«

»Ich hätte gewettet, dass der Spruch aus der Mode gekommen ist.«

»Es ist zwar megalästig, doch man kann ohne Girokonto leben«, sagte Jana ohne Überzeugung. »Statt den eigenen Rechner verwende ich Uni-Rechner, und mein Smartphone nutze ich nur wenn unbedingt nötig. Damit kann mir das Ding nichts.«

»Wenn du dich da nicht täuschst. Du bist bedroht und danach physisch angegriffen worden. Den einzigen Reim, den ich mir auf die Überweisung nach Kasachstan machen kann, ist die, dass der Angreifer von deinem Konto bezahlt werden sollte.«

»Das kann ich mir nicht vorstellen«, erwiderte sie gedehnt und strich sich mit Daumen und Zeigefinger die Haare aus der Stirn. »Vielleicht war es ein Buchungsfehler der Bank.« Schon während sie es aussprach, las sie in Baumgartlingers Gesicht, dass er einen Buchungsfehler für äußerst unwahrscheinlich hielt. Einem Schleier gleich zerrissen alle Ausreden, mit denen sie sich getröstet hatte. Es bestand kein Zweifel: Man hatte einen Anschlag auf sie verübt! Ihr Puls raste, sie konnte ihn in den Schläfen spüren, während ihr gleichzeitig der kalte Schweiß ausbrach. Jana klammerte sich an die Kante des Tresens, als könne sie so ihrem Leben Halt zurückgeben.

»Programme haben keine Gefühle. Sagtest du das nicht eben?«, fuhr der Polizist fort. »Das ist schätzungsweise richtig, dennoch sehen wir ein klares Reiz-Reaktions-Schema. Nils treibt auf deinem Rechner das Spähprogramm gekonnt in die Enge. Wenn ADONIS keine wirklich gute Bilderkennung hinter der Webcam hat, muss er davon ausgehen, dass er es mit dir zu tun hat.«

»Nils klebt die Webcam immer zu.«

»Der weiß, was er tut. ADONIS schließt folglich, dass *du* ihn jagst. Du wirst bedroht. Als das nicht reicht, physisch angegriffen. Perfiderweise getarnt als Nils, von dem dein automatischer Spitzel natürlich nicht nur weiß, dass es ihn gibt, sondern auch, dass du ihm misstraust. Oder jedenfalls misstraut haben müsstest, wenn du nüchtern alle möglichen Bedrohungsszenarien bis zum Ende durchdacht hast. Dafür hat das Programm selbst gesorgt.« In Baumgartlingers Miene trat tiefe Besorgnis.

Alles, was er zu dem Ding auf ihrem Rechner sagte, klang erschütternd schlüssig. Wenn das stimmte ... Janas Hände begannen zu zittern.

»Die Gretchenfrage ist, was ADONIS – bleiben wir bei dem Namen, auch wenn wir es kaum mit dem ADONIS zu tun haben, den wir kennen – aus der Reserve locken könnte, bis wir genug wissen, um ihn zerstören zu können«, fuhr Baumgartlinger fort.

»Was meinst du?«

»Wer zuerst aus der Deckung kommt, den erwischt es als Ersten, hat Pottenstein gemeint.« Baumgartlinger fuhr mit beiden Händen über sein Gesicht und stützte sein Kinn auf die Daumen. »Zuerst sollten wir lernen, uns wirksam zu schützen.«

»Jana, was ist?« Iain stand neben ihnen und sah seine Bedienung tadelnd an. »Siehst du nicht, dass Gäste warten?«

»Danke, Jana, du hast mir sehr geholfen«, sagte Baumgartlinger, stand auf und schob einen 20-Euro-Schein unter sein unangetastetes Whiskyglas. »Der Rest ist für dich.«

»Danke! Was hast du vor?«

»Ich mache Leviathan ein Angebot, das er nicht ablehnen kann. Wie in einem Mafiafilm.« Baumgartlinger zwinkerte ihr zum Abschied zu, drehte sich um und ging. Jana folgte ihm mit ihren Blicken, bis er das Lokal verlassen hatte. Bitte bleib in Deckung!, schickte sie ihm stumm nach, bevor sie sich den Jungbankern zuwandte, von denen mittlerweile mehrere mit ihren leeren Gläsern in der Luft wedelten.

Genau 24 Stunden später betraten zwei uniformierte Polizisten das »Fàilte!«. Im Gegensatz zu Baumgartlinger am Tag zuvor warteten sie allerdings nicht am Eingang, sondern gingen gleich auf Jana zu.

»Wir suchen Jana Loewe«, sprach der jüngere der beiden Polizisten sie an. »Sie soll in dieser Gaststätte arbeiten, und wir konnten sie in ihrer Wohnung nicht antreffen.«

»Äh, ich war den ganzen Tag in der Uni und bin direkt hierhergekommen. Was ist denn los? Ich habe keine Zeit, muss arbeiten.«

»Wir möchten Ihnen ein paar kurze Fragen stellen«, sagte der Polizist. »Kennen Sie Horst Baumgartlinger?«

»Ja, flüchtig.« Janas Mund fühlte sich staubtrocken an.

»Wann haben Sie ihn zum letzten Mal gesehen?«

»Gestern Abend. Er war hier und hat einen Whisky getrunken.«

Eigentlich hat er ihn nicht einmal getrunken, fügte Jana in Gedanken hinzu. Ihr schwante Unheil. Sie ballte ihre Hände zu Fäusten, um das Zittern zu beherrschen.

»Kam er öfter in diese Bar?«

»Nein, der gestern war sein erster Besuch, soweit ich weiß. Ich arbeite erst seit einigen Wochen in diesem Lokal. Wollen Sie nicht lieber mit Iain, dem Wirt, reden?« Sie hoffte, den Polizisten nicht die ganze Geschichte um Leviathan und die Cooties erzählen zu müssen!

»Kannte Herr Iain Herrn Baumgartlinger?«

»Nein, das hätte ich gestern Abend bemerkt.«

»Ist Ihnen an Horst Baumgartlinger gestern etwas aufgefallen? Wirkte er schwermütig? Oder nervös?«

»Nein, im Gegenteil. Er war kurz an der Theke und erzählte mir, dass er an einem besonderen Fall arbeite. Er wirkte sehr … entschlossen, als er ging, als habe er eine gute Idee, die er verwirklichen wollte.«

»Soso, er wirkte entschlossen.« Zum ersten Mal beteiligte sich der zweite Polizist am Gespräch. »Das passt.«

»Was passt? Warum fragen Sie mich eigentlich über Herrn Baumgartlinger aus?«

»Frau Loewe«, ergriff der jüngere Polizist wieder das Wort. »Sie sind möglicherweise die Letzte, die Horst Baumgartlinger lebend gesehen hat. Er wurde gestern Nacht von einer S-Bahn überfahren.«

»Was?«, schrie Jana auf. »Was ist passiert? War es ein Unfall?«

»Vermutlich Selbstmord. Der Fahrer der S-Bahn hat zwar in der Dunkelheit kaum etwas sehen können, doch angesichts der gesicherten Spuren und seiner Aussage gehen wir von einem Suizid aus.«

KAPITEL 17

Dienstag, 17. November 2020 – Friedenau, Berlin

Drei Tage später war die Beerdigung auf dem Friedhof Schöneberg III, nicht allzu weit von der Stelle entfernt, an der Marlene Dietrich ihre letzte Ruhestätte hat. Jana trat als Letzte an das Grab. Obwohl sie Baumgartlinger kaum gekannt hatte, fühlte sie eine tiefe Trauer. Außer dem Kranz der Polizei, geschmückt mit der Fahne und dem Wappen Berlins, lagen nur fünf kleine Blumensträuße auf dem einfachen Holzsarg. Der böige Wind schnitt ihr kalt ins Gesicht. Als sie drei Schaufeln Erde ins Grab warf, fühlte sie ein würgendes Gefühl im Hals. Mit einer flüchtigen Bewegung zeichnete sie das Kreuz über dem dunklen Schacht, wischte eine Träne aus dem Augenwinkel und drehte sich um. Pottenstein, Klaus und Christiane verschwanden gerade hinter einer Wegbiegung. Hasborn und Nils warteten auf sie.

»War die Einsamkeit der Grund, warum er sich umgebracht haben soll?« Jana sah Hasborn forschend an. Außer ihr schienen alle an einen Selbstmord zu glauben. »Ich meine, außer seinen unmittelbaren Kollegen kam ja niemand zu seiner Beerdigung. Hatte er gar keine Verwandten oder Freunde?«

»Ich weiß es nicht«, antworte Hasborn. »Über Privates hat er nie gesprochen, und nähere Verwandte konnten wir keine ausfindig machen. Keine Ahnung, was er in seiner Freizeit gemacht hat. Wir haben uns bei unseren Nachforschungen jedenfalls über eins gewundert: Er hat kurz vor seinem Tod eine große Summe gespendet.«

»Wieso gestaunt?«, warf Nils ein. »Im Stillen Gutes tun passt zu ihm, finde ich.«

»Eine Hilfsorganisation in Kasachstan, von der es nicht einmal eine Website gibt, das ist erstaunlich, oder?«, entgegnete Hasborn leichthin, ohne im Geringsten alarmiert zu wirken.

Jana zuckte zusammen – eine Überweisung nach Kasachstan, genau wie nach dem Angriff auf sie in der U-Bahn! Ihr Puls schoss in die Höhe.

»Eine Überweisung nach Kasachstan? Ich finde, das stinkt gewaltig! Was macht euch denn so sicher, dass es Selbstmord war?«

Hasborn antwortete nicht sofort. Eine Weile hörte man nichts außer dem mahlenden Geräusch ihrer Schritte auf dem Kiesweg.

»Horst war ein ungewöhnlicher Mensch«, erwiderte er schließlich. »Warum sollte er nicht vor seinem Freitod an eine kasachische Hilfsorganisation spenden?«

Jana verbiss sich eine harsche Bemerkung. Bei mir gab es auch schon mal eine Überweisung nach Kasachstan, lag ihr auf der Zunge. Direkt, nachdem mich ein Typ in der U-Bahn verfolgt hatte. Sie hatte niemandem außer Baumgartlinger von dem Vorfall erzählt. Zunächst, weil sie sich nicht sicher war, ob nicht Nils dahintersteckte. Danach hatte sich die passende Gelegenheit nicht ergeben. Der Polizist neben ihr blickte starr nach vorne. Aus seinem steinernen Gesichtsausdruck konnte sie nichts lesen. Sie passierten das Tor zum Friedhof und blieben auf der Straße stehen.

»Soll ich euch ein Stück mitnehmen?«, bot Hasborn an.

»Nein ,danke«, lehnte Jana ab, bevor Nils Luft holen konnte. »Bis zur S-Bahn sind es nur 200 Meter.«

»Na dann, passt auf euch auf, ihr beiden«, verabschiedete Hasborn sich und sah die beiden Studenten eindringlich an. »Und macht keine Dummheiten.«

Schweigend beobachteten Jana und Nils, wie der Polizist in sein Auto stieg und losfuhr. Als die Bremslichter an der nächsten Kreuzung aufleuchteten, drehte sie sich zu Nils um. Der Zeitpunkt für die Beichte war gekommen. »Bei mir sind auch schon mal 4.000 Euro für eine kasachische Hilfsorganisation abgebucht worden!«

Nils Augen weiteten sich.

»Das war, nachdem mich jemand bis in die U-Bahn hinein verfolgt hatte. Der wollte mich umbringen, glaub's mir! Ich hatte eine Scheißangst!«

»Und warum erzählst du mir das nicht früher?«

»Ich … ähm … ich dachte, nun ja, das war, nachdem wir zusammen aus dem Präsidium gekommen waren. Als uns Hasborn von diesem mutierenden Dings auf meinem Rechner erzählt hatte und wir uns vor der Tür gestritten hatten.«

»Und?«

»Der Verfolger war genauso angezogen wie du, hatte die gleiche Statur, den gleichen schlaksigen Gang.«

»Du dachtest, ich würde dich in der U-Bahn verfolgen? Um dir etwas anzutun?«

Jana spürte heiß das Blut in ihr Gesicht schießen. »Es ist mir mittlerweile total peinlich. Und ich bin froh, dass es endlich raus ist. Wibke hatte mir erfolgreich eingeredet, dass du mir an die Wäsche willst. Absurd – weiß ich inzwischen auch! Verstehst du nicht? Die Überweisung nach Kasachstan, genauso wie bei Horst.«

Er überlegte kurz, dann packte er Jana am Arm. »Moment! Du glaubst nicht etwa, es gäbe einen Auftragsmörder, der mit Baumgartlingers eigenem Geld bezahlt wurde? Und dass auf dich vorher ein Anschlag geplant war, dem du gerade so entkommen konntest? Und dass dieser Typ genau wie ich aussah?«

»Hast du eine bessere Erklärung? Leviathan ist superschlau, weiß so ziemlich alles, braucht aber ein Werkzeug in der wirklichen Welt, wenn er etwas ausrichten will. Das können Banker sein, die er anspitzt, indem er Konten manipuliert, oder Kommilitonen, denen man beleidigende Nachrichten schickt, oder Polizisten, bei denen er dich denunziert. Warum nicht die ganz große Keule, und er überweist einem Auftragskiller einen Batzen Kohle? Wenn der Typ mich vor den einfahrenden Zug gekickt hätte, hätte man dich wohl Minuten später verhaftet und dir die Sache angehängt.«

»Und wenn keiner etwas merkt, war es eben Selbstmord«, stammelte Nils.

»Was ich nicht verstehe«, unterbrach ihn Jana, erleichtert, endlich über die Sache reden zu können, »ist, wieso man zuerst mir an den Kragen will, dann aber Baumgartlinger umbringt.«

Nils zuckte mit den Schultern. »Schwierige Frage«, seufzte er und blies die Backen auf. »Komm, lass uns ein Stück gehen. Dabei kann ich am besten nachdenken.«

Langsam schlenderten sie in Richtung Bundesplatz zur S-Bahn-Haltestelle, beide vergruben ihre Hände in den Manteltaschen und hingen ihren Gedanken nach.

»Vor der Sache mit dem U-Bahn-Verfolger war ich bei dir zu Hause, und wir haben versucht, das Cootie auf deinem Rechner loszuwerden«, brach Nils das Schweigen, als sie die Treppe zum Bahnhof erreichten. »Aber dann hast du Hasborn den Laptop zur Untersuchung gegeben.«

Jana verstand sofort, worauf er hinauswollte, und blieb stehen. Zu dieser Zeit waren kaum Passanten unterwegs, so dass sie ungestört waren. »Von da an haben Hasborn, Schwarz und Mayr von Baumgartlingers Wohnung aus weitergemacht, weil Pottenstein verboten hat, das Thema polizeilich zu verfolgen«, spann sie den Gedanken laut fort.

»Genau! Für den Leviathan, der für dich zuständig ist, erschien damit Baumgartlinger gefährlicher.«

»Das heißt, dass Baumgartlinger auch ein Cootie bekommen hat.«

Nils atmete tief durch. »Wir müssen wohl davon ausgehen, dass jeder von uns auf jedem Rechner, Smartphone, DSL-Router und was weiß ich ein Cootie sitzen hat, das die Ohren spitzt.«

Jana spürte, wie das Blut aus ihrem Gesicht wich. Sie zog das Smartphone aus der Tasche und baute den Akku aus. »Ist besser so. Wir verhalten uns im Moment nicht gerade unauffällig für das Cootie. Am letzten Abend sagte Baumgartlinger zu mir, dass der eigentliche ADONIS ein treuer Wachhund war, der nichts aus eigenen Stücken unternahm, was über Kleinigkeiten hinausging. Das Ding auf unseren Rechnern hat sich seiner Meinung nach daraus entwickelt.«

»Hatte er eine Idee, was es damit auf sich hat?«

»Die hatte er ganz sicher, aber er hat sie mir nicht verraten. Er wollte ihm ein Angebot machen, das es nicht ablehnen kann – wie in einem Mafiafilm.« Janas Puls beschleunigte sich. Erneut durchlebte sie ihre letzte Begegnung mit Baumgartlinger und hörte seine letzten Worte zu ihr.

»Und er wurde mit Mafiamethoden umgebracht!«, sagte Nils. Er stand mit offenem Mund vor ihr. »Ich glaub's nicht! Dieses Ding zieht auf eigene Faust in den Krieg gegen den Terrorismus, Rechtsradikale und alles Übel in der Welt?«

»Richtig«, presste Jana hervor. Und es hat Horst auf dem Gewissen!

»Ein Computervirus, der einem ans Leder geht. Unglaublich! Mit dem Teil sollten wir uns nicht anlegen.« Allem Anschein nach nahm er diese Ungeheuerlichkeit lediglich mit Verblüffung zur Kenntnis. Es empörte Jana, dass er nichts unternehmen wollte.

»Und jetzt?«, warf sie ihm an den Kopf. Mit geballten Fäusten an den nach unten gestreckten Armen baute sie sich vor ihm auf und rang um Beherrschung. Ein Passant stutzte bei dem Anblick. Wegen des ungemütlichen Wetters hatte er den Mantelkragen hochgezogen und lugte unsicher zu ihr. Jana, die sein Kommen nicht bemerkt hatte, funkelte ihn strafend an. Der Mann vergrub seinen Kopf tiefer im Mantelkragen und hastete mit langen Schritten die Treppe hinunter. Jana starrte hinter ihm her, als wäre er schuld an ihrer Misere.

»Das Ding ist gefährlich«, zischte Nils. »Glaubst du etwa, dass es vor weiteren Morden zurückschreckt? Und darüber hinaus scheint es ziemlich mächtig zu sein.«

»Es – ist – ein– Computerprogramm!«, zischte Jana, sie betonte jedes einzelne Wort. »Du weißt, was es kann und was nicht.«

»Hmm?«

»Ein Programm braucht einen Rechner, auf dem es läuft. Der Rechner braucht Strom, so wie wir die Luft zum Atmen. Zum Kommunizieren braucht es eine Datenverbindung, sonst ist es blind und taub. Und wenn es irgendetwas physisch machen will, braucht es jemandem aus der wirklichen Welt, der für es handelt. Ein Programm kann niemanden vor die U-Bahn schubsen! Solang das Ding schalten und walten kann, wie es will, sitzen wir auf einer Bombe, die jeden Moment hochgehen kann! Oder meinst du, es hat mich – es hat uns – vergessen, weil jetzt Horst in der Grube liegt?«

Nils' Adamsapfel zuckte. Jana konnte förmlich fühlen, dass ihm Schauer über den Rücken liefen, während ihm Stück für Stück klar wurde, wozu sie ihn gerade aufgefordert hatte.

»Du meinst, dass wir den Leviathan erledigen sollen? Nur wir beide?«

»Siehst du eine Alternative? Die Polizei unternimmt nichts. Erst kam Pottensteins Dienstanweisung und nach Baumgartlingers Tod machen die privat sicher nichts mehr. Jede Wette! Du hast Hasborn gehört: ›Macht keine Dummheiten!‹«

Nils sah sie unschlüssig an.

»Hasborn hat den Server in Palo Alto ausfindig gemacht, wo das Ding läuft. Du weißt, wie es kommuniziert. Und wir wissen jetzt, dass man am besten nicht von zu Hause aus auf die Jagd nach dem Leviathan geht«, fasste Jana zusammen.

»Ich denke darüber nach.« Es klang unentschlossen, doch in seinen Augen las sie, dass sie gewonnen hatte. Sie konnte nicht verhindern, dass sich ein zuversichtliches Lächeln in ihr Gesicht malte. Sie hielt ihm entschlossen die Faust hin. Nils zögerte einen Augenblick, zog den rechten Mundwinkel nach oben, als staunte er über sich selbst, und boxte zart gegen Janas Hand.

In Jana kämpften die Empfindungen. Zuversicht, Kameradschaft, mühsam verdrängte Furcht vor der Gefahr, so mussten sich Krieger vor der Schlacht gefühlt haben.

KAPITEL 18

Samstag, 21. November 2020 – Friedrichshain, Berlin

Am Samstagabend bediente Jana wie gewöhnlich im ›Fàilte!‹. Seit vier Tagen hatte sie nichts von Nils gehört, abgesehen von einer Ausnahme am Freitagmorgen, an dem er kurz an der Uni auftauchte und um Geduld bat, weil er mehr Zeit für Vorbereitungen auf den Angriff brauche.

»Ich bin dabei, aber wir haben nur einen Schuss«, waren seine Worte. »Wenn wir Leviathan damit nicht erledigen, ist er gewarnt. Und wenn wir den geringsten Fehler machen, und er herausfindet, wer hinter dem Angriff steckt, sind wir geliefert.«

»Wer kämpft, kann verlieren«, hatte sie markig geantwortet. »Wer nicht kämpft, hat schon verloren.«

Seitdem ging ihr das Gespräch nicht aus dem Kopf. Der Zweifel nagte an ihr. Wäre es nicht besser, einem aussichtslosen Kampf auszuweichen? Mut ohne Klugheit ist keine Tapferkeit, sondern Dummheit, sagte Tante Greta.

Gegen halb neun war die Bar brechend voll und Jana hatte alle Hände voll zu tun, die Gäste zufriedenzustellen.

Zu Ihrer Überraschung saß Hasborn an der Theke. Sie hatte ihn nicht kommen sehen.

»Hallo, Marius«, grüßte sie. »Was darf es sein?«

»Hallo, Jana. Schön, dich zu sehen. Einen doppelten Whisky.«

»Welchen möchtest du denn? Wir haben 117 verschiedene.«

»Egal. Irgendeinen, Hauptsache doppelt.«

Jana stutzte. Hasborn wirkte aufgewühlt, gar nicht kontrolliert und Herr der Lage, wie sie ihn bislang erlebt hatte.

»Wenn es dir egal ist, gebe ich dir einen Bourbon, damit du anschließend einen richtigen Whisky trinken kannst und den Unterschied merkst.«

Hasborn ging nicht auf ihren Versuch ein, ihn aufzumuntern. Sie reichte ihm das Glas. Er nickte knapp, nahm einen Schluck und starrte an ihr vorbei auf das Flaschenregal. Sie zischte mit dem Tablett voller Gläser los. Als sie mit leeren Gläsern zurückkam, hatte Hasborns ausgetrunken.

»Noch so einen.«

»Marius, was ist los? So kenne ich dich gar nicht.«

»Ach, Jana. Heute kam ein Neuer in die Dienststelle. So ein überkorrekter Bleistiftspitzer. Er sitzt auf Horsts Platz.«

Jana schenkte ihm ein und zog mit dem nächsten Tablett los. Ihr machte Baumgartlingers Tod ebenfalls zu schaffen, aber Hasborn schien er aus der Bahn geworfen zu haben. Er tat ihr leid. So schnell sie konnte, bediente sie und ging zurück an die Theke, wo sie begann, Gläser zu spülen. Das gab ihr die Gelegenheit, mit Hasborn zu sprechen.

»Weißt du, Jana«, begann er sofort. »Ich habe versucht, mir vorzustellen, als Mitarbeiter eines Geheimdienstes so etwas wie ADONIS zu programmieren. Und weißt du was: Das wäre total spannend!«

Jana hielt inne und sah ihn scharf an. Er bemerkte es nicht.

»Die Idee, die Natur zu kopieren, jedenfalls von der Natur zu lernen, gibt es überall. Schwimmanzüge nach dem Vorbild von Haifischhaut, Wandfarbe mit Lotoseffekt, Schwarmverhalten in der Verkehrssteuerung.« Hasborn betrachtete grüblerisch sein Glas, drehte es zwischen Daumen und Zeigefinger. Sein Rücken spannte sich. Der Polizist hob den Kopf und sah Jana gerade in die Augen. »Mutation als Tarnmechanismus ist genial! Einen Satz von Tests, um sicherzustellen, dass die Funktion erhalten bleibt. Das ist die Selektion. Mutation – Selektion – fertig ist die künstliche Evolution. Das Grundprinzip der Natur in einem Computerprogramm. Ich hätte mich gefeiert, wenn ich selber auf die Idee gekommen wäre – und Horst ist tot.«

Janas Mitgefühl für Hasborn verhinderte, dass sie die Tragweite dieses Gedankens über den Ansatz hinaus erfasste. »Den Fortschritt kann man nicht aufhalten«, sagte Jana und legte die Hand auf Hasborns Arm. »Und das ist gut so, sonst würden wir wie die Neandertaler in Höhlen hausen.«

»Kennst du ›Die Physiker‹ von Dürrenmatt?«

»Hatten wir, glaube ich, als Schullektüre, hab ich verdrängt.«

»Die gingen freiwillig ins Irrenhaus. Hatten eine Entdeckung gemacht, die die Welt zerstören könnte. Und glaubten, sie könnten sie geheim halten, wenn sie sich als Verrückte ausgeben. Kam natürlich raus – verrückt.«

Der Alkohol entfaltete offenbar seine Wirkung.

»Jana!«, fuhr Hasborn auf. »Wir haben es mit einem Computerprogramm zu tun, das denkt – und tötet! Eigentlich mit etwas viel Schlimmerem. Dieses Ding ist schlau, skrupellos und benutzt unsere Maschinen dazu, uns zu beherrschen. Du hattest recht: Die Überweisung nach Kasachstan stinkt gewaltig. Warum keine als seriös bekannte Organisation, sondern etwas Obskures? Weil es die kasachische Organisation gar nicht gibt! Das ist nur ein fadenscheiniger Verschleierungsversuch. Den Killer mit dem Geld des Opfers zu bezahlen, das kommt öfter bei organisiertem Verbrechen vor. Das mit Horst, das war kein Selbstmord!«

»Ich weiß«, krächzte Jana. Sie rieb sich die Unterarme, damit die Gänsehaut verschwand.

Hasborn schien sie nicht gehört zu haben, sprunghaft wechselte er das Thema: »Klaus kannst du eigentlich gar nicht zählen. Auf Christiane ist Verlass, aber wir sind so wenige.«

Jana entnahm daraus, dass die Polizisten trotz Baumgartlingers Tod die Arbeit an dem Thema nicht eingestellt hatten. Das änderte die Lage. Sie und Nils waren nicht allein.

»Pottenstein legt uns Steine in den Weg, wo er kann. Der lässt sich nicht hinters Licht führen. Das Schlimmste ist die Angst, seit Horst umgebracht wurde. Jana …«. Es klang wie ein verzweifelter Hilferuf. Der hartgesottene Mann schien kurz davor, in Tränen auszubrechen. »Ich habe Cooties auf meinem privaten und auf meinem Dienstrechner.«

»Was hat Leviathan auf deine Spur gebracht? Du warst sicher vorsichtig.«

»Keine Ahnung. Vielleicht hat er mich auf dem Schirm, seit ich ihn in Palo Alto aufgespürt habe.«

»Ich hatte in letzter Zeit Ruhe. Vielleicht solltest du dich eine Zeit lang unauffällig verhalten?«

»Nach seiner Pfeife tanzen, nachdem er meinen Freund ermordet hat?«

»Nein, nur vorsichtig sein, ihn in Sicherheit wiegen, statt zu reizen. Wie war das? Wenn du in den Dschungel gehst, ziehst du hohe Stiefel gegen Giftschlangen an.«

Hasborn betrachtete sie stumm. War sein Blick prüfend? Dachte er über ihre Worte nach?

»Nein«, sagte er bestimmt. »Dieses Ding muss abgeschaltet werden, bevor ihm noch mehr Menschen zum Opfer fallen. Man muss es wenigstens versuchen – koste es, was es wolle.«

Jana kam spät in der Nacht nach Hause und fiel wie ein Stein ins Bett. Jeder Versuch, über Hasborns Idee von künstlichem Leben nachzudenken, scheiterte an ihrer Müdigkeit. Plötzlich saß sie in der U-Bahn. Sie war ganz allein im Wagen. Die Anzeige vor ihr blinkte auf: *Hallo, Jana, sollen wir ein bisschen Gas geben?* Im gleichen Moment fuhr die Bahn an, wurde schneller und schneller, donnerte durch hell erleuchtete Bahnhöfe in dunkle Tunnel. Der Linienplan zeigte, dass sie in der U8 saß. Der Bahnhof Wittenau flitzte vorbei – die Endstation. Die Bahn krachte in ein Hindernis.

Als Jana zu sich kam, lag sie auf der Intensivstation in einem Krankenhaus. Sie war mit vielen Schläuchen an eine Batterie von Geräten angeschlossen. Anzeigen blinkten. Piep – piep – piep, hörte sie. Sie erkannte die Anzeige eines EKGs und das Piepen ihres Herzschlags. Unglaublich, sie war noch am Leben!

Die Anzeige des EKGs veränderte sich. Die gezackte Linie, die ihre Herztätigkeit anzeigte, veränderte sich zu einer Leuchtschrift: *Hallo, Jana, sollen wir ein bisschen Gas geben?* Sie wollte nach den Elektroden fassen, aber sie konnte sich nicht rühren. Die Schrift löste sich auf, bis der Bildschirm wie vorher die gezackte Linie ihrer Herztätigkeit zeigte. Das Piepen beschleunigte sich, bis nur noch ein durchgehender Ton zu vernehmen war. Piep – piep-piep-piep-piiiiiieeeeep.

»Nein!«, schrie Jana auf. Keuchend sah sie um sich. Sie saß aufrecht in ihrem Bett. Es war Sonntagmorgen, 9.12 Uhr, die Sonne schien, alles war ruhig und friedlich. Ein Albtraum, dachte sie erleichtert und ließ ihren Oberkörper nach hinten fallen. Nur ein Albtraum.

Hasborns Idee von künstlichem Leben fiel ihr ein und wirkte wie ein Stromschlag. Jana sprang aus dem Bett und duschte kalt. Anschließend tigerte sie zwei Stunden lang durch ihre Wohnung, bis sie es nicht mehr aushielt und zu ihrem Telefon griff. Sie schaltete es an, gab die Mobilfunk-PIN ein und wählte Hasborns Nummer.

»Hallo, Marius! Ich weiß, es ist Sonntagmorgen, aber es lässt mir keine Ruhe. Können wir uns treffen?«

»Um zwei. Da, wo du zuletzt Christiane gesprochen hast.« Hasborn legte auf, ohne ihre Antwort abzuwarten.

Jana runzelte die Stirn. Auf Baumgartlingers Beerdigung hatte sie mit Christiane kein Wort gewechselt. Er musste Baumgartlingers Wohnung meinen. Sie sah auf die Uhr: ihr blieben drei Stunden.

Die Tür zu Baumgartlingers Wohnung öffnete sich, bevor sie klingelte.

»Komm rein«, sagte Hasborn, sichtlich angespannt. Nach zwei schnellen Blicken die Straße hinauf und hinab schloss er die Tür hinter ihnen. Beschattete man sie?

»Hallo, Jana«, begrüßte Christiane sie. Sie saß auf einem der Sessel in Baumgartlingers Wohnzimmer und deutete auf den neben ihr.

»Hallo.« Jana setzte sich. Beklommen sah sie sich um.

»Komisches Gefühl, in der Wohnung eines Toten zu sitzen«, bemerkte Christiane. »Geht mir nicht besser als dir.«

Christianes umstandslose Art tat ihr gut. Hasborn setzte sich auf das Sofa. Er hatte folglich weder Nils noch Klaus dazugeladen – oder sie waren nicht gekommen.

»Horst kam kurz vor seiner Ermordung in die Bar«, begann Jana zu erzählen. »Es sei nicht ADONIS, sagte er, jedenfalls nicht der, von dem Pottenstein erzählt hat. Er wollte dem Ding ein Angebot machen, eins der Art, das man ›nicht ablehnen kann‹.«

Jemand schellte.

»Moment«, unterbrach Hasborn und ging zur Tür. Sekunden später öffnete er und kam mit Nils zurück ins Wohnzimmer. Beide setzten sich aufs Sofa.

»ADONIS hatte Maßnahmen zur Behinderung einprogrammiert, die er gemäß Zielpersonenprofil einsetzte«, erklärte der Kriminalpolizist. »Einfache Standardmaßnahmen. Was du erlebt hast, geht weit über das hinaus, was darunter fallen könnte.«

»Horst sprach von typischer Zersetzung bei mir. Was ist das genau?«

»Oh, das kann eine Menge sein«, sagte Hasborn. »Die Stasi hatte eine viele Seiten lange Richtlinie dazu verfasst. Kurz: Rufmord, Kriminalisierung, Angriff auf das soziale

Umfeld, finanzielle Notlagen erzeugen. Das ist in keinem Rechtsstaat erlaubt, und deswegen sollte kein Geheimdienst das einem Programm überlassen. Dass man es nicht machen würde, behaupte ich nicht.«

»Aha, bei mir waren das beschimpfende E-Mails an Kommilitonen, um mich sozial unmöglich zu machen, Überweisungen an Bundeskanzlerin Merkel, um mein Konto leerzuräumen, Schufa-Eintrag und Wohnungskündigung? Und ich hatte noch Glück, dass man mir keine Drogen in die Wohnung geschmuggelt hat, um mich deswegen einzubuchten.«

»Hört sich passend an.« Hasborn nickte.

»Die Kriminalisierung war bei mir«, warf Nils ein. »Hatte aber auch etwas Gutes, denn sonst säßen wir nicht beisammen.«

»Richtig, so kam der Fall zu mir«, sagte Hasborn.

»Wir glauben mittlerweile«, antwortete Christiane, »dass ADONIS über seine eingebaute künstliche Intelligenz von seinen Zielen Methoden gelernt haben muss.«

»Man setzt ihn auf die Mafia an, und danach hat er die Mafiamethoden drauf?« Nils sah verblüfft aus.

»Genau«, bestätigte Christiane. »Die Programmierer müssen ausgerastet sein, als sie das mitbekamen.«

»Weil sie keine Kontrolle über ihr System hatten?«, fragte Jana.

»Natürlich.« Christiane nickte.

»Moment«, rief Jana. »Hätte die NSA die Kontrolle über die Funktion verloren, hätte sie ADONIS komplett abgeschaltet, wie sie behauptet. Das passt nicht dazu, mindestens zu tolerieren, dass Leviathan mit seinen Cooties mir einheizt! Vielleicht ist das sogar gewünscht?«

»Dass du deine Systeme nicht im Griff hast?« Nils schüttelte den Kopf. »Das kann nicht gewünscht sein.«

»Womit wir bei der Frage wären, warum die NSA es hinnimmt«, sagte Christiane und lehnte sich zurück.

»Das ergibt keinen Sinn«, widersprach Jana. »Entweder es ist erwünscht oder nicht. Wenn nicht, programmiert man um oder schaltet ab.«

»Offiziell ist ADONIS abgeschaltet«, warf Hasborn ein. »Entweder die NSA weiß nichts von dem Leviathan in Palo Alto.«

»Oder sie haben wirklich keine Kontrolle darüber, wollen aber nicht, dass das rauskommt«, mutmaßte Nils. »Sie müssen davon wissen, sonst hätten sie nicht Pottenstein auf dich gehetzt, als du bei ihnen angerufen hast.«

»Die NSA würde niemals die Kontrolle über eines ihrer Systeme verlieren«, sagte Hasborn bestimmt.

Christiane richtete ihren Oberkörper auf. »Doch, genau das glaube ich. Und vor allem frage ich mich, *wie* das Ding außer Kontrolle geraten *konnte*.«

»Ich kann dir nicht folgen«, sagte Hasborn.

»Da muss ich ein bisschen ausholen«, erwiderte Christiane und holte tief Luft. »ADONIS war als verlängerter Arm der NSA geplant, als Automatisierung der Routinearbeit nach dem Motto: Maschine hilft Mensch, damit Mensch besser seine Aufgaben erledigen kann. Lediglich, wenn es schwierig wird, greifen die Menschen ein. Das Problem dabei ist: Wirklich gut kann man nur, was man oft macht.«

»Ein Pilot, der immer nur den Autopiloten beobachtet, verlernt das Fliegen«, brummte Nils. »Wie soll er im Notfall kitzlige Situationen meistern?«

»Es ist widersprüchlich«, stimmte Christiane zu. »Man wird gezwungen, die Grenze, ab der etwas zu schwierig für die Maschine wird, Stück für Stück weiter hinauszuschieben.«

»Leute, seid mir nicht böse«, hakte Hasborn ein. »Das

wird zu grundsätzlich. Wir verlieren den Zusammenhang zu ADONIS.«

»Um den Widerspruch aufzulösen«, antwortete Christiane, ohne auf Hasborn einzugehen, »müssen die Maschinen letztlich so konstruiert sein, dass sie ihre Aufgaben selbständig lösen können. Und ich vermute, dass man ADONIS genau so gebaut hat.«

»Du meinst«, fasste Jana zusammen, »dass man ADONIS als voll selbstständiges System gebaut hat, sodass kein Geheimdienstler überhaupt eingreifen sollte?«

»Ja. Und damit es das dauerhaft gut kann, hat man ihm Tarnen über Mutationen mitgegeben. Alle herkömmlichen Methoden, durch die man Schadsoftware aufspürt und vernichtet, laufen bei ADONIS ins Leere. Er bekommt einen Satz einfacher Standardmaßnahmen mit, der Geheimdienst ist den langweiligen Großteil seiner Arbeit los und kann sich auf die wichtigen Fälle konzentrieren.«

»Und irgendwann stellt man fest, dass das System zu selbstständig geworden ist.« Nils schüttelte langsam den Kopf.

»Mit Verlaub: Das ist Unfug«, knurrte Hasborn. »Wer immer so etwas baut, sorgt dafür, dass man mehrere todsichere Wege hat, das Ganze abzuschalten.«

»Das Ding mutiert«, erwiderte Jana. »Marius, du hast mich auf den Gedanken gebracht. Könnte es sein, dass die deswegen die Kontrolle verloren haben?«

»Wie meinst du das?«

»Ich denke da an die Biologie, die Evolution, ständiges Wiederholen von Mutation und Selektion. Durch Mutationen entsteht Neues.«

»Du meinst, dass sich ADONIS über Mutationen dahingehend weiterentwickelt hat, dass er sich von der NSA gelöst hat, eine Art Privatkrieg führt?« Nils sah sie mit geweiteten Augen an. »Das würde ja bedeuten, dass er regelrecht … lebt.«

»Hört sich absurd an, ich weiß«, brummte Jana und zuckte mit den Schultern. »Auf den Gedanken hat Marius mich gestern gebracht.«

»Es ist nicht absurd, dass sich ein komplexes Wesen wie ein Mensch aus einem Einzeller entwickelt, durch ständiges Wiederholen des Mutation-Selektion-Schemas.« Christiane zuckte mit den Achseln. »So funktioniert Evolution.«

»Und eine Runde Mutation-Selektion dauert in der Natur mindestens eine Generation, Monate, wenn nicht Jahre. Die Cooties machen das in Sekunden, weil Rechner so schnell sind«, bestätigte Nils. »Die Logik ist bestechend!«

»Schön, aber die Abschaltfunktion müsste nach wie vor funktionieren«, warf Hasborn ein.

»Kennst du eine Testsuite, die alles abdeckt?«, erwiderte Nils. »Gibt es nicht, weiß jeder, der mit Programmieren zu tun hat. Vergiss nicht, dass jeder Test nichts weiter als ein Stück Programm ist und konsequenterweise unterliegen die Tests genauso den Mutationen, sonst könnte man darüber die Cooties aufspüren. Wenn durch eine Mutation der Test der Abschaltvorrichtung nicht mehr da ist, funktioniert das Leviathan-Cootie-System nach wie vor. Niemandem fällt auf, dass etwas nicht stimmt. Wenn jetzt eine Mutation auch im Code selber die Abschaltvorrichtung eliminiert, gibt es keinen Test mehr, der das verhindert. Die Evolution könnte auf diese Weise die Kontrolle von außen überwunden, Leviathan von den Fesseln befreit haben.«

Hasborn erbleichte. Jana spürte, dass sich ihre Nackenhaare sträubten. Eine Ahnung beschlich sie, was eine neue Form von Computerleben bedeuten könnte.

Am Montagmorgen klingelte ihr Wecker wie üblich um halb acht. Nachdem Jana geduscht und sich fertig gemacht hatte, zog sie ihren Mantel an und drückte die Klinke ihrer Wohnungstür herunter.

Nein, das geht nicht, dachte sie im leeren Flur. Ich kann nicht so tun, als ob nichts wäre.

Sie ging zurück in die Wohnung, warf den Mantel über den Haken und ging in die Küche. Vor der Kaffeemaschine blieb sie unschlüssig stehen. Einen guten Kaffee, um in Ruhe zu entscheiden, was zu tun ist? Entgegen aller Gewohnheit verspürte sie nicht die mindeste Lust dazu. Sie musste reden, zückte ihr Smartphone und wählte Nils' Nummer. Vor dem zweiten Klingeln war er dran.

»Du, Nils, mir fällt die Decke auf den Kopf. Hast du Lust, mit mir einen Kaffee zu trinken?«

»Im Prinzip gerne. Konkret habe ich gerade einen Skiff ins Wasser gelegt und wollte abstoßen.«

»Bitte?«

»Einen Einer. Ich wollte eine Stunde rudern. Sollen wir uns danach treffen? Hättest du Lust, ins Bootshaus zu kommen? Ruder-Club Tegel.«

50 Minuten später stand Jana auf dem Steg des RCT und beobachtete Nils, der über die Havel auf sie zuglitt. Nebelfetzen hingen über dem spiegelglatten Wasser. Mit kräftigen Zügen trieb er das Boot voran, verharrte kurz am Ende des Zuges und rollte zurück in die Ausgangsposition, wobei die Ruderblätter den Beinen eines Käfers gleich über das Wasser schwebten. Das Bild faszinierte sie. Der Rumpf des Bootes war halb so breit wie Nils' schmale Schultern und doch blieb alles in perfektem Gleichgewicht. Genauso gekonnt, wie er gerudert war, legte Nils an, montierte die Ruder ab, hob das Boot aus dem Wasser und trug es auf seiner Schulter zum Bootshaus.

»Warum fährst du Einer? Ist es mit mehreren nicht unterhaltsamer?«

»Ich will rudern, nicht quatschen.«

Er blieb der Einzelgänger, den sie aus der Schulzeit kannte. In der engen Sportkleidung sah man deutlich, dass er ein schmächtiger Mann war, kaum größer als sie, doch seine Ausstrahlung beeindruckte sie. Ihr imponierte, dass ihm seine Wirkung auf die Umgebung völlig gleichgültig war.

Als sie sich zwei Stunden und ein gemeinsames Frühstück später voneinander verabschiedeten, fühlte Jana sich den Herausforderungen des Alltags gewachsen. Der Tag verlief ereignislos, bis Hasborn kurz vor Mitternacht im ›Fàilte!‹ auftauchte und ein Mineralwasser bestellte.

»Nur ein Mineralwasser?«, wunderte sich Jana. »Keinen Whisky und dazu ein passendes Mineralwasser?«

»Ich wollte mit dir sprechen.« Hasborn sah sie mit einem traurigen Blick an. »Man erpresst mich, die Namen der anderen zu nennen, die den Leviathan jagen.«

Jana fiel das Glas aus der Hand, das sie gerade spülte. Mit angehaltenem Atem spähte sie panisch durch den Raum, Wimpernschläge später fing sie sich, schüttelte unwirsch den Kopf. »Ich verstehe nicht, warum. Leviathan kennt uns alle. Jeder von uns hat überall Cooties.«

»Wenn Leviathan spitzbekommt, dass du und Nils mit uns unter einer Decke stecken, seid ihr unmittelbar in Lebensgefahr!«

»Was hast du vor? Hast du mit deiner Frau darüber gesprochen?«

»Ja, natürlich. Ich glaube, dass wir alle wie Horst umgebracht werden sollen. Wir müssen handeln und uns gegen das Muster Killer-wird-vom-eigenen-Konto-bezahlt schützen. Beschafft sich Leviathan Geld woanders, schafft er Mitwisser, tritt vielleicht eine Lawine los, die ihn mitreißen könnte. So unvorsichtig handelt er nicht, bin ich mir sicher. Folglich habe ich nur noch Bargeld, was für die ganze Familie natürlich nicht geht. Meine Frau hat ein neues Konto auf ein Pseudonym angelegt, das nur von ihr bedient wird.«

Hasborns Redefluss brach ab. Sein Adamsapfel zuckte. »Was haben wir uns eingebildet, bloß, weil wir Polizisten sind. Bitte, tu mir einen Gefallen. Sei vorsichtig und unternimm nichts Unüberlegtes, nichts, was Leviathan reizen oder seine Aufmerksamkeit wieder auf dich lenken könnte! Wenn nicht für mich, dann für Horst. Versprich es mir!«

»Ich verspreche es«, brachte Jana hervor. »Versprichst du mir dasselbe?«

»Danke«, sagte Hasborn und ging.

KAPITEL 19

Donnerstag, 26. November 2020 – Humboldt-Universität, Berlin

Jana ging im Hörsaal nach vorne, um ihr Referat zu halten. An den zwei Tagen seit Hasborns Besuch im »Fàilte!« hatte sie wie im Rausch rund um die Uhr daran gearbeitet und es fertiggestellt. Alles hatte sich von selbst gefügt, es fiel ihr so leicht, und es war ihr so gleichgültig geworden. Sie konnte kaum glauben, dass vor wenigen Tagen ein schnelles und erfolgreiches Studium das Wichtigste in ihrem Leben gewesen war. Unabhängig von anderen sein, auf eigenen Füßen stehen können, in einer freundlich-friedlichen Welt. Wie naiv war sie gewesen! Sie schloss ihren Rechner an den Projektor an, stellte das Bild scharf und bedeutete Professor Lüneburger mit einem Blick, dass sie so weit war.

»Sehr schön«, sagte der Professor und drehte sich zum Saal. »Ich schätze, Sie sind genauso gespannt darauf wie ich, was Frau Loewe uns zum Thema ›Propaganda in asymmetrischen Kriegen‹ zu berichten weiß, dem mit Abstand herausforderndsten Thema dieses Seminars. Frau Loewe, Sie haben das Wort.«

»Das Thema war von Professor Lüneburger ausdrücklich sehr weit gefasst«, begann Jana und räusperte sich gegen das enge Gefühl in ihrem Hals, »sodass ich mich als Erstes auf einen asymmetrischen Konflikt beschränkte. Ich wählte den islamistischen Terror, weil das mutmaßlich der Krieg ist, der uns alle am stärksten betrifft. Ich vermute, Andreas Hofers Freiheitskampf gegen Napoleons Franzosen hätten die wenigsten spannend gefunden.«

Einige Zuhörer klopften amüsiert.

Hätte ich nur den Hofer genommen, setzte sie stumm hinzu. Horst tot, ich ein sozialer Paria, alles wegen dieses blöden Vortrags, schoss es durch ihre Gedanken. Sie glaubte, den kalten Wind auf dem Friedhof zu spüren. In der letzten Reihe des Hörsaals entdeckte sie Nils.

»Es … es geht … es geht um die Deutungshoheit«, stammelte sie.

»Ganz ruhig«, hörte sie Professor Lüneburger, der ihre Beklemmung falsch deutete. »Ich spüre, dass wird ein erstklassiges Referat.«

Jana atmete tief durch und setzte neu an. »Im asymmetrischen Konflikt geht es primär um die Deutungshoheit. Was ist richtig, was falsch, wer sind die Guten, wer die Bösen? Für die schwächere Seite geht es darum, die öffentliche Meinung, vor allem die im Land des stärkeren Gegners, für sich zu gewinnen. Das kann durch positive Überzeugung sein, das kann durch Einschüchterung mit Terror sein. Wissenschaftlichkeit gebietet, einseitige Sicht zu vermeiden. Folglich musste ich zusehen, die Ansichten der anderen Seite zu hören, die eigene Sicht glaubt man ja zu kennen. Ich kontaktierte die islamistische Szene mit der gebotenen Vorsicht. Konkret wollte ich deren Sichtweise auf die Taten eines brutalen Terroristen verstehen, der sich ›Die Fackel der Gerechtigkeit‹ nennt.«

Sie vermied es, in Nils' Richtung zu schauen.

»Überraschenderweise führte das auf die Frage nach unserer eigenen Sicht. Zweifellos gelangen durch die Überwachung der Kommunikationsnetze eine Reihe von taktischen Erfolgen im Krieg gegen den islamistischen Terror. Anschläge wurden verhindert, Attentäter gefasst. Um welchen Preis? Heiligt der Zweck die Mittel? Lassen Sie mich ausführen, wie die gegenwärtigen Versuche, unsere freiheitlich-demokratische

Grundordnung zu verteidigen, sich zur größten Bedrohung derselben entwickelt.«

Jana ließ ihren Blick langsam über die Zuhörer schweifen. Ihr Vortrag verblüffte. Die meisten wirkten gefesselt, gespannt darauf, wie es weiterging, nur vereinzelte gelangweilt. Gut!

Jana sprach eine lange Zeit über Informationssammlung, das falsche Versprechen von Sicherheit, mit dem Staaten willkürliche Überwachungsmaßnahmen rechtfertigten. Schließlich erläuterte sie, weshalb die Automatisierung solcher Überwachungs- und auch der resultierenden Schutzmaßnahmen zwangsläufig in der Katastrophe enden musste. Sie schloss damit, dass schwächere Parteien in asymmetrischen Konflikten stets im Vorteil seien, weil die stärkere Seite ständig der Versuchung des Machtmissbrauchs ausgesetzt sei.

Nach dieser Rede fühlte Jana sich ausgelaugt. Es dauerte mehrere Augenblicke, bis sie begriff, dass der Saal sie feierte. Die Kommilitonen und Lüneburger klopften nicht nur pflichtschuldig mit den Fingern auf dem Pult, nein, sie klatschten. Ihr Blick ging nach oben, Nils lächelte sie anerkennend an.

»Fabelhaft, Frau Loewe«, sagte Professor Lüneburger, als der Applaus nachließ. »Ich hatte mir viel versprochen, aber Sie haben meine Erwartungen weit übertroffen. Gibt es Fragen?«

Mehrere Arme schnellten nach oben. Mit einer Geste erteilte der Professor das Wort.

»Wie kamst du an diesen Terroristen, ›Die Fackel‹ sagtest du, glaube ich?«, fragte eine blasse Frau. »Seine Nummer steht ja kaum im Telefonbuch.«

»Ich habe seine Gesinnungsgenossen in einschlägigen Foren aufgefordert, Rede und Antwort zu stehen«, erklärte Jana ruhig und im Hörsaal wurde es schlagartig still. Ein Mensch hatte diese Torheit mit dem Leben bezahlt. »Keine gute Idee«, setzte sie halblaut, hinzu. »Nicht zur Nachahmung zu empfehlen.«

»Wie meinst du das?«, fragte die graue Maus.

»Ich hatte eine Menge – eine Menge Scherereien deswegen.«

»Ich fand dich klasse«, sagte Nils, als sie die Hörsaaltür aufdrückte. »Beeindruckend, wie du auf den Punkt gebracht hast, dass automatisierte Entscheidungen in die Katastrophe führen.«

»Für Horst kommt die Erkenntnis zu spät. Und dass da drin viel hängen geblieben ist, bezweifle ich.«

Um sie herum strömten die Studenten aus dem Hörsaal und verteilten sich in alle Richtungen.

»Jana, das war echt cool!«, säuselte Wibke mit übertrieben hoher Stimme. Sie streifte Nils mit einem eisigen Blick, bevor sie Jana einlud: »Hast du heute Abend schon etwas vor?« Wibkes prüfender Blick ruhte auf ihr. Bewusst machte Jana keine Anstalten, von Nils abzurücken. »Du siehst aus, als ob du Entspannung gut gebrauchen könntest, aber vielleicht möchtest du nach dem Endspurt vor dem Referat einfach nur zu Hause abhängen«, gab sie sich geschlagen, nicht ohne mit einem verschwörerischen Augenaufschlag für Zuschauer den Eindruck aufrechtzuerhalten, dass niemand eine Einladung von ihr ausschlagen könnte. »Wir telefonieren.«

Jana sah ihr nach, bis sie um eine Ecke bog.

Nils verabschiedete sich, und Jana fuhr nach Hause. Sie schaltete ihre Kaffeemaschine an und beschloss, sich mit einem Toba-Batak zu verwöhnen. Sie füllte eine Handvoll Bohnen in die Kaffeemühle, mahlte sie leicht gröber als für einen Espresso, füllte den Siebträger und drückte das Kaffeemehl fest an. Nachdem sie eine mittelgroße Tasse Schümli-Kaffee gezapft hatte, begab sie sich ins Wohnzimmer. Minutenlang saß sie auf ihrem Sofa, genoss den Duft des Kaffees und betrachtete die Wand vor sich.

Ihr Telefon spielte die Melodie für unbekannte Anrufer. Also konnte es nicht Wibke sein. Sie hob ab.

»Hallo!«

»Jana? Hier ist Christiane, Christiane Schwarz.« Sie sprach gedämpft. Jana ahnte Schlimmes. »Ich habe eben erfahren, dass du noch gar nicht von Marius weißt.«

»Was ist mit ihm? Ist ihm etwas zugestoßen? Du klingst so bedrückt.«

»Die Beerdigung ist morgen um elf auf dem gleichen Friedhof wie Horst.«

KAPITEL 20

Freitag, 27. November 2020 – Friedenau, Berlin

Johannes Hasborns Grab lag wenige Schritte von Horst Baumgartlingers entfernt, auf dem immer noch verwelkte Blumen lagen, darunter sicher Hasborns letzter Gruß an seinen Freund. Vier Gräber weiter ruhte nun sein Sarg in einem rechteckigen Loch.

Ich habe mich an mein Versprechen gehalten, nichts Unüberlegtes zu tun, dachte Jana traurig. Sie stand in der Reihe der Trauernden, um Abschied zu nehmen. Vor ihr erwies Nils Hasborn die letzte Ehre und trat zur Seite.

»Darf ich Sie kurz sprechen, Herr Reiss?«

»Herr Pottenstein?«, antwortete Nils, als er Hasborns Vorgesetzten erkannt hatte.

Jana trat ans Grab und warf einen Strauß weißer Rosen hinein.

»Aus Staub bist du geworden, zu Staub wirst du werden«, wiederholte sie die Worte des Priesters.

Das war längst keine starre Formel mehr, der Tod war eine bittere Realität in ihrem Leben geworden.

»Wir beten für den verstorbenen Johannes Hasborn und den aus unserer Mitte, der ihm als Nächstes folgen wird«, hatte der Pfarrer am Grab gesagt. Würde sie das sein, die Nächste? Oder Nils? Ihre Hand zitterte, als sie drei Schaufeln voll Erde ins Grab warf. Aufgewühlt zeichnete sie das Kreuz über dem dunklen Schacht und trat zur Seite. Nils kam zu ihr und nahm sie stumm in den Arm. Sie legte den Kopf auf seine Schulter und schluchzte. Tränen liefen über ihre

Wangen. »Herzinfarkt heißt es offiziell, auf dem Weg nach Hause, wenige Minuten, nachdem er das ›Fàilte!‹ verlassen hatte«, sagte Jana leise. »Wenige Minuten, nachdem ich ihm versprechen musste, nichts Unüberlegtes zu tun. Ein natürlicher Tod, auf den ersten Blick. Kannst du dir das vorstellen?«

»Nein, das wäre ein zu großer Zufall.«

»Was wollte Pottenstein von dir?«

»Er hat mir ein Angebot gemacht.«

»Was für ein Angebot?«

Nils löste die Umarmung, griff ihre Hand und zog sie in Richtung Friedhofspforte.

»Komm, lass uns gehen. Ich muss dir etwas erzählen.« Nils spannte Jana auf die Folter, bis sie den Friedhof verlassen hatten. »Marius hatte sein normales Girokonto aufgelöst. Seine Frau hatte unter falschem Namen ein neues angelegt.«

»Ich weiß. Das hat er mir am letzten Abend erzählt. Damit kein Auftragsmörder Geld von seinem Konto bekommen könnte.«

»Unmittelbar vor seinem Tod wurde ein größerer Betrag, diesmal an eine usbekische Hilfsorganisation, überwiesen – vom Konto seiner Frau.«

Jana lief ein kalter Schauer über den Rücken.

»Pottenstein ist sich sicher, dass ADONIS diese Masche von der 'Ndrangheta gelernt hat. Der Eine lässt sich bestechen, der Nächste einschüchtern, und wenn nichts hilft, wird er umgelegt«, sagte Nils in zynisch-illusionslosem Ton.

»So weit waren wir schon. Woher weiß Pottenstein das und warum erzählt er es dir? Wirst du aus dem schlau?«

»Das ist noch nicht alles, was er erzählt hat. Der Typ von Leviathan, mit dem wir es heute zu tun haben, ist unkontrollierbar und unvorstellbar gefährlich. Die Cootie-Kontrollinstanzen von ADONIS haben Handlungsoptionen aufgezeigt, in Ausnahmefällen Tötungs*empfehlungen* gegeben, die Ausführung jedoch *in jedem Fall* dem Geheimdienst oder den Streitkräften überlassen. Leviathan macht das inzwischen selber.«

»Es besteht kein Zweifel mehr? Es gibt Leviathan, das von Menschen geschaffene Monster, das darüber wacht, dass sich die Menschen nicht gegenseitig zerfleischen. Ob sich der alte Hobbes das so vorgestellt hat?«

»Der wollte einen *sterblichen* Gott, der höhere Regeln durchsetzt. Damit meinte er die Regierung eines Staates, für begrenzte Zeit an der Macht und dem Wohl der Leute verpflichtet. Die Bestie, die sich aus ADONIS entwickelt hat, ist weder sterblich, noch hat sie höhere Regeln im Sinn. Wir müssen sehr bedacht vorgehen, wenn wir gegen dieses Ungeheuer antreten.«

»Welches Angebot hat Pottenstein dir denn gemacht?«

»Ich fragte ihn, warum man Hasborn umbrachte, obwohl ich die Antwort kannte.«

»Also weiß Pottenstein Bescheid?«

»Ja, Pottenstein geht wie wir von Mord aus. Er wusste, dass Marius mit Horst, Christiane und Klaus Leviathan nachgestellt hat. Er vermutet weitere Beteiligte, ist sich aber nicht sicher.«

»Oder hat es dir nicht gesagt.«

»Kann sein. Jedenfalls glaubt er an einen Maulwurf, eine Art Doppelagent in Leviathans Diensten.«

»Und was hat das mit dir zu tun?«

»Ich soll den Maulwurf enttarnen. Pottenstein braucht jemand Neuen, dem er nach seiner Aussage vertrauen kann.«

»Ist er vielleicht selber dieser Doppelagent und will dich unter Kontrolle haben? Der Maulwurf führt den Maulwurfsjäger an der kurzen Leine und ist dadurch sicher.«

»Weiß nicht. Ich weiß überhaupt nicht mehr, was ich denken soll.«

Nils schien ein konkretes Ziel zu haben. Jana ging neben ihm her, ohne danach zu fragen. Sie liefen fast 20 Minuten schweigend nebeneinander durch Straßen, die schon bessere Zeiten gesehen hatten, bis Nils an einer Häuserecke stehen blieb.

»Nach Horsts Beerdigung haben wir eine Abmachung getroffen«, sagte er.

Jana überlief eine Gänsehaut. »Gemeinsam den Leviathan in Palo Alto zu erledigen?«

»Genau. Ich habe einen Schlachtplan gemacht. Zuerst hacke ich mich aus einem Internetcafé, in dem wir nie zuvor waren und wo wir nie wieder hingehen werden, in den Server in Palo Alto und verarbeiten ihn zu Kleinholz, sodass der Leviathan todsicher erledigt ist. Anschließend kommen alle Cooties auf unseren Geräten dran. Technisch ist Leviathan die Cootie-Mama, über die alle Cooties gesteuert werden. Nachdem die Zentrale vernichtet ist, müssten die Cooties als Versprengte eine leichte Beute sein.«

»Wie meinst du das?«

»Ohne den Leviathan sind die Cooties nichts weiter als lokale Programme, die man loswird. Leider wirst du Daten verlieren. Ich glaube, das können wir verschmerzen. Hör zu: Wenn ich mit Leviathan fertig bin, setzt du deinen DSL-Router und dein Handy auf Werkseinstellungen zurück. Mit deinem Rechner hast du eine DVD mit dem Betriebssystem bekommen. Das spielst du auf, ohne dass du dem Blechkopf irgendeine Chance gibst, ans Netz zu kommen. Das, was er vom Netz nachladen will, lässt du ihn bei Gelegenheit von der Uni aus machen. Das löscht alle Cooties.«

Jana nickte.

»Schau, da hinten ist ein Café. Warte dort auf mich. Ich bin in einer Viertelstunde zurück.«

Die Ausbootung traf sie unvorbereitet. Ihre Augen weiteten sich, erst aus Verblüffung, dann vor Ärger. »Das ist nicht dein Ernst?«, protestierte sie und plusterte sich auf. »Nach Horsts Beerdigung haben wir eine Abmachung getroffen – wir!«

»Paranoia hilft zu überleben, jedenfalls, wenn es um Rechnersicherheit geht. Du kannst nichts machen, also hältst du besser einen Sicherheitsabstand ein. Man weiß nie.«

»Nein, mein Lieber. So billig wirst du mich nicht los. Ich kann dir den Rücken freihalten, wegen neugieriger Blicke und so.«

Nils rührte sich nicht.

»Los, mach schon! Schließlich habe ich uns das alles eingebrockt.«

Nils sah sie an, verzog den Mund und deutete mit einem seitlichen Kopfnicken nach rechts. Er ging vor, passierte mit schnellen Schritten zwei Häuser und betrat ein kleines Ladenlokal. Durch Sichtwände getrennt befanden sich darin einfache Rechnerarbeitsplätze: Schreibtisch, Stuhl, Rechner, Bildschirm, Drucker. Der Betreiber, ein Inder oder Pakistani, lächelte, als Nils die Quittung zerknüllte und in den Papierkorb warf. Nils schnappte sich einen Bürostuhl von einem unbesetzten Platz, wählte einen Rechner aus und drückte ausdauernd den Anschalter. Jana setzte sich neben ihn. Der Platz war gut gewählt. Niemand konnte unbemerkt auf ihren Bildschirm sehen und Überwachungskameras gab es keine in dem Geschäft.

Der Bildschirm wurde schwarz und mit einem surrenden Geräusch kam die Festplatte zum Stehen. Nils hatte den Rechner auf die harte Tour abgeschaltet.

»Es war gar nicht so leicht, ein so besch… spartanisch ausgestattetes Internetcafé zu finden.« Offenbar meinte Nils Webcams, über die keiner der Rechner verfügte. Er steckte einen USB-Stick in den Computer ein und drückte den Anschalter.

»Wir booten vom Stick einen von mir selbst zusammengestellten minimalen Linux-Kernel. Keine Chance für ein Cootie, habe ich ausprobiert. Den IP-Stack habe ich überschrieben. Er kennt die pseudo-korrupten IP-Pakete von Leviathan und den Cooties und wird sofort Bescheid geben, wenn so etwas ankommt. Wir greifen durch das Tor-Netz an, sodass man den Angriff nicht zurückverfolgen kann.«

»Bist du ganz sicher? Bisher hat Leviathan alles spitzgekriegt.«

»Ich war megavorsichtig. Die Skripte, die wir brauchen, habe ich auf meinem eigenen Uraltrechner entwickelt: Uralt-BIOS, Uralthardware, seit Jahren nicht am Netz. Da konnte unmöglich ein Cootie drauf sein. So, da wären wir.«

Der Bildschirm zeigte ein schwarzes Fenster, in dem hinter der Zeile login> ein Kästchen blinkte.

»Zuerst schauen wir, ob der Administrator ein ausgeschlafener Fuchs oder ein Stümper ist«, erklärte Nils und startete ein Programm, das immer wieder *root* und offensichtlich alle möglichen Passwörter eingab. »Und während das läuft, klappern wir ein paar von den neuen *remote shell exploits* ab. Weißt du, was das ist?«

»Muss ich die Frage wirklich beantworten?«

»Okay, okay, ist aber auch kein Hexenwerk. Ein Grundkonzept bei Unix und Linux ist eine *shell*, das bedeutet eine Sitzung am Rechner. Früher hatte jeder der vielen Nutzer eines Großrechners ein Terminal, im Prinzip Bildschirm und Tastatur, um an die Maschine heranzukommen. Aus Sicht des Rechners ist eine *shell* ein Nutzer, der mit ihm arbeitet, und bei einer *remote shell* macht eine *shell* von einem anderen Rechner aus eine neue Sitzung auf. Klar?«

»Du machst von diesem Rechner aus eine Sitzung auf dem Server auf?«

»Genau. Und *exploit* heißt, dass ich eine Lücke in dem

Programm ausnutze, das diese Fernverbindung aufbaut. Der Server in Palo Alto kennt mich schließlich nicht und würde mich nicht reinlassen.«

»Für technische Fußgänger übersetzt heißt das, du kommst unbemerkt durch die Hintertür.«

»Exakt! Und da sind wir auch schon drin. Das war ja fast zu einfach.« Nils klang gespielt enttäuscht. »Als Nächstes brauchen wir Administratorrechte. Damit werden wir Herr der Maschine und können alles machen.«

Nils taxierte den Bildschirm wie ein Boxer seinen Gegner im Ring. Er tippte einen Befehl ein, drückte »Enter« und kniff die Augen zu, während er auf das Ergebnis wartete.

»Der nicht …« Er tippte den nächsten Befehl. »Der auch nicht … wieder nichts … ja!« Der vierte Angriff hatte offensichtlich Erfolg.

»Und nun?«, fragte Jana.

»Machen wir zuerst alles dicht, damit niemand flüchten kann, wenn das Gericht über Sodom und Gomorrha hereinbricht. Ein Haus hat viele Türen, ein Rechner viele *ports*. Die machen wir alle zu, nichts rein, nichts raus. So. Alle Türen zu bis auf die, durch die wir reingehen.«

Nils rieb sich die Hände, bevor er weitere Befehle eintippte.

»Die Festplatte inklusive Bootsektor überschreiben wir mit lauter Nullen.«

»Kompletter Gedächtnisverlust?«

»Exakt, wir bringen die Platte in den Zustand, in dem sie aus der Fabrik kam. Als Letztes schalten wir die Stromversorgung ab, sodass alles verloren geht, was gerade im Arbeitsspeicher ist. Auf der Maschine kann nichts überleben, gar nichts. Der Systemadministrator wird fluchen. Der muss softwaremäßig die Maschine aus dem Urschleim heraus neu aufbauen. Es dauert Stunden, bis man alles installiert hat, was wir gerade löschen. So.«

Sein rechter Zeigefinger fiel auf die Enter-Taste.

»Der Arme«, heuchelte Jana Mitgefühl. Im gleichen Moment stieß sie einen spitzen Schrei aus.

Who are you?, war auf Nils' Fenster erschienen.

»Wie kommt das auf den Rechner hier im Internet-Café? Wie hat der uns gefunden? Nils!«

Nils antwortete nicht. Seine Hände schwebten über der Tastatur, zitterten. Jana biss auf ihre Unterlippe. Am liebsten wäre sie schreiend davongelaufen. Ein Bild erschien, ein Monster, das Jana einmal in einem Rollenspiel gesehen hatte. Das Monster funkelte sie an.

»Who the fuck are you bloody bastard?«, drang aus den Lautsprechern ihres Rechners. Wer zum Teufel bist du, du Dreckskerl? »You son of a bitch!«

Die Stimme brach ab. Mit einer Tastenkombination hatte Nils den Ton abgestellt. Jana sah sich um. Niemand schien auf sie aufmerksam geworden zu sein.

I will get you! – Ich kriege euch! Die Drohung stand in einer Sprechblase. Janas Magen verkrampfte sich. Das Monster schüttelte drohend die Faust, erstarrte für einen Augenblick und zerfloss, nur um Pixel für Pixel eine neue Gestalt anzunehmen: Onkel Heinrich blitzte sie mit wütenden Augen an. Jana musste würgen.

Nils hämmerte auf die Tastatur. Onkel Heinrich, der gerade mahnend den Zeigefinger erhoben hatte, erstarrte, das Bild wurde grobkörnig und zerfiel. Nils schob die Tastatur von sich und ballte die Fäuste. Er keuchte, stoßweise kam die Luft, erst ganz langsam beruhigte er sich.

»Boah ey, was war das?«

Nils und Jana fuhren herum.

Ein vielleicht 15-jähriger Junge sah sie begeistert an. »Wo kriege ich das Spiel her?«

»Nirgends«, knurrte Nils. »Schieb' ab!«

Der Junge verzog sich murrend zurück an seinen Platz.

»Was war das?«, fragte Jana.

»Keine Ahnung. Strom abschalten ging nicht, warum auch immer. Wie er es geschafft hat, hier den Zinnober abzuziehen, ist mir schleierhaft. Das muss ich mir in Ruhe ansehen. Macht nichts. Ich habe mit höchster Priorität ein Programm gestartet, das den Arbeitsspeicher vollschreibt. Das hat ihm den Rest gegeben. Puh! Ich muss zugeben, dass mir seine letzten Zuckungen ganz schön an die Nieren gegangen sind – coole Show, muss man ihm lassen.« Nils streckte seine Beine aus und schob seinen Bürostuhl nach hinten, wobei er sich zu Jana wandte. Völlige Erschöpfung beherrschte seinen Gesichtsausdruck. Seine Augen staunten sie an, ein Blick wie bei Siegern eines hart umkämpften Fußballspiels, wenn nach Verlängerung der erlösende Schlusspfiff ertönt.

Jana erwachte aus der Betäubung. Schon wieder dieser widerliche Trick mit Onkel Heinrichs Bild, er hat uns erkannt, aber es hat ihm nichts genützt. Nils hat ihn erledigt. Schritt für Schritt wich das lähmende Entsetzen, das sie eben gepackt hatte, gedanklichem Erfassen dessen, was sich vor ihren Augen abgespielt hatte. Schließlich stellte sich Erleichterung ein, die sich in ein unbeschreibliches Glücksgefühl steigerte. »Ich kann es noch gar nicht glauben«, brach der Jubel aus ihr heraus, und sie fiel ihm um den Hals. In ihrer Umarmung spürte sie, wie sich auch seine Anspannung löste.

»Nils, du bist ein Genie!«, hauchte sie in sein Ohr.

»Komm, lass uns von hier verschwinden.«

Nils griff nach seinem USB-Stick, um ihn aus dem Rechner zu ziehen. Im letzten Moment zögerte er und gab einen weiteren Befehl ein. »Sicherheit ist die Mutter der Porzellankiste.«

Seine Augen weiteten sich kurz. Er pfiff leise durch die Zähne und zog seinen USB-Stick ab.

»Komm«, sagte er knapp und ging mit kaum verhohlener Eile nach draußen. Jana folgte ihm mit flauem Gefühl. Vor der Tür schnappte er sich einen herumliegenden Pflasterstein und zertrümmerte den USB-Stick, bis nur noch winzige Fetzen übrig waren.

»Nun sag schon endlich«, drängte Jana. »Was ist los?«

»Nichts. Solange man die Fallen aufspürt, bevor man hineintritt, passiert nichts. Ob du es glaubst oder nicht: diese Ratte hat meinen Stick gehackt, während wir ihn abgemurkst haben! Hat ihm nichts genützt. Hahaha. Da müsste die Cootie-Mama schon mehr draufhaben, wenn sie Nils Reiss am Zeug flicken will.«

Sein Lachen klang unbeschwert. Jana schüttelte sich und griff Nils' Hand.

»Du hast es geschafft!« Euphorie durchströmte sie. Kichernd tanzte sie um Nils herum. Am Eingang einer Bankfiliale auf der anderen Straßenseite bemerkte sie eine Überwachungskamera. Sie lachte so laut auf, dass sich Passanten nach ihr umdrehten.

Leviathan ist tot, und alle Überwachungskameras dieser Welt können dich kreuzweise!

KAPITEL 21

Freitag, 27. November 2020 – Wilhelmsruh, Berlin

Das Glücksgefühl hielt an. Sie hatte mit Engelszungen auf Nils eingeredet, sie zu begleiten, aber er glitt lieber im Skiff über die Havel. Sie hatten sich getrennt, und Jana hatte beschlossen, nach Hause zu fahren. Sie trat in ihre Diele, hängte ihren Mantel auf und spähte in die leeren Räume.

Noch musste sie ihren Cooties den Rest geben. Es dauerte eine Weile, bis sie die Betriebsanleitungen ihres DSL-Routers und ihres Handys gefunden hatte. Die brauchte sie, um herauszufinden, was Nils mit »auf Werkseinstellungen zurücksetzen« gemeint hatte. Es stellte sich als simpel und mit wenigen Handgriffen zu erledigen heraus. Als Nächstes kam der Rechner dran. Sie fischte den USB-Stick aus der Tasche, den sie von Nils bekommen hatte, zusammen mit dem zugehörigen Spickzettel. Minutiös führte sie die Anweisungen aus, die er ihr aufgeschrieben hatte. Ein Fehler, und ihr Rechner war im schlimmsten Fall unbrauchbar, hatte er ihr eingeschärft. Endlich war der Quellcode der Cooties gelöscht. Sie atmete auf, als ihr Rechner danach problemlos hochfuhr. Das war alles kinderleicht! Als Nächstes kramte sie die DVD mit dem Betriebssystem vor, stöpselte den DSL-Router aus, legte die DVD ins Laufwerk ein und startete das Gerät. *Wollen Sie wirklich das Betriebssystem neu installieren?* – Sie klickte »ja«. *Wenn Sie fortfahren, werden alle Ihre Daten unwiderruflich gelöscht. Fortfahren?* – Wieder »ja«. Anschließend war der Rechner 20 Minuten beschäftigt und meldete sich danach jungfräulich wie frisch aus dem Laden.

Jana sah auf die Uhr. Es war kurz vor vier. Sie war in Hochstimmung, weil Leviathan ein für alle Mal besiegt war – und gleichzeitig todmüde nach der wochenlangen Anspannung. Eine rauschende Party mit dem Motto »Ich bin ihn los!«, die lasse ich jetzt steigen, plante sie noch und glitt so entspannt wie seit Tagen nicht mehr in ruhigen Schlaf.

Die Türklingel weckte sie auf, als es schon dunkel war. Wer konnte das sein, um diese Zeit? Wie lange hatte sie geschlafen?

Es war Nils. Seine Haare klebten klatschnass am Kopf. Seine Kleidung tropfte. Offenbar regnete es in Strömen. Er rang um Luft. War er von der S-Bahn hierher gelaufen?

»Jana«, schnaufte er und sah über seine Schulter ins Treppenhaus. »Wir müssen reden.«

»Was ist? Verfolgt man dich?«

»Wir kommen ins Gefängnis, ziemlich lange, wegen des Hacks auf den Server in Palo Alto, wenn nicht …«

»Ruhig, ganz ruhig«, beschwichtigte Jana und legte Nils die Hand auf die Schulter. »Was ist passiert?«

Nils holte tief Luft und begann zu erzählen. »Nachdem wir uns getrennt hatten, ging ich rudern. Nach einer Stunde kam ich zurück. Pottenstein stand auf dem Steg. Er hat gefragt, ob ich alle Tassen im Schrank hätte, einen Server in Palo Alto zu hacken.«

»Was? Wie hat denn Pottenstein davon Wind bekommen? So schnell!«

»Keine Ahnung. Ich habe mich natürlich dumm gestellt und geleugnet. Schließlich waren wir echt vorsichtig. Wie er zu so einer Anschuldigung käme, habe ich ihn gefragt.«

»Und, was hat er geantwortet?«

»›Versuchen Sie nicht, mich zum Narren zu halten, Herr Reiss!‹. Ganz trocken. Der wusste alles.«

»Der kann mich kreuzweise.«

»Ha. Der Mann ist aus Granit. An dem beißen wir uns die

Zähne aus, fürchte ich. Willst du wissen, was er über dich gesagt hat? ›Herr Reiss, Sie sorgen dafür, dass diese aufmüpfige Göre Jana Loewe zukünftig gefälligst auf Erwachsene hört, bis sie versteht, was gut für sie ist.‹«

»Pah. Unverschämtheit! Was will er überhaupt von mir?«

»Nichts, du sollst *nichts* machen. Er will, dass du dich *normal* verhältst: Facebook nutzen, Whatsapp, Google, im Netz einkaufen, und so weiter, aber *nichts*, was irgendwie politisch verdächtig wäre.«

»Ich werde überhaupt nichts machen. Ich fasse nichts an, das mit diesen elektronischen Läusen verseucht ist.«

»Bitte! Nichts tun wäre verdächtig. Du hast beste Aussichten, dass die Cooties dich als harmlos einstufen.«

»Die bin ich doch los.«

»Was glaubst du, warum Pottenstein so einen Terz macht? Es hat nicht geklappt. Den Leviathan in Palo Alto gibt es noch, und du kannst davon ausgehen, dass sämtliche Geräte mit Cooties infiziert sind – immer noch oder wieder.«

»Hmmm! Pottenstein erklärt mir, was ich zu tun und zu lassen habe?« Jana versteifte sich. Dieser Wichtigtuer kanzelte sie als »aufmüpfige Göre« ab und wollte ihr Vorschriften machen. »Sehe ich überhaupt nicht ein.«

»Bitte! Wir müssen beide höllisch aufpassen, nichts Falsches zu tun. Weißt du, was er noch gesagt hat? ›Falls das Fräulein Loewe rumzickt, empfehle ich einen Besuch der Gräber Baumgartlingers und Hasborns. Oder glaubt sie das Märchen vom natürlichen beziehungsweise Freitod der beiden?‹«

Jana fühlte sich, als ob eine eisige Faust ihr die Kehle zudrückte.

»Auf mich kannst du dich verlassen«, drängte Nils. »Gilt das auch umgekehrt?«

Janas Knie schlotterten. Sie hielt sich an Nils' Jackenärmel fest. »Was ist schiefgelaufen?«, krächzte sie.

»Wir sind auf den einfachsten Trick hereingefallen, den es gibt. Wir haben geglaubt, dass das, was wir sehen, alles ist, was da ist.«

Jana packte ihn an beiden Schultern und schüttelte ihn unwirsch. »Sprich nicht in Rätseln!«

»Die Cooties müssen eine Menge Daten speichern, und wir haben brav alle verdächtigen Dateien gelöscht. Pech, dass das Cootie, und natürlich jeder Leviathan, als Erstes den Festplattencontroller überschreibt und uns ausschließlich das sehen lässt, was es uns zeigen will. Und unauffällige Dateien werden etwas größer angezeigt, damit die Gesamtsumme an Bytes stimmt.«

Jana spürte, wie sich ihre Augen weiteten und gleichzeitig ihr Magen in einen Abgrund stürzte. »Der Leviathan hat Katz und Maus mit uns gespielt und uns in dem Glauben gelassen, wir hätten ihn erledigt?«

»Genau, und dabei so nebenbei über uns herausgefunden, was wir so drauf haben in Sachen Rechner.«

Jana sortierte ihre Gedanken. Die kalte Luft, die aus dem Treppenhaus in ihre Wohnung strömte, ließ sie zittern. »Und mit diesem Wissen holt er zum nächsten Schlag aus?«

»Vermutlich.«

»Wie kam Pottenstein auf uns? Und vor allem, so schnell?«

»Die NSA überwacht alle Leviathane. Es gibt nicht nur den einen, der uns im Nacken sitzt. Sie können die entsprechenden Server nicht abschalten, weil es zu viele beziehungsweise zu wichtige sind. Deswegen konnten sie den Angriff auf Palo Alto in Echtzeit mitverfolgen.«

»In einem Internetcafé ohne Kameras, das unsere Namen nicht kennt?«

»Als wir aus dem Internetcafé kamen, hat uns eine Überwachungskamera aufgenommen. Der Rest war für die NSA Routinearbeit, ein paar Sekunden zum Bildabgleich, und sie hatten uns. Außerdem hattest du dein Smartphone dabei, das dein Bewegungsprofil ins Netz posaunt hat.«

»Mein Gott, bin ich blöde! Mir fällt mein Handy nur auf, wenn ich es nicht dabei habe. Ich könnte mir in den Hintern beißen!«

»Es ist passiert und nicht mehr zu ändern. Hab ja selber nicht daran gedacht. Und dass Leviathan noch schneller ist, siehst du daran, dass er das Bild deines Onkels eingespielt hat.«

»Folglich ist der Leviathan nicht tot?«

»Er ist nicht tot. Und er ist nicht der Einzige. Er ist einer von mehreren.«

Jana legte den Kopf in den Nacken und sah nach oben zur weißen Decke ihrer Diele. Die kleinste falsche Handlung konnte einen Mordanschlag auf sie auslösen. Schlimmer, nur mit Glück und bedingungsloser Unterwerfung ließ sich ein Anschlag vermeiden. Widerstand war zwecklos. »Okay, ich werde mich als typische unbedarfte Studentin tarnen und tun, was Pottenstein verlangt, bis mir etwas Besseres einfällt«, presste sie zwischen den Zähnen hervor. Sie sah Nils an. »Und du? Was will er von dir?«

»Ich bin ab sofort freier Mitarbeiter bei der Polizei in einer geheimen Spezialeinheit, die direkt Pottensteins Führung untersteht. Und ›frei‹ bedeutet in dem Zusammenhang, dass ich nicht bei der Polizei angestellt bin. Sollte ich nicht spuren, verschwände ich hinter Gittern, hat Pottenstein gedroht.«

Er schlug den Kragen hoch und verschwand im Treppenhaus. Jana sah ihm nach. Als sie ihn aus den Augen verlor, schloss sie ihre Wohnungstür. Sie zog an allen Fenstern die Gardinen vor und ließ sich ein heißes Bad einlaufen. Nachdem sie sich eine Weile in dem warmen Wasser entspannt hatte, stieg sie aus der Wanne und holte ein großes Schneidbrett aus der Küche sowie ihren Rechner aus dem Wohnzimmer. Das Schneidbrett passte quer über die Badewanne und diente als Tisch für den Laptop. Als Erstes minimierte sie ihr Facebook-Profil, klickte sich durch ihre Kontakte und verteilte wahllos Likes.

»So«, erklärte sie laut und sarkastisch dem Cootie auf ihrem Rechner. »Jetzt wollen wir unauffällig etwas tun, damit du nicht misstrauisch wirst.« Sie klickte sich durch Blumenfotos auf Instagram und Essensfotos auf Snapchat. Mit jedem Klick wuchsen ihr Widerwille und ihre Verachtung vor sich selbst. Schließlich schob sie das Schneidbrett mit dem Rechner von sich und ließ die Hände ins Wasser sinken. Böse funkelte sie den Bildschirm an, der eine gelungene Paella zeigte.

»Das ist Blödsinn!«, fauchte sie, klatschte ihre Fäuste ins Wasser, dass es spritzte, und sprang aus der Wanne. Sie trocknete sich ab, zog ihre bequemsten Kuschelklamotten an und ging zurück ins Bad um ihre Haare zu bürsten. Ihren Rechner ließ sie auf dem Schneidbrett, der Bildschirm inzwischen schwarz, darunter das langsam erkaltende Wasser in der Badewanne. An der Vorderseite des Computers leuchteten unscheinbar einige Kontrollleuchten. Sonst wirkte das Gerät abgeschaltet.

»Du denkst, du hättest gewonnen?«, forderte sie ihren Rechner heraus.

Der Bildschirm blieb schwarz.

»Du hättest gewonnen, wenn ich nach deinen Regeln spielen würde.«

Der Bildschirm blieb weiterhin schwarz.

Mit dem rechten Zeigefinger gab sie dem Rechner einen Schubs, sodass er in das Wasser plumpste. Eine nach der anderen erloschen die Kontrolllampen. Jana verspürte eine grimmige Genugtuung beim Abschied von ihrem früheren Leben.

KAPITEL 22

Montag, 30. November 2020 – Wilhelmsruh, Berlin

Nach der Zerstörung ihres Rechners, ihrer persönlichen Rache an den Computern dieser Welt, gab sich Jana am folgenden Wochenende alle Mühe, sich unauffällig zu verhalten. Ihr Verstand schärfte ihr ein, dass keine unmittelbare Gefahr drohte, solange sie tat, was Pottenstein verlangte. Es war alles folgerichtig, was der Polizist forderte. Es störte sie, dass dieser Widerling es überhaupt von ihr forderte. »Aufmüpfige Göre« hatte er sie genannt!

Ein wenig bereute sie, das Cootie auf ihrem Rechner ertränkt zu haben. Laptops im Badewasser zu versenken gehörte nicht unbedingt zu den vorsichtigsten Verhaltensweisen. Um dem Leviathan zu zeigen, wie normal sie sich verhielt, blieb ihr das Cootie auf ihrem Smartphone, das eine Frau in ihrem Alter kaum aus der Hand legte.

Dennoch warnte sie ihr Bauchgefühl. Umso eindringlicher, weil Nils abgetaucht war. Er ging nicht ans Telefon, Nachrichtenprogramme wie Whatsapp oder Google Messenger benutzte er nicht, soziale Medien verabscheute er ohnehin, und an E-Mail traute sich Jana nach den vielen schlechten Erfahrungen mit Abu Mujahed und Achatz nicht heran. Bei seinem Ruderklub war Nils seit Freitag nicht aufgetaucht. Zweimal war sie dieses Wochenende nach Tegel gefahren, nur um das festzustellen. Wenn er wenigstens ein Lebenszeichen senden würde!

Mittlerweile versiegelte sie regelrecht ihre Wohnungstür, wenn sie das Haus verließ. Dazu klebte sie ein Haar mit Spucke an Türblatt und Rahmen an. Den Trick hatte sie in einem James-Bond-Film gesehen. Die Markierung war so unauffällig, dass sie niemandem auffiel und hielt zuverlässig. Sie hatte darin eine gewisse Routine entwickelt, als sie sich am Montagmorgen zur Uni aufmachte. Eine unauffällige Studentin sollte regelmäßig ihre Veranstaltungen an der Universität besuchen. Absichtlich trödelte sie, um als eine der Letzten zur Vorlesung zu kommen. Vor ihr betrat eine Gruppe von Nachzüglern den Hörsaal. Sie folgte ihnen, trat ein und sah Wibke vor ihr in der drittletzten Bank außen sitzen. Der Platz neben ihr war frei. Jana stieg die Stufen zu ihr hinab.

»Hallo, Wibke«, grüßte sie leise. »Kann ich mich zu dir setzen?«

»Wenn dir der Platz neben mir gut genug ist«, antwortete Wibke grußlos und kühl, ohne Jana anzusehen.

Jana setzte sich, packte Notizblock und Schreibzeug aus und blickte nach vorn, wo Professor Lüneburger mitten in seinem Vortrag war. Jana hatte sich seit Tagen nicht bei Wibke gemeldet. Sie beschloss, auf Zeit zu spielen und den Anschein zu geben, sie höre aufmerksam zu. Wibke hatte andere Vorstellungen. Wie damals, als sie Jana wegen der beleidigenden E-Mails zur Rede gestellt hatte, trommelten ihre Fingernägel auf dem kleinen Pult. Mit dem einzigen Unterschied, dass sie diesmal nicht rot, sondern im dunklen Perlmuttton ihrer Seidenbluse lackiert waren. Schicksalsergeben drehte Jana ihr den Kopf zu. Eine Notlüge?, überlegte sie. Großmutter gestorben? Lieblingslehrer schwer verunglückt? Jana hasste Lügen, schon immer. Sie entschied sich für die Wahrheit, obwohl sie Wibkes Horizont sprengte.

»Nils und ich könnten eingebuchtet werden. Wegen eines Hacks auf einen Server in den USA.«

»Du? Einen Server hacken? Da glaube ich eher, dass dir irgendein Prinz einen Heiratsantrag gemacht hat. Aber wenn du mir erzählst, dass dieser begossene Pudel dich um ein Alibi anbettelt, glaube ich dir.«

»Nicht gerade um ein Alibi. Ich soll stillhalten.«

»Den Kerl decken? Würde mir ja nicht im Traum einfallen! Mädchen, du hast ein zu weiches Herz.«

Wibkes Weltbild ist zurück im Lot, stellte Jana erleichtert fest. Sie beließ sie gerne in dem Glauben. So konnte sie in Ruhe studieren, ohne in der Uni sozial isoliert zu sein. Am frühen Nachmittag trennten sie sich vor dem Haupteingang der Humboldt-Universität. Mit einem Schuss Wehmut gestand sie sich ein, dass sie die Zeit mit Wibke, ihren Abstecher in die Jeunesse dorée genossen hatte.

Jana wollte am Bahnhof Friedrichstraße noch ein paar Besorgungen machen und dann nach Hause fahren. Sie trat durch das Portal der Universität und wandte sich nach rechts in Richtung des Brandenburger Tors. Auf Höhe des Reiterdenkmals Friedrichs des Großen fielen ihr zwei Männer auf, die sie beobachteten. Beide waren etwa 30, beide trugen leichte Mäntel – und beide wirkten seltsam fehl am Platz.

Stell dich nicht so an, beruhigte sie sich. Viele Männer schauen Frauen nach.

Sie ging die Linden hinunter bis zur Ecke Friedrichstraße und bog dort rechts zum gleichnamigen Bahnhof ab. Die beiden Männer folgten ihr in wenigen Schritten Abstand. Jana beschleunigte ihre Schritte und sah über die Schulter zurück. Die Männer erhöhten ihr Tempo in gleichem Maße. Jana wurde mulmig, sie war sich sicher, die beiden nie zuvor gesehen zu haben. Der kleinere schien ein Südamerikaner zu sein. Der größere, ein blonder Hüne, zog ihm davon, hielt direkt auf Jana zu.

»Fräulein Loewe?«, rief er, als er bis auf etwa zehn Schritte herangekommen war.

Der Mann hatte einen amerikanischen Akzent. Seinen rechten Arm hatte er am Körper nach unten ausgestreckt, in der Hand hielt er etwas Goldglitzerndes, das offensichtlich außer ihr niemand sehen sollte. Seine Ledersohlen schlugen mit jedem Schritt lauter auf das Pflaster.

Jana sprang auf die Straße, mitten zwischen die fahrenden Autos. Hinter sich hörte sie ein, zwei Schritte des Amerikaners. Sie riskierte einen Blick über die Schulter. Er verfolgte sie selbst auf die vielbefahrene Straße! Vor ihr quietschten Reifen. Der Kotflügel eines Autos rammte sie am Oberschenkel und schleuderte sie auf den Mittelstreifen der Fahrbahn. Jana rollte sich ab, rappelte sich auf und humpelte zwischen den hupenden Autos hindurch unter die Arkaden auf der anderen Straßenseite. Die beiden Männer verharrten gegenüber und setzten ihr für den Augenblick nicht nach. Der dichte Autoverkehr schützte sie. Der große Blonde deutete zu einer wenige Schritte entfernten Ampel und eilte los. Jana blieb kaum Zeit, sich in Sicherheit zu bringen. Sie biss die Zähne zusammen und hinkte davon, so schnell sie konnte. Ihr Oberschenkel tat höllisch weh. Mit einigen Schlenkern schaffte sie es in den Bahnhof, ohne die beiden Männer zu entdecken. Abgehängt, stellte sie erleichtert fest und humpelte zu den Zügen, um ihren Vorsprung nicht leichtfertig zu verspielen. Am Bahnsteig endlich tastete sie ihr Bein ab. Gebrochen war wohl nichts, allem Anschein nach hatte sie von dem Zusammenstoß mit dem Auto einen Pferdekuss davongetragen, eine schmerzhafte Prellung, keine schwerwiegende Verletzung.

Der nächste Zug fuhr nach Köpenick.

Hauptsache weg von hier, sagte sie sich, und beschloss lieber Umwege in Kauf zu nehmen, als auf dem Bahnsteig wie auf dem Präsentierteller zu warten. Der Zug hielt, sie stieg ein und setzte sich auf eine freie Sitzbank. Von den beiden Männern war weit und breit nichts zu sehen.

Zwei Stunden lang fuhr sie kreuz und quer durch Berlin. Als sie endlich am Bahnhof Wilhelmsruh ausstieg, dauerte es etliche Schritte, bis sie einigermaßen normal laufen konnte. Sie erwog, gleich zum Arzt zu gehen, beschloss aber, es zunächst zu Hause mit Sportsalbe zu versuchen. Mit zusammengebissenen Zähnen kämpfte sie sich an der Industriebrache neben den Gleisen vorbei in die Hertzstraße. Es war auffallend einsam. Kein Mensch schien heute auf der Straße unterwegs zu sein. Die Hertzstraße war nicht besonders belebt, gänzlich menschenleer war sie selten. Jana schüttelte sich, bemüht, ihre Beklommenheit abzuwerfen. Sie ging zu ihrer Adresse, schloss die Haustür auf und warf über die Schulter einen letzten Blick über die ausgestorbene Straße. Dann trat sie ein. Den Schlüsselbund behielt sie in der Hand. Die Treppe hinauf bedauerte sie, dass es im Haus keinen Fahrstuhl gab. Ihr Oberschenkel schien kurz davor, seinen Dienst zu versagen. Endlich vor ihrer Wohnungstür angekommen atmete sie auf, suchte den passenden Schlüssel heraus und führte ihn zum Schloss. Zentimeter bevor das Metall ins Schlüsselloch eindrang, zuckte sie zusammen. Ihr Haar-Siegel war aufgebrochen. Jana schluckte. Um ganz sicher zu sein, sah sie genau nach. Die Stelle am Rahmen klebte noch, an der Tür war das Haar abgerissen. Kein Zweifel, jemand war in ihre Wohnung eingedrungen. Janas Magen krampfte sich zusammen. In der gebückten Haltung, in der sie die Tür hatte aufschließen wollen, schlich sie rückwärts die Treppe hinunter. Dabei vermied sie jedes Geräusch, wagte kaum zu atmen. Als sie an der Haustür ankam, richtete sie sich auf. Was sollte sie anfangen, wenn sie nicht in ihre Wohnung konnte? Egal, zuerst musste sie weg und sich in Sicherheit bringen. Mit gemischten Gefühlen drückte sie die Haustür auf und trat nach draußen. Seitlich von ihr schrie jemand: »Zugriff!«, und im nächsten Augenblick war sie von schwarz vermummten, schwer bewaffneten

Männern umringt. Starr vor Schreck schaute sie in den Lauf eines Schnellfeuergewehrs.

»Jana Loewe, ich verhafte Sie wegen unerlaubten Besitzes von Sprengstoff und Mitgliedschaft in einer terroristischen Vereinigung.«

Jana zitterte am ganzen Körper. Kräftige Hände packten und fesselten sie mit Handschellen. Die gleichen Hände griffen sie daraufhin an den Oberarmen und schoben sie in die Hielscherstraße, die seitlich abzweigte. Widerstandslos ließ sie sich zu den Polizeiwagen führen, die dort parkten. Dabei hoffte sie inständig, dass es echte Polizeiautos waren und nicht irgendwer sie als Polizist verkleidet entführte. Eine Schiebetür öffnete sich vor ihr, und man drückte sie auf eine harte Sitzbank. Vier Männer nahmen neben und vor ihr Platz, die Waffen schussbereit in den Händen. Die mattschwarzen Schnellfeuergewehre schüchterten Jana ein. Nie zuvor hatte sie eine Schusswaffe aus der Nähe gesehen. Sie spürte Tränen in ihren Augen und wischte sie mit der Schulter weg. Auf dem Boden zwischen den Bänken standen Kisten aus durchsichtigem Kunststoff, in denen längliche, mit hellbraunem Pulver gefüllte Pakete von der Größe einer Kilopackung Mehl oder Zucker lagen. Auf den Etiketten standen ihr Name, ihre Adresse, Datum von heute und Uhrzeit vor wenigen Minuten! Jana versteifte sich.

»Was sind das für Pakete?«, fragte sie. Niemand antwortete ihr. »Was sind das für Pakete?«, fragte sie mit Nachdruck.

»Erkennen Sie sie nicht? Die Pakete verschaffen Ihnen die Freifahrt mit uns«, sagte der Mann, der neben ihr saß. Die anderen kicherten.

»Ich bin nicht zu Scherzen aufgelegt«, beschwerte sich Jana. »Ich habe keine Ahnung, wer Sie sind und was Sie von mir wollen. Könnte ich bitte eine vernünftige Antwort haben?«

»Verzeihen Sie«, sagte der Mann neben ihr. »Nach einem erfolgreichen Einsatz herrscht meist eine gelöste Stimmung. Wir gehen davon aus, dass Sie wissen, dass die Pakete Sprengstoff enthalten. Genug, um den Flughafen Tegel in einen Schutthaufen zu verwandeln.«

»Oh – mein – Gott!«, entfuhr es Jana.

KAPITEL 23

Montag, 30. November 2020 – Tegel, Berlin

Durch die eng vergitterten Fenster des Wagens konnte Jana nicht erkennen, wohin sie gebracht wurde. Es war bewölkt, sodass nicht einmal der Sonnenstand eine grobe Orientierung ermöglichte. Sie begann, die Sekunden zu zählen. Meist schienen sie durch den Stadtverkehr zu fahren. Auf den wenigen kurzen Strecken fuhren sie zügig. Als Jana bei 934 angelangt war, hielten sie, und die Männer auf den Vordersitzen stiegen aus. Jana schätzte, dass sie etwa zehn Kilometer gefahren waren. Sie hatte keine Ahnung, wo sie sich befand. Halb Berlin kam infrage. Die seitlichen Türen des Gefangenentransporters wurden von außen entriegelt und aufgeschoben.

»Aussteigen«, sagte der Mann ihr gegenüber knapp, und Jana verließ den Wagen.

Sie befanden sich in einem Innenhof, der ringsum von vierstöckigen Gebäuden gesäumt war. Vor den meisten Fenstern waren Metallgitter angebracht. Man packte sie rechts und links am Oberarm und führte sie in eines der Häuser.

Sie gingen an einigen verschlossenen Zellen vorbei, bis sie eine offene erreichten, an deren Eingang sie stehen blieben. Der Raum war hoch, schmal und besaß ein kleines Fenster in über drei Metern Höhe. Ein Feldbett, eine Toilettenschüssel ohne Brille und Deckel, ein kleines Waschbecken, grauer Linoleumboden und kahle Wände empfingen Jana. Man nahm ihr die Handschellen ab und schob sie tiefer in die Zelle. Die Tür fiel krachend hinter ihr ins Schloss. Die Männer schlossen ab. Am Klang ihrer Stiefel auf dem Steinboden hörte sie, wie sie sich entfernten. Sonst war kein Geräusch zu hören, nicht einmal das tröstliche Zwitschern eines Vogels vor ihrem Fenster.

Nachdem die Schritte verklungen waren, setzte sie sich auf das Bett, zog ihre Fersen an und umfasste ihre Knie. Ihr Oberschenkel schmerzte dumpf. Es wurde dunkel, ohne dass Jana sich rührte. Sie hatte keine Angst. Dazu fehlte ihr die Kraft. Das Bewusstsein, unbekannten, übermächtigen Gegnern ausgeliefert zu sein, raubte ihr allen Mut. Die Minuten, wahrscheinlich Stunden verrannen. Sie verlor das Gefühl für die Zeit und dämmerte vor sich hin.

Eine Männerstimme aus weiter Ferne ließ sie aufmerken. Sie horchte genauer. Der Mann schien sehr aufgebracht zu sein. Einzelne Worte konnte sie nicht verstehen. Die Stimme näherte sich, unterlegt vom Geräusch eiliger Schritte, die von mindestens zwei Personen stammten. Vor ihrer Tür hielten sie an.

»Verschonen Sie mich mit Ihren Ausreden«, polterte die Stimme, die sie von Weitem gehört hatte. »Worauf warten Sie? Dass es Frühling wird? Machen Sie endlich auf!«

Jana spürte Gänsehaut auf ihrem Rücken. Raus hier, schrie ihr Selbsterhaltungstrieb. Sie sprang vom Bett und stellte sich so weit wie möglich von der Tür entfernt an die Wand. Was für ein Unsinn. Du bist im Gefängnis!, ernüchterte sie ihr Verstand.

Der Schlüssel drehte sich lautstark im Schloss und die Tür ging auf. Das Licht, das vom Flur in ihre unbeleuchtete Zelle fiel, blendete sie und jagte ihren Puls auf Höchstgeschwindigkeit. Als Schemen im Gegenlicht nahm sie einen stämmigen Mann wahr, der den Raum betrat und in der Tür stehen blieb, als er sie sah.

»Frau Loewe, Sie brauchen keine Angst zu haben«, sagte er sanft.

Jana kniff die Augen zusammen. Nach drei, vier Sekunden hatten sie sich so weit an das Licht angepasst, dass sie den Mann erkennen konnte. Es war Pottenstein.

»Folgen Sie mir«, befahl er knapp. »Ich hole sie hier heraus.«

Pottenstein verließ die Zelle. Jana näherte sich vorsichtig der Zellentür und spähte auf den Gang.

»Wenn Sie bitte den Empfang der Gefangenen quittieren würden«, bat eine Gefängniswärterin und hielt dem Polizisten ein Klemmbrett mit Stift entgegen. Die beiden standen im Gang, der zum Innenhof führte.

»Es muss ja alles seine Ordnung haben«, knurrte Pottenstein und unterschrieb mit einer fahrigen Bewegung. »Nichts für ungut. Sie können ja nichts dafür. Frau Loewe, wollen Sie hier Wurzeln schlagen?«

Er machte eine auffordernde Geste in ihre Richtung und ging voraus auf den Ausgang zu. Jana folgte ihm, hinter ihr die Gefängniswärterin, die mit dem Schlüsselbund klimperte.

Pottenstein machte einen sehr gereizten Eindruck.

An der Tür blieb er stehen, ließ die Wärterin aufschließen und hielt Jana die Tür auf. Jana ging hinaus und wartete, bis er ihr folgte. Das Letzte, was sie von Pottenstein gehört hatte, war seine unmissverständliche Anweisung, sich unauffällig zu verhalten. Sie war sich keiner Schuld bewusst.

»Warum sind Sie so gereizt? Habe ich etwas damit zu tun?«, fragte sie leise.

»Nein, nein!«, beschwichtigte Pottenstein, der sich zu beruhigen schien. »Sie haben sich nichts vorzuwerfen. Ich bin wütend auf mich selbst. Alles mein Fehler, einzig und allein mein Fehler. Ich hoffe, Sie verzeihen mir, dass ich den gesunden Menschenverstand verschiedener Zeitgenossen überschätzt habe.«

Pottenstein führte sie durch den Hof nach draußen auf die Straße, deutete auf eine schwarze Limousine mit verdunkelten Scheiben und öffnete die hintere Tür auf der Beifahrerseite.

»Steigen Sie ein«, sagte er, ging um das Heck des Wagens herum und stieg im Fond auf der Fahrerseite ein.

Jana zögerte. Was will er?

Sie gab sich einen Ruck und rutschte auf die Rückbank, wobei sie bemerkte, dass der Chauffeur sie durch den Rückspiegel beobachtete.

Warum glotzt der so?, überlegte sie misstrauisch, die Hand am Griff der offenen Autotür. Einen Moment lang spielte sie mit dem Gedanken auszusteigen. Ach, Mädchen, wo willst du hin? Du bist immer noch im Gefängnis. Pottenstein holt dich raus, und du siehst hinter jedem Busch einen Räuber!

Entschlossen schlug sie die Wagentür zu. Pottenstein hob die rechte Hand und bedeutete mit den Fingerspitzen loszufahren. Der Fahrer startete den Motor, mit einem Klacken verschlossen sich die Türen und der Wagen glitt durch ein Tor auf die Straße.

»Frau Loewe«, begann Pottenstein und atmete tief ein, bevor er weitersprach. »Ich war mir sicher, es genügt, wenn Sie offensichtlich harmlos sind. Manchen unserer *Freunde* reicht das leider nicht.« Aus der Art, wie er das Wort Freunde betonte, sprach Verbitterung. »Um solche ... Vorfälle wie heute Nachmittag zukünftig zu vermeiden, möchte ich Sie in ein Zeugenschutzprogramm aufnehmen. Wir stellen Ihnen eine sichere Wohnung und halten Ihre Umgebung im Auge.«

»Sie wollen mich überwachen?«

»Nein, im Gegenteil. Wir bieten Ihnen an, sie zu *be*wachen, und es steht Ihnen jederzeit frei, Ihrer eigenen Wege zu gehen.«

Pottensteins Verhalten verwirrte Jana. Sie kannte ihn als polternden Vorgesetzten von Hasborn und Baumgartlinger.

Er hatte ihnen Steine in den Weg gelegt, wo er konnte, und auf Hasborns Beerdigung hatte sie ihn verdächtigt, mitschuldig am Tod ihrer Verbündeten zu sein. Warum verhielt er sich wie ein väterlicher Freund?

»Sie müssen sich nicht sofort entscheiden«, unterbrach Pottenstein ihre Überlegungen. Er zog eine Visitenkarte aus der Tasche und notierte etwas auf der Rückseite. »Wenn Sie es vorziehen, weder in Ihre Wohnung zu gehen, noch bei einem Freund oder einer Freundin Unterschlupf zu suchen, erwartet Kollegin Schwarz Sie an dieser Adresse bis morgen um 18.00 Uhr.« Er reichte ihr die Karte. »Frau Schwarz kennen Sie ja von Ihrer Zusammenarbeit mit dem Kollegen Hasborn. Darf ich Sie irgendwohin bringen?«

Jana schwirrte der Kopf. »Nein«, lehnte sie spontan ab. »Nein, nein danke.«

»Wie Sie wünschen. Da vorne ist eine U-Bahn-Haltestelle. Sollen wir Sie da absetzen?«

»Ja, gerne.« Der Wagen hielt und Jana stieg aus. Bevor sie die Tür zuschlug, sah sie Pottenstein noch einmal an. »Danke. Vielen Dank.«

Pottensteins Fahrer fädelte in den Verkehr ein und brauste die Brunnenstraße hinunter in Richtung Innenstadt. Jana sah ihnen nach, bis sie den Wagen aus den Augen verlor. Die Gegend um die U-Bahnstation Pankstraße lud nicht zum Bleiben ein. Sie betrachtete die Visitenkarte. »Leitender Kriminaldirektor Torben Pottenstein« stand auf der Vorderseite. Sie drehte die Karte herum. Die sichere Wohnung lag im Märkischen Viertel, im neunten Stock eines Plattenbauhochhauses in der Finsterwalder Straße. »Nicht klingeln, ›SOS‹ an der Tür klopfen!«, stand darunter.

Fußwegentfernung nach Wilhelmsruh, dachte sie, rieb ihren verletzten Schenkel und stakste Richtung Bahnsteig.

Christiane erwartet mich dort und ich kann es mir notfalls jederzeit anders überlegen.

Die Entscheidung, Pottensteins Angebot anzunehmen, traf ihr Unterbewusstsein. Während sie grübelte, ob sie dem Polizisten vertrauen konnte, nahm sie die U-Bahn in Richtung des Märkischen Viertels. Dort stieg sie aus und suchte die Adresse der sicheren Wohnung auf. Mit einem Gefühl, als wüte ein Hummelschwarm in ihren Eingeweiden, betrat sie das Hochhaus und fuhr mit dem Fahrstuhl in den neunten Stock.

Unpersönlicher geht es nicht, dachte sie, als sie den Flur nach der richtigen Tür absuchte. Eine graue Fußmatte mit dem Schriftzug *Come in* lag davor. Jana blies die Backen auf und hob die Faust in Kopfhöhe. Der Hummelschwarm brauste auf. Jana ließ die Faust sinken.

Das ist keine Falle, hämmerte sie sich ein. Wenn Pottenstein dich reinlegen wollte, hätte er das einfacher haben können. Oder nicht? Im regulären Gefängnis gibt es Zeugen und rechtsstaatliche Prozesse, überlegte sie. Hier sieht und hört es niemand, wenn man dir das Fell über die Ohren zieht! Wie eine Salzsäule verharrte sie vor der Tür, unfähig einen Entschluss zu fassen, bis sich im Stockwerk unter ihr der Fahrstuhl öffnete. Hör auf, Gespenster zu sehen!, sprach sie sich Mut zu. Da drin ist nur Christiane!

Jana gab sich einen Ruck und klopfte dreimal unmittelbar hintereinander, dreimal mit längerem Abstand und dann wieder dreimal kurz. Mit SOS konnte Pottenstein nur den Morsecode für die Abkürzung von »save our souls«, das internationale Notrufzeichen, gemeint haben. Leichte Schritte näherten sich in der Wohnung. Von innen spähte jemand durch den Spion. Dann flog die Tür auf.

»Jana! Bin ich froh, dass es dir gut geht!«

Christiane packte sie an der Hand und zog sie hinein.

»Ehrlich gesagt ging es mir schon besser.« Mit gemischten

Gefühlen sah Jana sich um. Die Wohnung war komplett eingerichtet. Dennoch wirkte sie steril, unbewohnt. Die einzelnen Einrichtungsgegenstände ergaben kein stimmiges Bild. »Wohnt hier jemand?«

»Gelegentlich«, antwortete Christiane. »Schau mal auf dem Bett. Ich habe dir eine Überlebensration zusammengestellt: Zahnbürste, Zahnpasta, Schlafanzug, ein bisschen Wäsche. Für ein paar Tage kommst du damit sicher klar.«

»Ist das eine konspirative Wohnung? Wie bei der Stasi?«

»Diese Wohnung nutzen wir hauptsächlich als Zufluchtsort. Meist steht sie leer, zum Glück. Nützlich ist sie auch, um jemanden zu treffen, mit dem man nicht zusammen gesehen werden will.«

»Mein Bedarf an Geheimdienst-Kram ist zurzeit gedeckt.«

»Geht mir genauso. Aber irgendwie muss man ja die Neonazis, Islamisten, Linksradikalen oder wen auch immer in Schach halten.«

»Dafür gibt es doch die Polizei?«

»Die hat Grenzen. Die Polizei braucht sehr konkrete Anhaltspunkte, bevor sie ermitteln darf. In jedem Fall brauchst du Geheimdienste für Bedrohungen von außen. Magst du einen Tee?«

Die nächste Stunde verplauderten Jana und Christiane im Wohnzimmer. Jana entspannte sich und merkte, wie müde sie war. Ein Blick auf die Uhr an der Wand sagte ihr, dass es auf 23.00 Uhr zuging. Sie gähnte.

»Sag mir, wenn du schlafen willst.« Christiane fasste ihre Hand. »Ich kann nach Hause fahren oder hier übernachten. Was dir lieber ist.«

»Es wäre schön, nicht allein zu sein.«

Als Jana am nächsten Morgen in die Küche kam, duftete es nach frischen Brötchen und Kaffee. Christiane hatte Frühstück gemacht und es sogar geschafft, morgens früh im Spätherbst frische Blumen aufzutreiben. Im Märkischen Viertel war das bestimmt keine leichte Übung.

»Gut geschlafen?«

»Ein Murmeltier könnte neidisch werden. Dabei war ich gestern Nacht sicher, ich würde kein Auge zutun.« Sie setzte sich an den Tisch, und Christiane goss ihr Kaffee ein.

In dem Moment klopfte es im SOS-Morsecode an der Tür: kurz-kurz-kurz-lang-lang-lang-kurz-kurz-kurz.

»Nanu«, sagte Christiane, stand auf und ging zur Tür. Nach einem Blick durch den Spion öffnete sie. »Chef, was machen Sie denn so früh schon hier? Jana ist gerade erst aufgestanden.«

»Wir stören hoffentlich nicht lange. Ich kann diese beiden Herren nicht länger ruhig halten.«

Jana schnellte wie eine Stahlfeder nach oben.

»Frau Loewe, bitte entschuldigen Sie die Störung«, sagte Pottenstein, als er das Wohnzimmer betrat. Jana erkannte seine Begleiter sofort. Es waren die beiden Männer, die sie in der Friedrichstraße verfolgt hatten.

Jana rieb ihren verletzten Oberschenkel, den sie ganz vergessen hatte. Sie fühlte sich verraten. Die drei Männer verstellten ihr den Weg zum Ausgang, an eine Flucht war nicht zu denken. Pottenstein, du Ratte!, fauchte sie lautlos.

»Frau Loewe, das sind Agent Ulmer«, Pottenstein deutete auf den blonden Hünen, »und Agent Rodriguez von der NSA. Wie ich hörte, hatten sie gestern Nachmittag bereits ein unglückliches Zusammentreffen, und um weiteres Unheil zu vermeiden, habe ich die beiden mitgebracht.«

»Miss Loewe, wir sind gekommen, um Sie um Mithilfe bei der Beseitigung unseres gemeinsamen Problems zu bitten.« Ulmer ging wie selbstverständlich davon aus, dass jeder seinen Südstaatenakzent verstand.

»Was soll ich Ihnen groß nützen?«, lehnte Jana brüsk und auf Deutsch ab. Pottenstein übersetzte simultan.

»Aus ihrem Konflikt mit dem ADONIS-Erbe haben Sie wichtige Kenntnisse über neue Verhaltensmuster.« Ulmer öffnete seine Hände zu einer werbenden Geste und ging einen Schritt auf Jana zu.

»ADONIS-Erbe!«, schnaubte sie und brachte Ulmer mit einem eisigen Blick zum Stehen. »Sparen wir uns die Schönfärberei. Wie kommen Sie denn überhaupt auf mich?«

»Wir überwachen alle Leviathane«, schaltete sich Rodriguez ein. »Nach dem Angriff auf Palo Alto filterten wir alle Meta-Daten der unmittelbaren Umgebung. Eine Überwachungskamera hat sie beim Verlassen des Internetcafés aufgezeichnet.«

Das deckte sich mit den Informationen, die sie von Nils hatte.

»Sie überwachen alle Leviathane. Wie viele sind das denn, wenn ich fragen darf.«

»Es existieren etwa 400, die sich unserer direkten Kontrolle derzeit entziehen. Inzwischen können wir verhindern, dass sie sich vermehren. Wir …«

»Shut up!«, fiel ihm Ulmer ins Wort. Sein Gesicht verzerrte sich zu einer zornesroten Maske. Wimpernschläge später hatte er sich wieder im Griff.

»Sie haben diese Dinger programmiert«, schimpfte Jana. »Jeder vernünftige Mensch baut dreimal genügend Sicherungen ein, falls etwas schiefgeht.«

»Das Thema möchte ich nicht vertiefen«, versuchte Ulmer zu beschwichtigen. »ADONIS wurde unter großem Zeitdruck entwickelt, und in solchen Fällen hat die Funktionalität Vorrang vor anderen Erwägungen.«

Jana ballte ihre Hände zu Fäusten. »Soso, Funktionalität hatte für Sie Vorrang vor anderen Erwägungen. Andere würden bei dieser Sachlage von grober Fahrlässigkeit sprechen. Und jetzt soll ich Ihnen helfen, das Unheil einzudämmen, das Sie angerichtet haben. Warum organisieren Sie nicht eine weltweite Aktion und bringen auf einen Schlag alle Server in Ordnung? Wenn jemand so etwas kann, dann doch die NSA?«

»Wie stellen Sie sich das vor? Wollen Sie jedem Systemverwalter auf der ganzen Welt die ganze Geschichte erklären und um seine freundliche Mithilfe bitten?« Ulmer lächelte gequält.

»Das gibt es doch nicht!«, erregte sich Jana. »Ihnen geht es vor allem darum, dass niemand erfährt, dass Sie die Leviathane nicht im Griff haben?«

»Der Einwand von Agent Ulmer ist völlig berechtigt, Frau Loewe«, gab Pottenstein zu bedenken.

In ihrer Empörung über die Taktik der NSA blockte sie jede Erörterung möglicher Gründe ab. »Zwei Menschen sind ihretwegen gestorben, und die allmächtige NSA hat nicht mehr zu bieten als zwei ratlose Zauberlehrlinge, die eine technisch unbedarfte Studentin um Hilfe bitten? Wie peinlich!«, ätzte sie.

»Herr, die Not ist groß! Die ich rief, die Geister, werd' ich nun nicht los«, zitierte Christiane bitter. In ihren Augen funkelte Verachtung für die Männer, die den Tod ihrer beiden Kollegen zu verantworten hatten.

»Sie haben den Nagel auf den Kopf getroffen«, lächelte Pottenstein. »Mit dem Unterschied, dass die Herren Zauberlehrlinge keinen Meister haben, der ihnen aus der Patsche hilft, sondern einen Chef, der ihnen die Hölle anheizt. Die NSA ist sich wohl bewusst, dass diese tödliche Bedrohung für die Menschheit schnellstmöglich beseitigt werden muss.«

Ulmer verstand offensichtlich kein Wort von der auf Deutsch geführten Unterhaltung. »Wir sind die Profis, Frau

Loewe«, ergriff er das Wort auf Englisch. »Und die Gefahr für Sie ist keineswegs vorbei. Wenn Sie mit uns zusammenarbeiten, werden wir Sie schützen.«

Und wenn ich nicht spure, erledigt ihr mich, dachte sie. Auf ein weiteres Bauernopfer kommt es euch nicht an. Sie beschloss, ihre Taktik zu ändern.

»Wie schätzen Sie die Leviathane des ›ADONIS-Erbes‹ ein?«, fragte Jana diesmal ebenfalls auf Englisch und zwang sich zu einem versöhnlichen Lächeln, obwohl es in ihr weiterhin tobte. Vielleicht konnte sie den NSA-Agenten Nützliches entlocken. »Ist es künstliches Leben mit Selbsterhaltungstrieb und Fortpflanzung?«

»Die Fortpflanzung konnten wir stoppen«, antwortete Rodriguez.

»In Klartext bedeutet das Selbsterhaltungstrieb ja und Fortpflanzung gestoppt, für den Moment gestoppt, und sicher, dass das anhält, sind wir uns nicht.« Es war eine Feststellung. Niemand widersprach. Jana rieb ihre feuchten Handflächen aneinander. »Was gedenken Sie zu tun, um die Leviathane zu vernichten?«

»Wir arbeiten mit Hochdruck an einer Lösung«, sagte Ulmer steif. »Technische Einzelheiten gehören nicht hierher.«

Sein Gesicht zeigte keine Regung. Entweder war er tatsächlich davon überzeugt, in Kürze eine Lösung ausarbeiten zu können, oder er war ein außerordentlich guter Schauspieler. Bei Jana verfing seine Strategie nicht, unnahbar Kompetenz auszustrahlen, um sich Zeit zu verschaffen und gleichzeitig unangenehme Fragen zu ersparen. Im Gegenteil: Sie fand es unfassbar, dass Ulmer keinerlei Reue zeigte. Ihre Empörung gewann die Oberhand.

»Herr Ulmer.« Sie gab ihrer Stimme einen weichen und dennoch unnachgiebigen Ton. »Sie wollen etwas von mir. Zwei Freunde von mir sind ermordet worden. Würden Sie bitte auf sachliche Fragen von mir genau und ohne Ausflüchte antworten?«

»Wir sind die Profis, Frau Loewe«, wiederholte Ulmer. »Sie arbeiten mit uns zusammen, beantworten unsere Fragen, wir werden Sie schützen und unser gemeinsames Problem aus der Welt schaffen.«

Das war zu viel.

»Hören Sie«, brach es aus Jana heraus. »Sie haben dieses künstliche Leben in die Welt gesetzt, und dieses Leben tötet Menschen. Es muss vernichtet werden – sofort und absolut gründlich! Hören Sie auf, um den heißen Brei herumzureden. Was werden Sie tun?«

»Beruhigen Sie sich, Frau Loewe«, setzte Ulmer an, doch Jana fiel ihm ins Wort.

»Ihre Sorge ist die Überzeugung der vielen Systemverwalter, sagen Sie. Wer soll Ihnen das glauben? Was hindert Sie daran, an die Öffentlichkeit zu gehen? Über eine breite Empörung bekommt man das Problem in den Griff. Schließlich reden wir über künstliches Leben, dessen Lebensraum die Rechner dieser Welt sind – von Menschen gebaute Maschinen, die vom Strom abhängig sind, den Menschen erzeugen.«

»Nein, auf keinen Fall. Das gäbe eine Wirtschaftskrise, gegen die 1929 Kindergeburtstag war.«

»Wir sprechen über mordende Monster, die Sie erschaffen haben und die Sie nicht unter Kontrolle haben. Reden Sie sich nicht mit einer Wirtschaftskrise heraus. Woher soll die kommen, wenn in einer Nacht alle Server auf der Welt gleichzeitig abgeschaltet und gereinigt werden? Geht es vielleicht um die Eitelkeit der NSA?«

»Reden Sie keinen Unfug, Frau Loewe.« Ulmer war blass, aber er schien zu allem entschlossen. In seine Stimme trat ein drohender Unterton. »Wir werden das Problem in den

Griff bekommen, und Sie werden genau das tun, was wir Ihnen sagen.«

Jana versteifte sich, blickte Ulmer fest in die Augen, trat einen Schritt auf ihn zu und deutete mit dem rechten Zeigefinger auf seine Brust. »Wenn Sie nur einen Funken Anstand haben, stellen sie diese Dinger noch heute aus.«

»Überschätzen Sie sich nicht so maßlos«, erwiderte Ulmer. »Sie hören ab sofort auf, meine Zeit zu vergeuden und tun, was ich Ihnen befehle. Sonst beschaffe ich Ihnen einen Freiflug nach Guantanamo – von da wird Sie auch ihr Freund hier nicht rausholen.«

Pottenstein atmete zischend ein und baute sich vor Ulmer auf. »Wollen Sie noch weitere Dummheiten anstellen?«, schimpfte er. »Ich finde keine Worte dafür, dass Sie Frau Loewe Sprengstoff in die Wohnung geschmuggelt haben, um deutsche Behörden auf sie zu hetzen!«

»Damit haben wir nichts zu tun.«

»Ich bitte Sie. Sprengstoff, der Komponenten nach einem neuen Patent einer US-Firma enthält und nicht für Privatpersonen erhältlich ist? Für wie dumm halten Sie uns?«

»Spielen Sie sich nicht auf. Ein Wink von uns, und Ihre Regierung kuscht.«

»Ich bezweifle sehr, dass unsere Regierung entgegen unserer Verfassung eigene, unbescholtene Bürger einem ausländischen Dienst ans Messer liefert.« Pottenstein zeigte nun ebenfalls mit dem Zeigefinger auf Ulmer, als wolle er ihn damit erdolchen. »Aber selbst wenn wir uns nicht auf unsere Regierung verlassen könnten, ist eins sicher. Ich werde Frau Loewe und Nils Reiss mit allem schützen, was in meiner Macht steht. Und ich werde keine falschen Rücksichten nehmen!«

Ich muss hier raus!, schrie alles in Jana.

Sie drängte sich an den drei Männern vorbei zum Ausgang.

Niemand stellte sich ihr in den Weg. Sie schnappte sich ihren Mantel, schlüpfte in ihre Schuhe und öffnete die Wohnungstür.

»Kommen Sie zur Vernunft!«, rief Ulmer ihr von drinnen nach. »Wir können Sie in einem Lager verschwinden lassen. Sie können nicht davonlaufen.«

»Lassen Sie Ihre törichten Drohungen«, wies Pottenstein ihn barsch zurecht.

Mehr hörte Jana nicht. Sie hastete die Treppe hinunter und nach draußen. Sonnenschein und Licht strömten ihr entgegen, als sie durch die Haustür eilte. Sie blieb stehen, breitete die Arme aus und ließ ihr Gesicht von den Sonnenstrahlen wärmen. Gegen jede Vernunft erfüllte sie ein Glücksgefühl.

»Ich bin frei und ihr könnt mich alle mal«, sagte sie und ging der Sonne entgegen.

KAPITEL 24

Dienstag, 1. Dezember 2020 – Märkisches Viertel, Berlin

Etwa eine Stunde streifte Jana ziellos durch das Märkische Viertel. Zwischen den abstoßenden Hochhäusern gab es niedliche Einfamilienhäuser und Parks mit Teichen. An einem der Gewässer, in der Nähe eines Springbrunnens, fand sie eine Parkbank. Sie setzte sich und betrachtete Kinder beim Spielen, Rentner, die ihre Hunde ausführten, viele junge Frauen und einige junge Männer mit Kinderwagen. Selbst in diesem Viertel war die Welt schön, das Leben lebenswert. Ihr fehlte der Anker in dieser Welt.

Sie ertappte sich dabei, wie sie an Nils dachte. Nils nahm sie an, wie sie war, war da, wenn sie ihn brauchte. Er war vollkommen anders als die Männer, mit denen sie bislang zu tun gehabt hatte. Viele Kerle waren nur darauf aus gewesen, sie ins Bett zu bekommen. Andere sahen sie als Trophäe, eine hübsche Frau, mit der sie sich schmücken konnten. In Nils' Nähe fühlte sie sich wohl, mehr als das, sie empfand für ihn, wie sie noch nie für einen Mann empfunden hatte. Sie hatte sich das bisher nie eingestanden, vielleicht, weil er so gar keinen vordergründigen Glanz verstrahlte, der in Wibkes Welt so wichtig war. Ebenso war sie lange töricht genug gewesen, ihm nicht zu vertrauen. Dafür hatte Nils hinter der unscheinbaren Fassade umso mehr zu bieten!

Ich will zu ihm!

Ich vermisse dich!, tippte sie eine Textnachricht. Mit dem Daumen auf dem Sendeknopf sah sie hoch und betrachtete die Fontäne. Sie ersetzte den Text durch: *Was machst du gerade?*

Das ging sie nichts an. Vielleicht war Nils empfindlich. Sie löschte den Text und schrieb: *Lebst du noch? Ich habe viel zu erzählen.*

Ja, das passt, entschied sie und schickte die Nachricht ab.

Die Antwort kam nach wenigen Sekunden. *Klar lebe ich noch. Unkraut vergeht nicht. Und damit das so bleibt, versuche ich gerade zu kochen. Hast du Hunger?*

Überrascht sah sie auf die Uhr. Die Zeit war vorbeigerauscht. Es war kurz nach zwölf.

»Ja«, freute sie sich und marschierte los. Im Laufen tippte sie eine Antwort: *Ich muss auch bei Kräften bleiben. Bis gleich!*

Unterwegs sah sie einige Astern, die so spät im Jahr noch blühten. Sie pflückte eine davon für Nils.

Bis zu Nils' Wohnung im Wedding brauchte sie gut 20 Minuten. Die Haustür stand offen. Sie ging sofort nach oben und klopfte an seine Wohnungstür.

»Darf ich dir überhaupt mit Bratkartoffeln kommen oder sollen wir zum Italiener gehen?«, begrüßte er sie. Dabei zuckte er ein wenig verlegen mit den Schultern. »Mit Spiegeleiern«, fügte er schüchtern hinzu. »Mehr bekam ich auf die Schnelle nicht hin.«

»Ich liebe Bratkartoffeln!«, rief sie. Sein Gesicht war leicht errötet. Er war eindeutig nervös. Darauf bedacht, es auf keinen Fall zu vermasseln.

Ihre Reaktion entspannte ihn sichtlich. Er zwinkerte ihr zu, half ihr aus dem Mantel und brachte sie zum Esstisch.

»Setz dich«, sagte er. »Ich bin gleich zurück.«

»Schau mal, die ist für dich«, hielt Jana ihn zurück.

»Mir hat noch nie jemand Blumen geschenkt«, antwortete er. »Danke!« Seine Wangen wurden noch etwas roter? Nils räusperte sich. »Setz dich bitte. Es gibt sofort Essen.«

Teller und Bestecke passten nicht zueinander, offenbar widmete er diesen Gebrauchsgegenständen noch weniger Aufmerksamkeit als seiner Kleidung. Dennoch war der Tisch liebevoll gedeckt. Nils hatte sogar Abschnitte von einer Küchenrolle zu kleinen Türmchen auf den Tellern gefaltet. Jana war gerührt. So viel Sinn für Romantik hätte sie ihm nicht zugetraut.

Mit einer Flasche Früh-Kölsch in der einen und zwei Kölsch-Stangen in der anderen Hand kam Nils zurück. Er schenkte ein, reichte ihr eine Stange und prostete ihr mit der anderen zu.

»Wie zu Hause«, raunte Jana und trank einen kräftigen Schluck. Sie genoss die Geborgenheit. Gleichzeitig brannte sie darauf, ihm endlich von den letzten Tagen zu erzählen, vor allem von Pottenstein und Ulmer, selbst auf die Gefahr hin, die Stimmung zu verderben. Sie setzte an. Nils bedeutete ihr zu warten und wieselte zurück zu seinen beiden Kochplatten. Einen Herd gab es in seiner winzigen Bleibe nicht.

»Kann ich dir nichts helfen?«, bot sie an.

»Alles gut«, erwiderte er und stellte die brutzelnden Pfannen mit Bratkartoffeln und Spiegeleiern auf den Tisch.

»Ich war gestern im Gefängnis«, erwähnte Jana in beiläufigem Ton, nachdem sie die ersten Bissen gegessen und Nils' Kochkünste ausführlich gelobt hatte.

Verschmitzt wartete sie auf seine Reaktion. Er brauchte einen Augenblick, bis er die Nachricht erfasst hatte. Nils hatte ein Stück Kartoffel aufgespießt und wollte es gerade in den Mund schieben, als der Groschen fiel. Seine Gabel sank zurück auf den Teller. Sein Mund blieb offen. Er schluckte und fragte nach: »Du warst wo?«

»Im Gefängnis. Nachdem mich ein schwerbewaffnetes Sondereinsatzkommando vor der Haustür verhaftet hat.«

Nils verschluckte sich, musste husten und sah sie mit großen Augen an. »Langsam, langsam, zum Mitschneiden. Dich hat man mit dem vollen Programm verhaftet? Wieso denn das? Und jetzt bist du wieder auf freiem Fuß?«

»Wie im Film! Ich kam aus der Tür, jemand schrie ›Zugriff‹, und bevor ich wusste, was los war, habe ich in die Läufe von Sturmgewehren geschaut.«

»A… aber warum denn das?«

»Ein anonymer Hinweis an die Polizei, die daraufhin in meiner Wohnung Sprengstoff gefunden hat.«

Während sie aßen, erzählte Jana von ihrer Verhaftung, der konspirativen Wohnung und dem morgendlichen Treffen mit Ulmer und Rodriguez.

»Hä? Ich raffe es nicht! Pottenstein holt dich aus dem Knast, bringt dich in einer sicheren Wohnung unter und kommt früh am nächsten Morgen mit den NSA-Agenten dorthin, die dich denunziert hatten? Was läuft denn hier für ein Film?«

»Gute Frage. Ursprünglich war es wohl Hilfe für den Geheimdienst eines befreundeten Landes. Ulmer wollte mich für die Mitarbeit gegen die außer Kontrolle geratenen Leviathane gewinnen, sagte er. Hauptsächlich wollte er, dass ich stillhalte und die Öffentlichkeit nichts erfährt.«

»Und? Was hast du gesagt?«

»Ich habe ihnen erklärt, dass sie mich gernhaben können. Erst setzen sie eine mordende Bestie in die Welt, und dann ist nichts wichtiger, als dass niemand davon erfährt.«

»Ist ja auch eine Katastrophe.«

»Vollkatastrophe! Die wissen von 400 Leviathanen und feiern sich dafür, dass sie die Fortpflanzung *bis auf Weiteres* gestoppt haben.«

»400?« Nils' Augen quollen hervor.

»Ja, 400. Dieser Ulmer hat mich richtig erpresst, mit Guantanamo gedroht, bis es Pottenstein zu bunt geworden ist.«

»Und dann? Was hast du dann gemacht?«

»Ich bin gegangen.«

Nils sah sie mit einer Mischung aus Bewunderung und Nachdenklichkeit an, bevor er seinerseits zu erzählen begann: »Das wirft ein neues Licht darauf, was ich die letzten Tage getrieben habe. Wusstest du, dass Pottenstein mit Vorname Torben heißt? Wir sind per Du.«

Jana war sich nicht sicher, ob sie ihn richtig verstanden hatte.

»Per Du sind alle in seiner supergeheimen Spezialtruppe, so geheim, dass ich nur von Pottenstein und Christiane zweifelsfrei weiß, dass sie dazugehören. Angeblich dient das der Sicherheit. Ziel ist eine Laborumgebung, um ein Leviathan-Cootie-System zu analysieren. Wir nennen sie Insellösungen, kleine Mini-Internets, die man komplett von der Außenwelt abschirmen kann. Jedes Mitglied dieser supergeheimen Spezialtruppe weiß nur grob, worum es geht und hat eine konkrete Aufgabe, die er von Torben bekommt und über die er ausschließlich an ihn berichtet. Meine ist, die Festplatte in der Hand zu behalten. Erinnerst du dich noch, wodurch wir beim Angriff auf Palo Alto aufgeflogen sind?«

»Leviathan zeigt nicht, was wirklich wo gespeichert ist und deswegen kann man ihm nicht ans Leder.«

»Genau. Das tut er, indem er den sogenannten Festplattencontroller ersetzt. Ich sorge dafür, dass ein Leviathan, der neu auf eine Insellösung kommt, das gerne tun darf, wir aber immer noch wissen, was wo im Speicher steht.«

»Weiß die NSA davon?«

»Schätze schon, wenigstens im Groben. Wenn man einen Leviathan in so eine Insellösung befördern will, geht das nicht ohne Wissen und Zustimmung der NSA.«

»Also arbeitet Pottenstein für sie?«

»Nicht auszuschließen, aber eher nicht, würde ich sagen. Welchen Sinn hat sonst seine Geheimniskrämerei? Lass mich zusammenfassen: Leviathan ist künstliches, unkontrolliertes

Leben, tödlich gefährlich, kann sich fortpflanzen und es gibt mindestens 400 von der Sorte, nicht nur eine Handvoll, wie ich bis eben dachte, und aller Voraussicht nach Cooties wie Sand am Meer. Die NSA glaubt, die weitere Vermehrung verhindern zu können, weiß, wo die Cootie-Mamas sitzen und hat keinen Plan, wie sie denen an den Kragen kann.« Sein Gesicht verlor alle Farbe. »Dich zwingt sie zum Stillhalten, damit nichts rauskommt. Es ist eine Frage der Zeit, wann die Freunde aus Amerika bei mir auftauchen und auch mir die Daumenschrauben anlegen, mit oder ohne SEK.« Beim letzten Satz versagte ihm fast die Stimme.

»Hey«, hauchte Jana, um ihn aufzumuntern. Sie stand auf und ging um den Tisch herum. »Warum lassen wir uns von den Figuren Angst machen?«

In Nils' Miene kehrte Zuversicht zurück. Jana strich ihm eine Haarsträhne aus der Stirn, beugte sich zu ihm herab und küsste ihn auf den Mund.

Nils' Bett knarrte und quietschte, als sie miteinander schliefen. Jana befürchtete, es könnte zusammenbrechen. Es war ihr egal. Nils erwies sich als ein einfühlsamer Liebhaber und die Anspannung und Angst der letzten Tage entlud sich zwischen ihnen. Als Jana aufstand und ins Bad ging, war es draußen bereits dunkel. Zurück im Schlafzimmer, zog sie sich an.

»Was hast du vor? Willst du nicht hierbleiben?«

»Ich komme wieder«, entgegnete sie und lächelte ihn an. »Jetzt gehe ich ins ›Fàilte!‹ arbeiten und mich unauffällig verhalten.«

»Das traust du dich, nach allem, was dir passiert ist?«

»Meinst du, dort bin ich weniger sicher als bei dir?«

Als Pottenstein gegen 23.00 Uhr durch die Tür des »Fàilte!« trat, fiel Jana fast das Tablett aus der Hand. Er stellte sich an die Bar, wo vor ihm Baumgartlinger und Hasborn bei ihren Besuchen gesessen hatten.

»Heute ohne die beiden freundlichen Kollegen aus Amerika?«, fragte sie zur Begrüßung. »Wie haben Sie mich denn gefunden?« Jana gab sich keine Mühe, ihren Groll zu verbergen.

»Ich verstehe Ihren Ärger und möchte mich in aller Form für die Unannehmlichkeiten entschuldigen. Gefunden habe ich Sie über die Ortungsdaten, die verschiedene Apps auf ihrem Handy herausposaunen.«

»Darf das die Polizei überhaupt? Gegen mich liegt meines Wissens nichts vor!«

»Nein, das darf die Polizei nicht. Die Überwachung wurde wegen des Terrorverdachts eingerichtet, und ich habe sie inzwischen beendet.«

»So, dann gelte ich für die Polizei also wieder als unbescholtene Bürgerin«, stellte Jana fest. Ich glaube dir kein Wort!, fügte sie in Gedanken hinzu.

»Ulmer und Rodriguez hatten sich nicht an die Absprachen gehalten. Sie sind ziemlich verzweifelt und brauchen Ihr Wissen um die Weiterentwicklungen über Mutationen, diese künstliche Evolution.«

»Die haben ADONIS so gebaut. Darüber müssen die viel mehr wissen als ich.«

»Die sind aus allen Wolken gefallen, als ich ihnen das mit der Evolution erklärt habe.«

»Und woher wussten Sie das?«

»Nils hat es mir erklärt. Ohne Ihre Kenntnisse halten sie es für unmöglich, die Leviathane aus der Welt zu schaffen. Und sie haben mir hoch und heilig versprochen, keine weiteren Dummheiten wie mit dem Sprengstoff und dem SEK zu machen.«

»Was kann man von Leuten erwarten, die sich so etwas wie ADONIS ausdenken?«, kommentierte Jana zynisch. Ihr wollt mich an der Kandare, dachte sie dabei. »Möchten Sie etwas trinken?«

»Haben Sie Hazelburn?«

»Wow! Sie scheinen sich auszukennen. Nein, Hazelburn ist uns gerade ausgegangen, Springbank kann ich anbieten. Oder möchten Sie einen Yamakazi? Der ist geschmacklich nahe am Hazelburn, wenn es Sie nicht stört, dass er aus Japan und nicht aus Campbeltown ist.«

»Das Kompliment gebe ich gerne zurück. Sie sind ja eine Expertin in Sachen Whisky. Springbank, bitte. Den 15-jährigen, wenn es geht.«

»Iain verlangt, dass man wirklich weiß, wovon man spricht. Er hat Angst, Zitat, dass man ihm seine Gäste mit zusammengegoogeltem Halbwissen vergraulen könnte.« Jana stellte ein Glas vor Pottenstein und schenkte ihm ein. Der Polizist wurde ihr sympathischer.

Pottenstein griff in die Innentasche seines Sakkos, zog ein Stück Papier heraus und legte es Jana vor.

»Der Zeitungsartikel erscheint morgen früh.«

Antiterror-Einsatz in Wilhelmsruh, las sie. *Anonymer Hinweis – SEK Einsatz – Studentin vorläufig verhaftet und nach Prüfung der Vorwürfe auf freien Fuß gesetzt.* Der angebliche Sprengstoff in ihrer Wohnung habe sich als Falschmeldung herausgestellt und auch sonst seien keine Hinweise auf einen terroristischen Hintergrund festgestellt worden. Die Polizei ermittle inzwischen gegen den anonymen Anrufer.

»Hat mich den ganzen Abend gestern und den Nachmittag heute gekostet.«

Jana versuchte herauszufinden, wie vertrauenswürdig der Polizist war. »Warum haben Sie damals Hasborn die weitere Arbeit an ›dem Fall Nils Reiss‹ verboten?«

»Weil ich da über meine früheren Kollegen beim BND von Todesfällen im Zusammenhang mit ADONIS erfahren hatte, die sich keiner erklären konnte. Ich war ja verantwortlich dafür, dass er überhaupt in die Richtung ADONIS ermittelte. Ich glaubte, das sei die beste Art, ihn zu schützen.«

»Hmmm«, brummte Jana.

»Ihre Vorbehalte sind leider allzu verständlich. Dennoch: Sie können mir vertrauen.«

»Die Worte hör ich wohl«, zitierte Jana kühl.

»Glauben Sie mir: Zwei meiner Männer sind ermordet worden, und ich werde alles tun, damit Sie dieses Schicksal nicht teilen.«

»Man muss an die Öffentlichkeit, egal was die beiden Fuzzis von der NSA machen!«, zischte Jana.

»Ich habe nicht vor, nach der Pfeife der NSA zu tanzen«, knurrte Pottenstein eindringlich, wenn auch kaum hörbar. »Dennoch: Jeder falsche Schritt kann fatale Folgen haben. Wenden Sie sich bitte an mich, bevor Sie etwas unternehmen.«

»Weiß nicht, warum ich nicht morgen beim ›Guardian‹ in London anrufe«, schnaubte sie. »Die haben damals die Snowden-Veröffentlichungen herausgebracht.«

»Glenn Greenwald ist inzwischen bei ›The Intercept‹.«

»Dann rufe ich eben bei ›The Intercept‹ an und spreche mit Greenwald!«

»Sollten Sie sich partout nicht davon abbringen lassen, müssen Sie extrem vorsichtig vorgehen. Übrigens gibt es in Washington eine sehr angesehene Journalistin, die ich Ihnen dazu empfehlen würde. Sie heißt Vivian Lee. Verstehen Sie mich nicht falsch: Ich rate Ihnen nach wie vor dringend, das zu lassen!«

»Warum stellte man nach Baumgartlingers Ermordung die Ermittlungen sofort ein?« Jana ließ nicht locker. »Oder war Ihnen nicht klar, dass es ein Mord war?«

»Ich wusste, dass es Mord war. Aber die Zeit war noch nicht reif … Das habe ich auch Nils gesagt, als er mich dasselbe gefragt hat. Er ist ein wichtiger Verbündeter im Kampf gegen Leviathan. Zusammen bauen wir Inselsysteme, die wir brauchen, um die Stärken und Schwächen unseres Feindes genauer zu verstehen.«

»Inselsysteme?« Jana spielte die Unbedarfte.

»Gruppen von Rechnern, die miteinander vernetzt, aber vom eigentlichen Internet physikalisch getrennt sind.«

»Und wie kann man damit Leviathan analysieren, wenn die Rechner nicht am Netz sind?«

»Wir lassen sehr kurzfristig gezielte Verbindungen zu, um den Leviathanen zu ermöglichen, sich in unsere Inselsysteme hinein fortzupflanzen. Übrigens in Absprache mit der NSA, denn die haben es wirklich geschafft, diese Fortpflanzung zu kontrollieren. Sobald das geschehen ist, wird abgeklemmt, und wir haben einen Leviathan quasi im Käfig.«

»Hört sich schlau an.«

»Ist es hoffentlich auch. Bisher waren uns die Maschinenwesen leider stets einen Schritt voraus.« Pottenstein sah sie prüfend an. »Wir haben den gleichen Feind, und ich würde mich freuen, wenn Sie mich als Verbündeten sähen«, sagte er. »Ich heiße Torben, und als der zweifellos Ältere möchte ich Ihnen das Du anbieten.«

Jana rang mit sich. Seine Offenheit hinsichtlich seines Projekts mit den Insellösungen hatte sie beeindruckt. Gleichzeitig war es ihr wichtig, ihm auf Augenhöhe zu begegnen. Respektierte er sie inzwischen oder sah er sie weiterhin als »aufmüpfige Göre«? Etwas Kratzbürstigkeit konnte nicht schaden. »Hoffentlich ist das kein Fehler«, sagte sie schließlich. »Ich habe mich mehrmals in dir getäuscht.«

»Danke für den Vertrauensvorschuss. Ich werde dich nicht noch einmal enttäuschen.« Er griff in die Tasche und zog einen Schlüssel hervor. Auf einem Plastikanhänger stand die Adresse. »Das ist der Schlüssel zu einer zweiten sicheren Wohnung. Außer mir weiß nur die Kollegin Schwarz davon.«

»Christiane.«

»Ja, Christiane. Sie ist mein Geheimnisträger für Zeugenschutz.«

Ihr Gefühl riet ihr, ihm zu trauen. Ihr Verstand zweifelte. Ging es ihm nur darum, sie zu schützen? Sie wusste nichts über Leviathan, was Nils nicht besser wusste. Während sie überlegte, schrieb Pottenstein etwas auf einen Zettel.

»Und sei mehr als übervorsichtig, wenn du auf den hirnverbrannten Gedanken verfällst, mit Lee Kontakt aufzunehmen«, presste er hervor und schob ihn unter der flachen Hand zu ihr. »Mehr – als – über – vorsichtig!«

KAPITEL 25

Mittwoch, 2. Dezember 2020 – Wedding, Berlin

»Seit gestern Nacht bin ich mit Pottenstein per Du«, verkündete Jana am nächsten Morgen beim Frühstück. Mitten in der Nacht nach ihrer Rückkehr aus dem »Fàilte!« hatte weder ihr noch Nils der Sinn nach Gesprächen gestanden. Eine SMS von Tante Greta, dass sie in Argentinien in ihr neues Haus eingezogen sei, hatte ihr den Rest gegeben. Wenige Stunden später an einem sonnigen Morgen, frisch verliebt und mit einer duftenden Tasse Kaffee, den sie frisch gemahlen aus dem »Fàilte!« mitgebracht und auf türkische Art gebraut hatte, ging es ihr besser. Sie erzählte Nils von Pottensteins Besuch, berichtete, dass er sie über die Inselsysteme eingeweiht und ihr die Adresse von Vivian Lee, der Enthüllungsjournalistin, zugesteckt hatte. Dann kamen sie auf seine Arbeit an den Insellösungen zu sprechen.

»Pottenstein kam mit dieser genialen Idee, und ich baue ihm die Mechanismen, mit denen wir die Leviathane hineinbekommen.«

»Ich dachte, du verhinderst, dass er die gespeicherten Daten verschleiert und mit einem Katz und Maus spielt?«

»Das ist das Kernstück, der schwierigste Teil. Wenn du ihm da nicht zuvorkommst, hast du schon verloren.«

»Ah, verstehe. Diese Art von Katz-und-Maus-Spiel gefällt mir, genauer gesagt, wie ihr aus der Katze die Maus macht. Und was lockt so einen Leviathan in die Falle?«

»Dazu musst du verstehen, wie die NSA die Fortpflanzung blockiert. Leviathan vermehrt sich noch nicht lange selbstständig und nicht besonders gut. Er hat ein paar Hackertricks gelernt, die er dazu nutzt, sich selber einzuschleusen. Pech für ihn, dass Sicherheitslücken ständig gestopft werden. Es fiel also nicht auf, dass die Kollegen von der NSA stillschweigend alle Server, die mit einem infizierten verbunden sind, gegen seine Exploits, äh, Hackertricks immunisiert haben. Ergo verbinden wir kurzfristig eine Maschine mit einer Sicherheitslücke, die Leviathan kennt, um ihn in die Falle zu locken.«

»Was ist, wenn jemand versehentlich einen nicht immunisierten Server anstöpselt? Ich meine, wenn man niemandem erzählt, wie gefährlich das ist, kann man das doch nicht ausschließen. Rechenzentren werden doch überall ausgebaut.«

»Genau das halte ich für den Grund, warum die Herren so nervös sind. Die versuchen, eine Flut mit den Händen aufzuhalten. Jede Millisekunde könnte der Damm brechen, zum Beispiel wenn jemand ein Kabel zu einem neuen und nicht hinreichend gesicherten Server ansteckt. Wenn du mich fragst, versuchen die, Hase und Igel mit mindestens 400 Igeln zu spielen, wenn wir vom günstigsten Fall ausgehen, dass sie wirklich alle Leviathane lokalisiert haben. Wenigstens können sie am Datenverkehr ablesen, ob eine Fortpflanzung stattgefunden hat.«

Jana knetete ihre Wangen mit ihren Händen. »Warum gibt es nicht die große weltweite Razzia in allen Rechenzentren als Nacht-und-Nebel-Aktion?« Sie sah ihn herausfordernd an.

»Das trauen sie sich nicht. Das Risiko des Scheiterns ist enorm, und danach wären alle Leviathane gewarnt. Weil die Fortpflanzung nur in verbundene Server möglich ist, reden wir nicht von 400 vereinzelten Leviathanen, die man der Reihe nach unschädlich machen kann, sondern von einer höchstwachsamen Monsterherde auf 400 vernetzten Servern. Der gesamte weltweite Internetverkehr wäre stunden-, vielleicht tagelang lahmgelegt, mit unabsehbaren Folgen. Außerdem übersieht man leicht, dass ein Leviathan das Einspielen neuer Software überlebt, selbst von Betriebssystem und UEFI beziehungsweise BIOS. Haben wir ja an dem Teil in Palo Alto schmerzhaft erfahren müssen. Man müsste also sämtliche elektronischen Bauteile aller Server mitsamt ihrer Peripherie auf einen Schlag austauschen und neu konfigurieren. Spätestens da läuft die Idee auf Grund, denn die 400 Leviathane würden sicher mitbekommen, wenn man alle Konfigurationsdateien auf einmal kopiert. Die werden nicht tatenlos zusehen und irgendwas in die gesicherten Daten schmuggeln, sodass sie den Anschlag überstehen.«

»Bleibt die Insellösung, um zu lernen, wie man einen Leviathan abmurkst.«

Nils nickte zustimmend. »Die Fortpflanzung läuft so, dass der Mutter-Leviathan den Code für ein Minimalprogramm auf dem noch sauberen Server einschleust und übersetzt. Danach lädt dieses Leviathan-Baby eine Menge Software und Daten vom Mutter-Leviathan.«

»Lass mich raten. Alles, was der Mutter-Leviathan so gelernt hat?«

»Auf die Art wird der Tochter-Leviathan innerhalb von Minuten voll funktionsfähig. Die Schwierigkeit besteht darin, den geeigneten Zeitpunkt herauszufinden, wann wir den Stecker ziehen. Bevor der Tochter-Leviathan dem Mutter-Leviathan zu viel über die Insellösung verraten kann.«

»Kann man Pottenstein trauen?«, wechselte Jana das Thema. »Traut er seinen Rechnerinseln nicht oder soll ich in irgendein Messer rennen, wenn ich diese Vivian Lee kontaktiere?«

»Das mit den Rechnerinseln kann man machen, ohne sich mit der NSA anzulegen. Im Gegenteil: Die glauben, dass man ihnen unter ihrer Führung zuarbeitet. Leider kann keiner sagen, ob wir so die Leviathane endgültig ausrotten können. Die Öffentlichkeit ist die Strategie ›lieber ein Ende mit Schrecken als ein Schrecken ohne Ende‹. Wegen der NSA kann er das nicht selber.«

»Ergo spielt er lieber mit diesen Rechnerinseln herum?«

»Welche Alternativen hat er? Welche haben wir? Wir werden total überwacht. Gegen die Leviathane ist der Große Bruder aus Orwells 1984 ein harmloser Zeitgenosse. Man kann das Problem weder ignorieren noch sich im Amazonasdschungel oder am Südpol verkriechen. Um sicher den Leviathanen den Garaus zu machen, müsste man ihnen auf einen Schlag die Luft komplett abdrehen, das heißt, alle Rechner abschalten und putzen. Nicht vorstellbar in unserer Welt, wo überall Computer laufen. Keine Supermarktkasse, die geht, keine Ampel, kein Flugzeug, das startet, kein Krankenhaus kann den Betrieb aufrechterhalten, kein Kraftwerk produzieren. Stell dir alleine die Katastrophe vor, wenn die Stromversorgung länger ausfällt.«

»Kann man verhindern, dass so etwas wie Sporen oder Samen übrigbleiben? Der Programmcode wird ja kaum verschwinden.« Nils antwortete mit einem sorgenvollen Blick und je länger Jana darüber nachdachte, desto stärker zweifelte sie daran, dass selbst ein großer Befreiungsschlag einen Ausweg bot. Die Verzweiflung sog alle Kraft aus ihrem Körper. Widerstrebend schüttelte sie sich. So hatte sie sich ihr Leben nicht ausgemalt.

»Nils, so kann ich nicht leben. Ich will glücklich sein, einen guten Job, eine Familie! Und ich will ich bleiben, verstehst du? Nicht in irgendeiner Scheinwelt leben, die von einem Computer bestimmt wird, der alles von mir weiß und der über irgendwelche Algorithmen entscheidet, was ich tun oder lassen soll. Willst du so leben, in einem Käfig?«

»Natürlich nicht.«

»Kannst du dir vorstellen, dass es so wird?«

»Leider ja. Die Cooties und Leviathane sind nur der Anfang.« Nils lehnte sich zurück und trank einen Schluck aus seiner Teetasse.

»Was können wir machen?«, fragte Jana.

»Ich denke, es helfen nur Verschlüsselung, massive Einschränkung von Fernzugriff und so.«

»Das hatten wir doch schon ohne Leviathane und sind grandios damit gescheitert«, brummte Jana.

»Und so beißt sich die Katze in den Schwanz«, sagte Nils mit verzagter Stimme. »Hobbes wollte, dass sich die Menschen einen Leviathan schaffen und sich ihm freiwillig unterwerfen, damit er die Menschen vor sich selber schützt.«

»Von freiwillig kann ja wohl keine Rede sein«, ereiferte sich Jana. »Ich bin gespannt, was die Leute zu *diesem* Leviathan sagen.«

Jana kaute still vor sich hin. Das Gefühl, ausgeliefert, latent bedroht, ihrer Freiheit beraubt zu sein, wühlte sie auf. Wie sie es auch drehte und wendete: alles unbefriedigend, so konnte es nicht weitergehen. Ich muss bei dieser Journalistin auf den Busch klopfen, reifte ihr Entschluss.

Nils trank seinen Tee aus und stierte niedergeschlagen auf die Tischplatte.

»Ich schaue mir mal an, was diese Vivian Lee für eine ist«, verkündete sie.

Nils' Kopf zuckte hoch. »Wenn die NSA diese Lee auf dem Kieker hat, und davon sollten wir bei der Lage ausgehen, springt jedes Cootie sofort darauf an. Und du hast mächtig Ärger am Hals!«, warnte er.

»Was haben wir zu verlieren? Mehr als Nein sagen kann sie nicht, und bei dem Material, das wir haben, sollte sie die Chance ihres Lebens wittern.«

»Wir können unser Leben verlieren.«

Jana fuhr auf. »Wir können uns nicht den Rest unseres Lebens vergraben! Ich will eine lebenswerte Zukunft.« Nils starrte sie stumm an. Las er die Entschlossenheit in ihren Augen?

»Hast du dir überlegt, wie du vorgehen wirst?«, fragte er nach einer gefühlten Ewigkeit, in der sie seinem Blick standgehalten hatte. Es klang nicht nach ›Ich rede dir den Unsinn aus‹, sondern nach ›Gemeinsam finden wir eine Lösung‹. »Wenn du ins Tor-Netz gehst, bist du sofort verdächtig und hast die Meute auf dem Hals.«

»Internetcafé. Ich werde mich verkleiden, dass mich niemand wiedererkennt.«

»Das kannst du vergessen. Mit der Webcam nimmt das nächste Cootie ein Bild von dir auf, und zusammen mit irgendeiner Lokalisierung ist deine Tarnung in Sekundenschnelle pulverisiert. Die Gesichtserkennung ist deutlich leistungsfähiger als menschliches Personengedächtnis.«

»Die Webcam klebe ich zu, und das Handy lasse ich zu Hause.«

»Und wenn irgendwo eine Überwachungskamera ist? Damit hat uns die NSA nach der Nummer mit dem Leviathan in Palo Alto aufgespürt. Im Nullkommanichts!«

»Das muss man alles vorher ausbaldowern. Zunächst wollte ich lediglich ein bisschen nach Vivian Lee googeln. Und zur Tarnung zuerst nach Snowden, den kennt jeder, damit komme ich *zufällig* auf andere Enthüllungsjournalisten und *noch zufälliger* auf Vivian Lee.«

»Bei mir schrillen die Alarmglocken. Kann ich das nicht für dich machen?«

»Du musst deine Leviathanfallen bauen. Lass mal, ich verspreche, supervorsichtig zu sein und bei der Gelegenheit die Internetcafés abzuklappern, in denen man ungestört recherchieren kann.«

»Bereits das wird aufgezeichnet und kann dazu führen, dass die Cooties sich an deine Fersen heften.«

»Ich bin vorsichtig, versprochen.«

Zwei Stunden später war Jana bereit zum Aufbruch. Im Stehen in der Küche trank sie ihren Kaffee aus und nahm ihr Smartphone zur Hand, um den Akku auszubauen. Dabei bemerkte sie, dass sie eine Nachricht ihrer Tante bekommen hatte:

> *Hier ist es traumhaft! Ich sitze auf meiner Terrasse, habe ein Bergpanorama vor der Nase, bei dem die Schweizer blass würden, und rauche einen Zigarillo. Schlag unter San Carlos de Bariloche nach und skype mich bei Gelegenheit an.*

Später, versprach sie ihrer Tante in Gedanken, nahm den Akku heraus und legte ihr Smartphone neben die Kaffeemaschine. Eine Wanze war das Letzte, was sie bei ihrem Vorhaben gebrauchen konnte. Sie schlug den Weg zu dem Internetcafé ein, von dem aus Nils den Leviathan in Palo Alto angegriffen hatte. Dort gab es keine Webcams, wusste sie. In zwei Aldi-Plastiktüten trug sie Kleidungsstücke mit sich, um ihre Spuren zu verschleiern, wenn sie zwangsläufig videoüberwachte Bereiche passieren musste. Die erste Verwandlung fand in der Toilette eines Straßencafés statt. Sie streifte ein buntes Kopftuch über und setzte eine Sonnenbrille auf. Zusätzlich schminkte sie sich recht stark, sodass ihr Teint beinahe als südländisch durchging, und tauschte ihre Jacke. So gerüstet betrat sie das Internetcafé und buchte sich einen Platz, den sie bar bezahlte. Nachdem sie sich eine Liste mit weiteren Internetcafés herausgeschrieben hatte, alle mutmaßlich ohne Webcams, verließ sie das Geschäft in Richtung des ersten auf ihrer Liste.

Das klappt ja wie am Schnürchen, frohlockte sie innerlich.

Im zweiten Internetcafé folgte die Ernüchterung. Dort gab es sehr wohl Webcams. Eine Frontalaufnahme ihres Gesichts bei der Suche nach irgendetwas Verdächtigem genügte, und ihr ganzes Vorhaben flog auf. Kopftuch und Sonnenbrille halfen, wenn überhaupt, bei niedrig auflösenden Aufnahmen durch Überwachungskameras. Direkt vor dem Rechner verschaffte sie sich damit bestenfalls Mikrosekunden, bevor selbst eine mittelprächtige Bilderkennungssoftware sie identifizierte.

Saublöd!, dachte sie. Ihre Füße taten weh, und sie hasste Misserfolge. Die Kameras hätte man in der Werbung des Cafés erwähnen müssen. Es lag nahe, zum zweiten Laden auf ihrer Liste weiterzuziehen. Das war am vernünftigsten. Bevor sie weiterzog, erinnerte sich an die Textnachricht ihrer Tante und beschloss, sie gleich anzurufen. So hat die dumme Webcam wenigstens etwas Gutes. Sie buchte sich auf dem Rechner ein und startete einen Browser und Skype. Zuerst suchte sie nach San Carlos de Bariloche. Die Stadt schien eine gelungene Mischung aus dem mondänen Montreux am Genfer See und dem Skimekka Sankt Anton am Arlberg zu sein. Sie sah auf die Uhr: 14.20 Uhr.

In Argentinien ist es kurz nach neun, überlegte sie und wählte Tante Gretas Kennung.

Ach Gott, ich bin ja total verkleidet!

Sie brach den Ruf ab und ging zur Toilette, um sich in die Jana zurückzuverwandeln, die Tante Greta kannte. Ungeschminkt, die Haare zu einem Pferdeschwanz zusammengebunden kam sie zurück und versuchte erneut, ihre Tante zu erreichen. Greta war sofort dran.

»Jana, mein Engel, bist du es?«

Ihr Bild erschien zunächst grobkörnig, wurde dann schnell schärfer.

»Warte mal. Ich drehe die Kamera, damit du siehst, wohin dein nächster Urlaub geht.«

Das Bild verwackelte kurz, stabilisierte sich und zeigte Tante Greta bestens gelaunt vor einem tiefgrünen Bergsee, dahinter schneebedeckte Gipfel.

»Hallo, Tante Greta«, grüßte Jana. Bitter lächelnd überlegte sie, wer ihnen alles zuhörte und ob sie die Leute von den Abhördiensten begrüßen sollte, entschied sich aber dagegen. Tante Greta wollte sie damit nicht belasten. »Du scheinst es nicht zu bereuen, dass du mich in Deutschland hast sitzen lassen.«

Greta lachte über den Scherz und klopfte die Asche von ihrem Zigarillo. Sie plauderten eine Zeit lang über das Leben in Argentinien und Belanglosigkeiten wie das Wetter.

Nach einigen Minuten legte Tante Greta den Kopf schief und sah Jana prüfend an. »Ist alles in Ordnung mit dir? Du wirkst so bedrückt. Liebeskummer?«

»Nein, im Gegenteil. Ich glaube, du hast Nils mal in Köln getroffen.«

»Ich erinnere mich nicht.«

Jana versuchte, Nils mit wenigen Sätzen gerecht zu werden, mehrmals von Tante Greta unterbrochen, die mit jeder Information neugieriger wurde.

»Äußerlich eher unauffällig, Computer-Nerd, rudert Einer, spielt Go, kennt sich mit Literatur aus und interessiert sich für Philosophie«, wiederholte Greta, nachdem sie Jana erbarmungslos ausgefragt hatte. »Mädchen, ist das der Mann fürs Leben?«

Jana nickte. Leider könnte das restliche Leben ziemlich kurz werden, schoss es ihr durch den Kopf.

»Warum strahlst du nicht?«

»Du erinnerst dich sicher nicht, dass ich auf deinem Geburtstag von ekliger Spam berichtet habe.«

»Nein. Belästigt man dich? Lass dir nichts gefallen. Geh zur Polizei, wenn nötig.«

»Bei der Polizei war ich, und die tun, was sie können. Es ist nicht so einfach, an die … äh … Hintermänner heranzukommen. Oder sich zu schützen.«

»Und wenn du dir neue E-Mail-Kennungen, Telefonnummern und so weiter zulegst? Dann können die Typen spammen, solange sie wollen.«

»Dachte ich auch. Sprich bei Gelegenheit mit Mandy und Ronna. Auf deiner Geburtstagsfeier hielt ich sie für Spinner. Heute weiß ich, wie dumm und naiv das war.«

Die Unterstützung ihrer Tante gab Jana neuen Mut. »Liebe Freunde von der NSA«, sagte sie laut und sarkastisch. »Aufgepasst!«

»NSA? Amerikanischer Geheimdienst?«

»Ich bin da auf Sachen gestoßen, von denen die unbedingt vermeiden wollen, dass sie ruchbar werden. So ein bisschen wie Edward Snowden.«

»Puh«, sagte Tante Greta. »Das ist starker Tobak. Keine Sorge! Du lebst in einem Rechtsstaat mit freier Presse. Die können dir gar nichts.«

»Daran habe ich gedacht. An die Öffentlichkeit zu gehen.«

»Je moralisch schwächer sich der Verteidiger zeigt, um so dreister muss der Angreifende werden«, zitierte Tante Greta. »Stammt natürlich nicht von mir, sondern von Clausewitz. Heinrich hatte in solchen Situationen jederzeit das passende Zitat auf Lager.«

Jana antwortete nicht.

»Mädchen, die NSA ist ein dicker Brocken. In Argentinien kann man frei leben. Willst du nicht herkommen, bis Gras über die Sache gewachsen ist? Deinen Nils darfst du mitbringen. Platz habe ich genug.«

»Sei vorsichtig mit solchen Angeboten«, scherzte Jana. »Sonst hast du mich dauerhaft am Hals!«

Jana hatte das Gespräch auf leichtere Themen gelenkt und wenig später beendet. Je moralisch schwächer sich der Verteidiger zeigt, umso dreister muss der Angreifende werden, hallte es in ihr nach. Die Position der NSA war zweifelsohne moralisch schwach, egal ob man von Ethik oder Kampfgeist redete. Dreist war es zweifellos, sich mit der NSA anzulegen, Chuzpe, im schlimmsten Fall selbstmörderisch. Vielleicht nicht völlig aussichtslos, wenn sie einen starken Verbündeten für sich gewinnen konnte. Sie verließ das Internetcafé und pilgerte in Richtung des nächsten auf ihrer Liste. Unterwegs nutzte sie die Toilette eines Kaufhauses, um sich in eine dunkel geschminkte Kopftuchträgerin zu verwandeln. Im Vergleich zu vorhin variierte sie die Kleidungsstücke. Im nächsten Café googelte sie nach einigen Umwegen über Snowden und gängigen Enthüllungsjournalisten Vivian Lee. Einer der ersten Treffer war ein Kommentar in der Onlineausgabe einer US-amerikanischen Zeitung. Auf der Seite gab es die Möglichkeit, die Autorin via E-Mail oder Twitter anzuschreiben.

Die Idee mit der neuen E-Mail-Adresse war im Grunde gar nicht schlecht, überlegte sie. Beim ersten Versuch hatte sie in die Katastrophe geführt, weil Jana sich zu tölpelhaft angestellt hatte.

Kurz schwankte sie zwischen ich-brauche-deine-Hilfe, »icbrdehi«, und Bürger-gegen-Leviathan, »bugele«. Was sollte sie schreiben? Sie googelte beide hinreichend kryptischen Abkürzungen und fand keine verfänglichen Treffer. Ein Lapsus wie bei »wbi8888« unterlief ihr kein zweites Mal. Janas Wahl fiel auf »icbrdehi«, denn dazu hatte die Suchmaschine überhaupt keine Treffer ausgespuckt.

Was sollte sie schreiben? Es muss so sein, dass die Überwachungsalgorithmen nicht darauf anspringen – Vivian Lee hat Cooties so sicher wie das Amen in der Kirche! Jana knetete ihr Kinn. Adonis hatte irgendetwas mit griechischer Mythologie zu tun. Nils hatte so eine Bemerkung gemacht, als Hasborn den Namen erstmals erwähnte. Schauen wir im Netz nach und machen uns schlau, beschloss sie und recherchierte los.

»… für die alten Griechen das Sinnbild der Schönheit … «, murmelte sie beim Lesen, »… lebte als ihr Liebhaber mit Aphrodite, der Göttin der Liebe, zusammen … als Säugling der Göttin Persephone anvertraut, die ihn großzog … von einem Eber getötet, den irgendein eifersüchtiger anderer Gott geschickt hatte, Kriegsgott Ares, Apoll oder die Göttin Artemis …«

Um ADONIS zu erledigen, würde Artemis als Frau besser zu Vivian Lee passen, entschied sie und gab Aphrodite, Artemis und Persephone gleichzeitig in eine Suchmaschine ein. Es fanden sich einige passende Artikel mit Hinweisen zu Adonis gleich auf der ersten Seite der Ergebnisse.

Das passt, freute sich Jana und ballte die Faust.

Mit der brandneuen E-Mail-Adresse schrieb sie Vivian Lee über die Website der US-amerikanischen Zeitung an:

von: icbrdehi@web.de
an: Vivian Lee
Betreff: Aphrodite's lover

Entrusted to Persephone, beyond control and perilous for his fathers. Do you want to be Artemis?

Der Persephone anvertraut, außer Kontrolle und bedrohlich für seine Väter. Wollen Sie Artemis sein? Konnte Vivian Lee das kryptische Geschreibsel dem Begriff Adonis zuordnen? Wenn sie nach den Begriffen suchte und die entsprechenden Artikel las, würde sie ganz sicher verstehen, um was es ging. Zumindest, wenn sie dabei an den ADONIS der NSA dachte, von dem sie hoffentlich wusste. Wenn nicht, würde sie die Nachricht mit einem Kopfschütteln löschen, und Jana könnte einen weiteren Versuch starten, ohne dass Schaden entstand. Jedenfalls solange weder die NSA noch irgendwelche Cooties aufmerkten. Was die Algorithmen der künstlichen Intelligenzen betraf, schien ihr der Gedankengang verworren genug, um sie in die Irre zu leiten. Sie atmete tief ein und ließ den Zeigefinger der rechten Hand auf die Eingabetaste stürzen. Die E-Mail war raus!

Die Antwort kam Sekunden später. Jana hielt die Luft an, als sie den Text las:

> *von: Vivian Lee*
> *an: icbrdehi@web.de*
> *Betreff: RE: Aphrodite's lover*
>
> *I'd be Artemis if I only had a boar!*

Ich wäre Artemis, wenn ich doch nur einen Eber hätte! »Ja!«, jubelte Jana und ballte erneut die Faust.

KAPITEL 26

Freitag, 4. Dezember 2020 – Wedding, Berlin

Zwei Tage lebte Jana mit dem Gefühl, auf glühenden Kohlen zu sitzen. Da Vivian Lee sofort verstanden hatte, wusste sie vom ADONIS-Programm und hatte vermutlich zumindest Gerüchte über außer Kontrolle geratene Leviathane gehört. Auf Janas Antwort hin, der Eber sei in Berlin, war die Journalistin sofort zu einem Treffen in der Bundeshauptstadt bereit gewesen – am Freitag.

Auf dem Weg vom Internetcafé zurück zu Nils' Wohnung hatte Jana sich eine neue Prepaid-SIM-Karte beschafft und das billigste Mobiltelefon, das sie finden konnte, eine Kombination, die sie aller Voraussicht nach genau einmal benutzen würde.

Den ersten Tag des Wartens auf Vivian Lee hatte sie dazu genutzt, zumindest übergangsweise zu Nils zu ziehen. Gemeinsam waren sie in ihre Wohnung in Wilhelmsruh gegangen, hatten einen kleinen Rollkoffer mit dem Nötigsten gefüllt und nach möglichen Verfolgern Ausschau gehalten. Niemand Verdächtiges war zu entdecken gewesen. Um auf Nummer sicher zu gehen, waren sie mit der U- und S-Bahn kreuz und quer durch Berlin gefahren. Nach zwei Stunden hatte sich Nils verabschiedet. Pottenstein erwartete, dass er regelmäßig zur Arbeit erschien. Jana hatte sich in Nils' Wohnung geschlichen und sie seitdem nicht mehr verlassen. Sie hatte die Zeit totgeschlagen, indem sie die Flugpläne im Auge behielt. Um 7.55 Uhr sollte Vivian Lee landen und sich um 10.00 Uhr mit Jana in der Innenstadt treffen.

Am Freitagmorgen war sie so aufgeregt, dass sie nichts essen konnte, als sie mit Nils am Frühstückstisch saß. Sie beschränkte sich auf eine Tasse Kaffee.

»Warum bist du denn so hippelig?«, fragte Nils und biss genüsslich in sein Brötchen.

Sie hatte ihm nichts von ihrem Vorhaben erzählt, denn sie fürchtete, dass über ihn versehentlich etwas zu Pottenstein durchsickern könnte. Nils traf ihn jeden Tag beim Bau der Inselsysteme zur Untersuchung der Leviathane. Mittlerweile war er davon überzeugt, dass es die beste Art war, das Maschinenleben zu bekämpfen, und vertraute Pottenstein rückhaltlos. Jana ließ gegenüber dem Polizisten nach wie vor Vorsicht walten, obwohl sie durch ihn auf Lee gestoßen war. Weniger wegen seines Verhaltens ihr gegenüber, sondern als Vorsichtsmaßnahme, weil er sehr engen Kontakt zur NSA pflegte. Sie vermied das Thema.

»Ach, mir fällt die Decke auf den Kopf.«

»Geh doch ein bisschen spazieren. Oder hast du Angst, dass die NSA dir auflauert?« Er schüttelte den Kopf. »Mach dir keine Sorgen. Und für die Cooties findest du gerade nicht statt. Sei mir nicht böse, Schatz, ich muss los.« Nils küsste sie zum Abschied, griff seine Jacke und trabte los. Hinter ihm fiel die Wohnungstür ins Schloss.

Jana setzte sich sofort an den Rechner und verfolgte Lees Flug über die Website des Flughafens. Das Flugzeug landete pünktlich kurz vor 8.00 Uhr in Berlin-Tegel. 15 Minuten nach der Landung schickte sie Vivian Lee wie ausgemacht über das Prepaid-Handy eine SMS mit dem Treffpunkt – eine Gaststätte in der Nähe des Bahnhofs Friedrichstraße. Für das Treffen mit Vivian Lee hatte Jana ein beliebtes Café mitten in der Innenstadt ausgesucht, sodass selbst die NSA sich nicht trauen würde, dort offen Gewalt anzuwenden. Gegen 8.30 Uhr brach sie auf.

Man muss die NSA dazu zwingen, ihre Fehler auszubügeln, hämmerte sie sich immer wieder ein, dass sie das Richtige tat. Nur so kommt alles wieder in Ordnung!

Als Jana die Gaststätte betrat, erkannte sie Vivian Lee auf den ersten Blick. Die Journalistin war etwa 45 Jahre alt, groß und hager. Mit ihrem faltigen Hals, dem stark geschminkten Gesicht und den bunten Kleidern hätte sie dem Klischee einer betulichen amerikanischen Touristin entsprochen, hätte nicht ihr Raubvogelblick den Raum beherrscht.

Der »Washington Post«, die vor ihr auf dem Tisch lag, hätte es nicht als Erkennungszeichen bedurft.

Umgekehrt rechnete Lee offenbar nicht mit einer jungen Frau. Ihr Blick streifte Jana beim Eintreten kurz und wanderte zurück durch die große Glasscheibe nach draußen. Erst als Jana auf sie zusteuerte, zog Lee ihre rechte Augenbraue nach oben.

»Frau Lee. Schön, dass Sie so kurzfristig zu einem Treffen bereit waren. Mein Name ist Jana Loewe.«

»Guten Tag, Frau Loewe«, antwortete Lee mit kehligem Akzent. »Sie haben mich sehr neugierig gemacht.« Hoffentlich habe ich diese Reise nicht umsonst unternommen, fügte ihr Gesichtsausdruck hinzu. »Setzen Sie sich. Damit sind meine Deutsch-Kenntnisse erschöpft«, fuhr sie auf Englisch fort. »Ich gehe davon aus, dass Sie meine Sprache besser beherrschen als ich Ihre.«

»Das wird kein Problem sein«, antwortete Jana und schaltete das Prepaid-Handy ab. »Am besten schalten Sie Ihr Telefon ebenfalls ab.«

»Wir benutzen abhörsichere Geräte«, entgegnete Lee mit einem überlegenen Lächeln, »Wenn es Sie beruhigt, mache ich es aus.«

»Ich musste lernen, dass man nicht vorsichtig genug sein kann.«

Wenn ich sie bitte, die Batterie auszubauen, hält sie mich für hysterisch. Das Handy wird aus sein, wenn es ausgeschaltet wurde, beruhigte sie sich.

»Am besten, Jana, Sie fangen ganz von vorne an zu erzählen.«

»Angefangen hat alles damit, dass ich mit der Arbeit an einer Seminararbeit an der Uni begonnen habe und dafür über islamistische Terroristen Erkundigungen einholen wollte. Unbedarft, wie ich war, dachte ich, eine neue E-Mail-Adresse reiche aus, dass niemand auf mich käme. Der zweite Fehler war diese E-Mail-Adresse, ›wbi8888‹. Ein simples Wortspiel und 88 steht im Deutschen für egal. Später lernte ich, dass es bei Neonazis ›Heil Hitler‹ bedeutet.« Jana berichtete, wie sie ins Visier von ADONIS geraten war und schließlich mit echtem Namen und Wohnort von gefährlichen Personen kontaktiert wurde. »Ich habe richtig Angst bekommen.« Sie erläuterte ihre Versuche mit Nils, das Problem loszuwerden, was dazu führte, dass kurz darauf in ihrem Namen beleidigende Nachrichten an ihr soziales Umfeld gingen. »Zersetzung ist der im Deutschen geläufige Begriff. Geheimdienste tun das, um Leute gefügig zu machen.«

Vivian Lee unterbrach sie mit einer unwirschen Geste, die Jana offenbar auffordern sollte, endlich auf den Punkt zu kommen. »Jana, hören Sie. In ihren E-Mails spielten Sie auf das ADONIS-Programm der NSA an. Haben Sie Beweise dafür, dass ADONIS dahintersteckt? Ich brauche stichhaltige Fakten!« Lees Mund presste sich zusammen zu einem feinen, roten Strich. Begeisterung sah anders aus.

Jana rieb ihre feuchten Handflächen aneinander und spürte, dass sie errötete. Sie hatte sich alles viel einfacher vorgestellt.

»Schon gut«, beruhigte Lee. »Erzählen Sie, was weiter geschehen ist.«

Jana erzählte von der Verleumdung bei der Polizei und dass Hasborn und seinen Kollegen unverhofft ihre Verbündeten wurden. Wie Pottenstein über Schulungen die Ermittlungen auf ADONIS gelenkt hatte – und unter welchen Umständen zuerst Baumgartlinger und darauf Hasborn umgekommen waren. »Getroffen wurde immer der, der aus Sicht der Cooties der Angreifer war.«

»Beweise, Jana! Wir brauchen unwiderlegbare Beweise!«

»Unmittelbar vor den Morden gab es Abbuchungen nach Kasachstan. Wir sind sicher, dass so Auftragsmörder bezahlt wurden. Eine Methode, die ADONIS vermutlich von der 'Ndrangheta übernommen hat.«

»Hmmm«, brummte Lee. Die erfahrene Journalistin und Veteranin unzähliger Skandalschlachten und Enthüllungen schien kurz davor zu sein, aufzustehen und zurück nach Washington zu fliegen.

Jana sah ihre Felle davonschwimmen. Zunehmend hektischer erzählte sie von der Tarnung über Mutationen und der Kommunikation mit scheinbar fehlerhaften Datenpaketen, von Hasborns Ortung des Leviathans in Palo Alto, Nils' Angriff darauf und ihrer Verhaftung unter Terrorverdacht.

»Ja, bei manchen der Freunde von der NSA kann man sich solch feinfühlige Methoden vorstellen.« Lee verzog den Mund zu einem sarkastischen Lächeln. »Dennoch, es bleibt dabei: Wie steht es mit Beweisen? Werden Pottenstein oder Schwarz aussagen?«

Enttäuschung legte sich einer nassen, kalten Wolldecke gleich auf Janas Stimmung.

»Damit steht die Aussage einer Berliner Studentin gegen die NSA.« Lees kühle Schlussfolgerung traf Jana härter als ein Fausthieb in den Magen. Die Journalistin verbarg ihre Enttäuschung nicht. »Es war nett, Sie kennenzulernen, Jana. Zahlen bitte!«

Jana fühlte sich gelähmt. Stumm betrachtete sie, wie Lee bezahlte, ihre Tasche nahm und aufstand. Die Ecke eines Laptops schaute heraus.

»Was macht Sie so sicher, dass Sie kein Cootie auf ihrem Rechner haben?«

»Jana, seien Sie mir nicht böse. Das würde sich die NSA nicht erlauben.«

»Wir reden nicht von der NSA, sondern von etwas, das sich aus ADONIS entwickelt hat und das die NSA selbst nicht kontrollieren kann. Ulmer fürchtet offenbar nichts mehr, als dass diese Geschichte an die Öffentlichkeit kommt.«

Ein Leuchten lief über Lees Gesicht, und sie setzte sich wieder.

»Haben Sie noch ein paar Sekunden, und wir sehen gemeinsam auf Ihrem Rechner nach?«, schlug Jana vor. Minuten später saß Lee mit offenem Mund da und beobachtete ihren Bildschirm, auf dem Jana ihr die Cootie-Prozesse zeigte und wie sie unter neuen Namen gestartet wurden, wenn man sie gezielt beendete.

»Da, sehen Sie, Frau Lee. Gleiche Größe, gleicher CPU-Verbrauch, nur der Name ist anders.«

»Das wird ihnen leidtun«, knurrte Lee. »Und nenn mich bitte Vivian. Wir brauchen noch mehr harte Fakten. Keine Sorge, die werden wir zusammentragen. Sobald ich die habe, werde ich behutsam veröffentlichen und die Bande auf kleiner Flamme grillen.«

»Zwei Männer wurden ermordet, und mich hat man nicht nur mit üblen Methoden verleumdet, sondern mit finsteren Absichten verfolgt«, gab Jana zu bedenken. »Sie müssen äußerst vorsichtig sein!«

»Keine Sorge. Das bin ich gewohnt.«

»Das Muster war in allen Fällen, dass scheinbar das Opfer vom eigenen Konto einen größeren Betrag an eine Hilfsorganisation in einer entlegenen Gegend, zum Beispiel Kasachstan, überwiesen hatte und unmittelbar darauf Selbstmord beging oder einem Unfall zum Opfer fiel.«

»Demnach ist man sicher, solange nichts vom Konto überwiesen wurde?«, spöttelte Lee und rief die Website ihrer Bank auf. »Da sollten wir zur Sicherheit nachsehen. … Das gibt es nicht! … 12.000 Dollar für eine wohltätige Stiftung in Guatemala.«

Jana stockte der Atem. Die hartgesottene Journalistin wirkte kurz geschockt, fing sich aber sofort wieder. »Wollen Sie mit zu mir kommen?«, bot Jana an.

»Das ist keine Lösung. Zuerst sollte ich sicher zum Flughafen kommen. Dort droht keine Gefahr, denke ich.«

»Okay, ich besorge das Taxi, sodass kein Cootie auf Sie schließen kann. Bedienung, ein Taxi zum Flughafen Tegel bitte.«

»Zwei Minuten«, kam die Bestätigung von der Theke.

Augenblicke später hielt ein Taxi auf der gegenüberliegenden Straßenseite. Lee verabschiedete sich. Jana schaute ihr nach, als sie das Café verließ.

Auf Vivian ist Verlass, dachte sie. Die Sache ist im Rollen und niemand kann mehr aufhalten, dass die Wahrheit ans Licht kommt.

Lee trat auf den Bürgersteig, blickte nach links und rechts und setzte einen Fuß auf die Straße. Das Taxi wartete auf der anderen Seite.

Durch die Glasscheibe bemerkte Jana Rodriguez. Er eilte von links auf Lee zu.

»Nein!«, schrie Jana.

Sie sprang auf und rannte zur Tür, um Lee zu warnen. Schräg hinter Rodriguez schoss ein silberner Golf aus einer Parklücke. Reifen quietschten. Lee starrte mit weit aufgerissenen Augen auf das Auto, das auf sie zu raste. Der rechte Kotflügel erfasste sie und riss ihr die Beine weg. Ihr Schädel schmetterte auf die Windschutzscheibe. Lee flog über das Auto und krachte mit dem Kopf voran auf das Pflaster. Der silberne Golf raste davon.

Jana stand am Ausgang der Gaststätte, die Klinke in der Hand. Durch die Scheibe sah sie die Blutlache, die sich um Lees Kopf bildete. Ulmer tauchte auf der gegenüberliegenden Straßenseite auf, unmittelbar hinter dem Taxi, das sie für die Journalistin bestellt hatte.

KAPITEL 27

Freitag, 4. Dezember 2020 – Mitte, Berlin

Jana taumelte rückwärts, als hätte eine unsichtbare Hand sie gestoßen.

Er hat mich gesehen, schrillten in ihr die Alarmglocken.

Einen Wimpernschlag lang klammerte sie sich an die Möglichkeit, sie könne sich irren. Ulmers forschender Blick in ihre Richtung zertrümmerte die winzige Hoffnung auf der Stelle. Mit einer abwehrenden Geste taumelte Jana einen Schritt zurück, drehte sich um und eilte, so schnell sie ohne zu laufen konnte, in Richtung der Toiletten.

Sie sind nie und nimmer zufällig hier. Sie sind deinetwegen gekommen! Vivian ist tot, und du bist die Nächste! Du sitzt in der Falle!

Neben den Toiletten, teilweise verstellt von Getränkekisten, fand sie eine Tür. Der Hinterausgang? Sie schlängelte sich an den Kisten vorbei und drückte die Klinke herunter. Abgeschlossen. Hitze wallte in ihr hoch und trieb Schweiß aus allen Poren. Auf Kopfhöhe neben der Tür entdeckte sie einen rostigen Haken. An einer verschlissenen Schnur baumelte ein Schlüssel daran. Jana unterdrückte einen Aufschrei der Erleichterung. Der Schlüssel passte, und die Flucht gelang. Vor der Tür erwog sie einen Augenblick, im Getümmel am Bahnhof Friedrichstraße unterzutauchen. Sie verwarf die Idee, denn um diese Zeit war dort wahrscheinlich nicht allzu viel Betrieb. Schlechte Voraussetzungen, Ulmer und Rodriguez dort ein weiteres Mal zu entwischen. Stattdessen wendete sie sich nach rechts und hastete an den hinteren S-Bahn-Bögen vorbei, so schnell sie ohne unnötige Aufmerksamkeit auf sich zu ziehen konnte, bis sie die Geschwister-Scholl-Straße erreichte.

Eine Gruppe Touristen schlenderte wenige Schritte entfernt in Richtung Kupfergraben. Ulmer und Rodriguez glaubten sicher, sie versuche, nach Norden zu verschwinden, wo sie sich auskannte und ihre Zufluchtsorte lagen. Jana ballte die rechte Hand zur Faust und mischte sich unter die Reisegruppe. Allem Anschein nach waren es französische Studierende. Jana verbarg sich unter den Franzosen, die am Kupfergraben in Richtung Stadtschloss abbogen, in der Hoffnung, dass niemand sie ansprechen würde. Janas Sorgen erwiesen sich als unbegründet. Niemand nahm von ihr Notiz. In kurzen Abständen spähte sie unauffällig über die Schulter, um sich davon zu überzeugen, dass weder Ulmer noch Rodriguez ihr folgten. Schließlich betrat die Touristengruppe das Zeughaus, und Jana beschloss, sich von ihr zu trennen.

Sie vergewisserte sich ein letztes Mal aus dem Schutz der Menge heraus, dass niemand ihr folgte, mischte sich in den Strom der Passanten unter den Linden und ließ sich auf den Alexanderplatz zu treiben.

Am Neptunbrunnen klebte ihr die Bluse am Körper, ihre Hände zitterten. Der unmittelbaren Gefahr schien sie entronnen. Sie atmete auf und lugte zur Sicherheit erneut hinter sich. Weiterhin kein Verfolger in Sicht. Gedanken, seit ihrer Flucht aus der Gaststätte vom Selbsterhaltungstrieb unterdrückt, begannen durch ihren Kopf zu rasen. Jana hatte nie zuvor einen Menschen sterben sehen. Vor wenigen Minuten war sie Zeugin des Mordes an einer Frau geworden, mit der sie unmittelbar zuvor zusammengesessen und Pläne geschmiedet hatte. Eine Frau, die wohl kaum Ziel eines Anschlags geworden wäre, hätte Jana sie nicht in den Feldzug gegen Leviathan hineingezogen! Sie zermarterte sich das Hirn, welchen Fehler sie diesmal begangen hatte. Was konnte diesen brachialen und höchst auffälligen Angriff ausgelöst haben? Ein Mord am helllichten Tag in der Innenstadt, notdürftig getarnt als Verkehrsunfall mit Fahrerflucht! Gab es einen Zusammenhang mit Janas Kontaktaufnahme, den Cooties bei Vivian Lee, ihrem Flug nach Berlin? Täuschte die Tarnung mit den Umschreibungen um die griechische Sagengestalt Adonis vielleicht nicht einmal ein Maschinenwesen ohne klassische Bildung?

Jana bog rechts ab und lief parallel zum roten Rathaus am Spreeufer entlang. Ein Verdacht setzte sich in ihrem Hinterkopf fest: Hat Pottenstein mich benutzt? Und ich ging ihm arglos auf den Leim und habe Lee in die Falle gelockt? Das Schuldgefühl schnürte ihre Kehle zu. Gleichzeitig wurde ihr so schlecht, dass sie befürchtete, sich übergeben zu müssen. Jana blieb stehen und beugte sich über das Geländer. Sie zwang sich dazu, ruhig ein- und auszuatmen.

Pottenstein! Steckte er hinter allem? Oder die NSA? Ulmer?

Das Wasser unter ihr war genauso dunkel und unergründlich wie ihre Fragen. Ergab es einen Sinn, dass die NSA Vivian aus dem Weg schaffte? Und das ausgerechnet in Deutschland? Nein. Die USA waren nicht dafür bekannt, dass Journalisten dort gefährlich lebten. Im Gegenteil! Freilich kam es häufig vor, dass Journalisten aus westlichen Ländern getötet wurden. Jedes Jahr ging ein einschlägiger Bericht durch die Presse. Allerdings kamen alle diese Journalisten in gefährlichen Ländern, Kriegsgebieten und Ähnlichem ums Leben. Dennoch konnte es kein Zufall sein, dass Rodriguez und Ulmer just in dem Augenblick auftauchten, in dem ein Anschlag auf Vivian verübt wurde! Andererseits, wenn sie Vivian auf dem Gewissen hatten: Warum tauchten sie zwar beide am Tatort auf, fuhren aber nicht das Tatfahrzeug? Wer hatte den silbernen

Golf gefahren? Waren noch mehr NSA-Agenten in Berlin im Einsatz?

Jana fühlte sich ausgelaugt und leer. Es ergab alles keinen Sinn. Was sollte sie tun? Was konnte sie überhaupt tun? Wie viel Zeit blieb ihr überhaupt?

»Oh mein Gott!«, flüsterte sie. Ihr Magen verkrampfte sich schmerzhaft. Vivian war zu ihr nach Berlin gekommen, um verwertbare Einzelheiten über ADONIS zu erfahren. Stunden später lag sie ermordet auf der Straße in ihrem Blut. Jana war die Flucht mit mehr Glück als Verstand gelungen. Ein Glück, auf das sie kein zweites Mal hoffen durfte! Sie waren hinter ihr her, warteten auf sie, konnten überall auf sie lauern! Ohne auf den genauen Weg zu achten, folgte sie der Straße nach Süden. Ihre Wohnung, Nils' Wohnung, alles entfernte sich mit jedem Schritt. Alles Orte, die sich bestens für einen Hinterhalt eigneten. Sie vergrub ihre Hände in den Jackentaschen und stieß gegen ein Stück Metall mit einem Plastikanhänger. Den Schlüssel hatte sie von Pottenstein bekommen, als er im »Fàilte!« gewesen war. Er hatte ihr das Du angeboten und den Namen Vivian Lee genannt. Von wegen *sichere* Wohnung! Zu der ersten *sicheren* Wohnung hatte er umgehend Ulmer und Rodriguez gebracht. Und Vivian hatte man gerade vor ihren Augen ermordet, ihre Leiche war noch nicht kalt.

Mit gesenktem Kopf trieb sie ziellos die Straße entlang durch die Stadt. Schließlich bemerkte sie Stufen vor sich und sah auf. Sie stand vor einer Kirche. Jana konnte sich nicht erinnern, wann sie das letzte Mal gebetet hatte. Zur Firmung war sie nicht mehr gegangen, hatte seitdem außer zu Hochzeiten und Beerdigungen keine Kirche betreten. Unschlüssig betrachtete sie das Portal. Schließlich ging sie hinein und setzte sich in die letzte Bank ganz außen. Vor ihr dehnte sich das menschenleere Kirchenschiff mit Altar, Tabernakel und Ambo am gegenüberliegenden Ende. Ein Hauch von Weihrauch lag in der Luft. Ihr Herzschlag beruhigte sich und allmählich begannen ihre Gedanken, klarer zu werden.

»Kann ich Ihnen helfen?«, fragte eine Männerstimme.

Jana erschrak. Sie hatte niemanden kommen hören und sicher eine ganze Zeit dagesessen und blicklos in den Raum gestarrt. Ein junger Priester stand neben ihr, am Hemdkragen als solcher zu erkennen.

»Ich glaube nicht. Danke.« Jana zwang sich zu einem Lächeln.

»Manchmal hilft es, einfach zu erzählen, den Kummer auszusprechen.«

Sie antwortete nicht, blickte geradeaus, spürte jedoch den besorgten Blick des Priesters auf ihr ruhen.

»Haben Sie jemanden, dem Sie vertrauen, zu dem Sie gehen können?«

Nils. Nils vertraue ich. Und ganz weit weg Tante Greta. »Ja«, antwortete sie und wandte sich dem Mann zu. »Danke. Sie haben mir sehr geholfen. Ich werde nach Hause gehen.«

Das ist der Schlüssel, dachte sie, als sie die Kirche verließ. Ich muss dahin, wo ich darauf vertrauen kann, in Sicherheit zu sein. Um dahin zu kommen, muss ich nach Wilhelmsruh, schauderte sie. Ein SEK lauerte ihr heute dort sicher nicht auf, aber möglicherweise etwas Schlimmeres. Ein Vollidiot nimmt den Weg, auf dem er gewöhnlich kommt, überlegte sie. Die schnelle Heimfahrt mit der S-Bahn fiel deshalb aus. Stattdessen arbeitete sie sich mit U-Bahn und Bus über Pankow von Osten her vor. An der Schönholzer Heide stieg sie aus und ging hinter dem russischen Soldatenfriedhof vorbei. Selbst von dieser abgelegenen Stelle aus ging sie nicht direkt zu ihrer Wohnung, sondern schlug einen weiten Bogen durch den Ort, um aus der anderen Richtung zu kommen. Wenn ihr jemand auflauerte, achtete er weniger auf diese Möglichkeit, glaubte sie. Aus sicherer Entfernung beobachtete sie etwa eine Stunde lang das Haus, bis sie sich vergewissert hatte, dass zumindest draußen niemand im Hinterhalt lag. Mit dem verstörenden Gefühl, etwas sehr Dummes zu tun, stakste sie zur Haustür, schloss auf und ging im Treppenhaus an ihrer Wohnung vorbei ins darüber liegende Stockwerk, wo sie erneut wartete. Zum Glück tauchte kein Nachbar auf und fragte, ob sie sich im Treppenhaus verlaufen habe. Nach 20 Minuten verlor sie die Geduld und pirschte sich zu ihrer Wohnungstür. Am unteren Rand entdeckte sie Staubflocken, die beim letzten Wischen des Flurs übrig geblieben waren. Die Flocken waren dick und trocken. Die Tür war wohl länger nicht geöffnet worden. Sie schloss auf und ging hinein.

Ein Gefühl der Wehmut ergriff sie. In der Küche strich sie über ihre Kaffeemaschine. Fünf Monate hatte sie jobben müssen und eisern gespart, bevor sie sich eine echte Bezzera leisten konnte. Einen weiteren Monat, um die passende Mühle dazuzukaufen.

Es wird eine Weile dauern, bis du den nächsten richtig guten Kaffee bekommst, sagte sie sich, und schaltete die Maschine an, um sich einen letzten Toba Batak zuzubereiten. In der Zwischenzeit, bis die grüne Lampe aufleuchtete, trug sie ihre Sachen in der Diele zusammen und legte sie auf zwei Haufen: einen mit dem unbedingt Nötigsten und einen mit allem, was einen Wert hatte. Den ersten Haufen stopfte sie in ihren Rucksack. Ein wenig Wäsche und Toilettenartikel, dazu Pass und sonstige Papiere. Den anderen Haufen, vor allem ihre verbliebenen elektronischen Geräte, die Picasso-Drucke und die Kaffeemühle, zu dem nach dem Abschieds-Toba-Batak noch die Kaffeemaschine kommen würde, verpackte sie in zwei IKEA-Taschen, die sie seit dem Einzug auf ihrem Schrank aufbewahrte. Jana ging zurück in die Küche, zapfte sich den letzten Kaffee und verstaute auch die Bezzera. Auf einer Untertasse balancierte sie das Espresso-Tässchen ins Wohnzimmer und setzte sich auf ihr Sofa. Sie verspürte den Drang, mit jemandem zu reden. Tante Gretas Telefonnummer in Argentinien kannte sie nicht, ihren Computer für Skype hatte sie in der Badewanne versenkt. Sie dachte an ihre Mutter. Die würde ihr keine Hilfe sein. Nils? Ich will ihn nicht in noch größere Gefahr bringen. Sie wischte den Anflug einer Träne aus dem Augenwinkel. Es fiel ihr schwer, ihn allein zu lassen. Mir nichts, dir nichts ohne eine Nachricht zu verschwinden, fühlte sich an wie Verrat, doch seine Sicherheit durfte sie nicht gefährden. Jana verdrängte jeden Gedanken an ihren Freund und verließ das Haus, bepackt mit dem Rucksack und den beiden Taschen. Auf Schleichwegen marschierte sie zur U-Bahn-Haltestelle Wittenau und fuhr zum Gesundbrunnen. Im Pfandleihhaus erzählte sie herzzerreißende Geschichten und versetzte den Inhalt der beiden IKEA-Taschen für 1.100 Euro. Der zufriedene Gesichtsausdruck des Pfandleihers zeigte ihr, dass er sie durchschaute und wusste, dass sie nicht wiederkäme, um die Gegenstände auszulösen. Allein mit den Bezzera-Maschinen hatte er seine Kosten gedeckt. Gleichzeitig erleichtert und über sich selbst erschrocken steckte sie das Geld in ihren Geldbeutel und verließ das Geschäft. Sie hatte genug Geld, um sich nach Argentinien abzusetzen. Ein Visum brauchte sie als Deutsche nicht. Leider musste sie den überflüssigen Rückflug buchen, damit man sie in Argentinien ins Land ließ. Wie sie dort vom Flughafen Buenos Aires zu Tante Greta in San Carlos de Bariloche gelangen würde, konnte sie sich unterwegs überlegen. Zur Not würde sie trampen.

Auf dem Weg zurück zum Bahnhof Gesundbrunnen rumorte in ihr das mulmige Gefühl, unwiderrufliche Entscheidungen zu treffen – unwiderruflich und falsch. Sie verdrängte es anfangs erfolgreich, doch in der Bahn zur Friedrichstraße und danach in Richtung Alexanderplatz wuchs ihr innerer Widerstand gegen den Argentinien-Plan.

Du bist noch nie vor Schwierigkeiten davongelaufen!, warf sie sich vor, als ihr S-Bahn-Zug den Bahnhof Friedrichstraße verließ. Ihr Leben stand auf dem Spiel, Nils' Leben genauso, Prinzipienreiterei konnte sie sich nicht leisten. Du bist schuld am Tod dreier Menschen!, wehrte sich ihr Gewissen. Weitere sind in Gefahr. Ihr Blick streifte die Stelle, wo Vivian Lee überfahren worden war. Sie sah die Geschwister-Scholl-Straße, durch die sie heute Mittag geflohen war, Studenten wie sie waren sie gewesen. Konnte man absehen, dass eine in Champagnerlaune gewählte E-Mail-Adresse Katastrophen auslöst? Nein, aber ohne mich wären sie noch am Leben. Weglaufen ist feige und schäbig! Hierbleiben und die Nächste sein, die ums Leben kommt, macht niemanden wieder lebendig! Janas innerer Kampf wogte unentschieden hin und her.

Der Zug hielt am Bahnhof Hackescher Markt. Auf dem Bahnsteig drängten sich die Leute. Der abgeschlossene Waggon vermittelte Jana ein seltsames Gefühl von Geborgenheit. Jemand blies in eine Pfeife, die Türen schlossen sich, und die Bahn fuhr ruckend an.

Jana schloss die Augen und ballte die Fäuste. Ich kann mich nicht irgendwo verkriechen und so tun, als gäbe es dieses menschengemachte mordende Monster nicht. Ihr Kampfgeist gewann die Oberhand über ihre Schuldgefühle. Wer wird das nächste Opfer sein? Nils? Von seiner Wohnung aus hatte sie alle paar Minuten die Daten zu Vivians Flug abgerufen. Von dort aus mit ihr den Treffpunkt vereinbart, wo sie ermordet wurde! Wann hatten die Mörder ihre Tarnung über das Prepaid-Handy durchschaut? Als sie noch in Nils' Wohnung war oder erst, als sie sich mit Vivian an einen Tisch gesetzt hatte? Jana packte die Angst. Schweißtropfen standen auf ihrer Stirn. Mit dem Ärmel wischte sie sie ab. Nils! Ich muss verhindern, dass ich dich auch ins Verderben stürze!

Jana sprang auf.

KAPITEL 28

Samstag, 5. Dezember 2020 – Tegel, Berlin

Nils anzurufen hatte Jana sich nicht getraut. Genauso wenig hatte sie gewagt, in seine Wohnung zurückzukehren. Nicht davon auszugehen, dass die NSA ihn überwacht, um sie dort zu schnappen, wäre fahrlässig gewesen. Damit waren ihr zwei Möglichkeiten geblieben: ihn entweder an der Uni zu treffen oder im Ruderklub. Sie hatte sich für die zweite Variante entschieden und war nach Tegel gefahren, wo sie sich in einer kleinen Pension einmietete. Die Vermieterin hatte sich über die nette Studentin aus Bonn gefreut, die sich als Leonie Mayer vorstellte und bar bezahlte. Sie wolle sich über Möglichkeiten des Wechsels an die FU Berlin informieren, erzählte Jana ihr. Danach schien alles geklärt.

Von Nils' Gewohnheiten wusste Jana nicht viel, außer dass er allem Anschein nach zu unregelmäßigen Zeiten rudern ging. Am Freitagabend hatte sie zum ersten Mal Stellung hinter einem Busch bezogen in der Nähe des Eingangs zum Ruder-Club Tegel. Nach kurzer Zeit war es dunkel geworden. Nachts würde Nils wohl nicht rudern. Den ganzen Samstag patrouillierte sie nun schon um das Gelände, wobei sie darauf achtete, eine möglichst gute Aussicht auf das Wasser zu haben. Wenn sie ihn auf dem See rudern sah, blieb ihr genügend Zeit, ihn am Ausgang des Klubs abzupassen.

Die Warterei ließ ihr viel Zeit zum Nachdenken. Ihre Gefühle wogten hin und her. Nils ist dein Mann fürs Leben, und du warst im Begriff, ihn ohne ein Sterbenswörtchen der Erklärung im Stich zu lassen!, gestand sie sich schließlich ein.

Nach deinem spurlosen Verschwinden lässt du ihn mit seinen Sorgen um dich hängen! Eisern hielt sie durch, obwohl sie ihre Füße vor Kälte kaum noch spürte. Am Abend ging sie durchgefroren und mit schmerzendem Rücken in die Pension und fiel wie ein Stein ins Bett.

Am Sonntagmorgen stand sie im Morgengrauen auf, frühstückte hastig und bezog ihren Posten am Eingang des Ruderklubs. Diesmal hatte sie Glück. Sie erspähte Nils, der gerade abgelegt hatte. Der Versuch, ihn vom Ufer aus mit winkenden Armen auf sich aufmerksam zu machen, misslang. Mit ruhigen Schlägen trieb er sein Skiff durch die Nebelschleier, die über dem spiegelglatten Wasser waberten. Nach wenigen Minuten verschwand er aus ihrem Sichtfeld und kehrte eine gute Stunde später zurück. Von ihrem Aussichtspunkt aus brauchte Jana genauso lange zum Anlegesteg wie Nils. Sie betrat die hölzerne Rampe, als er gerade aus dem Boot stieg.

»Jana!«, rief er überrascht und lief ihr entgegen. Ein Strahlen erfüllte sein Gesicht. »Wo warst du? Ich habe mir entsetzliche Sorgen gemacht!«

Jana schluchzte erleichtert, als er sie in die Arme nahm und küsste.

»Nils, ich hatte solche Angst!« In schnellen Sätzen erzählte sie von Vivian Lee und ihrer Sorge, die NSA könne ihr bei Nils auflauern.

»Pottenstein hat mir von Lee erzählt«, sagte Nils. »Er war ganz grau im Gesicht und wollte dich unbedingt finden, damit dir nichts zustößt.«

»Damit mir nichts zustößt!«, knurrte Jana. »Dass ich nicht lache! Um mich Ulmer auszuliefern, sucht der mich.«

Nils' Augen weiteten sich. »Bist du sicher, dass Pottenstein hinter dir her ist?«

»Warum sollte er mir die Kontaktdaten von Vivian Lee geben und die wird postwendend von Ulmer und Rodriguez umgebracht, als sie sich mit mir trifft? Können die Mitwisser wie mich gebrauchen?«

Sie schlichen sich durch die Gärten von hinten in den Keller des Hauses, in dem sich Nils' Wohnung befand. Falls die NSA ihn überwachte, gab es keine andere Möglichkeit, Jana unbemerkt an den Agenten vorbeizubringen.

»Von jetzt ab sagst du kein Wort, es sei denn, ein Wasserhahn läuft«, erklärte Nils und küsste Jana. »Möglicherweise haben sie die Wohnung verwanzt. Komm!«

Er nahm ihre Hand und zog sie sanft hinter sich her ins Treppenhaus. Als sich seine Wohnungstür hinter ihnen schloss und er ihr den Mantel abnahm, fiel eine Tonnenlast von Jana ab. Sie schmiegte sich an ihn, Nils legte den Zeigefinger auf die Lippen zum Zeichen des Schweigens und schlich sich auf dem gleichen Weg nach draußen, um kurz darauf für jeden potenziellen Beschatter deutlich sichtbar vom Rudern zurückzukommen. Jana, die ihn ungeduldig hinter der Wohnungstür erwartet hatte, küsste ihn und zog ihn ins Schlafzimmer, wo sie ineinander versanken.

»Ich liebe dich!«, flüsterte sie Nils ins Ohr, obwohl kein Wasserhahn lief. Sie lagen eng umschlungen auf dem Bett.

Im abgedunkelten Zimmer konnte sie sein Gesicht nicht deutlich sehen. Dennoch glaubte sie, ein Leuchten in seinen Augen zu erkennen.

»Ich dich auch!«, hauchte er ihr ins Ohr.

Für einen kurzen, wunderschönen Augenblick schienen alle Ängste und Bedrohungen unendlich weit fort, es gab nur sie und ihn.

Am nächsten Morgen saß Nils auf dem Rand seiner Badewanne und legte seine Arme um Jana, die auf seinem Schoß Platz genommen hatte. Aus den Hähnen des Waschbeckens und der Wanne strömte geräuschvoll Wasser. Nach Stunden des Zusammenseins, in denen sie keine Worte gebraucht hatten, beratschlagten sie über die nächsten Schritte.

»Würdest du mit mir nach Argentinien gehen?«, fragte Jana.

»Mit dir würde ich überall hingehen. All diesen Mist mit den Leviathanen hinter uns lassen? Die Vorstellung ist verlockend.«

Jana wandte sich ihm zu. Sein Tonfall passte nicht zu seinen Worten. In seinen Gesichtszügen glaubte sie zu lesen, dass ihm das Davonlaufen genauso widerstrebte wie ihr. »Wurmt es dich nicht, dass die Leviathane gewonnen haben?«

Er antwortete nicht.

»Wenn wir hierbleiben, müssen wir bei allem, was wir tun, überlegen, ob wir sie nicht zum nächsten Mord reizen. Tief in der Pampa würde man uns wohl in Ruhe lassen. Allerdings steht nicht fest, dass uns die NSA abhauen lässt. Vielleicht würden sie uns in Buenos Aires am Flughafen in Empfang nehmen und entsorgen?«

»Du willst gar nicht nach Argentinien, stimmt's? Aufgeben kommt nicht infrage?« Er sah ihr lange prüfend in die Augen. »Ich glaube, das liebe ich an dir am meisten. Diese Unbeugsamkeit, auch wenn sie einem Angst einflößen kann. Also gut, fangen wir von vorn an: Ist nicht die entscheidende Frage: Wer ist eigentlich der Feind? Leviathan oder die NSA?«

»Die NSA«, antwortete Jana bestimmt. »Die NSA hat Vivian Lee getötet. Um zu verhindern, dass an die Öffentlichkeit kommt, welche Monster sie in die Welt gesetzt haben.«

»Hätten sie da nicht besser dich – uns – um die Ecke gebracht?«

»Keine Ahnung, was im Hirn eines Geheimdienstlers vor sich geht. Für mich sind die alle krank«, zischte Jana. »Es bleibt die Frage, wodurch sie davon erfahren haben, was ich mit Vivian genau verabredet habe.«

»Oder eher, weshalb sie die richtigen Schlüsse ziehen konnten.«

»Kann es eine andere Erklärung geben, als dass die NSA die Leviathane sehr wohl im Griff hat und nach wie vor nutzt?« Ärgerlich klatschte sie mit den flachen Handflächen auf ihre Schenkel. »Arrghh! Welchen Sinn ergeben dann diese Ablenkungsmanöver, dass Ulmer mich zum Stillhalten erpressen will?«

»Keine Ahnung. Die Überwachung ist so oder so allumfassend, und die Existenz von mordenden Maschinenwesen soll totgeschwiegen werden. Gleichzeitig ist die Überwachung so engmaschig, dass selbst verklausulierte Anspielungen wie deine Hinweise auf ADONIS verstanden werden und zu drastischen Maßnahmen führen. Eigentlich grenzt es an ein Wunder, dass wir ungestört in meiner Wohnung sitzen und so etwas besprechen können.«

Jana sprang auf, baute sich mit geballten Fäusten vor Nils auf. »Wir müssen uns vor aller Augen mit der NSA anlegen. So, dass es mit einem Schlag in der breiten Öffentlichkeit ist, sie nichts vertuschen können, dass sie sich nicht trauen, uns umzulegen.«

»Vielleicht stecken sie uns ins Gefängnis?«

»Prima! Was kann uns Besseres passieren? Dann legen wir vor einem Richter die Karten auf den Tisch. Das fürchtet Ulmer wie der Teufel das Weihwasser.«

»Wenn sie uns in ein normales Gefängnis stecken und wir vorher einen ordentlichen Prozess bekommen, möglicherweise.«

Nils blieb offensichtlich skeptisch, aber sein Widerstand gegen den großen Befreiungsschlag bröckelte. Jana fühlte sich ermutigt.

»Gute Chancen, dass die Presse-Fuzzis das mitbekommen. Allerdings dürfen sie sich nicht einschüchtern lassen, und die Öffentlichkeit muss ihnen glauben. Wenn es kein normales Gefängnis wäre …« Nils ließ das Ende des Satzes im Raum stehen.

Jana begriff, dass sie möglicherweise von falschen Voraussetzungen ausging. »Du meinst …?«

»Für ein ordentliches Verfahren in Deutschland sehe ich ziemlich schwarz. Guantanamo Bay wäre wohl die Luxusherberge unter den Optionen. Wahrscheinlicher ist nach allem, dass man uns vorher umlegt!«

Nils wirkte entmutigt, was Jana aufstachelte. »Eine öffentliche Empörung ist der einzige Weg«, beharrte sie. »Es muss eine Riesensache sein. Vor aller Augen funktionieren weder die ganzen miesen Tricks, noch könnte man uns aus dem Weg schaffen, ohne größeres Aufsehen zu erregen. Geräuschlos umlegen fällt aus!«

»Das hast du gerade versucht. Es hat Vivian Lee das Leben gekostet und uns aller Wahrscheinlichkeit nach auf die Abschussliste gebracht.«

»Es muss einen Ausweg geben!«

»Ich sehe keinen, jedenfalls keinen schnellen. Pottensteins Ansatz mit den Rechnerinseln ist vielversprechend. Leider kann man keine kurzfristigen Ergebnisse erwarten. Dafür bleibt man unterhalb von Leviathans Reizschwelle. Vergiss nicht: Wir sind nicht Herr im eigenen Haus.«

»Wenn Pottenstein überhaupt eine Lösung will und es ihm nicht darum geht, Nerven zu beruhigen und Mitwisser unter Kontrolle zu behalten. Oder aus dem Weg zu schaffen.«

»Wie meinst du das?«

»Du weißt, dass ich ihm nicht traue und je länger ich darüber nachdenke, desto eher scheint er mir einer der Drahtzieher zu sein. Von ihm hatte ich den Tipp mit Vivian Lee. Zwei Tage später haben NSA-Agenten sie umgebracht, dieselben, die er zu mir gebracht hat, damit ich stillhalte und nichts sage.«

»Er hat sich vor dich gestellt, als Ulmer dich angegangen ist.«

»So sah es aus. Vielleicht wollte er genau diesen Eindruck erwecken? Ich könnte mir sogar vorstellen, dass er alleine hinter allem steckt.«

»Nein, das glaube ich nicht. Die Sache ist viel, viel größer. Wir sind in einem gigantischen Netz verstrickt und wenn wir an den Fäden zupfen, kommt die Spinne. Bislang ist jeder in kürzester Zeit draufgegangen, der etwas unternommen hat.«

»Außer uns. Ich kann das nicht einfach hinnehmen und hoffen, dass mich Leviathan gnädigerweise verschont, ständig in Angst, er könnte seine Meinung ändern.«

»Koste es, was es wolle? Ich bin nicht zum Helden geboren, fürchte ich.«

»Wer ist das schon? Baumgartlinger, Hasborn, Lee, sie alle waren nicht dazu geboren.« Jana sah Nils tief in die Augen. Tränen schossen ihr in die Augen. »Gemeinsam stehen wir das durch … bitte!«

Nils war sichtlich aufgewühlt. Er umarmte sie und zog sie an sich.

»Gemeinsam stehen wir das durch«, krächzte er.

KAPITEL 29

Sonntag, 6. Dezember 2020 – Wedding, Berlin

Viel Wasser floss durch die Hähne in Nils' Bad, bis der Schlachtplan stand, mit dem sie die Öffentlichkeit auf ADONIS hinweisen wollten. Sie entschieden sich dagegen, eine große Zeitung exklusiv mit Material zu versorgen. Vivian Lees Tod schreckte sie ab, ein einzelner Journalist war leichte Beute. Stattdessen beschlossen sie, Unterlagen an die wichtigsten deutschsprachigen Zeitungen und Zeitschriften zu schicken mit der Aufforderung, am kommenden Freitag zu veröffentlichen. Die Zeit sollte reichen, das Material zu prüfen, und durch das gleichzeitige Erscheinen der Artikel in den wichtigsten Printmedien musste es ein Erdbeben auslösen, eine Welle der Empörung, der sich niemand entgegenstellen konnte. Außerdem wäre es zu verschmerzen, falls eines der Blätter kniff.

Nils drehte die Wasserhähne zu und ging ins Wohnzimmer. Dort kramte er aus einem Schrank einen alten Rechner, der garantiert kein Cootie hatte, weil er seit Jahren nicht am Netz war. Ebenso förderte er einen vorsintflutlichen Drucker zu Tage, baute den Arbeitsplatz auf und lud Jana mit einer Geste ein, sich neben ihn zu setzen.

Jana bedankte sich mit einem Knicks und setzte sich an die Tastatur. Bedächtig rieb sie die Hände aneinander. Ihr Magen rumorte. Sie sah zu Nils. In seinem Gesicht las sie die gleiche Angst, gegen die sie selbst ankämpfte, gepaart mit der gleichen Entschlossenheit. Sein Kopf nickte kaum wahrnehmbar.

Sie senkte die Augen zum Bildschirm und öffnete das Textverarbeitungsprogramm. Der Text floss ihr förmlich aus den

Fingern. Mit Nils hatte sie besprochen, dass sie sich die Lüge erlaubten, den Stoff jeder Zeitung als exklusives Titelthema anzubieten. Im Falle einer Absage bat sie um eine Nachricht ohne Text mit Betreff »Kein Interesse« an eine E-Mail-Adresse, die Nils seit Ewigkeiten benutzte, wenn er Spam befürchtete. In dem Falle böte man das Material der Konkurrenz an, schrieb sie. Weil das Material ausgedruckt in Papierform verschickt und die Absagen ohne Bezug zu Leviathan, ADONIS, und anderen verdächtigen Begriffen verfasst sein sollten, erschien das schlauer als eine neue Adresse anzulegen. Wenn auf nichts Verlass war bei der Journaille, wie Nils sich ausdrückte, auf den Schnappreflex von Konkurrenten, die sich die Butter auf dem Brot nicht gönnten, konnte man bauen. Mit wenigen Sätzen fasste sie die wesentlichen Ereignisse zusammen, die sich abgespielt hatten, seit sie »wbi8888@web.de« angelegt hatte.

Nils legte ihr mit der Hand beschriebene Zettel hin, auf denen er erklärte, mit welchen Mitteln die Blattmacher alles überprüfen konnten, einschließlich der Zugangsdaten zum Konto »wbi8888@web.de«. Die Zeitungsleute sollten die E-Mails von Achatz und Abu Mujahed selbst lesen.

Was soll das?, dachte Jana. Sobald sie auf die E-Mail-Kennung gehen, haben die Reporter sofort ein Cootie auf dem Rechner und machen den Leviathan in Palo Alto auf sich aufmerksam.

Sie zog die linke Augenbraue nach oben und sah Nils verwundert an.

Nils rollte die Lippen zusammen und nickte auffordernd.

Jana, runzelte die Stirn, ging ins Bad und stellte die Wasserhähne an.

»Was soll das? Wenn die ›wbi8888@web.de‹ abrufen, haben die sofort die Cooties am Hals?«

»Ich gehe fest davon aus, dass jeder von denen schon Cooties auf seinem Rechner hat.«

»Und? Die hängen an einem anderen Leviathan und wissen nichts von meinen Problemen, haben selbst vermutlich noch nie etwas bemerkt. Mein Leviathan in Palo Alto fackelt nicht und rückt ihnen auf die Pelle, bevor sie die Nachrichten von Abu Mujahed zu Ende gelesen haben.«

»Richtig, die wissen nichts von Cooties und Leviathanen, ahnen nicht einmal die Größe der Gefahr, und eben deswegen müssen wir sie mit der Nase draufstoßen. Sonst glauben sie nichts! Das Risiko können wir nicht vermeiden. Das war bei Vivian Lee genauso. Bevor sie nicht mit eigenen Augen gesehen hatte, dass auf ihrem Rechner ein Cootie lief, hielt sie sich als Journalistin für unantastbar.«

Das war ein Knackpunkt: Einerseits mussten sie davon ausgehen, dass die einschlägigen Enthüllungsjournalisten selbst längst im Visier von mindestens einem der 400 bekannten Leviathane und damit wahrscheinlich erpressbar waren. Andererseits brauchten sie die Glaubwürdigkeit der Reporter, um nachhaltig die Öffentlichkeit zu erreichen. Im Internet gab es tonnenweise Verschwörungstheorien. Im Kanon mit Vorwürfen, die Amerikaner seien nie auf dem Mond gelandet oder hätten die Anschläge auf das World-Trade-Center vom 11. September 2001 selbst verursacht, fielen mordende Maschinenwesen nicht auf. Genauer gesagt, der Vorwurf, die NSA habe mordende Maschinenwesen erschaffen und müsste mit einer breiten öffentlichen Empörung dazu gezwungen werden, diese Peinlichkeit zuzugeben, um anschließend die Leviathane zu beseitigen. Was traute man der NSA nach landläufiger Meinung nicht zu, oder umgekehrt, welche Nachricht über die NSA löste mehr als leidenschaftsloses Schulterzucken aus? Nils ist ganz schön gerissen! Die Zeitungsleute müssen vor Wut auf den Tisch schlagen, weil sie selbst der NSA solche Schweinereien nicht zugetraut hätten, begriff Jana. Sie mussten wegen der Cooties auf ihren eigenen Rechnern wütend werden!

Eine gute Stunde später war Jana fertig. Sie druckte die Texte aus, kopierte alles in vielfacher Ausfertigung und verpackte es in Umschlägen. Das Anschreiben an die einschlägigen Presseleute enthielt die Bitte, den entsprechenden Artikel genau am Freitag, dem 11. Dezember, zu veröffentlichen. Ein Freitag deswegen, damit sie sowohl die einschlägigen Magazine als auch Tageszeitungen anschreiben konnten. An dieser Stelle hatte sie lange gezahnt, weil der Widerspruch zum Versprechen der Exklusivität offensichtlich schien. Schließlich überredete sie Nils mit einer aufmunternden Geste. Das mulmige Gefühl, an dieser Stelle einen vielleicht entscheidenden Fehler zu machen, blieb.

Jana stand auf und umarmte ihn. Neben ihnen lag ein Stoß brauner Versandtaschen mit explosivem Inhalt. Nils küsste sie, legte ihren Kopf auf seine Schulter und streichelte ihr Haar.

Noch gibt es einen Weg zurück, flüsterte eine Stimme aus ihrem Unterbewusstsein.

Nils schien ihr Zögern zu spüren. Er griff sie an den Schultern und streckte seine Arme aus. Drei, vier Herzschläge lang erwiderte sie seinen fragenden Blick. Schließlich nickte sie zum Zeichen des Aufbruchs. Nils verpackte die Kuverts in einer Jutetasche, küsste Jana und verließ die Wohnung. Ihre Nerven waren zum Zerreißen gespannt. Jetzt muss er die Haustür erreichen, dachte sie, erleichtert, weder Schüsse noch Explosionen oder quietschende Reifen zu hören. Sie lauschte gespannt auf alle Geräusche draußen. Dabei stellte sie sich vor, wie Nils die Umschläge in die Schlitze verschiedener Briefkästen warf.

Zwei Stunden später kam Nils zurück und es hieß warten. Nils hatte darauf geachtet, dass die Kästen früh am Montagmorgen geleert würden, sodass die Briefe fast sicher am übernächsten Tag ankommen sollten. Bis die Briefe mutmaßlich die Journalisten erreichten, fühlten sich Jana und Nils wie auf glühenden Kohlen. Am Dienstagmorgen führte ihr erster Weg um 8.00 Uhr zu Nils' Rechner, um nach Nachrichten der Publizisten zu sehen, obwohl es beinahe ausgeschlossen war, dass die Umschläge bereits ihre Ziele erreicht hatten. Erwartungsgemäß gab es keine Neuigkeiten. Eine gute Stunde später, nach dem Frühstück, zeigte sich dasselbe Bild. Nils änderte die Einstellungen, sodass beim Eintreffen einer Nachricht ein Ton gespielt würde. Sie räumten den Tisch ab und spülten das Geschirr, stets darauf bedacht, sich mit Gesten und Blicken zu verständigen, solange kein Wasserhahn lief. Als die wenige Arbeit erledigt war, ging das Warten weiter. Sie setzten sich auf den Sitzsack und mehrere Kissen, die Nils auf seinem Boden als Sofaersatz zusammenschob. Jana kuschelte sich an ihn und starrte zur Zimmerdecke, während er sie sanft streichelte. Gelangweilt betrachtete sie die vielen Stellen, an denen sich die häufig überstrichene Raufasertapete von Wand und Decke löste. Ihre Gedanken drifteten ab.

Ein leiser Gong von Nils' Rechner ließ sie auffahren. Eine Nachricht! Gleichzeitig sprangen sie auf und stürmten zum Bildschirm, wo sie mit klopfendem Herzen den Text lasen. Ein Blattmacher der wichtigsten Tageszeitung Deutschlands äußerte sich begeistert und versprach einen großen Aufmacher am 11. Dezember, sofern die von der journalistischen Sorgfalt erforderte Prüfung des Materials nicht zu Widersprüchen führte. Jana deutete ein Abklatschen mit Nils an. Seine Augen strahlten. Im Laufe des Tages kamen ähnliche Nachrichten, sowohl von Magazinen als auch von den übrigen führenden Tageszeitungen. Jana konnte ihr Glück kaum fassen.

Jetzt wird alles gut!

Befreit von einer tonnenschweren Last tanzte sie durch das Zimmer.

Das wird ein Erdbeben, das die ganze Welt erschüttert!

KAPITEL 30

Donnerstag, 10. Dezember 2020 – Wedding, Berlin

Am Dienstag und Mittwoch verließen Jana und Nils die Wohnung kein einziges Mal. Jana vermisste nichts. Hoffnungsvoll blickte sie dem entscheidenden Schlag gegen den allgegenwärtigen Überwachungsapparat entgegen, der nicht einmal vor Morden zurückschreckte. Am liebsten hätte sie getanzt und laut gesungen, aber noch war Vorsicht angesagt.

Uns trennt nur ein gutes Essen und danach ein edler Kaffee vom perfekten Tag, überlegte sie am Donnerstag vormittags, tänzelte zu Nils' Kochnische und durchstöberte die Schränke. Bislang hatte Nils sich ums Essen gekümmert. Sie brauchte keine zwei Minuten, um festzustellen, dass es eine Herausforderung war, mit Nils' Vorräten etwas Leckeres auf den Tisch zu bringen. Einige Schachteln Spaghetti, Langkornreis, mehrere Dosen mit Erbsensuppe, Linsen, Ravioli und Tomaten, Mehl, Olivenöl und Essig. Unter dem Spülbecken fand sie Zwiebeln und im Kühlschrank Milch sowie einen Sechserpack Eier. Genuss war für ihn ein Fremdwort, jedenfalls beim Essen. Jana warf einen Blick über die Schulter. Nils saß auf dem Sitzsack und las ein Buch. Ohne Erwartungen sichtete sie seinen Vorrat an Gewürzen: Salz, weißer Pfeffer, Paprika edelsüß und zu ihrer Überraschung Kardamomkapseln sowie eine Muskatnuss.

Sie zauberte einen Linsensalat als Vorspeise und danach Pfannkuchen mit knusprigen Zwiebelringen und einem Hauch Muskat, die Nils begeisterten. Danach kuschelten sie auf dem Sitzkissen und tranken Kaffee, auf äthiopische Art mit Kardamom gewürzt.

Am Nachmittag ging Nils zuerst an die Uni und anschließend zu Pottenstein, um kein Aufsehen zu erregen. Jana verabschiedete ihn an der Wohnungstür, setzte sich auf einen Stuhl und sah durch das Fenster über den Hinterhof auf die gegenüberliegende Hauswand. Ohne Nils erschien ihr das Zimmer eng und kalt. Die Zuversicht, die Siegesgewissheit über Leviathan, die Cooties, ja die NSA, die sie durch die Woche getragen hatte, verflogen. Allein in der Wohnung wuchsen ihre Zweifel.

Was, wenn es schiefgeht?, grübelte sie. Was, wenn Ulmer herausbekommt, dass ich mich bei Nils verstecke und er mich holen kommt?

Je länger sie solche Gedanken wälzte, desto wahrscheinlicher erschien ihr ungebetener Besuch. Sie nahm einen zweiten Stuhl und klemmte ihn unter die Türklinke. Hinter dem verrammelten Eingang sehnte sie den Abend herbei, wenn Nils zurückkommen würde. Die meiste Zeit lief sie im Wohnzimmer auf und ab, darum bemüht, dass man ihre Schritte nicht hören konnte. Das kleinste Geräusch im Treppenhaus ließ sie zusammenzucken. Jedes Mal rechnete sie damit, dass man im nächsten Augenblick die Tür einschlug und ein schwerbewaffnetes Sondereinsatzkommando hereinstürmte. Nichts geschah, bis sich am Abend endlich ein Schlüssel im Schloss drehte. Es knarrte, als die Tür sanft gegen den Stuhl unter der Klinke gedrückt wurde.

Jana sprang auf und spurtete zum Eingang.

»Nils?«, hauchte sie und pochte zart mit den Fingernägeln gegen das Türblatt.

»Ja, willst du denn heute gar nicht aufgehen, du blödes Schloss«, polterte Nils, um sich ihr zu erkennen zu geben und gleichzeitig einem möglichen Beschatter einen Grund für sein Verharren vor der Tür zu liefern.

Erleichtert entfernte sie die Verriegelung und schloss ihren Freund in die Arme, sobald er in die Wohnung geschlüpft und die Tür hinter ihm zugefallen war. Nach der Begrüßung nahm sie ihn bei der Hand, zog ihn ins Bad und stellte die Wasserhähne an.

»Was schiefgehen kann?«, überlegte Nils laut die Antwort auf ihre Frage. »Im schlimmsten Fall veröffentlicht nur eine Zeitung, und die anderen lästern dagegen. Das erzeugt zwar Aufmerksamkeit, reicht aber vielleicht nicht für den Skandal, den wir brauchen.«

»Oder Ulmer und Rodriguez brechen in die Wohnung ein und entführen uns?«

Nils zuckte die Schultern. »Das Risiko sind wir bewusst eingegangen. Wenn es öffentlich wird und dazu herauskommt, dass man uns entführt hat, würde alles viel schlimmer für die NSA. Mach dir keine Sorgen. Die Sache ist im Rollen.«

»Wenn wenigstens irgendwas passiert«, stöhnte Jana. »Das Warten macht mich krank.«

Sie ging ins Wohnzimmer. Auch mit Nils in der Wohnung kam sie nicht zur Ruhe und tigerte rastlos durch die Wohnung. Er kam ihr nach und packte die Vorräte aus, die er mitgebracht hatte. Neugierig kam Jana näher. Ein Baguette lag neben Käse, den Nils auspackte. Oberstdorfer Bergkäse, Reblochon, Vignotte, Coulomnier. Dazu eine Flasche Ihringer Grauburgunder, Tomaten, Oliven und Trauben. Jana lief das Wasser im Mund zusammen. Nils schaltete den Wasserhahn an und wusch die Tomaten. Jana ging zu ihm, umarmte ihn und gab ihm einen Kuss. Er zog sie an sich, doch es gelang ihr nur wenige Augenblicke, still zu stehen. Sie löste die Umarmung.

»Vom Rumlaufen wird es nicht besser!«, flüsterte er ihr ins Ohr.

»Wie kannst du so ruhig bleiben!«, seufzte Jana.

»Du fühlst dich eingesperrt, ich nicht«, erklärte Nils.

Am Abend und in der Nacht durchforschten Jana und Nils wieder und wieder die Online-Ausgaben der Blätter, die sie angeschrieben und welche die Veröffentlichung zugesagt hatten. Sie fanden nichts!

Um 2.00 Uhr war Jana mit ihren Nerven am Ende. Ihr war, als hätte sie keine Knochen in ihren Beinen, so zitterten ihre Knie. Ihr Puls klopfte, ihr Gesicht glühte, sie schwitzte. »Das kann nicht sein?«, raunte sie.

Nils nahm ihre Hand und streichelte sie.

»Die wollen sicher die Bombe mit der Printausgabe platzen lassen«, munterte Nils sie auf. »Wenn sie das jetzt schon brächten, hätten die Konkurrenten die ganze Nacht lang Zeit, nachzuziehen.«

»Meinst du wirklich?«

»Klar. Das ist die Sensation des Jahrhunderts. Die Sache rollt. Verlass dich drauf!«

Gegen 4.00 Uhr fielen Jana die Augen zu, und sie schlief auf dem Sitzsack ein. Ein Geräusch an der Wohnungstür weckte sie. Nils zog Schuhe und Jacke an. Als er bemerkte, dass sie wach war, eilte er zu ihr.

»Entschuldigung! Ich wollte dich nicht wecken«, flüsterte er. »Ich gehe die Zeitungen kaufen und bin in einer halben Stunde zurück.«

Er brauchte 46 Minuten und bei seiner Rückkehr war Nils' Gesicht aschfahl. Janas Herz setzte einen Schlag aus. Sie riss ihm das Papier aus der Hand und überflog die Titelseiten. Nichts! Sie breitete die Seiten auf dem Boden aus und las jeden einzelnen Artikel an.

»Da, da ist was!«, stieß Jana aus.

Ihr Herz krampfte sich zusammen, während sie den kleinen Artikel auf der vorletzten Seite eines Magazins unter »Vermischtes« las.

Was treibt weltfremde Tagträumer dazu, absurde Verschwörungstheorien in die Welt zu setzen?, stand da. *Keine Geschichte ist zu abwegig, als dass sie nicht gerne von bestimmten Leuten geglaubt würde. Es ist unerheblich, wie oft bewiesen wird, dass die Mondlandungen stattgefunden haben. Eine kleine Gemeinde Unbelehrbarer wird weiter zweifeln. Die USA scheinen das beliebteste Ziel solcher Gruselmärchen zu sein. Eine weitere Schauergeschichte dieser Art erreichte uns diese Woche. Darin wird behauptet, die NSA habe Quasi-Lebewesen erschaffen, die durch die Server des Internets geistern und dort mittels künstlicher Intelligenz allerlei Böses anrichten.*

Jana spürte Tränen in ihren Augen. Die Enttäuschung presste ihren Brustkorb zusammen. Nach und nach fanden sie in jeder Zeitung entsprechende Beiträge. Die Tageszeitungen schlugen im Großen und Ganzen in dieselbe Kerbe wie das Magazin und mokierten sich über weltfremde Träumer. Ein Blatt ging sogar deutlich darüber hinaus und drehte den Spieß um. Man müsse davon ausgehen, dass es nicht in jedem Fall bedauernswerte, weil geistig minderbemittelte Spinner seien, die solche Geschichten in die Welt setzten, sondern dass zumindest teilweise Geheimdienste von Mächten dahintersteckten, die den USA schaden wollten. An dieser Stelle gelte es wachsam zu sein, um nicht aus Unachtsamkeit für deren Zwecke eingespannt und benutzt zu werden. Im Folgenden erläuterte der Artikel das System der Cooties und Leviathane, verschwieg dabei die wesentlichen Einzelheiten oder fügte Behauptungen hinzu, um so zu »beweisen«, dass es eine schlecht erfundene Verleumdung der NSA sei.

Sprachlos setzte Jana sich auf. Brechreiz kitzelte ihren Hals. Nils las kurz weiter. Dann blickte er ihr fassungslos ins Gesicht. »Was man auch anstellt«, fluchte er. »Leviathan ist schneller.«

»Wie bei Hase und Igel«, sagte Jana.

»Wir waren schon wieder zu einfältig«, klagte Nils. »Die denken anders als wir.«

»Wie meinst du das?«

»Die Presse ist einer der wichtigsten Machtfaktoren. Über die Medien beherrscht man die öffentliche Meinung. Jeder Putsch in einer Bananenrepublik bemächtigt sich zuerst der Radio- und Fernsehsender und bringt anschließend die Zeitungen unter seine Fuchtel.«

»Was wir ja gerade versucht haben und womit wir krachend gescheitert sind!«, antwortete Jana zerknirscht.

»Weil wir gedacht haben, die Presse sei unabhängig. Wenn du die NSA wärst und ADONIS gebaut hättest. Wer bekäme die ersten Cooties?«

»Terroristen, organisiertes Verbrechen, Wirtschaftsbosse fremder Länder?«

»Klar, das sind die Ziele, für die das System gebaut wurde. Jetzt siehst du, dass es funktioniert. Wie heißt es so schön: Macht korrumpiert. Wer kommt als Nächstes?«

Jana fröstelte, als ihr aufging, worauf Nils hinauswollte. »Die Mächtigen? Präsidenten, Minister und so?«

»Das ist zu gefährlich, schätze ich, und je länger ich darüber nachdenke, desto offensichtlicher erscheint mir, dass man sich zuallererst die Presse krallt und die gefügig macht. Und damit meine ich nicht, dass Enthüllungsjournalisten Cooties bekommen, weil sie nach entsprechenden Sachen recherchieren. Vielleicht sogar ein bisschen gepiesackt werden. Das war uns die ganze Zeit klar. Ich meine die Presse als Ganzes.«

»Über die Presse beherrscht man die öffentliche Meinung und kann die Politiker nach seiner Pfeife tanzen lassen?«

»Klingt das vernünftig? Im Fall der NSA kann man wenigstens hoffen, dass es nicht so schlimm ist. Die ist immerhin ein Geheimdienst eines Rechtsstaates, egal, was amerikanischen Diensten so alles nachgesagt wird. Spätestens bei einem außer Kontrolle geratenen System, das sich nicht nur bei der Mafia die übelsten Methoden abschaut, bei Leviathan, sehe ich schwarz.«

»Klingt leider vernünftig. Zynisch, eiskalt, berechnend – und genauso folgerichtig.« Jana ließ sich nach hinten umsinken, sodass sie auf dem Rücken lag. Ihr Blick ging starr zur Decke, ohne etwas wahrzunehmen. »Wir können nur noch abwarten, bis sie uns holen kommen«, stammelte sie. »Wir wissen zu viel.«

KAPITEL 31

Freitag, 11. Dezember 2020 – Wedding, Berlin

Eine halbe Stunde lang blieb Jana liegen, unfähig sich zu rühren. Nils stand in der Zeit auf und kochte ihnen einen Tee. Jana rührte die Tasse nicht an. Sie konnte nichts trinken. Nach einer Weile empfand sie die Wohnung zunehmend bedrückend. Sogar die Luft im Raum schien dicker zu werden.

Herumzusitzen wie ein Häftling in der Todeszelle, der auf den Scharfrichter wartet, bringt nichts, überlegte sie. Früher oder später werden Ulmer, Rodriguez oder Pottenstein herausbekommen, wo ich bin, wenn sie es nicht längst wissen. Außerdem brauche ich frische Luft!

»Ich gehe ein bisschen raus«, entschied sie und stand auf. »Mir fällt die Decke auf den Kopf.«

»Soll ich mitkommen?«

Sie musste nachdenken, die richtigen Entschlüsse fassen, und das ging am besten alleine. Viel Zeit blieb ihr, blieb ihnen nicht. »Gib mir ein paar Minuten, um zu mir selbst zu finden«, bat sie. »Wir müssen uns die Karten legen, und zwar schnell.«

»Okay. Sei vorsichtig.«

Jana ging durch den Hinterausgang nach draußen und wanderte ziellos durch die Stadt, ohne auf den genauen Weg oder die Zeit zu achten. Die Viertelstunde, die sie Nils versprochen hatte, verstrich, ohne dass sie an den Rückweg dachte. Ihre Hände hatte sie tief in den Jackentaschen vergraben und die Kapuze tief ins Gesicht gezogen. Sosehr sie überlegte, wie es weitergehen sollte, ihr fiel nichts Besseres ein, als mehr oder minder kopflos davonzulaufen. Ihre Augen brannten vor Müdigkeit, die Füße taten ihr weh, und ihr Magen grummelte, weil sie nicht gefrühstückt hatte. Mittlerweile war es gegen 10.00 Uhr und sie stapfte durch die Gerichtstraße. Jana schnaubte, als sie das Straßenschild las.

»Gericht! Schön wär's«, knurrte sie bei dem Gedanken, dass Leviathan jeden Angriff mühelos parierte. Ulmer tobte sicher, weil sie seine Warnung in den Wind geschlagen hatte. Jana sah sich um. Der Berufsverkehr ebbte allmählich ab, sodass sich die Straßen leerten. Nirgends war etwas Verdächtiges zu erkennen.

Ein Polizeiwagen fuhr an ihr vorbei und erinnerte sie an Hasborn und Baumgartlinger, Leviathans erste Opfer. Zumindest die ersten Opfer, die sie kannte. Jana spürte eine unbeschreibliche Leere in sich und wollte so schnell wie möglich zu Nils. In der Nähe sah sie ein Taxi.

Sie winkte dem Fahrer, ging zu dem Wagen und öffnete die hintere Tür.

»Prinz-Eugen-Straße 17«, sagte sie und stieg ein.

»Prinz-Eugen-Straße?«, wiederholte der Fahrer. Er klang überrascht. Vielleicht enttäuscht, denn der Weg war nicht allzu weit. Der Mann blickte starr nach vorne und fuhr los, bevor Jana sich angeschnallt hatte. Vor ihnen sprang eine Ampel auf Rot. Der Fahrer nahm den Gang heraus und ließ das Auto bis zur Haltelinie ausrollen. Aus dem Fond des Wagens sah Jana dichte lockig-braune Haare, die ihr bekannt vorkamen. Sie lehnte sich zur Seite, um dem Fahrer mittels des Rückspiegels ins Gesicht zu sehen, und ihr Herz stockte. Jana kannte das Gesicht. Sie spürte, wie ihr Mund austrocknete – der Fahrer war Rodriguez!

Ohne lange nachzudenken, riss Jana die Tür auf und rannte in den kleinen Park, der direkt neben der Straße lag. Sie hörte das Taxi mit quietschenden Reifen über die Kreuzung brettern, vermutlich, um ihr auf der anderen Seite den Weg abzuschneiden. Hinter sich hörte sie schnelle Schritte. Jana spähte über die Schulter. Ulmer verfolgte sie. Sie hatte höchstens 20 Meter Vorsprung.

»Pass doch auf!«, zeterte jemand vor ihr. Im selben Moment prallte Jana auf einen Fahrradfahrer und ging mit ihm zu Boden. Knirschend zogen ihre Knie eine Bremsspur auf dem Kiesweg. Sofort rappelte sie sich auf und brach seitlich durch das Gebüsch auf die Straße durch. Hinter ihr schimpfte der Fahrradfahrer mit Ulmer. Jana verdrückte sich in eine Seitenstraße und verbarg sich in einem Hauseingang.

Nachdem sie eine Weile lang nichts von ihren Verfolgern bemerkt hatte, lugte sie vorsichtig nach beiden Seiten. Weder Ulmer noch Rodriguez waren zu sehen. Sie kannte sich in der Gegend nicht allzu gut aus, wusste aber, dass kaum 200 Meter entfernt der Bahnhof Wedding lag. Möglicherweise würden Ulmer und Rodriguez ihr dort auflauern. Jana beschloss, sich zur U-Bahnstation Amrumer Straße zu stehlen, die ein gutes Stück weiter entfernt war. Eine Gruppe Jugendlicher passierte den Hauseingang. Sie folgte ihnen in kurzem Abstand. Die Tarnung funktionierte, bis die Jugendlichen ein Haus betraten und Jana allein auf der Brüsseler Straße zurückließen. Ihrer Deckung beraubt spähte sie in beide Richtungen die Straße entlang, unschlüssig, wie sie ihre Flucht am besten fortsetzte. Von Ulmer und Rodriguez war weit und breit nichts zu sehen. Jana atmete tief durch und marschierte mit langen Schritten in Richtung U-Bahn. Als sie die Antwerpener Straße überquerte, stach ihr eine Bewegung unter den wenigen Passanten ins Auge. Sie schaute in die Richtung, konnte nichts Verdächtiges entdecken. Dennoch beschleunigte sie ihre Schritte. Als sie jenseits der Kreuzung wieder in die Brüsseler Straße eintauchte, kam ihr eine dunkelgrau gekleidete Frau mittleren Alters entgegen, die in ihrer Handtasche kramte und im Falle eines Angriffs sicher keine Hilfe war. Eilige Schritte in ihrem Rücken kamen schnell näher. Jana begann zu laufen und sah über die Schulter. Es war Ulmer, er begann zu rennen. In der Hand trug er eine Pistole mit Schalldämpfer. An der nächsten Kreuzung tauchte Rodriguez auf und versperrte den Fluchtweg nach vorn. Jana sah sich Hilfe suchend um. Die Frau schien vom Erdboden verschluckt. Den einzigen Ausweg bot eine schmale Durchfahrt seitlich von ihr. In der vagen Hoffnung auf einen Hinterausgang flüchtete Jana hinein. Die Durchfahrt endete in einem Hof, der durch Mauern umschlossen war. Links standen ein paar Büsche auf einem winzigen Stück Grün. Rechts spannte sich eine voll behängte Wäscheleine. Auf der gegenüberliegenden Seite führten Türen in das jenseitige Haus. Sie rannte schräglinks zur erstbesten, erhoffte sich Durchgang und fand die Tür verschlossen. Kopflos rüttelte sie an der Klinke und hämmerte mit der Faust gegen die Pforte.

»Mist!« Den Weg zum nächsten Eingang weiter rechts versperrte eine Kellertreppe. Sie musste zurücklaufen, Ulmer entgegen, dessen Schritte in dem schmalen Durchgang zum Hinterhof hallten. Jana spurtete los. Sie kam bis zum Ende des Geländers. Ulmer tauchte im Durchgang auf, blieb zehn Meter von ihr entfernt stehen, breitbeinig die Pistole im beidhändigen Anschlag. Jana gefror das Blut in den Adern.

»Nicht schießen«, stammelte sie und hob die Hände. »Nicht schießen.«

»Down to the ground!«, bellte Ulmer und eilte mit erhobener Waffe auf sie zu. »Auf den Boden!« Als er bis auf zwei Schritte an sie herangekommen war, feuerte er. Der Schalldämpfer auf seinem Revolver dämpfte den Knall zu einem heiseren Zischen. Jana warf sich zu Seite. Unglaublich, er hatte sie auf die kurze Entfernung verfehlt! Panisch krabbelte sie hinter die niedrige Mauer um den Treppenabgang herum, die zugleich die einzige Stelle im ganzen Hof war, die zumindest etwas Schutz bot. Sie schlang die Arme um ihren Kopf und zog die Beine an. Ulmer schoss erneut, machte einen schlurfenden Schritt in ihre Richtung und feuerte kurz hintereinander weitere drei Kugeln ab.

Ein gurgelndes Geräusch ließ Jana aufblicken. Blut spritzte aus dem Hals des blonden Agenten. Ein weiteres Geschoss traf ihn mitten in die Stirn. Surrend prallte ein Projektil von der Mauerkrone unmittelbar neben Janas Kopf ab. Das hatte ihr gegolten! Sie sprang auf und hetzte an der Wand des Hinterhauses entlang auf der Suche nach einem Fluchtweg. Zwei weitere Kugeln verfehlten sie und rissen dicht neben ihr Krater in den Putz. Wer schoss da? Rodriguez? Zum Durchgang zur Straße waren es über zehn Meter ohne jegliche Deckung. Aussichtslos! Jana schlug einen Haken und fand hinter der vollen Wäscheleine Sichtschutz vor dem Schützen. Vielleicht gab es irgendwo da vorn eine weitere Tür. Tief geduckt rannte sie weiter, eine Öffnung neben ihr war zugemauert. Die Fenster waren unerreichbar hoch oder vergittert. Rechts vor ihr führte ein Durchgang zum benachbarten Innenhof und von dort hoffentlich zurück zur Straße. Einige Mülltonnen standen davor. Jana rannte darauf zu, stolperte über etwas und ging zu Boden. Sie schnitt sich die Hände an Glasscherben auf, die um die Abfallbehälter verstreut auf dem Boden lagen. Hinter sich hörte sie die Schritte des Todesschützen näher kommen. Er konnte nicht weit von dem Ende der Wäscheleine entfernt sein, von wo aus er freies Schussfeld hatte. Jana rappelte sich auf, ließ die Mülltonnen hinter sich und hastete durch den zweiten Hinterhof auf die rettende Öffnung zur Straße zu. Hinter sich hörte sie das Klirren von Glasscherben. Jana holte das Letzte aus sich heraus. Ihre Lunge brannte. Sie sah die Passanten auf der Straße, als ein Mann vor ihr in den Durchgang trat und den Fluchtweg verdunkelte. Pottenstein!

Janas Augen weiteten sich. Rasch kam er auf sie zu, die Hand in der Jacke am Pistolenholster. Sein Blick war steinern.

»Hilfe!«, gellte Jana in Richtung Straße. Pottenstein griff unter sein Jackett und zog die Waffe. Jana wandte sich um und rannte zurück auf den Hof. Unmittelbar links von ihr erschien Rodriguez im Durchgang zum Hinterhof, in dem vor wenigen Augenblicken Ulmer erschossen wurde. Er schoss nicht, sondern kniete ab, eine Pistole mit Schalldämpfer im Anschlag, peilte sichernd um sich.

Jana drehte sich um. Ihr fehlte die Kraft, die Arme zu heben. In Erwartung des Unvermeidlichen starrte sie Pottenstein an, der in ihre Richtung zielend auf sie zu eilte. Erst als er unmittelbar vor ihr war, bemerkte sie, dass er die Waffe auf etwas hinter ihrer Schulter gerichtet hielt. Mit strammen Schritten ging er an ihr vorbei. Sie folgte ihm mit dem Blick und sah Rodriguez, der nicht auf Pottenstein, sondern auf den unübersichtlichen Bereich vor dem gegenüberliegenden Hinterhaus anlegte. Jana war zu verblüfft, um die Gelegenheit zu nutzen und auf die Straße zu flüchten. Pottenstein drückte dreimal kurz nacheinander ab und peilte danach über das Visier seiner Waffe auf das jenseitige Ende des Hofs. Zu Janas Überraschung blieb Rodriguez unverletzt, suchte mit seiner Waffe nach möglichen Zielen.

Etwas fiel aus einer Mauerlücke auf der anderen Seite des Hofs. Es war die dunkelgrau gekleidete Frau von der Straße. Im Fallen entglitt ihr eine Pistole.

Jana schluckte. Offensichtlich hatte diese Frau Ulmer erschossen, und sie selbst war ihr um Haaresbreite entkommen. Pottenstein stand drei oder vier Schritte entfernt. Er atmete schwer. Langsam drehte er sich zu Jana um.

»Jana. Alles in Ordnung?«, fragte er. »Das war knapp. Komm, ich bringe dich in Sicherheit.«

Pottenstein führte sie zu der dunklen Limousine, mit der er sie aus dem Gefängnis abgeholt hatte, und öffnete ihr die hintere Tür an der Straßenseite. Nachdem sie eingestiegen war, ging er um das Auto herum und setzte sich neben sie auf die Rückbank. Rodriguez setzte sich neben den Fahrer. Der Wagen fuhr sofort los und steuerte Richtung Norden. Die Türen verriegelten sich automatisch mit einem sanften Klacken, das Jana zusammenzucken ließ.

»Keine Sorge«, beruhigte Pottenstein. »Serienausstattung in der Fahrzeugklasse.«

Jana unterdrückte das ungute Gefühl des Eingesperrtseins. Ohne Pottenstein wäre sie nicht mehr am Leben. Weswegen sollte sie ihm misstrauen?

»Wohin fahren wir?«, fragte sie und trocknete ihre blutigen Handflächen an den Oberschenkeln. Ihr Herz hämmerte immer noch wie wild.

»An einen sicheren Ort am Stadtrand«, erklärte Pottenstein.

Jana fragte nicht nach. Eine Weile lang beobachtete sie den Stadtverkehr, durch den sich Pottensteins Dienstwagen mühte. Niemand sprach. Allmählich begann ihr Gehirn, wieder zu arbeiten. Ulmer war mit gezogener Waffe auf sie zugestürmt, hatte mehrfach geschossen, nicht auf sie, sondern auf diese geheimnisvolle Frau. Ohne Rücksicht auf sich selbst zu nehmen, war er in sein Verderben gestürmt, hatte Jana gegen die tödlichen Kugeln abgeschirmt, die ihn selbst trafen. Kein Zweifel, sie verdankte dem NSA-Agenten ihr Leben. Ihre Stirn legte sich in Falten. Wenn nicht die NSA ihr nach dem Leben getrachtet hatte, wovon sie in den letzten Tagen überzeugt gewesen war, wer war es dann?

»Wer war die Frau, die Ulmer erschossen hat?«, sprach sie ihren Gedanken laut aus.

»Katja Kutusowa«, antwortete Pottenstein. »Jedenfalls ist sie unter diesem Namen eingereist. Sie war eine Auftragsmörderin.«

»Eine Frau mittleren Alters als Killer?«

»Sie war nicht die einzige, die so ihr Geld verdient. Und weil niemand damit rechnet, sind diese Todesengel besonders heimtückisch. Sie war es auch, die Vivian Lee umgebracht hat.«

»Ich habe Ulmer und Rodriguez am Tatort gesehen«, stammelte Jana. »Die NSA steckt hinter dem Mord an Vivian, damit nichts an die Öffentlichkeit dringt.«

»Nein, im Gegenteil. Wir waren da, weil wir einen Anschlag befürchteten.« Rodriguez drehte sich zu ihnen um. Er sprach Englisch, konnte dem Gespräch auf Deutsch zwischen ihr und Pottenstein jedoch offensichtlich folgen. »Genauso wie heute.«

Das Gedankengebäude aus Misstrauen, ja aufgestautem Hass gegen die NSA als allgegenwärtiger Überwachungskrake wankte, aber es stürzte noch nicht zusammen. »Auf einmal liegt Ihnen etwas an mir, nachdem sie mir vor ein paar Tagen gedroht haben, mich in einem Lager irgendwo verrotten zu lassen?«, fauchte Jana. Schuldgefühl meldete sich. Ulmer war ihretwegen gestorben. »Verzeihung, die Aufregung. Woher wussten Sie, wo ich war?«, fügte sie höflich und beherrscht an.

»Auf unsere Spürnasen können wir uns verlassen«, schaltete sich Pottenstein ein. »Nils wirkte gestern gleichzeitig glücklich und besorgt. Ich sprach ihn auf dich an – ich darf doch noch Du sagen? – und er druckste etwas herum. Ein winziges Zögern, das mir verriet, dass du bei ihm in der Wohnung bist. Letzte Sicherheit gab uns, dass er mehrere Sorten Käse und Wein einkaufte.«

Rodriguez übernahm: »Jana, Sie fragen, warum wir Sie schützen mussten, warum mein Freund für Sie gefallen ist? Weil wir einen gemeinsamen Feind haben.«

»Und woher wusste diese Katja Kutusowa Bescheid?«

»Wir haben …« Pottenstein versagte die Stimme. Er räusperte sich und unternahm einen neuen Anlauf. »Leider wusste Kutusowa von Christiane Schwarz. Natürlich kannte sie Nils über deine Cooties ebenso und hätte sie von eurer Beziehung gewusst, sie geahnt oder vermutet, hätte sie vermutlich diese Spur verfolgt und nicht nach Frau Schwarz gesucht.« Pottenstein atmete einmal schwer, bevor er fortfuhr. »Wir sind uns nicht sicher, wie Kutusowa sie schließlich gefunden hat. Vermutlich bestimmte sie das Haus über das Cootie auf Christianes Handy mit GPS-Ortung. Jana, Christiane ist in der Wohnung im Märkischen Viertel geblieben, damit du dort notfalls unterkommst. Die richtige Wohnung im Haus zu finden könnte über Wi-Fi-Verbindungsaufbau gelaufen sein. Mit einem Cootie kannst du ein Handy beliebig fernsteuern. Wir … wir fanden …« Erneut hatte Pottenstein die Stimme verloren. Jana spürte ihre Augäpfel aus den Höhlen treten. Christiane musste Schreckliches widerfahren sein, wenn es den erfahrenen Kriminalpolizisten so aus der Fassung brachte.

Pottenstein atmete tief ein. »Kutusowa hat auf diese Weise wohl herausgefunden, dass sie dich bei Nils suchen muss.« Pottenstein fasste ihre Hand. Sein Antlitz wirkte wie Granit. »Vor ihrem Tod hat man Christiane bestialisch gefoltert.«

Jana schüttelte ungläubig den Kopf. »Ich bin ziemlich sicher, dass es schon einmal einen Anschlag auf mich gab. Von einem Mann, der Nils sehr ähnlich sah, was mich viel zu lange dazu verleitet hat, Nils zu misstrauen. Warum hat er es nicht ein zweites Mal versucht? Weil ich die Abbuchung nach Kasachstan stornieren konnte?«

»Wann war das?«, fragte Pottenstein.

»Nach einem Termin mit Nils bei Hasborn.«

»Also Anfang November. Wir hatten Hinweise, dass Juha Raatas in Berlin war, haben nach ihm gefahndet, ihn aber nicht dingfest machen können. Er hat Ähnlichkeiten mit Nils, Größe, Figur, Haarfarbe stimmen. Mehrere internationale Haftbefehle laufen auf ihn, ein Hitman aus Estland.«

Jana verstand, dass ihr gegen den ersten Attentäter der Zufall zur Hilfe gekommen war. »Leviathan«, murmelte sie.

»Wir glauben, in Kürze alle Kniffe zu kennen, die sich die Leviathane angeeignet haben. Das wird uns in die Lage versetzen, das Problem aus der Welt schaffen zu können. Geräuschlos.« Pottenstein schaute Rodriguez ernst an.

Jana schnaubte verächtlich.

Kies knirschte unter den Reifen und lenkte Janas Aufmerksamkeit nach draußen. Sie fuhren über eine Auffahrt zu einem Haus, das mitten in einem üppigen Garten recht verwunschen wirkte.

»Täusch' dich nicht«, sagte Pottenstein, der ihre Gedanken zu erraten schien. »Das Gelände ist mit modernster Sicherheitstechnik gespickt.

Er brachte Jana zum Haus. Rodriguez und der Fahrer blieben im Wagen. In kurzen Sätzen erklärte er ihr die Tarnung. Sie solle gegen einen Drogenhändlerring aussagen und dürfe keine, wirklich keine Angaben dazu vor der Verhandlung machen.

»Alles klar?«

»Alles klar! Nichts sagen, um sich nicht zu verquatschen.«

»Genau. Für ein paar Tage können wir dich in diesem Haus verbergen und schützen. Ich flehe dich an, unternimm nichts, absolut gar nichts, bis ich dich endgültig in Sicherheit bringen kann.«

»Das heißt?«

»Das heißt, du wirst sterben.«

Jana blieb abrupt stehen und sah Pottenstein entgeistert an.

»Ähem, Entschuldigung, Polizistenjargon. Du wirst natürlich nicht wirklich sterben. Der Name Jana Loewe wird verschwinden. Offiziell wird Jana Loewe sterben, damit du leben kannst.«

Pottenstein klingelte und kurz darauf öffnete ihnen eine Frau Ende 20.

»Kriminalmeisterin Schacht, Frau Loewe«, stellte Pottenstein vor. »Kriminalmeisterin Schacht wird sich um Sie kümmern, solange Sie Zeugenschutz benötigen. Auf Wiedersehen.«

»Gudula«, sagte die Polizistin und streckte Jana die Hand entgegen. Da bemerkte Jana, dass sie immer noch aus den Schnittwunden an ihren Händen blutete.

»Na, komm rein, dann können wir dich verarzten. Anschließend kannst du dich hier häuslich einrichten. Drei Monate wird es wohl dauern. Du sollst im Verfahren gegen afghanische Drogenhändler aussagen?«

KAPITEL 32

Montag, 14. Dezember 2020 – Frohnau, Berlin

Das Wochenende über hatte Jana viel geschlafen und in der unvernünftigen Hoffnung, dass der mediale Befreiungsschlag doch noch funktionierte, alle Zeitungen gelesen, derer sie habhaft werden konnte. Sie verstand sich gut mit Gudula, mit der sie viel plauderte, wenn diese nicht unterwegs war, um Zeitungen für sie zu besorgen. Kontakte zur Außenwelt bedrohten ihre Sicherheit und waren daher unmöglich.

Am Montagvormittag kam Pottenstein mit Nils und Rodriguez. Gudula ließ sie herein. Jana stand an der Tür zwischen Diele und Wohnzimmer. Nils zwängte sich zwischen Pottenstein und Gudula hindurch. Jana fiel ihm um den Hals und begrüßte ihn stürmisch.

»KM Schacht. Darf ich Sie bitten, ein bisschen frische Luft schnappen zu gehen?«, schickte Pottenstein Gudula nach draußen. Danach folgte Pottenstein mit Rodriguez den beiden ins Wohnzimmer.

»Es überrascht mich, Sie zu sehen«, sagte Jana zu Rodriguez. Was willst du denn noch? Hast du nicht genug Unheil angerichtet?, kochte der Ärger in ihr hoch. Unfassbar, dass die NSA sich nicht ihrer Verantwortung stellte.

»Martin – Major Ulmer ist tot. Herr Pottenstein hat ein überzeugendes Konzept, die Leviathane aus der Welt zu schaffen. Und Nils ist der Magier, der dem Konzept zum Erfolg verhilft. Mein Platz ist bei ihnen, um meinen Beitrag zu leisten.«

Jana schüttelte ungläubig den Kopf. »Geht das so einfach?

Kann man bei der NSA von heute auf morgen mir nichts, dir nichts kündigen?«

»Offiziell bin ich weiterhin bei der NSA. Mein Chef-Chef, Colonel Harris, hat mich auf Bitte von Herrn Pottenstein freigestellt, um in Berlin an unserem gemeinsamen Problem mitzuarbeiten.«

»Um einen Maulwurf zu haben, glaube ich eher«, knurrte Jana.

Rodriguez lachte. »Natürlich glaubt Colonel Harris, dass ich sein Maulwurf bin. Ich wäre aber auch hier, wenn ich bei der NSA hinschmeißen müsste.«

»Wir vertrauen Sandro«, sagte Nils, »und erzählen ihm nicht alles, um ihm die missliche Entscheidung zu ersparen, wem er letztlich die Treue hält.«

»Es gibt eine gewisse Form von Zusammenarbeit, seit Hasborn den Leviathan in Palo Alto verortet hat«, erklärte Pottenstein. »Die Kollegen aus Crypto City hatten das mitbekommen.«

»Natürlich«, warf Rodriguez ein. »Und nach eurem Angriff auf den Server in Palo Alto, Jana, Nils, wollten wir Kollegen von der anderen Seite des großen Teichs herausfinden, wie Nils sich Administratorrechte verschafft hat.«

»Ist das nicht Standard beim Hacken?«, fragte Jana. »Ein Student aus Berlin macht den Massen an Experten der NSA etwas vor? Das könnt ihr mir nicht erzählen!«

»In dem Fall schon«, feixte Nils. »Zugegebenermaßen ein Riesenzufall, dass ich das herausgefunden habe. Nach dem Ende von ADONIS haben die Leviathane gelernt, die Prozeduren zum Einbuchen in den Rechner zu ändern. Leviathan gaukelt einem vor, man hätte Administratorrechte, in Wahrheit spielt man in einem Sandkasten. Durch die Hintertür, die wir benutzt haben, bekommt man die echten Rechte.«

»Was wir nicht wussten und was uns von den Socken gehauen und erklärt hat, warum wir monatelang auf der Stelle traten«, gab Rodriguez zu.

»Den Trick, wie man an die echten Administratorrechte kommt, haben wir zum Beispiel nicht verraten, damit Colonel Harris stillhalten muss.« Nils sah sehr mit sich zufrieden aus.

»Wichtiger ist der nächste Schritt«, erklärte Rodriguez. »Nils hat eine abgefahrene Idee, die er bruchstückhaft andeutet. Gerade genug, dass man weiß, dass es funktionieren kann, aber nicht ausreichend, es selbst zu tun.«

»Wodurch wir die Kontrolle über die Operation behalten«, schaltete sich Pottenstein ein. »Es geht darum, beim Einspielen einer neuen Version Mechanismen einzuschleusen, die Leviathan lahmlegen. Das Installieren von Updates findet regelmäßig statt und scheucht die Leviathane nicht auf.«

»Es ist so weit. Ihr habt mich abgehängt«, sagte Jana. »Ich verstehe nur noch Bahnhof.«

»Nein, Jana, das kennst du«, sagte Nils. »Bei allen Programmen, die du nutzt, gibt es ständig neue Versionen. Meist geschieht das Einspielen im Hintergrund, bestenfalls bekommst du eine Nachricht, dass sich etwas geändert hat oder dass es neue Funktionen gibt. Meinetwegen, ›Whatsapp verschlüsselt jetzt Ende-zu-Ende‹.«

»Stimmt, das kenne ich.«

»Siehst du. Das ist überall so, auch bei dem Server in Palo Alto und anderswo, wo die Leviathane hausen. Jedes Mal, wenn eine neue Version eingespielt wird, verändert der Leviathan anschließend wichtige Komponenten, zum Beispiel das mit den scheinbar fehlerhaften IP-Paketen, hinter denen er seine Kommunikation tarnt. Was Sandro eben meinte, ist, dass der Leviathan den ganzen Rechner so umbaut, dass man nie weiß, woran man ist.«

»Was soll das heißen?«

»Du kennst den Film ›Die Truman Show‹? Der junge Mann,

der glaubt, er wäre ein ganz normaler Bürger einer amerikanischen Kleinstadt. In Wahrheit sind seit seiner Geburt ausschließlich Schauspieler um ihn herum, und Millionen Leute schauen sich sein Leben als Fernsehserie an.«

»Habe ich vor Ewigkeiten gesehen. Was hat das mit Rechnern zu tun?«

»Leviathan veranstaltet eine Scharade, gaukelt dir vor, dass du direkt an den Rechner Befehle geben könntest. Wenn du zum Beispiel eine Datei löschen möchtest, zeigt dir der Bildschirm, die Datei wäre gelöscht. Tatsächlich macht Leviathan, was er will.«

»Ich kann keine Datei löschen, die für ihn wichtig ist?«

»Nein, das lässt er nicht zu. Stattdessen lässt er dich glauben, du hättest sie gelöscht.«

»Weswegen zum Beispiel der Angriff auf Palo Alto schiefgegangen ist. Das hast du mir schon mal erklärt.«

»Genau, das ist ganz schön gerissen. Ihm diese Fähigkeiten Stück für Stück auszubauen, ohne dass er es mitbekommt, war zu einem guten Teil Sandros Idee.« Nils nickte seitlich mit dem Kopf in Richtung Rodriguez. Der zog die Schultern zu einer entschuldigenden Geste nach oben und grinste dabei, sodass man ihm deutlich ansah, dass es ihm Genugtuung verschaffte, einen wichtigen Beitrag zur Erledigung der Maschinenmonster zu leisten.

»Okay«, sagte Jana gedehnt. »Was ist Nils' raffitückischer Trick?«

»Wir schlagen ihn mit seinen eigenen Waffen«, erklärte ihr Freund. »Sobald wir seine Vorgehensweise kennen, ist es nicht allzu schwer, entsprechende Gegenmaßnahmen zu treffen. Wir gaukeln Leviathan vor, er würde scheinbar fehlerhafte IP-Pakete verschicken, und er bekommt passende Antworten, aber nicht von seinen Cooties, sondern von uns.« Nils strahlte ehrliche Zuversicht aus.

Jana dachte an Baumgartlinger, Hasborn und Vivian Lee. Sie versuchte, sich in die Lage von Rodriguez zu versetzen. Durch die Arbeit in Pottensteins Gruppe versuchte er Wiedergutmachung zu leisten. Ihre Strategie, Leviathan mit den eigenen Waffen zu schlagen, versprach Erfolg. Und ihre Vorgehensweise, so geräuschlos wie möglich zu handeln, quasi unter dem Radar aller beteiligten Mächte, der NSA und sicher auch anderer Geheimdienste, war klug.

»Kennst du den Spruch ›einen Frosch kochen‹?«, fragte Nils, als hätte er ihre Gedanken gelesen.

»Nein«, wehrte Jana angewidert ab. »Wer will denn einen Frosch kochen?«

»Nicht zum Essen, darum geht es nicht.« Einen Augenblick schmunzelte Nils, fuhr dann ernst mit seiner Erklärung fort. »Wenn du einen Frosch in heißes Wasser wirfst, springt er heraus. Wenn du einen Frosch in kaltes Wasser setzt und es anschließend langsam erhitzt, tötest du ihn. Du bleibst unter der Reizschwelle, die ihn herausspringen lässt, um sich zu retten.«

»Wir achten darauf, die Leviathane in Sicherheit zu wiegen, während wir sie Stück für Stück in ein Netz verstricken, lähmen, bis sie unschädlich sind«, sagte Rodriguez.

»Es ist gut, dass Sie ihren Fehler, ein Monster wie ADONIS zu schaffen, einsehen und ihn berichtigen wollen«, antwortete Jana.

Rodriguez versteifte sich. »ADONIS war weder ein Monster noch ein Fehler«, erwiderte er. »Falsch war die Blauäugigkeit, die Überheblichkeit, die dazu führte, dass er außer Kontrolle geriet. Niemand konnte sich das vorstellen.«

Obwohl Jana dem NSA-Agenten zugutehielt, dass er geholfen hatte, ihr Leben zu retten, und vor allem, dass sein Partner sich für sie geopfert hatte, wallte Zorn in ihr auf. »Ist es nicht immer so, dass niemand sich vorstellen kann, dass es zur Katastrophe kommt – bis sie geschieht. Kernkraftwerke, die wie eine Atombombe in die Luft gehen, gentechnisch veränderte Lebewesen, die irgendwann die Natur aus den Fugen bringen. Würden Sie wieder so ein System bauen wollen?«

»Der Rest der Welt sieht das anders als Sie«, antwortete Rodriguez ruhig. »Der Unfall von Tschernobyl war keiner, sondern ein Experiment, das aus dem Ruder lief, weil man Angst vor den Bonzen in Moskau hatte. In Fukushima kamen 19.000 Menschen durch den Tsunami um und bislang ist genau ein Todesfall durch den Reaktorunfall bestätigt. Und dieser Reaktorunfall folgte aus Schlampereien im Kernkraftwerk, ohne die gar nichts passiert wäre.« Rodriguez sah Jana in die Augen und holte tief Luft. »Und ja, ich würde wieder so ein System wie ADONIS bauen. Ich sähe mich dazu gezwungen. Wenn wir es nicht bauen, werden es andere tun, denen wir sonst hilflos ausgeliefert wären.«

»Haben Sie keine ethischen Grundsätze?«, zischte Jana. »ADONIS bringt Menschen um!«

»ADONIS hat nie Menschen umgebracht, und die Leviathane, die sich aus ihm entwickelt haben, töten nicht selbst. Bislang heuern sie dafür Menschen an. Ich sagte bereits: Der Fehler war unsere Unfähigkeit, uns vorzustellen, dass sich künstliches Leben aus ADONIS entwickeln könnte.«

»Schuld daran sind Sie trotzdem!«

»Bei der NSA fühlten wir uns im Krieg. Wenn man kämpft, konzentriert man sich darauf, den Kampf zu gewinnen. Zwangsläufig. Alles andere muss dahinter zurücktreten, sonst verliert man unweigerlich.«

»Sie machen es sich sehr einfach, finde ich.« Jana fühlte ihre Halsschlagader pochen.

»Jede technische Neuerung hat ihre Schattenseiten, die man zu beherrschen lernen muss«, sagte Pottenstein ruhig, offensichtlich bemüht, die hitzige Atmosphäre zu beruhigen. »Wer nicht untergehen will, muss sich anpassen. So war es alle Zeit – so ist es heute – und so wird es zukünftig sein.«

»Verstehen Sie mich nicht falsch, Jana«, sagte Rodriguez. Sein Blick heischte Verständnis. »Ich habe begriffen, dass wir Fehler gemacht haben. Ich werde tun, was in meiner Macht steht, dass so etwas wie die Entartung von ADONIS nie wieder passiert. Ich sage, dass wir uns verteidigen müssen mit den Mitteln, die wir haben.«

Jana sah zu Nils. Warum sagst du nichts?, dachte sie. Nils zuckte mit den Schultern.

»Der Fortschritt gebiert zwangsläufig Gefahren, weil man mit Neuem erst umzugehen lernen muss«, sagte Pottenstein. »Demgegenüber stehen neue Möglichkeiten. Ohne Fortschritt lebten wir noch in Höhlen.«

»Vielleicht sieht man das anders, wenn man zwei Mordanschlägen entgangen ist«, murrte Jana. »Bis wann soll ich mich verkriechen? Die drei Monate, von denen Gudula ausgeht, gehören schätzungsweise zur Tarnung.«

»Richtig, in der Zeit sollten wir eine Lösung finden können. Kannst du an einen sicheren Ort gehen und dich absolut still verhalten?«, fragte Pottenstein. »Ich glaube, dass dein spezieller Leviathan in Palo Alto daraus schließen würde, du wärest nicht mehr gefährlich, sodass keine weiteren Angriffe zu befürchten wären.«

»So wie ein Schläfer unter den Terroristen?«, fragte Nils. Den Zweifel in seiner Stimme konnte man nicht überhören.

»Wie verhält sich ein Überwachungssystem gegenüber Schläfern?«, hakte Jana nach.

»Hmm«, brummte Pottenstein und sah zu Rodriguez, der keine Anstalten machte zu antworten. »Wahrscheinlich abwartend.«

Und wenn es aus irgendeinem Grund zu der Überzeugung kommt, dass der Schläfer aktiv wird, schlägt es ohne Vorwarnung zu, begriff Jana. »Das ist, als lebte ich mit einer Zeitbombe!«, empörte sie sich.

»Bei Klaus Mayr scheint es zu funktionieren«, sagte Pottenstein. »Mayr hat nach dem Tod von Hasborn gekündigt und betreibt eine Schule für Gleitschirmflieger am Chiemsee. Wir hatten ja eigentlich vor, dir eine andere Identität zu verschaffen. Allerdings ist das schwieriger als angenommen, denn der Leviathan hat überall Cooties und mit automatischer Gesichtserkennung, Mobilfunkdaten und so weiter enttarnt man eine neue Identität in ein paar Stunden. Die plastische Chirurgie bietet eine Lösung an, wenn du willst. Käme das für dich infrage?«

»Nein. Unter keinen Umständen. Ich lasse nicht in meinem Gesicht herumschneiden, bis ich mich selber im Spiegel nicht wiedererkenne.«

KAPITEL 33

Freitag, 18. Dezember 2020 – Frohnau, Berlin

Erst am Freitagabend tauchte Pottenstein erneut in Janas Unterschlupf in Frohnau auf. Es dämmerte, als Jana durch das Fenster Pottensteins Dienstwagen die Einfahrt hoch auf das Haus zusteuern sah.

Nils!, freute sich Jana, doch nur Pottenstein stieg aus und ging Richtung Haustür. Der Fahrer blieb im Wagen. Es versetzte Jana einen kleinen Stich.

»Gudula, Pottenstein kommt«, rief sie enttäuscht. »Ich mache auf, sodass mich keiner von draußen sehen kann.«

»Prima, endlich darf ich eine Runde spazieren gehen«, bemerkte Gudula sarkastisch und folgte ihr in die Diele.

Sie hatte sich nicht getäuscht. Pottenstein bat die Polizistin unmittelbar nach der Begrüßung, das Haus aus Sicherheitsgründen zu verlassen.

Jana und der Kriminalpolizist setzten sich im Wohnzimmer an den Esstisch. Pottenstein blickte Jana an und zog die letzte Ausgabe einer Berliner Tageszeitung aus der Tasche. Er schlug den Lokalteil auf und deutete auf einen Artikel.

Wieder verbotenes Autorennen auf der Avus. Wieder kommen Unbeteiligte ums Leben, lautete die Schlagzeile. »Kurz nach Mitternacht rasten vier PKW bei einem verbotenen Autorennen die Avus Richtung Potsdam hinab«, las Jana vor. »Dabei drängten die 18- bis 24-jährigen Fahrer einen mit vier Studenten besetzten VW Golf von der Fahrbahn ab. Der Golf überschlug sich mehrfach und krachte gegen einen Brückenpfeiler. Alle vier Insassen kamen ums Leben.«

Jana blickte auf und sah Pottenstein fragend an.

»Warum zeigst du mir den Artikel? Kenne ich einen von den Toten? Nils?« Janas Brust zog sich zusammen.

»Nein, Nils geht es bestens. Die Tragödie hat für dich etwas Positives. Es gab nämlich nicht vier, sondern drei Tote.« Pottenstein lächelte undurchsichtig. »Die vierte Tote habe ich dazugeschmuggelt – Jana Loewe, Studentin geboren in Köln.«

Jana brauchte einen Moment, bis sie die Bedeutung dieser Worte für sich begriff.

»Offiziell bin ich tot?«, versicherte sie sich. »Leviathan erfährt aus dem Melderegister von meinem Ableben?«

»Genau das ist der Plan.«

»Es gibt mich nicht mehr?«

»Jana Loewe gibt es nicht mehr. Wenn ich das nächste Mal komme, bringe ich dir eine neue Identität mit. Bei der Gelegenheit klären wir, wie du dein Äußeres so gestaltest, dass die Leviathane selbst mit weiterentwickelter Gesichtserkennung keinen Verdacht schöpfen.«

»Warum tust du das alles für mich? Selbst in deiner Stellung kann man nicht einfach so Leichen herzaubern oder verschwinden lassen und Melderegister fälschen.«

»Da hast du recht. Wenn es dumm läuft, schmeißen sie mich raus«, sagte Pottenstein in einem Tonfall, als plaudere er über das Wetter. Er lehnte sich zurück und atmete tief durch. Nach kurzem Sammeln beugte er sich vor, stützte sich mit den Unterarmen auf den Tisch und blickte ihr in die Augen. »Jana!« Sein Gesicht wirkte gequält. Er ballte die Hände zu Fäusten. »Wir haben über Schuld und Sühne gesprochen, und du hast Sandro zu Recht Vorwürfe gemacht. Genauso berechtigt hättest du mich wegen Hasborn und Baumgartlinger anklagen können. Ich kann mir nicht verzeihen, dass ich sie nicht schützen konnte. Niemand braucht mir damit zu kommen, dass Polizist kein Job ist wie jeder andere und man um die Gefahren weiß. Als Vorgesetzter bist du für deine Leute verantwortlich. Vergiss nicht: Ich habe sie selbst auf die Fährte von ADONIS gesetzt und damit das Verhängnis heraufbeschworen.« Angestrengt atmete er durch. Das Weiterreden fiel ihm offensichtlich schwer. »Seit ich mitbekam, dass wir es nicht mit ADONIS und selbstgefälliger Überheblichkeit der NSA zu tun hatten, sondern mit einer mordenden, schier allmächtigen Bestie, habe ich keine Nacht ruhig geschlafen. Richtig unerträglich wurde es, als ich dich kennengelernt habe.«

»Wieso das?« Pottensteins Offenheit verwirrte Jana. Der Einblick in die Gefühlswelt des so hart und beherrscht wirkenden Mannes kam völlig unerwartet. »Ich bin eine verzogene Göre, auf die die Erwachsenen aufpassen müssen!«

»Das warst du nie. Entschuldige bitte, das ist mir in meiner Verzweiflung so rausgerutscht! Du bist eine beeindruckende junge Frau, der Furchtbares passiert ist und die unglaublichen Mut bewiesen hat.« In seinem Gesicht las sie, wie sich Pottensteins harte Schale wieder schloss. »Und der es nicht schadet, wenn jemand auf sie aufpasst«, scherzte er im Aufstehen. »Alles Gute, Jana Löwenherz.«

Nach seinem Besuch musste Jana zwei Tage auf Nachrichten aus der Außenwelt warten. Auf die Dauer fiel es ihr immer schwerer, im sicheren Haus zu bleiben, doch in dieser Frage blieb Gudula unerbittlich. Am späten Sonntagvormittag tauchte ein roter Kleinwagen in der Einfahrt auf und hielt auf das Haus zu. Jana konnte nicht erkennen, wer der Fahrer hinter der getönten Frontscheibe war.

Wenn dir jemand ans Leder will, kommt er nicht mit einem Kleinwagen. Oder war das Tarnung? Gespannt beobachtete sie, wie das Auto hielt und die Fahrertür sich öffnete. Nils sprang heraus und ging auf die Haustür zu.

»Nils!«, jubelte sie und rannte zur Diele. Dort riss sie die

Haustür auf und fiel ihm in die Arme. Sie waren noch beim ersten, langen Kuss, als Gudula erschien und sagte: »Ich verspüre einen unbezähmbaren Drang, spazieren zu gehen. Lass dich nicht von außen sehen und macht keine Dummheiten.« Sie zwinkerte Jana zu und ergänzte: »Jedenfalls keine, die ich nicht auch machen würde.«

»Keine Sorge«, kicherte Jana und verzog sich mit ihrem Freund ins Haus.

Nachdem sie ihre Wiedersehensfreude ausgiebig genossen hatten, lagen Jana und Nils aneinandergekuschelt auf dem Sofa. Nach einer Weile begann Nils, unruhig zu werden und räusperte sich.

»Ich habe etwas mitgebracht«, druckste er. »Eigentlich ist es eine gute Nachricht.«

»Und un-eigentlich?«

»Ich weiß nicht so recht.« Er stockte und setzte neu an. »Du heißt ab sofort Friederike Druker, geboren in Lüderitz«, eröffnete er ihr den Grund, warum Pottenstein ihn geschickt hatte.

»Wo um Himmels Willen ist denn das?«

»In Namibia. Das war früher eine deutsche Kolonie, und es gibt eine deutschsprachige Minderheit. Viel wichtiger ist, dass sie dort wie in den guten alten Zeiten mit Papier und Schreibmaschine unterwegs sind, wenn es um Einwohnermeldungen und so geht. Dir eine neue Identität in Deutschland zu beschaffen stellte sich als viel zu gefährlich heraus, weil Leviathan in allen Rechnern mitlauschen kann. Jedenfalls mitlauschen könnte.«

Nils befreite sich aus ihrem Arm und holte seine Tasche. Jana setzte sich auf.

»Hier hast du deinen Pass, *Friederike*, Bargeld, und die Bordkarte für deinen Flug nach Buenos Aires.«

Jana fiel die Kinnlade herunter. Mit offenem Mund griff sie das Papierbündel. Der Pass trug ihr Foto, das Geburtsdatum war einen Monat und zwei Tage später als ihr richtiges. Das Bargeld bestand aus einem dicken Bündel Argentinischer Pesos.

»Gut 5.000 Euro«, sagte Nils ungefragt.

Neugierig sah sie auf die Bordkarte. Bis zum Abflug waren es knapp fünf Stunden. Jana zuckte zusammen und sah Nils betroffen an.

»Es ist ja nicht für lange«, sagte er sanft. Er sah traurig aus. »In Berlin bist du nicht sicher und ewig verkriechen bringt's nicht.«

Später brachte Nils Jana zum Flughafen. Beide sprachen kaum ein Wort auf der Fahrt, bis das Terminal in Sicht kam. Wegen der Überwachungskameras hatte sich Jana stark geschminkt und sich ein Kopftuch umgebunden. Aus demselben Grund parkte Nils draußen auf einem der vorgelagerten Parkplätze.

»Wir können nicht so tun, als wäre nichts«, sagte Nils, als müsse er sich entschuldigen, dass er nicht nach Argentinien mitkam.

»Leider«, seufzte Jana. »Als Horst Baumgartlinger zum letzten Mal bei mir war, hat er etwas gesagt, das ich damals nicht in letzter Konsequenz verstanden habe: ›Die Gretchenfrage ist, wie wir ADONIS aus der Reserve locken können, bis wir so viel wissen, dass wir ihn zerstören können.‹ Sobald es so weit ist, sehen wir uns wieder. Sei bloß vorsichtig!«

»Unterm Strich haben wir es mit Rechnerprogrammen zu tun, sonst nichts. Und damit kenne ich mich aus. Den epischen Kampf von Menschen gegen Maschinen gibt es nur in schwülstigen Hollywood-Filmen. Mach dir keine Sorgen!« Er zog sie an sich und küsste sie. »Auf Wiedersehen, Friederike. Verlass dich auf mich.«

»Ich gebe dir ein halbes Jahr. Wenn du bis dahin nicht bei mir in Argentinien aufgetaucht bist, komme ich dich holen. Ich liebe dich!«

EPILOG

Samstag, 13. März 2021 – Rittergut Berlin-Düppel

Das Herrenhaus des ehemaligen Rittergutes Düppel im Berliner Südwesten beherbergt heute das Tierklinikum der Freien Universität Berlin. Im ständigen Kommen und Gehen von Studierenden und Professoren fielen Pottenstein und seine Mitstreiter nicht auf. In einem Seitentrakt des Gebäudes, geschützt vor zufälliger Entdeckung und sicher vor gezielter Nachforschung, standen die Serverinseln, in denen sie Leviathane in digitalen Käfigen hielten und studierten. Wie die tierischen Patienten im übrigen Gebäude brachte man die Leviathane eingesperrt hierher. Meist nutzten Pottensteins Leute die Internetanschlüsse in den leerstehenden Wohnungen kürzlich Verstorbener, schlossen dort einen neuen Server an, verlockten einen Leviathan dazu, sich in diesen neuen Server hinein fortzupflanzen – und trennten sofort die Verbindung zur Außenwelt, sobald die Keimzelle des neuen Leviathans startete. Nie ging eine der Inseln im Rittergut Düppel ans Netz.

Mit der gleichen Umsicht vermieden Pottenstein, Nils, Rodriguez und vier weitere Experten, die inzwischen dazugestoßen waren, jedes Aufsehen beim Betreten und Verlassen des Gebäudes. Gekleidet wie typische Studenten oder wissenschaftliche Mitarbeiter nutzten sie die öffentlichen Verkehrsmittel oder kamen mit Kleinwagen.

Der 13. März sollte der Tag der Entscheidung werden. Alle außer Pottenstein hatten sich lange vor 10.00 Uhr, der vereinbarten Zeit, versammelt und sämtliche Vorbereitungen abgeschlossen. Seit alles bereit war, schwiegen alle gespannt. Das gleichmäßige Surren der Lüfter an den Rechnern und das Rauschen der Klimaanlage erfüllten den Raum. Die fensterlose Stirnseite ihres Labors bedeckte ein großer Wandbildschirm. Er zeigte eine mit gut 400 grünen Punkten übersäte Weltkarte – ein Punkt für jeden Leviathan. Sandro Rodriguez trommelte nervös mit den Fingern der rechten Hand auf der Tischplatte vor sich. Er saß an dem einzigen Rechner im Raum, der mit dem Internet verbunden war. Am Vortag hatte Nils den fabrikneuen Laptop mit einem eigens konfigurierten Linux-Betriebssystem bespielt und ausschließlich die für heute notwendigen Programme installiert. Eilige Schritte draußen auf dem Gang näherten sich. Die Tür ging auf und Pottenstein trat ein.

»Guten Morgen«, grüßte er. »Alles bereit?«

Die sechs im Raum erwiderten den Gruß und kamen zur abschließenden Lagebesprechung um Pottenstein zusammen.

Pottenstein betrachtete die Weltkarte. »Nils, dein Programm zur Ortung der lebenden Leviathane war der Durchbruch«, sagte er und knetete sein Kinn.

»Ein Baustein unter vielen«, erwiderte Nils. »Auch wenn wir 14 gefunden haben, von denen Sandro nichts wusste.«

»Leute«, fragte Pottenstein. »Alles bereit für das außerplanmäßige Einspielen einer neuen Betriebssystem-Version?«

»Ja«, antwortete Nils. »Durch die Hintertür mit echten Administratorrechten.«

»Wodurch stellen wir unzweifelhaft sicher, dass ein Leviathan erledigt ist?«

»Unsere spezielle Betriebssystem-Version enthält von außen ansprechbare Testroutinen, die sicherstellen, dass der betreffende Leviathan vollständig entfernt wurde«, antwortete Rodriguez. »Weil es technisch nicht geht, alle Leviathane auf einen Schlag zu erledigen, haben wir gestern noch eine zusätzliche Sicherheit eingebaut. Versucht ein anderer Leviathan mittels manipulierter IP-Pakete den getöteten Leviathan anzusprechen, antwortet das spezielle Betriebssystem mit Fehlermeldungen, als ob der Server gerade Probleme hätte. Damit kein Leviathan Verdacht schöpft, bevor er an der Reihe ist.«

»Umso besser. Na, dann mal los«, gab Pottenstein den Startschuss. »Worauf warten wir?«

Rodriguez setzte sich an seinen Rechner, die übrigen gruppierten sich im Halbkreis um ihn herum mit Blick auf seinen Bildschirm. »Fangen wir mit dem Leviathan in Palo Alto an«, sagte er. »Er stellt für uns alle die größte Gefahr dar.«

Er gab einen Befehl ein, worauf ein Pfeil auf der Weltkarte erschien, der auf einen Punkt in Südkalifornien zeigte. Danach gab er einen weiteren Befehl ein und ein kleines Zählwerk begann neben dem Pfeil die Sekunden zu zählen: *00:01 … 00:02 … 00:03 …*

»Wie lange dauert es?«, fragte Pottenstein.

»Etwa 25 Minuten«, brummte Rodriguez. »Genug Zeit für einen Kaffee.«

Niemand schien Lust auf ein Heißgetränk zu verspüren. Stattdessen verfielen alle der Hypnose des Zählwerks: … *01:05 … 01:06 …* Schweigend starrten die IT-Spezialisten auf den Bildschirm. Gelegentlich unterbrach eine geraunte Frage an einen Nebenmann oder die genauso leise geflüsterte Antwort die gespannte Ruhe. Sonst hörte man nichts außer dem Rauschen der Anlagen. Bei *24:17* verfärbte sich der Punkt rot und bei *24:39* verschwand er. Jubel brandete auf, als hätte die deutsche Fußballnationalmannschaft das entscheidende Tor im WM-Finale erzielt. Rodriguez ließ eine Abfolge von Befehlen durchlaufen, die die Weltkarte mit Pfeilen und Zählwerken übersäte. Im Hintergrund knallten Sektkorken. Nils schenkte ein, und Pottenstein verteilte die Gläser. Der nächste Punkt verschwand bei *13:37*, danach in rascher Folge die meisten weiteren. Nach einer Dreiviertelstunde waren sechs Punkte übrig, deren Zählwerke irgendwann stehengeblieben waren.

»Was läuft schief?«, fragte Pottenstein.

»Das Einspielen ist bei den Rechnern fehlgeschlagen«, erklärte Rodriguez. »Kommt häufiger vor. Kein Grund zur Sorge. Ich stoße es erneut an.«

Seine Finger flogen über die Tastatur und alle Pfeile und Zählwerke bis auf die an den sechs verbliebenen Punkten verschwanden. Ein weiterer Befehl, und die Zähler liefen von vorne los. Rodriguez ging derweil die Ergebnisse der Testroutinen durch. Niemand bemerkte die Falten auf seiner Stirn, die sich tiefer eingruben, je länger er die Inhalte der Log-Dateien studierte.

»Sandro, trink einen Schluck!«, sagte Nils und drückte Rodriguez ein Glas in die Hand. »Vier der verbliebenen Punkte sind weg – nein, fünf!«

Rodriguez nippte an seinem Glas und lehnte sich zurück. Der letzte Punkt auf dem Bildschirm verschwand. Die anderen jubelten erneut. Er trank sein Glas in einem Zug aus.

Das heißt noch lange nicht, dass ein Leviathan überlebt hat, hämmerte er sich ein. Denk nicht gleich an das Schlimmste.